Al reencuentro del amor

Ariel Oliver Comparán

Título: Al reencuentro del Amor

Edición 1a

Diseño de portada y maquetación: Ariel Oliver C.

Copyright © MMXXIV Ariel Oliver Comparán

Todos los derechos reservados. Queda rigurosamente prohibida, sin la autorización escrita del autor, y bajo las sanciones establecidas en las leyes, la reproducción parcial o total de esta obra por cualquier medio o procedimiento, ya sea electrónico o mecánico.

ISBN:

Depósito legal:

DEDICATORIA

A mi hijo Ariel, por estar siempre ahí, apoyándome, emocional y en toda forma, en mis locas ideas.

A mi hija Anahí, por ser siempre ese amor especial que me abraza cada vez que me ve, por estar también para mí, respaldándome.

A mis padres, Rogelio Oliver Hernández y Ma. Elena Comparán Jaramillo, por ser mi ejemplo y maestros en el arte del amor, mucho de lo que sé, lo aprendí de ustedes, gracias, los amo.

Capítulos

I Una cuestión de energías

—¡Es un maldito!, ¿cómo me pudo hacer esto? Ellen, una rubia hermosa con un cuerpo escultural que no mostraba su edad, limpiaba sus lágrimas con la servilleta de tela de color púrpura. Karla y Erika, sus amigas desde la infancia, la escuchaban atentamente, Erika le tomaba de la mano para consolarla.

—Es un desgraciado, le he dado los mejores años de mi vida y ahora… —el llanto no podía ser contenido, sollozaba y se tapaba el rostro avergonzada, no quería ser vista por los otros comensales, las copas con agua reflejaban la luz de la vela al centro de la mesa y creaban un ambiente romántico, los comensales en las mesas alrededor volteaban a verlas y comentaban algo en voz baja entre ellos. Un sentimiento de dolor verdadero se sentía suspendido en el aire.

—Pero Ellen, ¿qué pasó? —cuestionaba Karla.

El llanto no le permitía hablar, un dolor enorme salía de su interior, sentimientos de minusvalía, de no ser suficiente, de no seguir siendo atractiva a causa de sus embarazos, la tenían con el alma en la mano, y su dolor era intenso y verdadero.

—Ella es más joven que yo —dijo sollozando— y él se ha enamorado de ella, ¡me ha dicho que está enamorado!

—Maldito —aseveró Erika— todos los hombres son iguales —su comentario no alivió a su amiga, pero a ella le recordaban sus propias experiencias— ya ves, Carlos se fue sin avisar, solo para enterarme después que ya andaba con otra más joven, afortunadamente no teníamos hijos, así que bueno... —Karla le hizo un gesto con la cara, diciéndole que se concentraran en Ellen.

—Vamos amiga —Karla le sobaba la espalda tratando de consolarla— esto debe tener arreglo, ustedes llevan, ¿cuántos años juntos?

—Diecisiete, diecisiete años tirados por la borda, tirados a la basura, como si nada importara, como si sus hijos o yo no fuésemos importantes.

— ¿Cuándo te enteraste?, ¿crees que tenga arreglo?, ustedes son una pareja hermosa, seguro esto es pasajero, —Karla trataba de aliviar el

dolor de su amiga y darle esperanzas.
—Puede que sea pasajero —señaló Erika— pero el hombre que te hizo eso una vez, te lo volverá a hacer, y eso no se puede perdonar.

La tarde estaba fresca, el sol del verano, comenzaba a descender y Ellen entraba en una cafetería, se paró ante el mostrador y ordenó:
—Un capuchino con leche deslactosada, por favor.
—Vaya, una mujer que se sabe cuidar.
La voz de un hombre la tomó por sorpresa y volteó a ver a la persona detrás de ella, un joven alto, delgado y atractivo, le mostraba sonriendo una hilera de dientes muy brillantes, ella se sintió turbada, y solo sonrió, se volvió al joven cajero quien en ese momento le entregaba un vaso con su pedido preparado.
—Disculpa mi comentario, espero no haberte molestado, —dijo él con voz agradable.
—No, en realidad no me molestas, —respondió ella tomando su vaso y dando media vuelta para quedar de frente a él, sonriendo abiertamente, como si ambos se reconocieran, cuando en realidad era la primera vez que se veían.
—¿Qué desea ordenar?, —el joven cajero lo sacaba del hechizo de los ojos de Ellen.
— Claro sí —titubeó— un café americano, por favor.
Ellen se había encaminado a una mesa en la esquina del local, la vista de los autos circulando por la calle, le mostraban una vista agradable, andantes en la acera, caminando sin prisa, le ayudaban a disfrutar del momento.
—Perdona —la voz del caballero la sacó de sus pensamientos— no quiero ser inoportuno, pero ¿estás sola o esperas a alguien?
—En realidad estoy sola.
—Me permites acompañarte, también estoy solo.
—Claro, siéntate. —dijo sin dudarlo.
Las miradas y las sonrisas, se hicieron presentes, la charla fluyo sin detenerse, rieron de aventuras pasadas que se contaban, ella lo embelesaba con su sonrisa, era tan natural, sin poses, sin pretender quedar bien, en un movimiento impulsivo, mientras ella se reía, ella estiró su mano y acarició su brazo, él sintió una corriente eléctrica recorrer su cuerpo y perdió un poco la sonrisa, sintiéndose turbado, un

segundo después, su rostro le mostró una sonrisa que a ella le encantó, ambos guardaron silencio y dejaron de reír, no podían dejar de verse, ella puso en su boca el popote de su bebida y dio un sorbo, sonriendo picarescamente mientras lo observaba. Él le contó el chiste del caballo cojo, y ella soltó una carcajada que le hizo escupir el café.
—Ja, ja, ja, ja, perdona, es qué, ja, ja, ja, —ella tomó una servilleta y se acercó para limpiarle la camisa.
—No te preocupes, no pasa nada —al hacerlo, puso su mano sobre la de ella para detenerla, sintió su piel cálida y sus dedos delgados, esta caricia le hizo sentir una energía hermosa que le sacó de manera automática una hermosa sonrisa y sus ojos buscaron los de ella; ella sintió la mano sobre la suya, y una energía se encendió de tal manera que recorrió su brazo y llegó hasta sus pezones, que se comenzaron a erectar, lo miró, y sus ojos se encontraron y sonrieron.
—Perdona, es que me tomaste por sorpresa y ese cuento está buenísimo.
Un año después se casaron, a partir de esa tarde de verano en la cafetería, nunca se separaron, el deseo de estar juntos era irrefrenable y seis meses después le pidió que fuese su esposa.

—Es que no lo puedo creer, ¿en qué fallé?, ¿qué no le di?, yo pensaba que todo estaba bien entre nosotros.
—Para ser honestas, esto también nos sorprende, ustedes se veían tan enamorados.
—Pero amiga, no es tu culpa, es cosa de los hombres, solo ven un culo agradable y ya se les está poniendo duro, no piensan, son como animales en celo. —Erika continuaba expresando su dolor por sus experiencias pasadas.
—Estoy segura de que eso es algo temporal amiga, ya se le pasará y volverá a ti —dijo Karla.
—Gracias amiga —dijo palmeando su mano— es verdad que Ríchard y yo, ya no tenemos tanto sexo, como antes, pero yo me cuido, hago ejercicio, trato de verme bien…
—Pero claro que estás muy bien amiga —Erika intervenía— ya quisiera yo tener ese cuerpecito —se pasaba las manos por las caderas un poco anchas— te digo que es más bien porque ellos son estúpidos, no saben apreciar lo que tienen a su lado.

—No Ellen, no te lastimes, no es tu culpa, lo que dice Erika es cierto, todos los hombres buscan tarde o temprano algo más, pero no es por ti, tú has entregado lo mejor que podías.
—¡Qué voy a hacer, lo amo!
—Habla con él, dense una segunda oportunidad, pero tienes que estar dispuesta a perdonar verdaderamente, a reconocer, que eso ha sido solo una aventura y que él te ama.
—Sí, pero me ha dicho que está enamorado.
—Bueno, recuerdas a Esthela, a ella y a su esposo les pasó lo mismo, él se fue de su casa y a los seis meses estaba de regreso, arrepentidísimo, porque lo suyo con aquella mujer se había terminado, él juraba que estaba muy enamorado y al final regresó a su casa, así que quien sabe, tienes que hablar con tu marido y ser claros. Pero tienes que estar dispuesta a perdonar. Saben que, Ellen, Erika, la semana pasada conocí a un hombre muy interesante, y me explicó cosas que me gustaron mucho. Por qué no vamos a verlo. Quién sabe, quizás lo que nos diga, te ayuda a sanar tu relación.
Ellen estaba más tranquila, se había desahogado y estaba sentada en la silla, devastada, sin ganas de pelear y sin saber cómo resolver esto. Los mensajes de su mamá le retumbaban en la mente: "Un hombre infiel lo será por siempre, así que no te hagas ideas de que ellos pueden cambiar, vótalo y sigue adelante."
—Bueno, no lo sé amiga, en este momento creo que necesito toda la ayuda posible, no sé cómo resolver esto.
—No se hable más —Karla busco con la mirada al mesero y al verlo dijo— joven me trae la cuenta por favor —sacó su celular y marcó un número— listo amigas, él nos espera.
Erika seguía tomando de la mano a su amiga, pero no decía nada, el silencio ayudaba un poco a sanar el alma adolorida.
Las amigas salieron del local y subieron al automóvil de Karla, llegaron hasta una calle de un solo carril, con autos estacionados a ambos lados, las casas eran de dos pisos en su mayoría, y uno que otro edificio de hasta cinco pisos.
—Aquí es, déjenme encontrar un estacionamiento.
—Allí amiga, ahí cabes —dijo Erika señalando un espacio vacío entre dos autos.
Bajaron del vehículo y se encaminaron hasta un edificio moderno y lujoso.
—Déjame ver el número del departamento —sacó su teléfono del

bolso, buscó la dirección, estaba de pie ante los botones del interfono, oprimió el número 504, un timbre se escuchó, y segundos después la voz de un hombre la saludaba.
—Hola, ¿quién es?
—Karla, Alberto, soy Karla.
—Pasa, bienvenida —Un timbre se escuchó y la puerta se abrió.
El edificio era bastante elegante, pisos blancos de cerámica con betas grises, las guiaban hasta un elevador, la puerta se abrió y lo abordaron.
—Ya verás amiga, pienso que nos puede ayudar, lo conocí en una cena, es muy agradable.
Las puertas nuevamente se abrieron y salieron al pasillo, el departamento 504 estaba abierto y un hombre mayor, estaba de pie dándoles la bienvenida. A pesar de su edad, era muy jovial, su cabello cano en los costados y negro en la parte superior, le daban un aire interesante, era delgado, tenía una bella sonrisa.
—Hola Karla, qué gusto volver a verte —Ella se acercó y le dio un beso en la mejilla.
—Quiero presentarte a mis amigas, ella es Ellen, la razón de por qué estamos aquí —dijo esto mientras la abrazaba cariñosamente, él estiró su mano y la estrechó.
—Ella es Erika —él hizo lo mismo y las invitó a pasar.
El departamento era bastante elegante, y muy iluminado, se notaba que en esa casa había cierta riqueza. La sala era muy amplia, los ventanales mostraban los árboles del parque, ellas se sentaron en uno de los sillones, y Karla en un sofá individual. Él tomó asiento en el otro.
—¿Les ofrezco algo de tomar?
Cuando todos estaban con sus vasos o tazas enfrente, él preguntó.
—¿Sabían que las relaciones sexuales son en realidad el encuentro de nuestras energías?
La pregunta las tomó por sorpresa, no esperaban eso.
—Bueno Alberto, es que…
—Volteó a ver a Ellen y le dijo— ¿sabías Ellen, que cuando conoces a alguien, y te sientes atraída por esa persona, en realidad es porque las energías corporales se gustan y quieren conocerse, para poder fundirse? —esto la tomó por sorpresa, era como si él adivinara el tipo de problema por el que ella estaba pasando.
Las amigas volteaban a verse extrañadas.
—Perdonen chicas, discúlpenme, es que soy muy acelerado, platíquenme, ¿a qué debo el honor de su visita?

—Alberto, es que… —Ellen interrumpió a Karla y tomó la palabra.
—Mi esposo está enamorado de otra mujer —sus ojos se le llenaron de lágrimas y estas comenzaron a escurrirse por el costado de sus ojos.
Él se levantó, caminó hasta una mesita en el pasillo y tomó una caja de pañuelos desechables, se los pasó a Karla, ella los acercó a Ellen y ella tomó uno.
—Lo lamento Ellen, escuchar esto es difícil, ¿cómo te sientes?
—Defraudada, me siento traicionada, llevamos diecisiete años casados, tenemos dos hijos, y jamás me imaginé algo así, pensaba que teníamos una buena relación.
—Eso, definitivamente, hace que te duela aún más.
—¿Por qué todos los hombres son iguales? —cuestionó Erika— tú eres hombre, ¿puedes darnos una respuesta, cierto?
Él, pensó un poco su respuesta y dijo.
—En realidad, estas cosas pasan porque es parte de las energías.
—¿Cómo qué de las energías?, ¿qué tienen que ver las energías en esto?
—Qué curioso, justo comencé a hablarles de esto sin saber que tenías un problema relativo a ello.
—¿Te refieres a la pregunta que nos hiciste acerca de las energías corporales o algo así?, dijo Erika.
—Sí, les preguntaba si sabían qué cuando dos personas se conocen y se atraen, es porque sus energías se gustan y ellas quieren conocerse y fundirse.
—No —respondió Ellen— en realidad no sé nada de eso.
—Eso nos lo explicó Alberto en la cena en donde nos conocimos, por eso quise que vinieras a conocerlo.
—Gracias Karla, por haber venido y por traer a tus amigas.
Karla le devolvió una sonrisa de complicidad.
—Volviendo a nuestro tema, permítanme explicarles un poco, tienen tiempo, porque esto no es un asunto sencillo y nos va a llevar tiempo.
—Sin problema, mis hijos están con mi mamá, así que no tengo problema.
—Excelente, bueno, nuestro cuerpo tiene la capacidad de percibir el mundo exterior gracias a centros de poder que se encuentran a lo largo de la columna vertebral, los famosos chakras.
—Sí, eso sí lo sé —dijo Erika— yo practico yoga.
—Qué bien, esa es una hermosa actividad. Bueno, estos centros de energía perciben las energías del medioambiente y nos dicen si algo es bueno o no, nos advierten, nos hacen sentir cómodos, alegres, felices,

tristes, excitados, iracundos, etc. ¿Qué sintieron cuando entraron a mi casa?
—Ay no —contestó Ellen— tu casa está hermosa, y se siente un ambiente muy agradable, muy… no sabría cómo decirlo.
—Espiritual —dijo Karla— se siente como muy espiritual.
—Yo me sentí como en la casa de alguien a quien ya conocía de hace mucho tiempo atrás —complementó Erika
—Excelente, que bueno que se sintieron así, si se dan cuenta esas son sensaciones provocadas por las energías en este ambiente. Si llegas a la casa de una amiga y ella había estado minutos antes peleando y discutiendo con su esposo, ¿no es cierto que se sienten las energías en el ambiente?
—Sí, definitivamente eso se siente —afirmó Ellen, todas lo confirmaron.
—También, si llegases a cierto lugar donde hay una energía muy negativa y espesa, hasta te comienza a doler la espalda y te quieres ir de ahí, ¿cierto?
—Sí, eso me pasa mucho en ciertos lugares, soy muy sensible, —dijo Karla— y no aguanto mucho estar en esos sitios, o en compañía de esas personas.
—Sí, el ambiente tiene la capacidad de reflejar ciertas energías, así como las personas, algunas se cargan de energías muy espesas, de manera que llegamos a decir: "¡Uy, esta persona tiene una vibra muy espesa o pesada!" O hay personas que tienen una vibra muy positiva y siempre te parecen agradables, hasta te gusta estar en su compañía.
—Sí, definitivamente sí, podemos sentir eso.
—Bueno, eso que sienten del ambiente o de las personas son las energías, y estas las captan nuestros chakras, así que todo lo que vivimos nos es permitido sentirlo gracias a los chakras, si no tuviéramos estos centros de poder energéticos, no percibiríamos el mundo ni sus sensaciones.
—Jamás lo había pensado —dijo Erika— no sabía nada de esto.
—Bueno, resulta que cuando dos personas se conocen, nuestros chakras, perciben las energías del otro y sabemos si nos cae bien o no, eso, por un lado, por otro, porque también tenemos un cuerpo energético, este cuerpo es el que se carga con energías negativas o positivas, dependiendo del tipo de pensamientos que tengamos, si los pensamientos dominantes son de amor, respeto, deseos de bienestar, armonía, etc., nuestra energía será muy ligera y positiva, si los

pensamientos dominantes son de enojo, tristeza, rencores, negatividad, fastidio, etc., nuestras energías serán negativas, y cuando conocemos a alguien, su cuerpo energético es visto por nuestro cuerpo energético y es aceptado o rechazado dependiendo de su energía. También nuestro medioambiente impregna a nuestro cuerpo energético de sus vibras, si vives en un lugar sucio, falto de armonía y amor, las energías en este lugar se impregnan en tu cuerpo energético, y, por el contrario, si vives en un espacio limpio, lleno de amor y armonía, este ambiente también se impregna en tu cuerpo energético.

—¿Por eso, si llegas a una casa, puedes percibir sus vibras y sentirte cómoda o no en ese espacio?

—Y también percibes cuando alguien te tira la onda cuando se te acerca, ¿cierto?

—Así es Erika, así es Karla, nuestro cuerpo energético percibe el medioambiente, de manera que cuando conoces a alguien que te gusta mucho, es porque su cuerpo energético te gusta mucho, no es tanto su físico, es más su energía. Cuando sientes que alguien te tira la onda, es porque su cuerpo energético vuela hacia ti y se acerca demasiado, si su vibra no te es agradable, tu cuerpo energético de inmediato lo rechaza y se pone a la defensiva. Les confieso que antes de saber esto yo era muy, bueno no sé cuál sea el término para definirme, pero en cuanto veía a una mujer que me gustaba, sentía cómo mi energía se iba hacia ella, y ellas de inmediato me rechazaban o se ponían a la defensiva, cuando lo entendí, comencé a controlar a mi cuerpo energético y a no dejarlo suelto, ahora puedo ver a una mujer hermosa como ustedes tres, porque las tres son muy hermosas —les regaló una sonrisa, y ellas la aceptaron inclinando un poco la cabeza— y ustedes ya no sienten mi… —pensó un poco buscando la palabra correcta— acoso, sí, eso es lo que se siente, energéticamente se sienten como acosadas.

—Cierto, sí, así es como me siento cuando salgo a la calle y los hombres, pareciera que nunca vieran a una mujer hermosa.

—Es verdad Ellen, desafortunadamente, a los hombres no se nos enseña esto de los cuerpos energéticos y siempre andan sueltos buscando a una mujer atractiva, si aprendiéramos a controlar a nuestros cuerpos energéticos, podríamos verlas y admirarlas, sin hacerlas sentir acosadas.

—Ay, Alberto —dijo Karla— ojalá y de verdad pudieran enseñarles esto, se terminarían muchos problemas para las mujeres.

—Y para los hombres, porque también les pasa lo mismo, no a todos, claro, a mí no me pelan, ja, ja, ja. Por otra parte, ¿cuántas veces han conocido a un hombre que les gustaba mucho físicamente, pero qué al estar con él, aunque sea solo platicando, sientes que no quieres estar más con él, no que te caiga mal, sino que en realidad ya no quieres estar más con él, llegaste incluso a pensar al conocerlo que podrías tener sexo con él, porque físicamente te era muy atractivo, pero después te diste cuenta de que no, que sexualmente no querías nada con él.

—Sí, eso me ha pasado a mí —indicó Ellen.

—A mí también —confirmó Karla— muchas veces pensaba que por buenote podría querer todo con él, pero no, no hubo química.

—Exacto, eso es lo que todos decimos, no hubo química. Pero en realidad no es cuestión de química, sino de energía, resultó que su energía no era compatible con la tuya. ¿Se dan cuenta?

—Bueno Alberto, en realidad jamás me habían explicado esto, yo sabía de los chakras, pero no sabía para qué sirven, ni nada acerca de las energías.

—Desafortunadamente Ellen, nadie nos enseña esto, si nos lo enseñaran en las escuelas, desde pequeños, seríamos más cuidadosos de nuestras energías y de nuestras emociones, ¿te imaginas cómo seríamos como sociedad si nos enseñaran esto?

—No bueno —afirmó Karla— seríamos una sociedad con menos enojos y peleas, porque cuidaríamos más nuestras energías.

—También seríamos más cuidadosos de nuestras casas… —Erika, estaba pensando y recordando que ella nunca tendía su cama, y barría solamente los fines de semana, y no todos los fines de semana, su departamento llegaba a acumular trastos sucios todo el tiempo, se ponía a lavarlos hasta que ya no tenía cubiertos o vasos limpios para usar.

—¡Erika, ya llegué! —Carlos regresaba del trabajo, estaba cansado, el bufete estaba creciendo y se sentía agobiado y muy estresado. Cuando conoció a Erika se sintió muy atraído por su forma de ser, era muy despreocupada de muchas cosas, era muy alegre y siempre cariñosa. Antes de vivir juntos, a él le encantaba llegar a su casa de visita, porque lo hacía sentir en paz, pero después de vivir algún tiempo como pareja, la despreocupación de ella por las cosas llegó al extremo de no ocuparse de las cosas sencillas de la casa, los trastes sucios estaban apilados en el fregadero, llenos de restos de comida de la semana.

—Erika, por qué no lavas los trastes cada vez que terminamos de comer, así no batallarías en tener que lavar tantos.
—No me gusta lavar trastes, porque mejor no los lavas tú.
—Porque yo tengo que trabajar mucho para darte las cosas que te gustan, ¿no te gusta que te mantenga?
—Sí, aunque no lo necesito, pero además no me gusta lavar trastes.
—No, tampoco tender la cama, ni barrer, no te gusta nada.
—Bueno, es que así soy yo —siempre se justificaba de esa manera y él estaba cansado de discutir.

—¿Erika, Erika, estás bien?, te estamos hablando y te nos fuiste.
Karla estaba de pie pasando su mano delante de sus ojos.
—Perdón, sí, es que me distraje pensando en algo.
Karla levantó una ceja y volvió a tomar asiento.
—Pero entonces Alberto —preguntó Ellen— ¿nos estás diciendo que la atracción de dos personas dependerá de su energía, y que, si nos rechazan o nosotros a ellos, es por nuestras energías?
—Sí, así es, la atracción en un principio es física, dicen que el amor entra por los ojos, ¿cierto?
—Sí, claro, porque si no me gusta mucho ni caso le hago, dijo Erika.
—Ay amiga no te hagas, te acuerdas de Raúl, no me digas que estaba muy guapo, estaba rete feo, panzón, chaparro y ese bigote, ay no, no me digas que te gustaba mucho, hasta tú misma nos decías…
—Bueno, sí —la interrumpió— no era un adonis, pero besaba bien sabroso —dijo pasando su lengua sensualmente por sus labios.
—Ay Erika —dijo Ellen sonriendo, todos rieron por su comentario.
—Lo que pasó ahí, es que físicamente en un principio no te pareció guapo o agradable, pero su energía sí —aseguró Alberto.
—No bueno, —secundó Karla— eso sí, era muy simpático y nos hacía reír mucho, era muy ligero, pero ésta siempre los termina corriendo.
—Pero a ver, entonces, si yo rechazo a alguien es porque sus vibras no me gustan, pero qué pasa si sus vibras sí me gustan, pero a las dos semanas ya no quiero estar con él, ¿qué pasó ahí?
—Las relaciones personales, sean de amor o no, tienen como objetivo aprender algo o resolver algo relacionado con nuestras vidas pasadas.
—¿Tú crees en la reencarnación?, porque yo no —aseguró Erika.
—Por supuesto que sí —dijo Alberto sonriendo.

—Yo también, —Ellen levantaba la mano— siempre he pensado que esta no es mi primera vida.

—El otro día —dijo Karla— mi mamá me compartió un video de un niño que decía qué en su vida pasada, había vivido en una isla y hasta recordaba el nombre de su mamá y de su papá en aquella vida, la verdad fue muy interesante.

—La ventaja de la internet, es que ahora podemos ver muchas historias y casos reales de reencarnación.

—Bueno sí, yo he visto esos videos, pero no creo que sean verdad, ya sabes, no hay que creer en todo lo que ves en la internet —dijo Erika levantando las cejas y moviendo de lado la cabeza.

—Sí, no debes de creer en todo lo que ves, pero nunca te cierres a la posibilidad, en lugar de decir: No creo en esto, di: "Bueno, puede ser posible", eso te va a permitir estar más abierta a recibir más información, de otra manera tu mente se va a cerrar y te vas a convertir en una escéptica de todo, de aquellos que niegan aun cuando se les presentan las pruebas y dicen: "Bueno, qué tal que fabricaste esas pruebas para convencerme".

—Sí amiga, siempre te hemos dicho que no seas tan negativa con las cosas, ábrete a las posibilidades.

—Bueno, sí, está bien, lo reconozco, voy a ser menos escéptica.

—Excelente, entonces, cuando conoces a alguien cuya energía te hace clic —Alberto chasqueó los dedos de su mano derecha al decir esta palabra— tu cuerpo energético, o cuerpo espiritual, desea establecer un contacto mayor. Cuando él o ella tocan tu piel, su energía comienza a ser recibida por tus centros energéticos en mayor forma, y el deseo de tener un mayor contacto aumenta. Recuerden cuando conocieron a su pareja. ¿No es verdad que al verlo a los ojos sintieron como si ya lo conocieran, o quizás algo especial les llamó la atención?

—Sí, cuando conocí a Richard, fue en una cafetería y al verlo a los ojos me encantó, después, cuando toqué su brazo sentí algo muy especial, estábamos sentados tomando un café y me contó un chiste, me reí tanto que me hizo escupirle el café en la camisa, fue muy vergonzoso, tomé una servilleta y quise limpiarle la camisa, pero él tomó mi mano y al hacerlo, guau, no bueno, es que sí, definitivamente hicimos superclick, acá entre nos, creó que hasta me excité, dijo un poco ruborizada —al recordar todo esto sus ojos volvieron a nublársele.

—Ay amiga, por eso te digo que ustedes pueden arreglar esto, —Karla le tomaba la mano.

Alberto esperó un poco, ella se secó los ojos y dijo: —Ay no, no quiero llorar —hizo un gran esfuerzo para contenerse— anda Alberto, sigue, ya no me hagas recordar.
—Estas cosas duelen Ellen, pero una vez que entiendas verás que todo tiene solución. Entonces sigamos, lo que te ocurrió ese día es que su energía y la tuya se encontraban muy contentas la una con la otra, y querían unirse para fundirse, por eso la química fue tan fuerte entre ustedes. De seguro ese día, al irte a casa, no podías dejar de pensar en él, ¿cierto?
—Sí, claro, creo que hasta lo extrañaba y solo esperaba a que me llamara.
—Eso pasaba, porque tu energía se llevó parte de la energía de él, y él se llevó parte de la energía tuya, por eso él tampoco podía dejar de pensar en ti. ¿Cómo fue su segundo encuentro?

El teléfono celular en la mesita de noche comenzaba a vibrar, corrió a tomarlo antes de que cayera al suelo.
—Diga, hola.
—Hola preciosa.
— ¿Quién habla?
— ¿Perdona, eres Ellen?
—Sí, ¿quién la busca?
—Hola Ellen, soy Ríchard, nos conocimos hace un par de días.
—A sí, claro que me acuerdo, el del caballo cojo, ja, ja, ja, no he podido olvidarme de ese chiste, me dormí imaginando al caballo.
—No, y al jinete, pobre tipo, ja, ja, ja.
Ambos rieron a carcajadas.
—Me encanta tu risa Ellen.
Se quedó callado esperando la respuesta.
—Gracias, a mí también me gusta la tuya.
— ¿No soy inoportuno, no estás ocupada?
— No, en realidad, terminé de cenar.
—¿Cómo, tan temprano?
—Temprano, pero si ya van a dar las nueve de la noche.
—Perdona, pensé que serían como las siete y media, creo que me estoy enamorando y eso me afecta el tiempo.
—Ah, sí, ¿y quién es la afortunada?

—Una chica con una linda sonrisa, ya te la presentaré.
Ella sabía que él no tenía ningún compromiso, así que no se preocupó y hasta se sintió alagada.
—Estaba pensando Ellen, ¿te gustaría ir a tomar un café conmigo?
— ¿Ahorita, no crees que ya es muy tarde?
—Vives sola, ¿cierto?, eso me dijiste.
—Sí, pero Claudia no me deja salir tarde con caballeros, y menos si son muy guapos.
— ¿Claudia?
—Mi gatita, ja, ja.
—Cierto, se me había olvidado, mira que ponerle nombre de humano a una gatita.
—Sí, soy un poco rara.
—¡Y eso me encanta!, pero bueno, entonces, paso por ti en digamos… cinco minutos o menos.
El timbre del interfono, sonó
—Espera, alguien está llamando a la puerta.
Corrió hasta la cocina, levantó el auricular y se activó la pequeña pantalla de visión del aparato, ahí estaba él, de pie, observándola de frente con su
hermosa sonrisa.
—Hola bonita, —dijo al encenderse la luz del interfono.
—Pero…, ay no, Ríchard, no estoy lista.
—Sorpresa…, anda preciosa, te espero aquí abajo.
—Bueno —dijo sonriendo— está bien, espérame.
Colgó ambos aparatos y corrió hasta su recámara, se sentó en la orilla de la cama y comenzó a ponerse los tenis, Claudia, de un salto, subió a la cama y ronroneando con la cola levantada, rozó su cuerpo sobre la espalda de Ellen, parecía percibir las energías de su dueña, y con su ronroneo le decía que él era bueno para ella.
—Sí, hermosa, ahora que lo conozcas, verás que sí, te va a gustar mucho.
Se puso de pie, sacó del closet un suéter muy ajustado, que le permitía lucir su hermoso busto, y se lo puso, corrió al espejo, se arregló un poco el cabello y puso en sus labios un labial discreto, se vio hermosa y dijo mirándose a los ojos: ¡Vamos preciosa, acaba con él!
Estaba de pie, recargado en la pared, admirando la calle, cuando escuchó la puerta detrás de él abrirse, se dio la vuelta y ahí estaba ella, con su hermosa sonrisa y esos labios rosados que él había deseado

desde que los vio detalladamente mientras abrazaban el popote del capuchino y lo pintaban de rojo.
—Guau —dijo admirándola— te ves hermosa.
—Usted, también señor, se ve muy bien esta noche.
—¿Solo esta noche? —dijo bromeando.
—Bueno, no, el otro día también, también se veía usted… —guardó silencio y sonrió, pensando para sí misma: Muuy bien, de hecho, se veía usted muy bien.
Como ella se quedó callada, él percibió su mensaje inconscientemente.
—También tu Ellen, ese día te veías muy, pero muy bien.
Ambos se acercaron para darse un beso en la mejilla, y al sentirse, sus energías se acercaron bailando una alrededor de la otra, tocándose apenas.
—Vamos, conozco un lugar cercano, no necesitamos el auto.
Comenzaron a charlar, por momentos, y accidentalmente rozaban sus manos en el vaivén de la caminata, ambos sonreían y la plática fluía sin restricciones. La cafetería estaba casi vacía porque ya eran más de las nueve.
—Buenas noches, bienvenidos —dijo la mesera, pasen por favor.
Escogieron una mesa cerca de la ventana, la calle todavía seguía con mucha afluencia, andantes y vehículos pasaban cerca de ellos, pero por su alegría lo de afuera desaparecía, volvieron a la realidad cuando la mesera se acercó.
—¿Qué les vamos a servir?
—Quiero un capuchino con leche deslactosada.
—A mí, un café americano, por favor.
—Con gusto, tenemos también pastel de zanahoria o pay de manzana.
—Sí, por favor, —dijo él— ¿te apetece alguno? —volteó a verla y continuó sin esperar su respuesta— es más, si me permites, señorita, tráiganos los dos, vamos a probarlos y a compartirlos.
—De acuerdo, probémoslos, pero no estoy segura de querer compartirte el que elija —dijo en tono de broma.
—No importa —dijo apoyando ambos codos en la mesa, y sujetándose la cara para admirarla— serán todos para ti sola.
Ella le regaló su hermosa sonrisa.
Mientras platicaban, ambos colocaban sus manos como por accidente cerca de las del otro, hasta que él las tomó y comenzó a acariciar sus dedos delgados.
—¿Sabes Ellen, tienes dedos hermosos, parecen manos de pianista,

segura de que no sabes tocar piano?
—Segurísima de que no.
—Bueno, estoy seguro de que esas hermosas manos acarician y despiertan muchas sensaciones.
Ella se sintió cohibida y retrajo sus manos, se comenzaba a excitar y trataba de evitarlo, la energía Kundalini, comenzaba a acumularse en el chakra raíz y por eso surgía la excitación.
El tiempo transcurrió rápidamente, entre risas y anécdotas.
—Perdonen, ya vamos a cerrar son las once de la noche, les dejo su cuenta.
Pagaron y salieron del local, la calle estaba vacía, la noche era fresca, pero muy agradable, llegaron hasta la puerta del edificio, ella deseaba invitarlo a subir, él deseaba que ella lo invitara a subir, pero ninguno de los dos quería acelerar las cosas
—Bueno Ellen, ya es tarde y mañana tienes que trabajar, me la pase increíble.
—Yo también Ríchard, gracias por haber venido, me he divertido mucho, tenía tiempo que no la pasaba tan bien, gracias.
—Bueno hermosa, me voy —se acercó a ella, la abrazó, y le dio un beso tierno y largo en la mejilla, ambos se abrazaban sintiendo sus cuerpos, sus cuerpos energéticos se abrazaban también, elevando su energía en el chakra raíz, y, por lo tanto, su excitación, por lo que se separaron, para no provocar más.
—Mañana te busco, ¿te gustaría que comiéramos juntos?
—Claro, me encantaría, pero mañana no puedo, tendrá que ser pasado mañana.
—Me castigas, pero está bien, entonces hasta pasado mañana, que descanses.
Dio media vuelta, ella se quedó viéndolo caminar, y después entró.

—Bueno, lo que sí recuerdo es que quería mucho volver a verlo.
—Pero no solo eso Ellen, tu cuerpo comenzó a querer estar con él sexualmente cierto, cada vez que él te tocaba por error o a propósito, sus energías se acariciaban y aumentaban el deseo de querer estar juntos.
—Sí, eso me pasa mucho a mí, dijo Erika, cuando conozco a alguien con quien hago clic —chasqueo sus dedos y sonrió picarescamente—

mi cosita… —señaló a su entrepierna— se pone loca y solo desea que la satisfagan.
—Ja, ja, ja, ja, rieron todos.
—Me encanta tu frescura —Alberto le sonreía.
Erika era una mujer de casi cuarenta años, tenía una cara muy bonita, pero los últimos años, había subido algo de peso y ya se le notaba, pero su belleza continuaba ahí, su personalidad despreocupada de muchas cosas, la habían llevado a despreocuparse de sí misma.
—Entonces, la excitación de tu cosita, es provocada por el aumento de energía en el chakra raíz, y ocurre cuando la energía del otro nos es muy atractiva.
—Guau Alberto, es que nunca había sabido esto, entonces nuestra excitación es energética.
—Sí, y después es bioquímica, porque el cuerpo forma hormonas y sustancias especiales que nos llevan a que su cosita se humedezca, perdón por la especificidad, y en el caso de los hombres a tener una erección.
—Ok, sigue, esto se pone bueno —dijo Karla apretando las piernas sin que nadie se diera cuenta.
—Cuando por fin tenemos un encuentro íntimo sexual, a través de las caricias las energías se incrementan, los besos y las caricias de nuestras zonas erógenas nos llevan al deseo del orgasmo, la energía sexual o Kundalini se incrementa y queremos tener un orgasmo, deseamos tener un orgasmo, si el orgasmo es muy largo e intenso, la energía permanece más tiempo en nuestro cuerpo, normalmente te quedas recostada esperando a reponerte, cierras los ojos y te quedas sin moverte, porque la energía del orgasmo fue tan intensa que ahora, tu energía se está acomodando de nuevo en tu cuerpo físico; cuando el sexo no ha sido con alguien especial, sino solo para satisfacer el deseo sexual, el orgasmo, es más corto, menos explosivo, y la energía producida dura menos en nuestro cuerpo, no tienes necesidad de quedarte quieto, a veces solo quieres salir de ahí y no volver a ver a esa persona, ¿cierto?, seguro les ha pasado.
Todas voltearon a verse.
—Bueno sí, dijo Erika, a mí me ha pasado eso y la verdad es que no es tan satisfactorio, pero también he tenido unos encuentros que guau, ese Carlos, sí que me, guau… ¡esos eran orgasmos!
Ja, ja, ja, ja, rieron.
—Sí, yo también he sentido eso —dijo Karla.

—Definitivamente sí, con mi esposo sentí por primera vez esos orgasmos, ya había tenido muchas experiencias, pero ninguna como con él, por eso me enamoré como tonta. Pero ahora... —iba a ponerse a llorar, pero Alberto la interrumpió.

—No —gritó y levantó la mano, esta acción la sacó de su momento y se quedó quieta, él le sonrió— no, quédate en tu mente con esos hermosos momentos entre tú y él, deja de pensar en lo que está pasando ahora, ya lo resolverás, pero no es haciéndote daño o pensando en lo malo, sino enfocándote en lo bueno y hermoso que ustedes tienen, ya entenderás por qué te lo digo.

—Sí amiga, dijo Karla, ustedes tienen algo muy hermoso, sigamos hablando y ya lo resolveremos.

—Tienes razón, recordar todos esos momentos me ha llevado a ese tiempo hermoso, y bueno, sigue.

—¿Quieren más café, o alguna otra cosa, una cuba, o algo así?

—Sí, por favor, me regalarías una cuba con ron y agua mineral, es que el refresco engorda y uno debe cuidarse, ja, ja, ja.

—No Erika, el refresco no engorda.

—Claro que sí, tiene muchas calorías.

—Engorda el que se lo toma, ja, ja, ja, todos rieron.

—A mí un whisky en las rocas, por favor, a Karla esa bebida la remontaba a una hermosa historia de amor en su vida.

—Yo solamente agua mineral, por favor —dijo Ellen.

Después de estar todos servidos nuevamente, se sentaron y continuaron la charla.

—La verdad, es que nunca me hubiera imaginado que un orgasmo fuera una explosión de energía, dijo Karla.

—Pero lo es, nosotros somos seres de energía, cuando una persona muere, el cuerpo se enfría, porque la energía sale de él, ¿han tocado un cadáver?

—Ay no, no ni de chiste —dijo Ellen

—Bueno, en cuanto una persona muere, no pasan ni diez minutos cuando se pone frío, es una sensación especial, pero así es, esto pasa porque la energía ya no está en el cuerpo, eso demuestra que somos energía, ¿no creen?

—Sí, no lo había pensado, pero si todo lo registramos con nuestros chakras, y ellos solo registran energías, entonces sí, definitivamente somos energía.

—Una caricia, es el registro de una energía, hay mucha diferencia entre

una caricia de amigo y una con deseo sexual, ¿cierto?
—Sí, es verdad, eso se percibe.
—No lo había pensado —agregó Erika— pero sí, definitivamente se siente, cuando tu novio te toca solo para acariciarte y cuando lo hace porque quiere algo más.
—Bueno, entonces —continuó Alberto— dijimos que el medioambiente tiene la capacidad de impregnar nuestros cuerpos energéticos de su energía. También el cuerpo energético de nuestras parejas y nuestro propio cuerpo energético, tienen la capacidad de impregnarse e impregnar al del otro o al medioambiente. Pero somos como una taza o un vaso, solo podemos recibir cierta cantidad de energía, de manera que si le quieres poner más agua al vaso, esta se va a derramar, pues ya no le cabe más. De la misma manera, nuestro cuerpo energético solamente puede recibir cierta cantidad de energía durante un cierto tiempo, después, comienza a rechazarla porque ya no puede recibirla. Cuando tu pareja tiene mucho tiempo transmitiéndote su energía, y tú a él, llega tu cuerpo a un punto en el que ya no la puede recibir más y comenzamos a rechazarnos. ¿No es verdad, qué después de un tiempo con la misma pareja, ya las relaciones sexuales no son tan frecuentes, como lo eran en un principio?
—Claro que sí, cuando Ríchard y yo empezamos a tener sexo, no bueno, no había día en que no lo hiciéramos, pero después, bueno, nos fuimos enfriando.

—¿Cómo te fue mi amor?
Ríchard regresaba del trabajo, eran las once de la noche, y se estaba sacando la corbata.
—Ha sido un día muy pesado y luego Roger se le ocurre comenzar juntas a las ocho de la noche, por el nuevo proyecto del edificio corporativo en el centro, es un proyecto muy importante y ya sabrás cómo nos trae.
—Los niños están durmiendo, ven siéntate.
—Espera, quiero darme un baño —se acercó a ella y le dio un beso apasionado jugando con sus lenguas.
—¿Y ese beso? —sonrió ella coquetamente.
—Bueno, tengo ganas de consentirte esta noche, me voy a bañar y salgo.

Se encaminó al baño, regreso a los veinte minutos envuelto en la toalla, esta dejaba ver su vientre bien marcado, sin casi grasa acumulada, y el bello en su vientre bajo le daba un aire sensual, era un hombre delgado, pero fuerte, a quien que le gustaba cuidarse. La luz de la recámara estaba apagada y solo quedaba encendida la lámpara en el buró del lado en donde él dormía.

—¿Ellen, estás dormida?

Ellen roncaba casi calladamente, el cansancio del día, su trabajo y los niños, la habían agotado, ya eran casi las doce de la noche y el sueño la venció.

—Maldita sea —dijo molesto— hace tiempo que no tenemos sexo y…

—ya no quiso seguir molesto, se acostó, apagó la lámpara y se durmió.

A las seis de la mañana, se despertó, se puso su ropa deportiva, tomó el portatrajes con la ropa que iba a usar en el día y salió de casa sin despedirse, después del gimnasio se iría a trabajar y volvería hasta tarde. Ellen seguía durmiendo, su rutina empezaba hasta las siete, levantar a los niños y arreglarse, la señora del servicio preparaba el desayuno, ella se iba al gimnasio después de que los niños se hubieran ido en el transporte escolar, para después irse a su oficina, ella era agente de ventas en una correduría de bienes y raíces.

—En las relaciones de pareja —continuó Alberto— por ser estas relaciones energéticas, y por ser nuestros cuerpos energéticos los que dan y reciben energía, y porque ellos tienen un punto de saturación, en donde ya no pueden recibir más energía, llega un momento en que el sexo, por ser un acto de transmisión de energía, ya no es tan deseado y tan necesario, ¿van entendiendo?

—Guau —exclamó Ellen— es que jamás lo hubiera entendido, pensaba que simplemente nuestros esposos ya no nos quieren, o que estamos feas y que por eso buscaban a alguien mejor. Guau Alberto, me estás aclarando la mente.

—Ves amiga, tenía razón, tenemos que volver a venir a ver a este hombre.

—Sí, yo quiero —dijo Erika.

—¿Ya vieron la hora?

—Ay no, pero si ya son más de las dos de la mañana, que rápido se me fue el tiempo, vámonos. Pero entonces Alberto, no es que mi esposo

no me quiera o yo a él, sino que nuestros cuerpos energéticos, ya no pueden recibir tanta energía del otro, por eso nos alejamos sexualmente.
—Así es Ellen, en realidad todas las parejas que en un momento deciden casarse, es porque tienen un amor muy hermoso, pero se divorcian, porque no entienden o no saben esto de las energías, si lo supiéramos, bueno, sería otra historia.
Todos se pusieron de pie.
—Ellen, permíteme sugerirte algo, no tomes decisiones todavía, espera a que terminemos de hablar de esto, si quieres invitar a Ríchard, me encantaría conocerlo, es más que les parece si hacemos una reunión de parejas, el sábado próximo, yo estoy libre, vengan y cenaremos, si tienen novio tráiganlo, o vengan solas, cómo lo deseen.
—Cuenta conmigo, pero no sé si él estará dispuesto.
—Habla con él y cuéntale todo esto, sé que tendrás dudas, pero platícaselo, eso te va a ayudar a entender más, y no tomen decisiones drásticas, sigamos analizando este tema.
—Yo sí vengo —dijo Karla— y vendré acompañada.
—Yo también —confirmó Erika— ya veré si vengo sola.
—Excelente chicas, me encantó conocerlas.

II Un barco que se hunde

Ellen llegó a su casa, abrió la puerta principal y entró, el ambiente se sentía cálido, solo entrar la devolvió al momento difícil que estaba viviendo y se sintió devastada. Subió las escaleras, entró a la recámara de su hijo, se acercó a la cama, se agachó y le dio un beso en la mejilla, él sintió el beso, pero solo se giró y continuó durmiendo. Cerró la puerta y se dirigió a la habitación de enfrente, su hija dormía, al sentir la presencia de su madre, se despertó.
—Hola mamá, ¿cómo te fue?
—Hola mi amor, bien mi cielo, ya es tarde, duerme.
—¿Estás bien mamita? —ella presentía algo.
—Sí mi amor —sonrió forzadamente— duérmete, se inclinó y le dio un beso.
Entró a su habitación, su esposo estaba despierto, pero fingía estar

dormido, recostado de lado y dándole la espalda, ella se acercó a la mesita de noche y encendió la lamparita, la habitación se iluminó tenuemente. Él continuó sin moverse y con los ojos cerrados. Ella entró al baño, desabotonó su blusa blanca y se la quitó, después puso sus manos en el broche del brasier y este se liberó dejando sus hermosos senos al descubierto, sus pezones se erectaron y ella se los frotó para relajar la sensación, se quitó el pantalón, que cayó al piso, lo levantó con un pie y lo dobló colocándolo encima del silloncito a un costado de la puerta, se quitó la pantaleta de color blanco de encaje, su cuerpo era muy hermoso y sensual, tomó el camisón del pequeño closet en el baño, y se lo vistió, se paró frente al espejo y comenzó a desmaquillarse, al verse a los ojos comenzó a llorar, amaba a su esposo y no quería perderlo, pero no sabía cómo resolverlo, los mensajes aprendidos de su abuela y su madre, le retumbaban en la mente: "Una vez que el hombre te engaña, es porque ya no le llenas, ya no le satisfaces y entonces, buscará a otra." Se veía a los ojos tratando de no llorar en voz alta, las lágrimas mojaban el algodón con el que se estaba quitando el maquillaje.

—¿Qué no le diste?, ya lo ves —se decía a sí misma— esto te pasa por haberlo estado rechazando tantas veces, ¿pero por qué lo hiciste?, detente Ellen —una voz en su mente detuvo su autocastigo— recuerda la energía, detente, Alberto te dijo que no te autocastigaras, qué todo es cuestión de energía, ya no te lastimes —Terminó de desmaquillarse y salió del baño, apagó la luz y cerró la puerta. Se recostó, se tapó con la colcha y cerró los ojos. Tenían meses en que al dormir no se decían nada.

—Hola hermosa, ¿cómo estás?

Ellen había levantado el teléfono y escuchó esas palabras, de inmediato reconoció la voz de Ríchard.

—Hola guapo, estoy bien, ¿y tú?

—Ansioso por verte, ya se llegó el día de nuestra comida, pero estuve pensando, no prefieres que sea cena, yo tengo toda la tarde libre, de manera que si comemos no tengo problema, pero quería después de comer invitarte una copa y si tú tienes que regresar al trabajo, pues, no sería posible, por eso pensé que sería mejor una cena y después una copa, ¿qué dices?

—No lo sé señor, sus propuestas son muy tentadoras, espera, déjame ver mi agenda…, sabes qué, no tengo nada más tarde, así que podemos comer juntos, no tengo que regresar a la oficina.
—Excelente, paso por tí, sé que llevas tu carro, así que por qué no mejor paso por tí a tu casa y nos vamos en un solo vehículo.
—Me agrada la idea, te veo en mi casa a las tres y media.
—Magnífico ahí te veo, bonito día hermosa, adiós.
Ella no contestó, solo colgó el teléfono.

El teléfono celular sonaba insistentemente, leyó en la pantalla el nombre y contestó.
—Sí, diga usted —dijo con voz solemne.
—Hola hermosa, uy, qué seriedad, me asusta, ja, ja, ya llegué, estoy abajo, te espero.
—Dame unos minutos, ahora bajo.
Él se encontraba de pie, recargado en su vehículo, estaba abrazando un osito de peluche que vestía un overol de obrero y una gorra deportiva, tenía una hermosa sonrisa.
Ella salió, llevaba un vestido verde esmeralda de vuelo amplio y escote entallado, sus piernas hermosas eran adornadas por unas zapatillas de tacón alto. Él la admiró, no podía creer tanta belleza.
—Guau Ellen, te ves increíble.
Ella dio un giro, y su vestido se levantó un poco, dejando ver aún más sus hermosos muslos por encima de las rodillas.
—¿Te gusta?
—No me gusta, me encanta.
Él se acercó a ella y le mostró el osito.
—Qué hermoso —dijo tomando el peluche— que bello está —lo abrazo pegándolo a sus hermosos senos.
—Me alegra que te guste, no sabía si te agradaría.
—Está hermosísimo, gracias.
Se acercó a él y le dio un beso en la mejilla, quedándose unos segundos sintiendo sus rostros. Él la abrazó cariñosamente y después la apretó con fuerza, este abrazo la excitó, su energía Kundalini se había despertado.
—¿Nos vamos? —dijo soltándola.
—Claro, vámonos.

Él abrió la puerta del vehículo, le dio la mano para que entrara, y al hacerlo dejó ver aún más sus hermosas piernas.

—Gracias, caballero.

Caminó por el frente del vehículo mientras ella lo observaba, abrió su puerta y se sentó.

—Te ves hermosa Ellen, no sabes cuánto me gustas.

Ella lo observaba mientras manejaba, su nariz un poco aguileña lo hacía verse muy atractivo, sus labios eran delgados, pero ansiaba probarlos.

—A dónde me lleva señor, no pensará en secuestrarme verdad —dijo picarescamente.

—Eso dependerá de cómo se porte usted en la comida, si se come todos sus alimentos, puede que sí me la robe, ja, ja, ja.

—Bueno, entonces ya veremos, dependerá de cómo usted se porte en la comida, ya veremos si me acabo todo o no.

Llegaron al restaurante, detuvo su auto y el valet parking se acercó para abrirle la puerta a ella. Él salió rápidamente del vehículo y dijo:

—No joven, gracias, yo me hago cargo.

Ella volvía a observarlo mientras rodeaba el auto para abrirle la puerta.

—Baje usted bella dama, dijo extendiéndole la mano.

Ella descendió, y nuevamente pudo admirar sus encantos al salir. Ella se quedó de pie mirándolo a los ojos, él se acercó a ella lentamente, sus labios se dirigieron a los de ella, ella cerró los ojos, y en el último momento le dio un beso tierno entre la comisura de los labios y su mejilla, sonrió.

—¿Entramos?

Ellen estaba un poco desconcertada, pero le encantaba este juego, hacía que su deseo fuese mayor.

—Bienvenidos —dijo la mesera una vez que estuvieron sentados en la mesa— ¿les puedo ofrecer algo de tomar antes de sus alimentos?

Ordenaron sus bebidas y la plática fluyó como siempre encantadora, a veces profunda y muy alegre, sus energías bailan tomadas de la mano, girando alrededor de ellos.

—Sabes Ellen, me pasa algo que no me deja en paz.

—¿Qué, tienes es algo malo?

—Sí, es aquí adentro —señaló su pecho, su rostro estaba serio.

—No me asustes Richard, ¿tienes alguna enfermedad en el corazón?

—Ven, siente.

Tomó su mano y la jaló hacia su pecho, ella puso su palma sobre su camisa y sintió sus palpitaciones, realmente tenía el pulso acelerado.

—¿Sientes eso?
—Bueno sí, se siente tu corazón muy acelerado
—Es por ti Ellen —dijo sonriendo— te me estás metiendo muy adentro.
Aprovechando que tenía su mano, se levantó un poco de la silla y se inclinó hacia ella, sus labios por fin probaban su delicioso sabor, ambos se entregaron un beso muy hermoso, un beso tierno, frotaban la sensible piel de un labio sobre el otro.
El lugar se había desaparecido, finalmente él se separó de ella, y ambos sonrieron un poco cohibidos, se sentían como adolescentes, dando su primer beso. Él no le quitaba la vista de encima, ella agachó la vista acomodándose la servilleta sobre las piernas.
—¿Te incomodó? —preguntó él.
—No, es solo qué hacía mucho que no sentía esto y es muy… no sé cómo decirte.
Sus hermosos ojos lo miraban fijamente.
—Bueno, si sirve de algo, estoy igual que tú, tenía mucho tiempo que no sentía esto por nadie, por supuesto he tenido novias, pero siendo honesto, tenía mucho que no sentía algo tan fuerte por alguien. Ellen, sé que es muy pronto, llevamos muy poco tiempo de conocernos, pero quiero pedirte que me des la oportunidad de ser tu novio.
Ella abrió los ojos asombrada.
—¿Te molesta la idea?
—No es eso, es que, ciertamente tenemos muy poco tiempo de conocernos.
—Lo sé, pero esto que sentimos no es algo normal, así que por qué no intentarlo, conozcámonos más y veamos si seguimos adelante o no, ¿qué dices?
—Déjame ver cómo está la comida, si me acabo todos mis alimentos entonces veremos.
—Bien, sonrió él aliviado, espero que te guste mucho.
—Ya me gusta mucho.
—La comida, me refería a la comida.
—Por supuesto que yo también me refería a la comida —le regaló una sonrisa picaresca.
El resto de la plática fluyó, como un río en una tarde de verano con el cielo despejado.
—¿Todo está bien con su servicio? —el capitán de meseros se acercó para saludarles— ¿se les ofrece algo más, un postre, quizás?, tenemos

chongos zamoranos o tiramisú de chocolate.
—Sí, sí, perdón, hermosa, ¿tú quieres algo?
—No lo sé, quedé muy satisfecha, y se fijó usted señor, me terminé todos mis alimentos —dijo alegremente mirándolo a los ojos.
Él solamente sonreía.
—Bueno sí, el tiramisú, por favor.
—Para mí los chongos zamoranos, ese es mi postre favorito.
—Mira, ya descubrí algo más que te gusta mucho.
—Hay tres cosas con las que me puedes envenenar, las enchiladas de mole, los chongos zamoranos, y con ese hermoso cuerpecito —dijo recorriendo la vista por los senos y el rostro de ella.
—Está bien, ya sé cómo envenenarte cuando me hagas enojar, ja, ja, ja.
Después de terminar el postre y viendo el reloj, dijo.
—Nos vamos, quiero llevarte a un lugar especial.
—Vámonos —confirmó ella, dejó la servilleta sobre la mesa y salieron, el valet parking trajo su vehículo y quiso ir a abrirle la puerta, pero él ya la estaba abriendo.
—Pasa hermosa —se hizo a un lado para que subiera, ella giró, y sorpresivamente pasó sus brazos alrededor de su cuello y lo besó, al principio un beso suave, pero conforme se fueron sintiendo, ella jugueteó un poco con su lengua encima de sus labios, con este beso encendieron sus energías, el chakra sexual comenzó a girar más rápidamente, provocando en él una incipiente erección, se apretó fuertemente a ella y sus lenguas hicieron su aparición, acariciándose suavemente, después de un largo beso se separaron.
—Sí Ríchard Cisneros, sí quiero que seas mi novio.
Él la volvió a besar, suave y tiernamente, su lengua apenas rozaba sus labios tratando de alargar las sensaciones. Ella suspiró grandemente y él la soltó, sosteniéndola de sus manos.
—Ya verás hermosa, no te vas a arrepentir.
—Estoy segura de que no.
Entró al auto y al subir dejó ver nuevamente sus hermosos muslos. El cerró la puerta, dio una propina al joven y entró.
—Bien hermosa, vámonos.
—Ríchard, ya son casi las siete, qué te parece si mejor te invito una copa en mi casa —dijo con esa sonrisa especial de seducción.
—Me encanta la idea, vamos.
Mientras manejaba, él estiró su mano y acarició la de ella, estas

entrelazaron sus dedos y ella comenzó a acariciar sus venas.
—Sabes Ríchard tenía mucho tiempo sin tener un novio.
—¿Pero por qué, si eres tan hermosa?
—He salido con algunos caballeros, pero la verdad es que nadie me llegaba al punto aquí adentro —señaló su corazón— y desde que nos vimos la primera vez en la cafetería, fue como si al verte, supiera que tú eras ese tipo especial.
—Ay mi amor, dijo por primera vez.
Ella volteó a verlo, y sonrió.
—Eso se escucha lindo.
—Eso es lo que me nace contigo, y debes saber que a mí también me pasó lo mismo, no te miento, he salido con otras mujeres y con algunas sí he llegado a sentir algo especial y por supuesto me he enamorado, pero al verte ese día, algo se destapó en mí, fue también, como la certeza de que deberíamos de estar juntos. Después de que nos despedimos, no he podido dejar de pensar en ti, y al hacerlo, mi rostro solamente sabe sonreír, mis amigos me dijeron que qué me pasaba. Saúl, mi amigo de la infancia, me preguntó: ¿Hermano, estás enamorado? Sí, le contesté, sí lo estoy. ¿Y quién es?, cuéntame. Es la chica más linda que te puedes imaginar, tiene unos ojos hermosos, y un cuerpo que no inventes. Ay no hermano, preséntamela qué tal que te la bajo. Por eso no te la voy a presentar, le dije. Por supuesto nos reímos mucho.
—Así que ya me has estado presumiendo con tus amigos.
—No con todos, solo sonrío diferente desde que te conocí.
Sus energías estaban juntas, abrazadas, se soltaban un poco y volvían a tocarse, no podían separarse totalmente la una de la otra, eran como dos niños descubriéndose y jugando a sentirse.
Llegaron al edificio, se estacionaron y entraron al departamento, este estaba muy limpio y organizado, ella era muy cuidadosa con sus cosas, nada estaba fuera de sitio, las ventanas estaban abiertas, de manera que una corriente de aire fresco y agradable entraba por ellas.
—Guau Ellen, sí que está hermosa tu casa, ¿tú la decoraste?
—Sí, así es, siempre he tenido facilidad para combinar las cosas.
—Vas a tener que ir a mi departamento a darle una buena manita, porque bueno, yo soy más simple, vivo bien y soy muy limpio, pero para la decoración, pues no soy tan bueno, eso sí, me considero un hombre que tiene muy buen gusto.
Diciendo esto se acercó a ella y se besaron, al principio solamente sus

labios se fundían, pero poco a poco ella comenzó a dejar que su lengua acariciara sus labios y él la aceptaba saboreando el dulzor que ella le regalaba. Su energía Kundalini se incrementaba, mientras sus lenguas aumentaban el juego.

—¿Hermosa, estás segura de querer esto?

—Sí. Sí quiero, ven.

Lo tomó de la mano y se encaminaron a la recámara. Ella comenzó a bajar el cierre de su vestido.

—Espera, déjame ayudarte.

Cuando comenzaron a desvestirse, sus energías se tomaban de las manos y se abrazaban, giraban y subían en una espiral hermosa, su chakra raíz y su chakra del ombligo giraban activados por la energía Kundalini; se colocó detrás de ella, la abrazó por la cintura pegando su cuerpo al suyo, sintiendo sus hermosos glúteos, la besó en el cuello, ella le acarició sus cabellos, él se separó y comenzó a bajar el cierre, cuando llegó hasta abajo, subió su mano derecha deslizando el dorso de su mano por toda su espalda, un escalofrío la recorrió, era la energía que subía por su columna vertebral activando un poco los otros chakras; su mano llegó hasta su hombro, colocó ambas manos en ellos por debajo de los tirantes del vestido verde y los deslizó hacia sus brazos dejando que su vestido cayera al suelo, un brasier de encaje verde claro, transparente dejaba ver su hermosa espalda, él, besó nuevamente su cuello y la abrazó por la cintura, ella se giró y sus labios se fundieron.

—Ay mi amor, eres tan hermosa.

Viéndola de frente, sus bellos senos se le mostraban, el brasier no evitaba que sus ojos llegaran hasta sus hermosas cimas, metió sus manos por su espalda y desabrocho el brasier. Acarició embelesado su cabello, mientras ella cerraba los ojos, pasó su mano abierta por encima de su rostro, deslizando sus yemas suavemente, hasta sus labios, los acarició tiernamente y los besó, mordiéndolos suavemente, saboreando su dulzura. Sus cuerpos energéticos-espirituales se abrazaban, girando enamorados, alegres, llenando toda la habitación y saliendo al exterior, iluminándolo todo, el amor que estaba naciendo era muy especial; ambos llegaron al orgasmo al mismo tiempo, se abrazaban y besaban tierna y apasionadamente, mientras su energía explotaba orgásmicamente en una mezcla de colores hermosos, perdiendo ambos cuerpos energéticos sus formas mientras se fusionaban, después, y poco a poco, volvieron a unirse a sus cuerpos físicos, recuperando su forma original, pero no sus colores, estos habían cambiado, la energía de ella

estaba ahora en el cuerpo energético de él, y la de él estaba en el cuerpo energético de ella. Ambos yacían abrazados, él encima de ella, dando tiempo a reponerse, mientras sus energías volvían poco a poco a restablecerse nuevamente.
—Ay mi amor —dijo Ríchard— eres tan hermosa, eso estuvo increíble.
—Ay Ríchard…
—Me gusta cuando me dices mi amor, siento muy bonito.
—Ay mi amor —dijo ella tiernamente acariciando su rostro y dándole un beso largo y pasional, su lengua despertó nuevamente las energías que todavía estaban excitadas, su virilidad dio señales de volver a la vida.
—¿Segura qué quieres más?
Ella lo volvió a besar, después lo empujó y le dio la vuelta, se colocó encima de él.
—Claro que quiero más.
El amor continuó creciendo, sus energías estaban tan complacidas la una con la otra que espiritualmente se llenaban y satisfacían

El despertador la trajo a la realidad, él se estaba poniendo su ropa deportiva.
—¿Ríchard, podemos hablar?
—Ahora no, tengo una junta temprano y si me retraso ya no hago lo que tengo que hacer.
—¿Podemos comer juntos?, paso por tí al trabajo, es importante.
—Está bien, te confirmo en un rato, después de la junta, el proyecto está complicado, si me da tiempo te aviso.
—Ok, entiendo.
Él se levantó, cogió el portatrajes y se encaminó hasta la puerta, antes de salir, volteo a verla, ella estaba tratando de contener las lágrimas, él se dio la vuelta y salió. Sus hijos todavía dormían, casi no los veía, estaba con ellos principalmente los fines de semana, pero desde hacía unos meses, había dejado de estar con la familia. Llegó hasta su auto, subió sus cosas por la puerta trasera y se sentó en el sillón del conductor, puso ambas manos en el volante y recargó su cabeza en ellas.
—¿Qué estoy haciendo, realmente quiero esto? Sé que Larisa es muy hermosa y nos llevamos muy bien, ¿pero realmente quiero esto?

Se daba pequeños golpes en el volante tratando de obtener la respuesta. Encendió el vehículo y salió del garaje. Su esposa lo observaba desde la ventana, levantó la mano derecha para despedirlo, pero él no la veía, así que solo recargo la mano sobre el frío cristal. Un frío que le calaba hondo el corazón.
—¡No quiero perderlo, no quiero…!

—¿Qué tienes Ríchard?, últimamente estás muy serio.
El salón de juntas todavía estaba vacío, solo estaban él y su jefe, Roger, quien era un muy buen amigo.
No aguantaba más, el silencio lo agobiaba y no encontraba la respuesta, tenía que hablar con alguien.
—Tengo problemas en casa con Ellen.
—Debe ser muy grave, llevas días muy serio.
—Lo es, le dije que estoy enamorado de otra mujer.
—Cómo —el hombre de sesenta años y con el cabello cano, abrió los ojos sorprendido.
—Buenos días señores.
Uno de los clientes acompañado de otras personas y otros compañeros del despacho se hacían presentes.
—Bien Ríchard, seguiremos hablando, dijo dándole una palmada en la espalda, cambia esa cara.
Ríchard se obligó a sonreír.

Meses antes.
—Ríchard, quiero presentarte a la señora Larisa Macedo, es la clienta de quien te platiqué, desea que le construyamos su residencia.
—Señora, es un placer —dijo él estirando su mano para saludarla.
Ella era muy atractiva, tenía treinta y cinco años, de piel morena, su cabello largo rizado, caía sobre sus hombros y enmarcaba unos ojos cafés claros muy hermosos, su vestido permitía ver unos senos muy sensuales, los hombres tenían que hacer un esfuerzo para no mirarlos, y para no parecer vulgares.
—Él es Ríchard Cisneros, y será el Arquitecto en jefe de su proyecto.
Ella sonrió al verlo, sus ojos se conectaron inmediatamente y al hacerlo sintió como si ya lo conociera, lo recordaba de alguna parte, le extendió

la mano.
—Arquitecto, encantada.
—Señora, será un placer trabajar con usted.
—Bueno, qué les parece si platicamos acerca de este sensacional proyecto —dijo su jefe.
—Señora Larisa, antes que nada, tengo una serie de preguntas que hacerle, para saber cómo sería o qué necesidades tiene que satisfacer su casa, así que voy a hacérselas para acortar tiempo, ¿de acuerdo?
—Claro, con gusto, pregunte usted.
—¿Está usted casada?
—Señora, Ríchard, disculpen, tengo que dejarlos, les perece si ustedes trabajan en esto y después me comentas, tengo algo que hacer y lo había olvidado.
—Claro, sin problema —dijeron ambos.
—Soy divorciada —dijo ella viendo de frente a Ríchard al otro lado de la mesa.
—¿Tiene hijos, y de qué edades, viven con usted?
—Dos, niños, el mayor tiene diez años y el pequeño
nueve, ambos viven conmigo y pasan los fines de semana con su papá.
—¿Hay alguien más que viva con usted o que piense usted que en un futuro va a vivir con usted?
—No en realidad, únicamente la servidumbre.
Ella venía de una familia adinerada, su exesposo también tenía una fortuna personal, de manera que el dinero no era una limitante en su vida.
La plática y las preguntas continuaron largamente, él era muy ameno y ella estaba encantada.
—Señora…
—Larisa, por favor dime Larisa, ¿yo te puedo decir Ríchard?
—Claro, será un placer. Larisa, creo que por ahora es suficiente, estaremos muy en contacto, por favor dime tu número telefónico y registra el mío para estar en contacto, esto en verdad va a requerir mucha comunicación entre ambos.
—Yo estaré encantada —dijo coquetamente.
Él sintió su energía cómo se le acercaba, y tuvo que contenerse para no dejar que la suya se le fuera encima, ambos se habían sentido muy atraídos.

—Ríchard, tienes una llamada.
Su secretaría parada debajo del marco de la puerta, lo sacó de sus pensamientos, estaba haciendo el boceto de una residencia, en un cuaderno de dibujo, sobre su escritorio.
Levantó el teléfono que estaba encima de su escritorio.
—Diga.
—Hola amor, perdona que te moleste.
—Ellen, por qué me llamas a este número.
—Te he llamado al celular, pero me manda al buzón.
—Cielos, me olvidé, tuvimos una junta y siempre lo pongo en modo avión, lo siento, ¿qué pasa? —dijo en tono serio.
—Quedaste en llamarme para comer y no lo has hecho.
—¿Qué hora es?
—Van a dar las tres, estoy libre, quieres que pase por tí.
Se quedó en silencio, no sabía qué decirle, no quería confrontarla, aun cuando sabía que tendría que hacerlo.
—No he terminado, creo que no será posible.
—Anda Ríchard, démonos la oportunidad de resolver esto, no te quiero perder.
Hacía meses que su relación se había enfriado mortalmente, ella comenzó a dejar de desear tener sexo, no sabía si era por las hormonas o qué le pasaba, pero cada vez deseaba tener menos sexo con él y eso los alejaba. Su desprecio lo había llevado a resolver su necesidad de otra manera, y se había enamorado.
—No, hoy no, ya tengo una junta más tarde, así que llegaré noche, no me esperes despierta, colgó el teléfono.
Ellen veía cómo el barco de su matrimonio se alejaba del puerto y una lágrima se le escurrió por la mejilla, colgó el teléfono con el corazón estrujado.

El teléfono celular a un costado del restirador, vibraba, Leyó el nombre en la pantalla, eran las siete de la noche.
—Hola —dijo sin ganas.
—Hola bebé, ¿cómo estás?, te escucho desganado.
—Hola Larisa, he tenido un día muy pesado.
—Quiero verte bebé, tienes una semana en que no vienes a mi casa,

¿qué ocurre, todo está bien?
—Perdona, es que tenemos muchísimo trabajo y no me alcanza el tiempo, Roger me trae de encargo.
—Lo sé, pero siempre han tenido mucho trabajo y, aun así, nos hemos regalado tiempo.
—Precisamente por eso, ahora el trabajo se me ha acumulado y ya no me da el tiempo, lo siento, tengo que sacar estos pendientes o los proyectos se retrasarán, te llamo en la semana o el fin de semana para vernos.
Ella le colgó el teléfono molesta.
—Ríchard, vámonos, te invito una copa, creó que te hace falta.
Roger estaba de pie sosteniéndose del marco de la puerta.
—Jefe, tengo que sacar estos trabajos —replicó sin ganas de salir.
—Lo sé, pero esto es más importante, anda —dio una palmada en el marco de la puerta.
No tuvo más opción, apagó la lámpara del restirador y fue al perchero a tomar su saco. El personal del despacho ya se había ido, eran casi las nueve de la noche.

—Yo quiero un whisky doble —dijo Roger.
—A mí una cuba libre puesta por favor.
El bar estaba concurrido, habían encontrado una mesa a la mitad del salón, un pianista adornaba el ambiente con sus melodías.
—Y bien hermano, ¿qué pasa?, cuéntame.
—Ay Roger, creo que cometí un gran error, me enamoré como un chamaco.
—¿De quién, por qué nunca me platicaste nada?
—De Larisa.
—¡¿Nuestra clienta?!
Él inclinó la cabeza afirmativamente.
—Guau hermano..., no te culpo, esa mujer está chulísima, yo intenté tirarle la onda, pero me bateó y ya no insistí, el negocio es lo primero. Pero que tú te hayas enamorado de ella, guau, esa sí que es una gran noticia, pero, no me digas que se lo dijiste a Ellen.
—Sí, no sabes cómo amé a mi esposa, pero lo nuestro estaba...
—Pero claro que lo sé Ríchard, tenemos diecisiete años de conocernos, creo que estabas recién casado cuando entraste a trabajar conmigo. Y siempre admiré su relación, y también, sea dicho con cariño y respeto,

tu esposa es muy hermosa, dijo esto levantando las cejas y llevándose la copa a los labios.
—Sí lo es, pero tiene algunos meses que ya no tenemos sexo y nuestra relación se ha enfriado, y ahora bueno, ya lo sabe.
—¿Qué piensas hacer? ¿Te quieres divorciar?
—No lo sé, tengo muchas dudas en la cabeza, no sé cómo resolverlo.
—Pero amas a Larisa, cierto.
—Eso pensaba, pero desde que se lo dije a Ellen, mi relación con ella también se ha afectado, hace una semana que no la veo, me llama insistentemente para que nos veamos.
—Bueno, menos mal que su residencia ya está casi terminada, si no, nos hubiera mandado a la calle.
—¿Cuándo comenzaste a andar con ella?
—Hará como cuatro meses. Hicimos clic desde que nos conocimos, pero siempre me mantuve al margen, coqueteábamos, pero yo no daba pasos más al frente, no quería afectar mi relación y tampoco afectar el proyecto, así que me mantuve al margen, pero cuando Ellen y yo comenzamos a distanciarnos y a dejar de tener sexo, tú sabes…
—Uy sí, te vuelves un neurótico y te la pasas trepando por las paredes, esa fue mi historia de casado, por eso nos divorciamos, pero bueno, no se trata de mí.
—Yo estaba desesperado, le reclamaba por qué no quería tener sexo, pero ella solo me decía que se sentía incómoda, incluso decía que la lastimaba un poco, cuando antes no ocurría eso, teníamos el sexo más hermoso qué jamás hubiera tenido, si lo pienso un poco ni siquiera con Larisa he sentido lo que siento con mi esposa.
—Te entiendo —dijo Roger— es verdad, ahora que lo pienso un poco, me costó trabajo encontrar a alguien con quien pudiera sentir lo que sentía con mi primera esposa, hasta que conocí a Rouse, ella y yo sí que nos conectábamos, pero ya ves, sigo soltero, ya no me quise volver a casar y ella, finalmente me dejó, creo que viviré solo el resto de mi vejez. Salud —dijo levantando su vaso.
—Salud, pero ahora no sé qué hacer Roger.
—Disculpen caballeros.
Un hombre mayor, delgado, con el cabello cano, estaba de pie a un lado de ellos.
—Perdonen mi intromisión, estaba en la barra escuchando su conversación, no pude evitarlo,
pido una disculpa, me permitirían invitarles una copa, hay algo que

quisiera compartir con ustedes.
Ambos se voltearon a ver, Roger buscó la autorización de su amigo.
—Claro, siéntese por favor.
Separó la silla vacía y se sentó.
—Me llamo Alberto, es un placer conocerlos.
—Hola Alberto, yo soy Roger y mi amigo es Ríchard.
—Encantado señores, les propongo que nos hablemos de tu, para hacer esto más amistoso, ¿están de acuerdo?
—Claro Alberto, por mi encantado —dijo Ríchard.
—No pude evitar escuchar su plática y quería
compartir con ustedes algo que creo les puede ayudar, sino ahora, sí en un futuro. Según escuche, y pido nuevamente perdón por mi indiscreción, que te has enamorado de otra mujer. ¿Cuántos años de casado tienes?
—Diecisiete de casados y duramos solo seis meses de novios.
—Vaya, ese fue un noviazgo corto, lo que significa que realmente estabas enamorado.
—Definitivamente sí, no sabes de qué manera, ella era tan hermosa y su energía era tan especial, no podía sacarla de mi cabeza nada más de conocerla. Así que sí, me casé sumamente enamorado.
—Me consta, lo conocí de recién casado y ellos, eran todo miel en cualquier parte, íbamos a alguna comida con nuestras familias, y cuando se levantaban de la silla, dejaban la miel regada por todos lados, ja, ja, ja, ja.
Todos rieron la broma.
—Qué bueno, esa clase de amores son especiales, sabes, ese tipo de amor no son comunes, hay muchos amores hermosos, pero hay algunos que con solo su presencia, bendicen a los que están a su lado, y les enseñan acerca del amor, esa energía se transmite y es algo muy hermoso, esas parejas se vuelven maestros para muchos otros.
—Espera, cómo qué maestros, solo porque alguien nos vea.
—Piénsalo, ¿acaso si ves a una pareja que se está demostrando su amor, no aprendes que eso es hermoso y quisieras tener a alguien a tu lado para
demostrarle tu amor de esa manera?
—Bueno, visto así es verdad, recuerdo a unos señores mayores que derramaban miel, él era sumamente cariñoso y atento, todo un caballero, lo vi abriéndole la puerta del auto a su esposa y a partir de ese día yo hice lo mismo, eso les encanta a las mujeres, bueno, a algunas, ya

sabes, otras son muy autosuficientes y se sienten debilitadas si les demuestras atenciones, en una ocasión, a una amiga, a quien estaba tratando de conquistar hace ya muchos años, le quise abrir la puerta del auto y me dijo: "Yo puedo hacerlo, no es necesario." Lo hago no porque no puedas hacerlo, sino porque yo soy un caballero, le contesté. Ese pequeño detalle me alejó de ella, no volví a verla.
—Bueno —complementó Roger— nunca lo había pensado, pero es verdad, viendo a otros aprendes cómo tratar a una mujer o cómo no, porque hay cada tipo —dijo levantando las cejas— salud, por los maestros del amor.
Salud dijeron todos.
—El sexo —dijo Alberto— es una cuestión de energías y nuestras energías se mezclan con las de nuestra pareja —juntó sus manos entrelazando los dedos y flexionando las muñecas simulando un giro— de manera que, al terminar la relación sexual, tu energía se lleva parte de la de ella y ella se lleva parte de la tuya, de esa manera es cómo espiritualmente aprendemos y crecemos, cada vez que tienes sexo con una pareja diferente a tu esposa, esta nueva energía enriquece de alguna manera a tu energía y a nuestro espíritu.
—Guau Alberto, a ver, repíteme eso, por favor.
—Cuando tienes sexo con una pareja, tus energías se unen a la de ella y se mezclan —volvió a hacer los ademanes— al terminar el sexo, tu energía se lleva parte de la de ella y ella se lleva parte de la tuya. A través de las energías es la manera en que nuestros espíritus se enriquecen. En este mismo momento, nuestras tres energías se están conociendo, se acercan y se agradan, eso no significa que vayamos o necesitemos tener sexo para enriquecer nuestras energías, pero al final de nuestro encuentro mi energía se llevará un poco de la de ustedes y la de ustedes un poco de la mía, de esa manera nuestros espíritus se nutren y crecen, todo es espiritual, la vida en este planeta es espiritual. Al final del tiempo, cuando mueras, el cuerpo se quedará en la tierra y tu energía seguirá viva, enriquecida con todas tus experiencias, sexuales o amistosas.
—Guau, Alberto —dijo Roger— es que esto me vuela la cabeza. Mesero, tres bebidas iguales, por favor.
—Entonces, nuestras vidas en realidad son espirituales —replicó Ríchard— y nuestro espíritu se enriquece de la energía de los demás.
—Así es, piénsenlo, ¿acaso te gusta ir a un centro comercial cuando no hay gente?

—No en realidad, preferimos un lugar con gente, lo hace más divertido.
—A mí no, no me gustan los tumultos, prefiero ir cuando no haya tanta gente —complementó Roger.
—Sí, pero no vas cuando el lugar está vacío, ¿cierto?
—Bueno, sí claro, nunca de hecho.
—Así es, pero en realidad la razón es energética y espiritual, cuando vas caminando por los pasillos pasas a lado de personas, y tus energías van viendo y conociendo a algunas que le son muy agradables, se rozan, y cuando hay alguna que te es muy atractiva, sexual o no, se acerca a ella y quisiera tocarla, pero solo la observa, no es cierto que eso nos pasa.
—Bueno sí, si pasa a mi lado un bombón, pero claro que siento cómo mi energía se va hacia ella, si voy solo es mejor, porque si voy con mi pareja, ya sabes, pareciera que ellas tienen un radar y se dan cuenta, y cuidado y voltees a verlas, ja, ja, ja.
—Todo es cuestión de energías, Roger.
—Qué increíble, jamás hubiera pensado que fuera así.
—Pero esperen, se pone mejor, resulta que nuestro cuerpo energético o espiritual, solo permite cierta cantidad de energía de otra persona, nadie aguanta que alguien lo esté abrazando todo el tiempo, porque nos cae gordo y ya no aguantamos un abrazo más ¿cierto?
—Sí claro, mi primo es así, y ya no lo aguanto, quiere abrazarnos todo el tiempo.
—Pero no lo aguantas, porque energéticamente tu cuerpo espiritual ya no permite su energía, y lo mismo pasa con el sexo con nuestras parejas.
—Ay, no, pero entonces..., ¿esa es la razón por la cual nuestras parejas ya no quieren tener sexo?
—Salud Ríchard, estás entendiendo.
Ríchard no levantó su vaso, sus ojos se le llenaron de lágrimas, y bajó la mirada.
—He sido muy injusto, no sabía nada de esto...
Su amigo le palmeó la mano.
—No te preocupes hermano, esto también me está pegando muy fuerte. Ahora entiendo por qué...
—Así es amigos, desafortunadamente, nadie nos enseña acerca de las energías y de la espiritualidad, pensamos que la espiritualidad solamente tiene que ver con Dios, la religión y todas esas cosas, pero no es así, la espiritualidad tiene que ver con nuestros espíritus, ellos viven y crecen a través de las experiencias que nuestros cuerpos físicos viven, cuando

esto se mueren, nosotros seguimos vivos energética y espiritualmente, pero eso es algo que ahora no les voy a explicar.
—¿Estás hablando de la reencarnación cuando dices que seguimos vivos energética y espiritualmente?
—Sí, así es Roger, pero ahora no debemos hablar de eso
—Ay Alberto, es que esto que me dices me hace entender por qué mi Ellen ya no quería…
—Así es Ríchard, no es que ella no te amase, es que espiritualmente ya no podía recibir tanta energía tuya, su cuerpo energético, así como el nuestro se satura, unos antes y otros después, pero todos se llegan a saturar, el problema es que no lo entendemos y solo pensamos que ya no nos desean, o que nos han dejado de amar. Ay mujeres cuyos maridos ya no quieren tener sexo con ellas y es por la misma causa, ellos se saturan antes.
—Entonces, esa es la razón de tantos divorcios, pensamos que nuestras parejas ya no nos aman, y que tienen a otra o a otro, porque nosotros ya no les satisfacemos, pero en realidad es cuestión de saturación de energías.
—Y de acuerdos, pero eso es otra historia —dijo Alberto.
—¿Acuerdos? —cuestionó Roger.
—Sí, pero después les platico de eso. Lo más importante Ríchard, es que tú amas a Ellen, lo que has tenido con la otra mujer, ha sido solo la necesidad de satisfacer el deseo espiritual de conocer a otra energía para enriquecerte, y satisfacer físicamente tu necesidad, porque los hombres, si no sacamos la energía Kundalini que se acumula en nuestro chakra raíz, nos ponemos todos locos.
—Sí —dijo Roger— yo digo que andamos arañando las paredes y nos volvemos que bueno, yo, si no estoy sexualmente satisfecho, no puedo ni trabajar, no me puedo concentrar y todo me distrae, nada más ando buscando quien me ayude.
—Así es, la energía Kundalini es muy poderosa, y en algunas personas, hombres o mujeres indistintamente, es más fuerte. Aquellos hombres o mujeres de negocios, son sexualmente más activos que las personas un poco menos arriesgadas. Así que, si una mujer está casada con un hombre dueño de empresa, o con un alto nivel de actividad, necesitará satisfacer más a ese hombre, o viceversa, la mujer poderosa, necesita más sexo que su esposo, quien seguramente será un poco más pasivo, digámoslo así.
—Pero eso es un problema en nuestra sociedad, ¿cómo le hacemos si

nuestras parejas ya no pueden recibir nuestras energías y nosotros tenemos necesidades?
—Bueno Ríchard, ahí entra el amor, pero el amor verdadero, el amor honesto.
—¿Cuál es ese?
—En nuestra sociedad Roger, y debido a nuestra cultura religiosa, no se nos permite tener sexo con otras personas fuera del matrimonio, si lo hacemos estaremos en pecado, nos convertimos en pecadores, ¿cierto? —ambos asintieron— en nuestra sociedad, nuestra pareja y nuestro sexo, deben ser exclusivos de nuestro esposo o de nuestra esposa, solo con ellos está permitido.
—Sí, pero si energéticamente lo necesitamos y ya no podemos con nuestra pareja, ¿entonces por qué se nos limita de esa manera?
—Nuestras energías sexuales son muy poderosas, y ellas despiertan nuestra glándula pineal, es una glándula ubicada en el cerebro, que tiene capacidades muy poderosas como la telepatía, la telequinesis, la clarividencia, y nos permite alcanzar estados de consciencia superior. Si tuvieras esa glándula despierta serías muy poderoso, entrarías en contacto con seres que habitan en otros mundos y podrías comunicarte telepáticamente, con cualquier persona en este planeta sin necesidad de teléfonos, ¿pero eso no les conviene, adivinen a quienes?
—A las élites gobernantes.
—Y a la iglesia —agregó Roger.
—Así es, por eso se nos limita desde pequeños y se nos educa en lo que es correcto y lo que no, ellos nos dicen lo que es pecado, y que cosas Dios ve con buenos ojos y cuáles no, de manera que, si no obedecemos, entonces seremos condenados al infierno, y nadie quiere estar allá, ¿cierto?
—Yo no creo en esas jaladas —dijo Roger— esos son inventos, no creo ni en Dios, todo lo que he hecho ha sido por mi capacidad de trabajo, así que no creo en esas cosas, no me asusta el infierno.
—Felicidades, qué bueno, sigue creyendo así, eso es bueno.
—¿Pero entonces, Alberto, todo eso del pecado es la razón de por qué no nos permitimos vivir ciertas experiencias sexuales con otras parejas, y terminamos haciéndolo a escondidas?
—Sí, nos escondemos para que no se enteren y no nos convirtamos en infieles y en pecadores, porque la religión nos ha enseñado que al infiel se le apedrea y se le debe sacar de nuestras vidas, y tú, no quieres que tu mujer se entere y te saque de su vida ¿o sí?

—No, claro que no, por eso lo mantenemos oculto.

—Así es —complementó Roger— nadie quiere en realidad terminar su relación, solo por tener sexo con alguien más, ese hombre o esa mujer estarían estúpidos. En realidad, lo que solamente deseamos es satisfacer nuestros deseos o necesidades, no acabar con nuestras familias.

—Es verdad, pero entonces, ¿tú permitirías que tu esposa estuviera con otro hombre?

—Yo no —dijo rápidamente Roger— la mandaría al cuerno de inmediato.

—Y eso que no eres religioso, ¿en dónde aprendiste eso?

—¿En dónde lo aprendí?, bueno... —titubeó— así es como debe ser, ¿o no? —volteó a ver a su amigo buscando su respaldo.

—Sí claro —corroboró Ríchard.

—No señores, eso lo aprendimos de la iglesia.

—Pero yo nunca he ido a una iglesia.

—Sí Roger, pero formas parte de una sociedad educada por la iglesia y en esa sociedad, las pláticas con tus amigos, las películas que ves, todas las vidas pasadas que has vivido, en esta u otra sociedad, te dicen cómo debes tratar a la mujer y te dicen acerca de la fidelidad, de manera que ahí es donde aprendiste eso.

—¿Estás hablando de nuestras vidas pasadas?, Alberto, te estás volando la barda.

—Salud amigos —dijo Alberto levantando su copa— eso es otro tema, pero lo creas o no, esta no es tu primera vida, quizás sea la número cien o la doscientos, y en cada una de ellas has vivido las enseñanzas religiosas, así que no necesitas ir en esta vida a la iglesia, puede que en tus vidas pasadas hayas sido cura, o un hombre sumamente religioso, o quizás una mujer, y esas enseñanzas permanecen en nosotros.

—Ok, entiendo, entonces a ver, vamos por partes —dijo Ríchard— primero, el sexo es energético, y nos saturamos de energía y ya no queremos sexo con nuestras parejas. Segundo, no nos permitimos vivir ciertas experiencias porque creemos que son pecado, y a los pecadores hay que apedrearlos y sacarlos de nuestras vidas.

—Sí, pero si tienes un amor verdadero y honesto, entonces tienes un amor incondicional.

—Incondicional, o sea sin condiciones.

—Sí, Roger, este amor, es el que se entrega sin condiciones, es el amor que ama a pesar de cualquier cosa, y es el que entiende que tu pareja no es de tu propiedad, que ella o él, tienen el derecho de vivir su vida, y que ella no te pertenece. La iglesia nos dice que una vez casados, estamos esposados —él acercó las muñecas de ambos brazos simulando unas esposas policíacas— de manera que ella te pertenece y tú a ella, ¿cierto?, ¿eso nos dicen cuando nos casamos?

—Sí, sí, es verdad, dijo Roger, dicen que cuando un hombre está soltero, está incompleto, y cuando está casado, está acabado.

Ja, ja, ja, ja, rieron a carcajadas.

—Triste, pero cierto, ja, ja, ja, ja.

—Pero entonces, ¿qué debo hacer?, esto es muy importante.

—Primero, tienes que entender, que tu esposa te ama, y que te rechaza no porque ya no le gustes, sino porque energéticamente ella está más saturada de tu energía, y ya no necesita tanto el sexo como tú. Segundó, tienes que recordar el amor que sientes por ella, recuerda cómo se conocieron, sus tiempos iniciales del matrimonio, todos los momentos hermosos que han vivido juntos, enfoca tu mente en las cosas bellas de ella. Después, decidirás si quieres continuar con la otra mujer o no. Pero lo importante es que hagas eso, después Ríchard, tienes que aprender a entregar un amor honesto y verdadero.

—Me estás diciendo que debo dejarla tener sexo con alguien más.

—Eso está muy difícil —agregó Roger, recargándose en la silla y tomando su vaso con ambas manos— no sé si yo pudiera hacer eso.

—Sé que eso no es sencillo, pero es debido a nuestra cultura machista en primer lugar, en segundo lugar, debido al tipo de amor que entregamos, y tercero, a que solo la vez a ella como el cuerpo físico, y no como lo que verdaderamente es, un ser energético-espiritual viviendo en el cuerpo físico que tiene.

—Verla como lo que verdaderamente es, un cuerpo energético-espiritual —repitió Roger como hipnotizado.

—Bueno sí, si veo las cosas desde ese punto de vista, claro que le puedo permitir tener sexo con alguien más —dijo Ríchard.

—Observa las cosas de esta manera, tú has estado teniendo sexo con otra mujer, ¿eso te ha cambiado físicamente?, ¿tu pene es diferente?, ¿o algo físico en ti ha cambiado con ese sexo?

—No, claro que no, todo sigue igual, son solo las emociones.

—Así es, a ellas tampoco se les cambia nada, su vagina seguirá siendo la misma, su cuerpo también, son solo las energías las que se intercambian en un acto sexual, y estas cambian un poco al final del encuentro, pero es algo que no vemos, es espiritual.

—Bueno sí, es verdad, si acaso lo que más nos duele es nuestro

machismo, ¡Cómo que mi mujer va a estar con otros!, o no Roger.
—Sí hermano, es verdad, estoy pensando en ello y es verdad, es más, es tan verdad, que mi ex había estado con quién sabe cuántos sin darme cuenta, no noté nada, hasta que alguien me lo dijo, y después, bueno, es otra historia, pero en definitiva, nada físico les cambia, ni a nosotros.
—Disculpen señores, ya vamos a cerrar, se les ofrece algo más.
—No yo ya, dijo Alberto.
—Gracias, la cuenta por favor —dijo Roger.
—Permítanme pagar amigos —dijo Alberto.
—De ninguna manera, yo invito, esto que nos has enseñado vale muchísimo, gracias Alberto, de verdad, a mi edad, me vienes a dar esperanzas, puedo hacer cambios importantes en mi forma de pensar y de ser.
—Y a mí, Alberto, creo, sin duda, que estás salvando mi matrimonio.
—Tú y Ellen tienen algo muy hermoso, y ese tipo de amor es algo que se debe cultivar hasta que sea un amor maduro y muy bello.
Se pusieron de pie después de pagar la cuenta, y salieron a la calle.
—Alberto, nos darías tu número de celular, a mí me gustaría que fuéramos amigos y que conozcas a Ellen.
—Guau, me encanta escucharte decir que vas a volver con ella.
—Es que sí, me has hecho ver lo hermoso que tenemos, además de nuestros hijos, pero lo más importante es que me has hecho entender que ella me ama y que yo a ella. Gracias.
Lo abrazó cariñosamente y se separaron.
—Gracias Alberto, ha sido una noche fantástica.
—Ha sido todo un placer conocerte —dijo Roger— espero que sigamos siendo amigos. Te enviaremos un mensaje para que registres nuestros números.
—Claro, seguiremos en contacto.
Alberto se dio la media vuelta y se fue caminando.
—Alberto espera, te llevamos.
—Gracias, pero vivo a dos cuadras y me encanta caminar, seguiremos en contacto.
Ambos amigos abordaron su automóvil.
—¿Quieres que te lleve a tu casa?
—No Roger, llévame a la oficina para recoger mi carro, está de paso, tengo que hacer algo antes de llegar a casa.
—¿Vas a ir con Larisa?
—No, es otra cosa.

Roger manejaba su vehículo en silencio y muy pensativo.

—No te parece increíble todo esto, si esta información se nos enseñara desde jóvenes, no habría tantos divorcios y rupturas matrimoniales con tanto enojo y odio.

—Sí, Ríchard, pero esto no les conviene a las religiones que se sepa, ni a las élites.

—Es verdad, no nos queda más que aprender por nuestra cuenta y transmitir las enseñanzas.

—Tenemos que volver a reunirnos con este hombre, eso de las vidas pasadas me llamó muchísimo la atención.

—Sí, en definitiva, tenemos que reunirnos de nuevo. Listo llegamos, que pases buena noche.

Ríchard subió a su auto, metió la llave en el switch y el motor se puso en marcha silenciosamente, se quedó un momento pensando y giró el volante.

—Deme esas rosas blancas, por favor.

El mercado de flores estaba abierto veinticuatro horas. Envolvieron las flores en un papel celofán transparente y le pusieron un moño rojo en su base. Sacó su cartera y pagó, percibió el perfume de las flores acercando el ramo a su rostro.

De camino a casa, recordó el primer día en que se conocieron, su rostro se iluminó con una sonrisa, al recordarla de pie, pidiendo su capuchino, se sonrió más al recordar cuando le escupió el café por causa del chiste del caballo cojo.

—Es cierto, dijo en voz alta y con los ojos llenos de lágrimas, tenemos algo tan mágico, tengo que resolverlo.

Llegó a su casa, entró a su recámara silenciosamente, y encendió la lámpara de la mesita de noche del lado de su esposa, ella dormía, al sentir la luz encenderse, se despertó, él se hincó en el suelo abrazando el ramo de rosas, y le dijo.

—Ellen, perdóname, perdóname por todo lo que te he hecho, he sido un tonto.

Sus lágrimas brotaban, sin poder detenerlas.

—Fui un tonto, no me di cuenta de lo que tú y yo tenemos, me estaba equivocando.

Ella se sentó en la orilla de la cama, sujetándose con ambas manos a la orilla, sus lágrimas comenzaron a brotar cuando lo vio hincado con las rosas en el pecho, se acercó a él, tomó las rosas y le acarició

tiernamente sus cabellos.
—Mi amor, te amo tanto.
Él, hincado, se acercó a ella y se abrazaron fuertemente, lloraron su dolor.
—Perdóname Ellen, perdóname, no me daba cuenta, yo pensé que ya no me querías.
—Pero mi amor, no, perdóname tú a mí, yo no me di cuenta de cuánto me estaba alejando, y cuánto te estaba alejando. Cuando me di cuenta ya era demasiado tarde, y tú… —ella no pudo decirle más, solo se abrazó fuertemente a su cuello y lloró— yo solo sé que no te quiero perder, mi amor, tu y yo tenemos esto tan hermoso, no quiero que te vayas de mi lado.
—Perdóname mi amor, no me quiero ir de tu lado, te amo demasiado, quiero que volvamos a amarnos como antes, podemos recuperar todo lo que tenemos, ¿quieres hacerlo?, ¿me perdonas?
—Claro que sí mi cielo, claro que sí, ¡te perdono!, ¡te amo!
Sus labios se unieron entregándose el amor que los unió desde el primer día y que fue creciendo con su matrimonio, ven mi amor, recuéstate a mi lado.
Ella se recostó y se hizo a un lado, él se quitó los zapatos y se recostó con todo y ropa. La veía directamente a los ojos con su brazo apoyado en la almohada mientras acariciaba su cabello y su frente.
—Te amo tanto Ellen, te amo tanto, perdóname fui un tonto —sus lágrimas eran profundamente honestas.
Sus labios se entregaron al amor, sus lenguas comenzaron a acariciarse tiernamente, después se abrazaron y lloraron.
—Yo también mi cielo, yo también te amo tanto.
Ella acariciaba su rostro, y se acercó para volver a besarlo. Esa noche el reencuentro del amor fue mágico, sus energías estaban felices bailando tomadas de la mano y abrazándose, se amaban tanto, en el momento máximo del amor, junto con el orgasmo, ellas se fundieron, sus almas bailaban felices y extasiadas, ambos se quedaron dormidos, mientras sus energías se quedaban unidas, fundidas en un solo amor.

El reloj despertador sonó a las seis de la mañana, él lo apagó, se volteó a ver a su esposa, quien le regalaba una hermosa sonrisa, le acarició el cabello, se puso encima de ella y se amaron de nuevo, ella lo abrazaba intensamente mientras él le mostraba cuánto la amaba.
—Sabes qué mi amor, voy a llamar a Roger y decirle que llegaré más

tarde al trabajo, quiero que vayamos a desayunar a un lugar especial, ¿te parece, tienes tiempo?
—Sí, en realidad no tengo que llegar temprano, solo debo enviar un mensaje.
—Entonces eso haremos.

Los niños estaban abordando el transporte escolar, mientras sus padres los veían abrazados desde la puerta principal, tomaron sus asientos y se despedían a través de las ventanas del autobús.
—Sabes hermana, hacía mucho que no veía a mis papás tan amorosos, ya extrañaba eso.
—Cierto hermano, estoy feliz, me siento feliz de verlos así.

III Un viejo recuerdo

Ríchard le abrió la puerta del auto.
—Pasa mi reina.
Ellen se volteó a verlo y lo abrazó, lanzando sus brazos alrededor de su cuello, y lo besó hermosamente, después se acomodó en su asiento, él, cerró la puerta y caminó por el frente del vehículo, mientras ella lo veía desde su lugar y recordaba ese primer día. Cuántas veces había dejado de verlo, de admirarlo, la costumbre nos vuelve ciegos de la virtud que existe, perdemos de vista los pequeños detalles al darlos por hecho, al pensar que eso es lo normal en nuestras relaciones, y nos perdemos de seguir admirando a nuestra pareja, y de seguir disfrutando de los detalles.
—Vamos, hoy te ves especialmente hermosa.
—¿A dónde me llevas?
—Es una sorpresa.
Llegaron hasta la vieja cafetería, aquella que vio nacer su amor hacía ya diecisiete años y medio. En cuanto Ellen vio el lugar del que se trataba, sus ojos se llenaron de lágrimas.
—Ay mi amor…
Ambos se abrazaron.
—No llores mi amor, dijo él limpiando sus lágrimas con los dedos. Vamos, anda, espera a que te abra. Llegó hasta su puerta, la abrió, le dio la mano y dijo.

—Pase usted bella dama.

Ella salió del vehículo, lo abrazó nuevamente y se besaron.

Entraron al local, que estaba muy concurrido.

—Mira, nuestra mesa es la única que está desocupada.

Cuando el amor es tan hermoso, el universo confabula para que este se sostenga a pesar de las adversidades.

—Voy a pedir, ¿lo de siempre, cierto?

—Sí mi amor —dijo ella acariciándole la mano, él se formó en la fila, pidió las bebidas y unos sándwiches de jamón, regresó con los alimentos en una charola.

—Hoy será un desayuno especial para el amor más hermoso —dijo dejando la charola en la mesa y repartiendo las cosas, ella sonreía. Regresó la charola a su sitio y volvió con dos cucharitas.

—Listo hermosa, ahora sí a disfrutar.

—Sabes mi amor, estoy tan feliz, me siento como aquella vez en que nos conocimos.

—Ellen mi cielo… —dijo él con los ojos llenos de lágrimas, tratando de contenerse, ella tomó sus manos.

—Me siento muy apenado contigo, por todo lo que hice y todo lo que te hice sentir, por favor perdóname. Quiero que sepas, que te amo, que te amo verdaderamente, y que lo que tenía con esta mujer, ya no va a seguir, ¿quieres qué te platique?

—Claro, por favor, tenemos que hablarlo y aclararlo bien, para poder seguir adelante.

—Ok, anoche fui con Roger a un bar, tenía que hablar con alguien de todo esto y tú sabes que él es mi mejor amigo, casi mi hermano. Así que nos fuimos a este bar, comenzamos a platicar y de pronto un señor se nos presentó, nos pidió que si se podía sentar con nosotros, porque sin querer había estado escuchando la plática, y qué quería compartir con nosotros algunas cosas, así que se sentó con nosotros y nos platicó, que el sexo es una cuestión de energía.

Ella abrió los ojos.

—¿Cómo se llama ese señor?

—Alberto, no recuerdo su apellido.

—No es posible, es que…

—¿Acaso lo conoces?

—Sí, el día en que me dijiste que estabas enamorado, no sabía qué hacer, me reuní con Karla y con Erika, fuimos a un restaurante, y Karla me dijo: "Ay un señor que conocí en una cena, creo que tú necesitas escucharlo, lo voy a llamar a ver si nos puede recibir." Por supuesto le dije que no, no quería ventilar mi vida privada con un desconocido, pero insistió tanto que terminé aceptando, bueno, fuimos hasta su casa, por cierto, tiene un departamento muy hermoso, y nos comenzó…

—A hablar acerca de las energías —la interrumpió Ríchard.

—Sí exacto, ¿pero entonces, es el mismo hombre?

—Es delgado, alto, pelo canoso a los costados como de cincuenta y cinco años.

—Bueno sí, en realidad nos dijo que tenía sesenta, pero sí, se ve más joven, y es muy agradable.

—Sí, definitivamente conocimos al mismo hombre.

—Guau mi amor, no te parece una gran coincidencia.

—Sí mi amor, definitivamente, alguien allá arriba —dijo señalando al cielo— nos quiere juntos.

—Pero claro que sí, mi amor —ambos se tomaban de las manos y se las acariciaban.

—Pero sigue, ¿después qué pasó?

—Con lo que nos platicó anoche, me hizo entender que en realidad tu no me habías dejado de amar.

Él estiró su mano y acaricio tiernamente su rostro.

—Yo estaba muy enojado y distanciado, tu no me dejabas acercarme y solo pensaba que ya no te llenaba, necesitaba tener sexo, así que bueno…

—Ahora lo sé mi amor, ahora entiendo —ella sujetaba su mano a su rostro, para extender la caricia— que energéticamente ya no necesitamos tanto sexo entre nosotros, como al principio, pero que tenemos un amor muy especial y hermoso, y que eso es lo que importa, no tanto el sexo, que claro que sigue siendo algo muy hermoso, anoche fue muy especial, —dijo llenándosele los ojos de lágrimas, y besándole la palma de la mano— te prometo poner más de mi parte para que estemos bien.

—Yo también lo entendí hermosa, Alberto me hizo saber que no me habías dejado de amar, sino que estabas saturada de mi energía, pero que no habíamos aprendido a entregar un amor honesto y verdadero, así lo llamó él, también dijo que se llamaba incondicional, que cuando aprendamos a entregarlo, el amor que se entrega sin condiciones, entonces tendremos una relación honesta. Entendí que tu vida no me pertenece, y que tienes derecho a vivir las experiencias espirituales o energéticas que tu desees.

—¿Te refieres a que puedo tener sexo con otro hombre?
—Sí, eso dijo Alberto, que físicamente no cambiábamos en nada con el sexo, pero que energéticamente nuestros espíritus se enriquecían y que de esa manera crecíamos en el amor, que nuestro cuerpo físico cuando se muera se quedará en la tierra, pero nuestra energía y nuestro espíritu seguirán con vida, que solo nos llevaremos las vivencias y las energías que hayamos vivido y experimentado en nuestra vida. ¿Qué te parece?
—Sí, él nos platicó mucho de esto, pero no profundizo en esto del sexo y de dejar que nuestras parejas vivan el sexo con alguien más.
—Hubieras visto a Roger, cuando le preguntó si dejaría que su pareja tuviera sexo con alguien más, se puso loco, y dijo que de ninguna manera que la mandaría al cuerno rápidamente.
—Bueno, es que eso es lo que sabemos y hemos aprendido —dijo Ellen.
—Exacto, él nos dijo que eso lo habíamos aprendido por la iglesia, las películas y nuestras leyes sociales, que no se nos permitía vivir libremente nuestra sexualidad, porque a la iglesia y a las élites gobernantes no les conviene, ya que despertaríamos ciertos poderes a través del sexo.
—Me estás diciendo que mientras más sexo tengamos, más poderosos nos volvemos, anda, ven, vámonos ya —lo tomó de la mano e hizo el ademán de levantarse de la mesa— ja, ja, ja, ja. Ahora resulta que nos estábamos negando el poder, ja, ja, ja.
Ambos rieron a carcajadas.
—Ay mi reina, extrañaba tu risa.
—Ay mi amor —dijo ella acariciando su mano.
Se puso de pie y llegó hasta su lado, se sentó en sus piernas.
—Te amo Ríchard Cisneros, también extrañaba todo esto —se besaron tiernamente.
—Jovencitos —una señora mayor estaba parada a lado de su mesa— felicidades, ustedes son una pareja muy hermosa, me recuerdan mi relación, pero mi esposo ya no está, dejó su cuerpo hace un año, pronto estaremos juntos, lo sé.
—Gracias señora, usted es muy amable.
La señora dio la vuelta y se dirigió a la puerta apoyada en un bastón.
—Lo ve señorita, usted y yo somos una muy hermosa pareja.
Ella lo abrazó fuertemente.
—Te amo mi cielo, te amo.
—Y yo a ti Ellen, y no sabes cuánto.

Ella se levantó y volvió a su silla.
—Bueno, este café ya se enfrió.
—Entonces, te dijo que el sexo nos da poder.
—Sí, habló de una glándula..., ¿cómo dijo?, ah si, pineal, la glándula pineal, la cosa es que el sexo despierta a esta glándula, y con ella muchos poderes mentales, que por eso no nos enseñaban a usar nuestra sexualidad y que nos habían enseñado a no vivirla libremente, porque en realidad no querían que despertáramos ese poder.
—Guau, eso tiene mucho sentido, claro, personas poderosas mentalmente, no pueden ser fácilmente manipuladas.
—Es verdad, por otro lado, nos hizo entender que, si no dejábamos a nuestras parejas vivir su vida, incluida su sexualidad, era porque no entendíamos lo de las energías, y que no entendíamos que esa era la manera en que nuestros espíritus se nutren, que se nutren de las energías de los demás.
—Bueno, él nos dijo de nuestros cuerpos energéticos, pero no mencionó los espíritus.
—Sí, nos dijo que el cuerpo energético y el espíritu son lo mismo, que nuestro espíritu se nutre de las energías de otros, qué estas se mezclan cuando conoces a alguien y cuando tienes sexo.
—Sí, eso sí nos lo dijo.
—Bueno, también que teníamos que aprender a ver a nuestras parejas no solo como un cuerpo físico, sino como seres espirituales, viviendo una vida terrenal, en un cuerpo físico, que nuestros espíritus se alimentan de las experiencias que viven nuestros cuerpos físicos, y que no dejar que el otro experimente su vida, sería egoísmo, bueno eso no nos lo dijo él, eso me salió de alma.
—Pero si lo piensas tienes razón, es que somos egoístas, porquc nos enseñan que cuando estás casado, o incluso sin estarlo, cuando somos novios, tu pareja te pertenece, y que ya no puede voltear a ver a nadie, dijo esto último pensando.

Jorge era un hombre muy atractivo, tenía cuarenta y nueve años, estaba soltero y buscaba un departamento, ese día ella estaba de guardia.
Él entró por la puerta, sus ojos grises voltearon a
verla y su sonrisa mostraba una hilera perfecta de dientes blancos.

—Perdone señorita, me puede atender.
—A sus órdenes, estiro su mano para saludarlo, soy Ellen Santibáñez, ¿en qué le puedo ayudar?
—Acabo de llegar a la ciudad y estoy buscando un departamento, quisiera ver si ustedes tienen algo que me pudiera gustar.
Ambos se sintieron muy atraídos, mientras veían el listado de propiedades en la computadora, él se paró a lado de ella y puso su mano en su hombro, ella percibió la intención, y tuvo que marcar cierta distancia, estaba casada y no se permitía pensar en ciertas cosas, aunque se sentía atraída; tuvo que verlo en varias ocasiones e incluso la invitó a comer, cosa que aceptó. La comida fue muy agradable, él era muy atento, en cierto momento de la charla tomó su mano y besó su palma, eso despertó en Ellen un deseo sexual, pero sus creencias no le permitían liberar sus deseos.
—Jorge, perdóname, creo que te estás confundiendo, me caes muy bien, de hecho, si te soy sincera, me gustas, pero no puedo pasar de esto, soy una mujer casada y amo a mi esposo, así que mejor la dejamos aquí, te he mostrado ya muchas propiedades, llevamos más de una semana saliendo a ver departamentos y creo que no has decidido porque tus intenciones son otras, así que, si no decides ahora qué departamento te gusta, no podré seguirte atendiendo, le diré a mi jefa que te asigne a uno de nuestros compañeros.

—Mi amor, Ellen, te sientes bien.
—Perdóname mi amor, me acordé de algo, pero no tiene importancia.
—Ok, ¿entonces qué crees?, ¿qué opinas?
—Sí, pienso que esa creencia de que somos propiedad de nuestras parejas, no nos permite vivir libremente nuestras vidas.
—¿Pero te crees capas de poder cambiarla?, es decir, estarías dispuesta a dejarme tener sexo con otras mujeres.
—Otras, ¿cómo cuántas?
—¿Bueno, eso no importa, así sea una o más, estarías dispuesta?
—Ay mi amor, no lo sé, por supuesto que estoy dispuesta a olvidar y perdonar todo esto, porque entiendo que los dos tenemos responsabilidad, y no se trata de quién es culpable y quién es inocente, sino de reconocer nuestras responsabilidades, eso nos va a permitir seguir juntos, pero… ¿crees necesitar a otra mujer, para satisfacerte?
Él se quedó en silencio pensando.

—Bueno mi reina, es que no, si tú y yo estamos bien, si me aceptas y quieres seguir teniendo sexo, por supuesto que no necesito de nadie más, pero que va a pasar el día de mañana cuando nuestros cuerpos energéticos o espirituales se saturen otra vez y nos lleven a necesitar otras energías. No me digas que no has tenido el deseo de estar con otro hombre, eres sumamente atractiva, así que…

—Sí mi amor, siendo honesta, sí, he tenido el deseo y la imaginación, pero nunca me lo he permitido, te amo y quiero estar solamente contigo.

—Si mi reina, eso lo entiendo, pero habías dejado de querer que yo te lo hiciera, llegué a pensar que andabas con alguien más.

—No, claro que no —dijo rápidamente— solo me abstuve del sexo, llegué a pensar que podía vivir sin el, no sé por qué creía eso.

Ambos guardaron silencio pensando, mientras daban un sorbo al café y una mordida a su sándwich.

—Sabes que Ríchard, mi amor, creo que necesitamos hablar más de esto, recuerdas que hace algunos años me sugeriste ir a un antro swinger y que yo no quise, ¿tú fuiste a alguno?

—No en realidad, como tú no aceptaste deseche la posibilidad, era algo que me llamaba la atención, pero quería que fuésemos juntos, después lo deseche, ¿piensas que sería una solución?

—Tendría que pensarlo, no lo sé.

Siguieron comiendo y bebiendo café mientras pensaban.

—Bueno mi reina, sabes qué, te digo algo, ahora ya no quiero ni siquiera seguir viéndola a ella, tu sabes.

Ríchard nunca quiso decirle a su esposa el nombre de la otra mujer, no quería poner en problemas al despacho, así que lo ocultó.

—Quiero dedicarme a ti, y a construir una relación honesta y verdadera, quiero aprender a expresar el amor incondicional, el amor sin condiciones.

Una hermosa sonrisa se dibujó en el rostro de Ellen.

—Mi amor, me haces tan feliz, yo también quiero eso, quiero que nos amemos como siempre y más aún, cómo cuando nos conocimos, ya el tiempo nos dirá qué pasa, ¿no crees?

—Definitivamente sí mi reina, salud por nuestro hermoso amor.

Ambos levantaron sus tazas y las chocaron, él se estiró y la besó en los labios, un beso tierno y dulce que le decía: Te amo.

El teléfono celular de Ellen vibró, lo tomó, leyó el nombre y contestó.

—Perdona, no tardo —dijo mirando a su esposo.

—Está bien, aprovecho para dar unas instrucciones en el despacho, quiero que comamos juntos con los niños.
—Ay sí, eso les va a encantar.
—Hola amiga, cómo estás —dijo con voz alegre.
—Bueno, estaba preocupada por tí, quería saber cómo te sentías, pero te escucho muy contenta, ¿de qué me he perdido?
—Nada hermosa —dijo mirando a su esposo, este le sonreía— todo está bien, pero ahorita no puedo hablar, después te llamo.
—Por tu voz pienso que ya se arregló todo con Ríchard, ¿cierto?
—Sí amiga, todo está bien, luego te platico.
—Claro, claro, no te distraigo, disfrútalo, ¿estás con él?
—Sí así es, tengo que colgar, adiós.
Los tres colgaron los teléfonos.
—Listo preciosa, solo tenía que darles unas instrucciones en la oficina para el avance del proyecto del edificio, y decirles que no iba a ir hoy a la oficina, me tomaré todo el día contigo.
—Mi amor, tus palabras me hacen tan feliz, nos hace mucha falta pasar tiempo juntos, como antes.
—Cierto amor, la costumbre y las responsabilidades han aumentado.
—Sí, pero no es solo eso, hemos dejado de ponernos nosotros como pareja en prioridad, siempre es más importante todo lo demás, y tú y yo nos dejamos para lo último, yo tengo que cambiar eso, voy a ser más consciente de nosotros y de tus necesidades.
—Gracias mi reina, yo también, voy a decirle a Roger que ya no haga las juntas tan tarde, porque dejo de llegar temprano a casa y eso no nos deja tiempo para platicar, y ya tiene tiempo que casi no veo a los hijos, estoy muy alejado de ellos.
—Sí, ellos te extrañan y siempre preguntan por tí, y bueno, siempre les digo que por el trabajo.
—Lo sé, los papás no nos damos el tiempo de estar con nuestros hijos, voy a cambiar eso, sabes, voy a hacer lo que me hubiera gustado, que mi papá hiciera conmigo y que nunca hizo, porque ahora me doy cuenta de que estoy haciendo justo lo que él hizo conmigo, estoy repitiendo los patrones, mi papá se dedicó a trabajar para darnos una buena vida, pero no tenía tiempo para nosotros, eso también lo voy a cambiar. ¿Qué quieres hacer hoy?, soy todo suyo, mi señora.
Estiró sus manos y tomó las de ella.
—Estaba pensando Ellen, que deberíamos de comer con los niños y después irnos al cine, o al menos que prefieras que estemos tu y yo a

solas todo el día, de aquí nos podemos ir al museo de arte que tanto te gusta y después a comer y luego al cine, y quién sabe qué pueda pasar si se pone muy oscuro ahí adentro.

Su tono era picaresco, con un toque sensual.

—No lo sé, me la pones difícil, por una parte, sé que a los niños les encantaría que estuviéramos juntos, pero pienso en tí y en mí, tiene tanto que no pasamos un día completo a solas, yo siempre estoy pensando en los hijos y cuando tú me propones hacer algo para nosotros solos, siempre te decía que por qué no los involucrábamos, y al final aceptabas.

—Sí, y la verdad, de no muy buena gana, también eso me distanció, parecía que no querías estar a solas conmigo.

—Perdona mi amor, no era mi intención hacerte pensar eso, nunca me imaginé que pensaras así o que yo te estuviera provocando esos pensamientos. Sabes qué, no, este día, yo seré toda tuya, cero hijos, solos tu y yo, les voy a mandar un mensaje diciéndoles que vamos a llegar muy noche, que coman, hay comida en el refrigerado y que cenen.

—Ay mi amor, me encanta eso.

—Te dije que nos iba a poner en prioridad a nosotros dos, así que eso haré.

Él se paró para darle un beso. Ella acarició su rostro.

—Voy al baño.

—Voy a llamarles a los hijos. ¿Qué hora es?

Él se encaminó hacia el baño y ella comenzó a textear el mensaje en el celular.

—Bueno…, ¿qué pasa Erika?

—¿Oye Karla, estás ocupada?

—No amiga, ¿qué pasa?

—Sabes, he estado pensando en todo lo que Alberto nos explicó y me gustaría saber más de eso. He estado pensando en mis relaciones y por qué razón, después de un tiempo ya no quiero tener sexo con ellos, y no pasa mucho tiempo para que comience a sentir eso, pero sí quiero tener sexo con alguien más, pienso que tengo algo, pero no sé qué pueda ser.

—Uy amiga, para mí que es porque eres muy cachonda y te saturas rápidamente de las energías de tu pareja.

—¿Tú crees que sea eso?, porque bueno sí, me reconozco como muy

ardiente, ¿pero por qué busco a otros hombres, si tengo al mío y lo amo?
—No lo sé, por qué no le llamas a Alberto y le preguntas.
—Lo he pensado, pero no quiero parecer boba y estarle cayendo encima, ¿cuándo dijo que nos veríamos?
—Dijo que el sábado, pero no sé si habrá que confirmarlo, le voy a llamar y te aviso, por otro lado Erika, tú tienes una personalidad muy vale madres, no le das mucha importancia a muchas cosas y solo buscas distraerte, ¿no será que temes llevar tu amor con tus parejas a otro nivel de compromiso, de entrega, y solo te quedas en lo superficial, te enamoras, los seduces, haces que se vayan a vivir contigo, porque eres muy bonita, pero ya que los tienes, intentas deshacerte de ellos, y comienzas a dejar de tener sexo con ellos y a pensar en otros hombres?
—Ay amiga, es que… me dices esto y algo se me remueve en mi interior, creo que tienes razón, tengo… miedo… de llevar mi amor… a otro nivel.
Ay no, necesito hablar con él, pásame su número, por favor.
—Claro te lo mando, avísame si te da una cita y me invitas, o si va a hacer la cena que dijo, oye por cierto acabo de hablar con Ellen, se escuchaba muy contenta, dice que ya todo se arregló con Ríchard.
—Ay sí, sí, yo sabía que se arreglarían, ellos se aman, pero bueno…
—Bueno qué, habla.
—Hombre que es infiel una vez, lo es muchas veces.
—Ay amiga, no seas negativa, por eso no llevas tus relaciones a otro nivel, por tus creencias. Te voy a dejar, tengo algo que hacer, avísame lo que diga Alberto.
Erika estaba pensativa, sentada en la sala de su departamento, volteó a ver su casa y recordó: "El medioambiente impregna a nuestros cuerpos energéticos de sus vibras y viceversa". Se dirigió a la pila de trastes sucios y comenzó a lavarlos. Cuatro horas más tarde se dejaba caer en el sillón, volteó a ver su casa y esta se veía muy diferente y hermosa, pensó un poco más, fue a la alacena y sacó una veladora de color rosa que había comprado sin ninguna razón, la sacó, buscó los cerillos en el cajón y se dirigió a la mesa de centro de su pequeña sala. Encendió la vela, juntó las manos, cerró los ojos y dijo:
—Señor, sé que no te hablo muy seguido, sé que he estado lejos de tí, perdóname por eso, quiero darte las gracias por mi salud y por mi casa, te pido que me ayudes a cambiar, quiero amarme más, porque sé que no soy mi prioridad, siempre busco cosas que hacer o con que

distraerme, pero que están fuera de mí, ayúdame a amarme, llena mi casa con tu amor y enséñame, o más bien quítame el miedo de llevar mis relaciones al siguiente nivel del amor, lo que sea que esto signifique, ayúdame a cambiar. Se recargó en el sillón, y volteó a ver su casa.
—De verdad que eres bonita —dijo en voz alta— te voy a querer, voy a encargarme de que tu vibra sea hermosa para que me impregnes mi cuerpo energético de esas hermosas vibras.
Su teléfono celular timbró y la sacó de sus pensamientos, número desconocido.
—Bueno, contestó dudando.
—Tengo el gusto con Erika.
—A sus órdenes.
—Hola Erika, soy Alberto.
Dios había respondido.

De camino a su casa, Roger iba muy pensativo. Abrió la puerta principal y encendió la luz, su casa era una residencia muy hermosa, él la había diseñado y decorado a su gusto, un gusto muy elegante y costoso. Llegó hasta su recámara y recordó a su exnovia, comenzó a desvestirse, fue al baño para asearse. Ella era una mujer muy atractiva y elegante, eso lo había fascinado desde el primer momento en que la vio, tenía cuarenta y siete años cuando la conoció, el cincuenta y cinco, habían tenido un romance muy hermoso, se enamoraron profundamente, pero después de cinco años perdieron la chispa del amor, y comenzaron a distanciarse, él andaba con otras mujeres y ella tenía un amante oculto, del cual continuaba sin enterarse. Pensaba en todo lo que Alberto les había explicado y por qué se pierde el interés en el sexo, pero que no se nos enseña a fundamentar nuestras relaciones en el amor, en el amor honesto e incondicional.
—Eso fue lo que nos ocurrió —dijo en voz alta— en realidad nos amábamos mucho, pero habíamos construido una gran zanja entre los dos y eso nos llevó a terminar nuestra relación. Yacía recostado en la cama, se estiró y apagó la lamparita de noche se quedó dormido recordando a Rouse. Por la mañana, al despertar, sus recuerdos continuaron, cuándo llegaba de trabajar, cualquier cosa era razón para discutir, si había algo fuera de su sitio, o cualquier pequeñez, eran las chispas del grandioso incendio que ambos comenzaban.
Estaba cansado de eso, él trataba de ser cariñoso y ella lo rechazaba y

cuando ella era cariñosa, él hacía lo mismo, comenzaron a jugar el juego de las venganzas, a ver quién le hace más daño a quién. Ella también lo quería, pero no encontraba la forma de acercarse, intentaba hablar con él, pero ambos terminaban incendiados, y dejando de hablarse, hasta que la relación se volvió poco soportable.

—Sabes Rouse, he estado pensando en lo nuestro, y la verdad es que ya no encuentro la manera de resolverlo, te amo, te amo mucho y me gustaría que siguiéramos, pero siento que no podemos hacerlo, ya no nos deseamos sexualmente, casi no nos hablamos, nos dormimos en la noche sin decirnos una palabra y al día siguiente apenas y cruzamos palabras, creo que es tiempo de definir qué es lo que queremos hacer.

—Y qué, ahora de seguro me vas a culpar a mí de todo esto.

—Bueno, la que comenzó a rechazarme sexualmente, fuiste tú, te busqué muchas noches y días, y en cuanto sentías mis caricias, salías corriendo.

—Pobrecito de ti, y de seguro eres inocente.

—Pero, ¿qué debía de hacer?, lo ves, ya estamos comenzando a discutir de nuevo.

Rouse guardó silencio, era verdad, ella comenzó a rechazarlo, ya no quería tanto sexo como él necesitaba, era insaciable desde el punto de vista de ella, y ya estaba cansada de discutir, ya no quería pelear, por eso se tumbó en el sillón, recargó la cabeza y guardó silencio. Él se sentó a su lado y tomó su mano.

—Te amo Rouse, tu y yo tenemos algo muy bonito, pero si seguimos juntos, vamos a terminar odiándonos y yo no quiero odiarte, te amo, pero siento que ya no podemos vivir juntos. Una lágrima rodó por la mejilla de ella, sabía que era verdad. Él sacó su pañuelo y se lo dio.

—Tienes razón Roger, yo también te amo, he pensado mucho en esto que estamos viviendo y la verdad que esto no es vida, no así, peleando, sin hablarnos, sin ganas de querer llegar a casa, eso no es vida. También te amo, acarició su rostro cariñosamente, pero no somos felices y creo que es verdad, estamos comenzando a odiarnos, no tiene sentido esperar hasta odiarnos de tal manera que no podamos volver a vernos con amor, de ninguna manera quiero eso, si terminamos, quiero seguir queriéndote, hemos tenido un amor muy hermoso y tampoco quiero que se pierda, me iré a mi departamento.

Él la abrazó y lloró, ambos lloraban.

—Lo siento Rouse, lo siento mucho, no quiero que pase esto, pero no quiero que me odies y no quiero odiarte.

—Lo sé cariño, lo sé.
Se dieron un beso tierno, ella se levantó y se dirigió a su recámara, él se quedó sentado en el sillón observándola alejarse.
Sacó dos maletas del closet y comenzó a guardar sus ropas, se secaba las lágrimas con el pañuelo desechable. Salió de la recámara, él no quería que se fuera, pero sus palabras no pudieron decírselo.
—Déjame ayudarte, se levantó y le tomó las maletas, caminaron hasta la puerta. Metieron las maletas en el auto de ella, y cerró la cajuela.
—Rouse, te amo, en verdad, lo siento mucho, no sé cómo resolverlo.
—Yo también Roger, también lo siento, gracias por todo, también te quiero.
Ambos se abrazaron mientras lágrimas mojaban el hombro del otro. Él se quedó de pie viéndola alejarse, cinco años de una relación de amor se iban de su lado.

—Diga, hola.
—Hola Rouse.
—Sí, ¿quién la busca?
—Hola hermosa, soy Roger, es que cambié mi celular, de seguro no tienes este número.
—Qué gusto saludarte Roger, hace mucho que no hablamos, ¿cómo estás?
—Bien preciosa, estoy bien, ¿estás ocupada?
—Estoy haciendo unas cosas en la oficina, ya sabes nunca termina el trabajo, aquí siempre hay cosas que hacer.
—Qué bueno que estés ocupada, así no tendrás malos pensamientos.
—Bueno, no es para tanto, hay tiempo para todo, ja, ja, ja.
—Me alegra mucho escuchar tu risa, la extrañaba. Oye Rouse, estaba pensando, me gustaría invitarte a cenar, ¿tienes tiempo, hoy o mañana?, digo si tu novio te deja.
—Bueno, él no se opone, soy una mujer de negocios, así qué está acostumbrado.
Él sintió que el corazón se le arrugaba.
—Pero sí, tengo tiempo, quieres hoy o mañana.
—Hoy mismo, sería genial, paso por tí a las ocho, ¿a dónde?
—Mejor dime en donde te veo y llego allá, llevo mi carro, para después llegar a mi casa sin dar molestias.
—No es molestia, déjame pasar por ti y más tarde te llevo a donde

hayas dejado tu auto.
—No, mándame la ubicación de en dónde sería y nos vemos allá a las ocho ok.
—Excelente así lo haremos.

Llegó al restaurante quince minutos antes de las ocho, le asignaron su mesa y entró, ordenó un whisky en las rocas y una margarita de fresa. Una mujer alta entraba por el restaurante, venía elegantemente vestida, sus ropas eran muy finas y sus joyas la hacían lucir muy hermosa, su cabello era corto, muy corto, estilo pixie, que la hacía verse muy juvenil; se encaminó hacia él con una hermosa sonrisa. Al verla venir se emocionó.
—Guau Rouse, pero, qué hermosa te ves, ese nuevo corte se te ve increíble.
—Gracias querido, dijo acercándose para darle un beso en la mejilla, tú también luces muy guapo, esas canas se te ven muy bien, me sigues gustando… —y mucho, pensó para sí misma.
Él le indicó la silla, a su lado y la sacó para que se sentara, después, él hizo lo mismo.
—Y qué milagro Roger, ¿quién se murió?
Dijo mientras colocaba ambos codos en la mesa, entrecruzando los dedos de sus manos y poniendo su rostro encima de los dedos, una hermosa sonrisa lo deslumbró.
—Te ves tan hermosa Rouse.
—Sí lo sé, gracias por decirlo.
Esa era una cualidad que a él le había encantado, era una mujer sumamente segura de sí misma, dueña de su propia empresa y con mucho carácter, dulce y tierna cuando debía serlo, o dura y enérgica si el momento lo requería, sabía cómo lograr que sus empleados hicieran lo que hacía falta y no era a través del miedo, sino del liderazgo, era una lectora ávida y sabía cómo guiar a su equipo.
—Nadie ha muerto, por cierto.
El mesero llegó con las bebidas.
—¿Y esto?
Dijo sorprendida cuando el mesero depositó frente a ella la copa con la margarita de fresa.
—Me permití ordenar tu bebida favorita, ¿sigue siendo esa, cierto?
—Me halaga que lo recuerdes, sí, sigue siendo mi favorita. Digamos

salud por el gusto de verte.
Ambos levantaron sus copas y las chocaron.
—Por el gusto de verte Rouse.
—Y cuéntame, a qué se debe el honor, hacía tanto que no hablamos que bueno, ya me había acostumbrado.
—Discúlpame por eso, quise muchas veces llamarte, pero no me atrevía, fui muy tonto, lo siento, pero por fuentes cercanas sabía que estabas bien, ellos me iban avisando ocasionalmente, no creas que te estaba espiando.
—Mira qué gente tan chismosa, pero la verdad es que yo hacía lo mismo, siempre pregunté por tí, sabía si estabas enfermo o no, pero no te quería llamar, lo nuestro se había acabado y ahora es parte de nuestra historia.
—Desafortunadamente sí, es verdad, se terminó. Sabes Rouse, he estado pensando mucho en tí, pero, ¿tienes novio?
—Salud —dijo ella sin contestar— ¿en qué estabas pensando?
—Yo no tengo a nadie, hace un tiempo que estoy solo, nada serio, he salido con amigas, pero nada serio.
—Qué raro, eres muy guapo, a qué se debe esa abstinencia.
El mesero se presentó, ordenaron sus alimentos y se retiró.
—Nadie me ha llegado al corazón, creo que todavía está ocupado.
—¿A sí, y quién es la afortunada que ocupa ese corazón?
—Tu Rouse, no te he dejado de amar, lo he intentado, pero no puedo.
Ella sonreía, tampoco lo había olvidado. Después de que terminó su relación, terminó también con el amante que tenía, ciertamente este amigo y ella sentían algo muy bonito el uno por el otro, el sexo era intenso y juguetón, eso a ella la encendía; él era más joven que ella y tenía una alta energía sexual, así que cuando ella necesitaba equilibrar sus energías lo buscaba, su presencia le hizo más fácil terminar su relación, pues se sentía acompañada, siempre se reunían en el departamento de él, así que habían hecho un nido de amor sexual muy adecuado para sus necesidades; pero cuando terminó su relación con Roger comenzó a distanciarse, no se daba el tiempo y terminó estando sola, ella seguía amando a su ex. Cuando recibió su llamada, se alegró enormemente, pero no estaba dispuesta a ponérselo fácil.
—Pues échale más ganitas, mírame a mí, yo sí pude.
Ella sonreía mientras estiraba sus brazos en señal de triunfo. A él le dolía el pecho.
—Bueno, será que… —lo pensó bien y dijo— es que soy muy malo

para olvidarte.
—Pues no te preocupes, sé que podrás.
—Pero es que no quiero Rouse.
Estiró su mano y tomó la suya.
—No quiero sacarte de dentro, te sigo amando.
—Pero… —guardó silencio.
—Lo sé, sé que tienes a alguien más, solo te pido que me des la oportunidad de vernos más seguido, yo he cambiado, he entendido muchas cosas y por qué lo nuestro se enfrió, ahora lo entiendo y sé por qué.
—Ah, sí, ¿y por qué nos enfriamos?
Comenzó a platicarle lo que Alberto les había explicado acerca del cuerpo energético y las energías. Les trajeron sus platillos y comieron mientras él le explicaba y resolvía sus dudas.
—¿Pero entonces Roger, todo lo que nos pasó fue porque estábamos saturados, de nuestras energías y el sexo ya no era tan necesario?
—Sí, así es.
—¿Y por eso te veías con otras mujeres, para equilibrar tus energías?
—Pero cómo, ¿tú lo sabías?
—Bueno esos perfumes no son los que tú te pones, claro que me daba cuenta, por eso ya tampoco quería estar contigo, eso me alejó aún más.
—Lo siento, lamento haber hecho eso, y lamento haberte lastimado.
—No te preocupes, la verdad es que yo también estaba equilibrando mis energías.
—¡Cómo!, o sea que tú…
—Sí, tengo que ser sincera, también tenía mis necesidades y tú ya no querías estar conmigo, también me rechazabas.
—Bueno preciosa, es verdad, —dijo pensando las cosas— ambos tenemos necesidades energéticas e hicimos lo que podíamos en ese momento.
—Es verdad, viéndolo bien, es verdad.
—Un amigo me dijo algo que me parece de suma importancia, dijo: “Si no permites que tu pareja viva su vida y sus experiencias es por tres razones, la primera, tu amor no es un amor honesto y verdadero, segunda, no entiendes lo de las energías y los cuerpos energéticos, y tercera, solo ves a tu pareja como un cuerpo físico y no como lo que verdaderamente es, un cuerpo energético y espiritual, viviendo experiencias en un cuerpo físico”, dijo que al final del tiempo, cuando el cuerpo se muere, el cuerpo energético y espiritual, continuaría con vida.

Nos habló de la reencarnación, pero solo la nombró.

—Vaya, que manera tan interesante de vernos, como seres energéticos y espirituales, viviendo experiencias dentro de un cuerpo físico. Guau eso sí es interesante. Yo sí creo en la reencarnación, he leído algunos libros acerca de la muerte, y la vida después de morir, y tiene todo que ver con esto que él te explicó.

—Tendrás que prestarme uno de esos libros, me quedé muy intrigado.

—Claro, no es problema, te traeré un par de ellos. Pero entonces, lo nuestro se hubiera solucionado si hubiéramos sido más honestos.

—En parte sí, pero en ese tiempo yo no te hubiera permitido estar con otro hombre, era un poco celoso, ahora es diferente, porque entiendo las energías y entiendo que nuestras energías se saturan y que tenemos necesidades espirituales de seguir viviendo experiencias.

—Sí claro, te entiendo, si me hubieras dicho que necesitabas tener sexo con otras mujeres, yo te lo hubiera permitido.

—Pero yo a ti no, y eso nos traería problemas, porque según las energías, tú seguirías teniendo necesidades y yo no te lo permitiría, terminarías haciéndolo a escondidas y eso nos traería problemas.

—¿Y ahora, si regresamos, me dejarías?

Él se recargó en la silla y tomó su vaso con ambas manos mientras pensaba. El mesero recogió los platos y se retiró

—Sabes qué, sí.

—No te creo, creo que lo dices solo para que regresemos.

Bueno Rouse, no te puedo negar que a mis sesenta años me es difícil pensar en verte en los brazos de otro, pero si te veo como un ser energético espiritual, claro que puedo permitírtelo, solo tengo que decirme muchas veces lo que verdaderamente eres y lo que verdaderamente soy, de esa manera podemos crear una relación basada en el amor honesto. ¡Ya entiendo! —dijo levantando la voz.

—¿Qué? —preguntó ella sonriendo por su elevación de voz.

—No entendía a qué se refería Alberto cuando nos decía del amor honesto e incondicional. Se refiere a esto, a vernos como lo que verdaderamente somos, y a permitirnos vivir nuestras vidas, amándonos sin condiciones, amándonos a pesar de cualquier cosa, si lográsemos crear una relación así sería maravilloso, no crees.

—Una relación honesta, tipo swinger, bueno, nunca lo había pensado.

—Bueno, no había pensado en ser swinger, pero viéndonos de esta manera, creo que podría ser posible.

Ambos pensaban en sí realmente les gustaría vivir una relación así.

—Tengo una amiga, que está casada, y ellos son una pareja swinger, y se llevan superbién, dice que a partir de entonces son muy felices, pero que solo lo hacen cuando están juntos, dice que así es más divertido.
—Si he escuchado de eso, es solo que para mí no me parecía divertido, tú me conoces, soy un poco celoso, bueno era celoso, ahora ya no.
—Un poco, ja, ja, ja, salud, porque ya no eres celoso.
Ambos levantaron las copas y las chocaron, él buscó al mesero y le hizo la seña de que les trajeran otras bebidas.
—Pero bueno, dijo ella, no pienses que ya vamos a regresar, yo no...
—guardó silencio y bajó la mirada. Por dentro estaba feliz, pero su cara no lo expresaba.
—Anda hermosa, solo dame la oportunidad de volver a verte, salgamos a comer o si quieres, vámonos de fin de semana juntos.
—¿Me estás sugiriendo que seamos amantes?
—Sí, eso mismo —dijo él con toda seguridad, recargándose en su silla en posición de gran señor. Ella se rió.
—No lo sé, yo nunca...
Él entrecerró los ojos y frunció el ceño observándola.
—Ja, ja, ja, ja, déjame pensarlo, es que no estoy segura.
Se enderezó en su silla y se puso sería en postura de gran señora. Él se rió, se enderezó y se acercó para besarla, en el último momento ella le puso la mejilla.
—Ya señor, póngase quieto, que tal que alguien nos observe.
El mesero regresó con las copas.
—Digamos salud, por los amantes, ambos levantaron las copas y se rieron.
La cena se alargó y las copas estaban surtiendo su efecto.
—Me voy, ya es muy tarde y me esperan.
Salieron del restaurante, el valet parking trajo sus vehículos, él la acompañó al suyo y antes de que ella se diera cuenta la abrazó y la beso en los labios, ella se dejó besar, pero no lo abrazó.
—Señor, si tengo problemas por su causa, ya verá.
—No me importa, mi casa te espera y yo..., te extraño.
Ella acarició su rostro mientras sonreía.
—Gracias por la cena, después nos saludamos.
Le cerró la puerta y esperó a que se alejara. Ambos sonreían felices.

Ríchard y Ellen disfrutaban de la pintura, ambos eran amantes del arte,

él como Arquitecto le gustaba dibujar, su estilo era la acuarela, y ella había aprendido a admirar la pintura, él le había enseñado.
El museo estaba un poco vacío, caminaban tomados de la mano, admiraban un cuadro, hacían comentarios y se besaban, a veces más o menos apasionados.
—Ay mi amor, estoy tan contenta, en verdad me siento como si esto fuera nuestro segundo aire.
—Yo estoy muy…, volteó la vista a su entrepierna y un bulto se veía en su pantalón.
—Señor, pero qué le está pasando, dijo mientras bajaba su mano y acariciaba aquel abultamiento, mientras volteaba a ver si nadie los veía.
—Espera mi reina, aquí hay cámaras de seguridad y no quiero que después estemos en las redes sociales.
—Déjame, a ver si así nos volvemos famosos.
—No, dijo separándose de ella y caminando para alejarse, mientras volteaba el rostro para sonreírle. Él se detuvo frente a una acuarela.
Más tarde fueron a un restaurante ubicado en el centro de un parque muy hermoso, los árboles altos se movían suavemente con el viento fresco, y las flores que bordeaban los caminos liberaban sus aromas, ellos caminaban abrazados.
—Recuerdas este lugar.
—Y cómo no mi amor, fue una de nuestras primeras salidas, me encantó.
—Pues después de ¿cuántos?, quince, dieciséis años sigue operando, el dueño se murió hace poco, vine a comer con Roger y un compañero de la oficina.
Tomaron asiento en una mesita con dos sillas, ordenaron sus alimentos, y disfrutaron de la plática divertida que les caracterizaba. Después de comer decidieron ir al cine.
—Él iba manejando, Ellen liberó su hombro del cinturón de seguridad y se acercó para besarlo en la mejilla y comenzó a acariciar su vientre bajo y sus muslos.
—Señora, ¿qué hace?
—Nada, solo pretendo encender a mi hombre.
Acarició el bulto que estaba naciendo en su entrepierna.
—Ay Ellen —dijo entrecerrando un poco los ojos, para incrementar sus sensaciones.
—Mi amor, dijo ella, ¿no te gustaría, en lugar de ir al cine, irnos a un motelito?, usted y yo, sin nada de ropa y solo disfrutando todo esto,

estaba metiendo la mano dentro del pantalón.
—Entonces es por acá.
Giró el volante, y mientras manejaba comenzó a acariciar los hermosos muslos de su esposa, ella separó un poco las piernas, permitiéndole profundizar en su búsqueda, cuando por fin llegó hasta el paraje anhelado, ella gimió.
—Ay mi amor —dijo cerrando los ojos y apretando las piernas que aprisionaban su mano.
—Me encanta sentirte, hermosa, y me encanta cómo me acaricias.
Sus energías estaban al máximo, ellas se abrazaban amándose y bailando, salían por todos lados del vehículo, este parecía brillar, si alguien tuviera la capacidad de ver las energías, sabría lo que allí estaba pasando. Llegaron hasta el motel que ambos frecuentaban cuando eran novios y entraron. Una voz saliendo de una bocina, les indicaba la habitación número siete. Encontró el número siete y entró al garaje, se bajó, cerró la compuerta, y abrió la puerta a su esposa, ella bajó, y se besaron, continuaba acariciándolo, él la tomó de la mano y corrieron para subir las escaleras, cerraron la puerta y el baile de energía comenzó.
Ambos estaban recostados, cansados, abrazándose, el acariciaba su espalda y ella recostada en su pecho, podía escuchar su corazón, mientras acariciaba su torso. Sus energías se estaban recuperando, volvían lentamente a cubrir sus cuerpos físicos, después de haberse fusionado y mezclado.
—Mi amor, estoy feliz, pero no quiero que pasemos aquí la noche, mañana tengo que presentarme en la oficina, es mejor si nos vamos a la casa.
—Tienes razón mi reina, ya es más de la una de la mañana.
Ambos se vistieron y siguieron mostrándose caricias de amor, no sexuales, durante todo el trayecto de regreso a casa.

Ríchard tomó su celular, estaba sentado en su banco en el restirador de su despacho, revisando unos planos, vio el nombre en la pantalla y saludó, alegremente.
—Alberto hola, qué gusto saludarte.
—Hola Ríchard, escucho mucha alegría en tu voz, deduzco que todo está mejor, ¿cierto?
—Definitivamente lo está y te lo debo a tí.

—Qué bueno amigo, oye, te llamo porque quiero organizar, bueno, estoy organizando una cena en mi casa el próximo sábado, espero no sea demasiado tarde y que ya tengas compromiso.
—Bueno, tenía pensado proponerle a Ellen que nos fuéramos solos de fin de semana, tiene mucho tiempo que no lo hacemos y nos hace falta.
—Te sugiero, si me lo permites, vengan a la cena, después podrás hacer ese viaje y créeme, será diferente.
—Está bien amigo, será un placer.
—Por favor haz extensiva la invitación a Roger y a su novia.
—Él no está ahora en la oficina, desde que llegué no se ha presentado, ya sabes lo bueno de ser jefe, pero cuenta con ello, no sé qué tenga novia, pero le diré que lleve a alguien, le va a dar mucho gusto.
—Magnífico te envió mi dirección, los veo el sábado a partir de las ocho y media.
—Claro allá nos saludamos, gracias por llamar.

IV Un Ángel en la tierra

—Karla no lo vas a creer, no vas a creer lo que me pasó.
—¿Qué te pasó amiga?
Erika le contó todos los cambios que había estado haciendo, lo de la veladora y su oración.
—No te parece una coincidencia que Alberto me haya llamado, justo después de que terminé de hacer mi oración.
—Bueno, no es extraño, Dios te contestó amiga, no es eso hermoso.
—Ay no, pero es que eso significa una sola cosa, que Dios realmente me quiere ayudar a cambiar.
—Qué padre amiga, qué padre que lo veas así.
—Tienes que venir hoy en la noche a mi casa, tengo dos botellas de vino y tienes que ver lo que he estado haciendo, le voy a llamar a Ellen.
—No cuentes con ella, está con su novio, ayer estuvieron todo el día juntos, según supe, y siguen celebrando, pero llámale a ver si está libre más noche.
—Si le voy a llamar, te veo en la noche a la hora que quieras, no traigas nada, ya prepararé la cena.
—Ay amiga, eso sí que tengo qué verlo. Te veo más noche.

—Ellen, hola amiga.
—Hola Erika, ¿qué pasa?
—Ya me enteré de que ustedes regresaron.
—Sí amiga, así es, estamos felices, esto que Alberto nos explicó, ha hecho toda la diferencia.
—Le platicaste a Ríchard de Alberto.
—No, él se les presentó a Roger, el jefe de Alberto, y a él en un bar. Ellos estaban en un bar y él se les presentó.
—Ay no, no me digas eso. Es que me ha pasado algo importante, puedes venir a mi casa esta noche, Karla vendrá, tengo vino y haré la cena. Te espero, anda, es importante.
—Bueno, creo que estará bien, Ríchard tiene algo de un edificio y anda corriendo, ayer no fue a trabajar, estuvimos todo el día juntos, fue increíble.
—Amiga, tenemos que platicar todo eso, te veo en la noche ok, después de las siete, ¿ok?
—De acuerdo allá nos vemos.

Ríchard tomó su teléfono y le marcó a su esposa.
—Hola mi amor, ¿cómo estás?
—Feliz mi cielo y tú, qué tal el trabajo.
—Acumulado, ya sabes un día que no vienes y pareciera que nadie hace nada, pero bueno, todo se resuelve favorablemente. Oye a que no adivinas quién me llamó.
—No tengo idea, mi mamá.
—Ja, ja, no para nada, Alberto, llamó para invitarnos a cenar a su casa este sábado, te aviso para que no hagas planes.
—Excelente noticia mi amor, eso va a estar buenísimo.
—Ya lo creo, también irá Roger, por cierto, hoy llego tarde, tengo cosas que terminar.
—Está bien, me voy a ver para cenar con Erika y Karla en casa de Erika.
—Qué bien mi amor, diviértete, te veo más noche.

Él teléfono sonó, pensó en colgar al ver el nombre, pero decido

enfrentarse a lo que debería.
—Hola Larisa, ¿cómo estás?
—Molesta, ¿cómo crees que me siento?, me la paso esperando a que me llames y nada, pasan los días y ni un mensaje, ¿qué pasa?, ¿ya no me quieres?
—Tenemos que vernos, ¿te parece hoy?, paso a tu departamento, a las nueve.
—Ok, te espero.
Colgaron los teléfonos. Él se quedó en silencio pensando, y vino a su mente la voz de Alberto: Tenemos que aprender a desarrollar un amor incondicional, un amor honesto. Marcó el teléfono.
—Mi amor, hola nuevamente.
—¿Qué pasa mi cielo?
—Quiero decirte algo… me da pena, pero tienes que saberlo.
—¿Qué pasa mi amor, me asustas, todo está bien?
—Sí claro, es que me llamó ella, y la voy a ver hoy en su departamento a las nueve, voy a terminar ese asunto, solo quería que lo supieras, estoy tratando de crear una relación honesta y eso implica platicarnos todo.
Guardó silencio, esperando su respuesta, ella tardó en contestar, estaba pensando cuál era la postura correcta, en otro momento se hubiera molestado, pero ahora entendía.
—Sabes mi amor, no le guardo ningún rencor a ella, ahora te estoy viendo como lo que verdaderamente eres, un ser de energía y espiritual, que vive experiencias y que esto que has vivido te ha enriquecido espiritualmente, así que no tengo por qué guardarle ningún rencor, y me parece que sí, que tienes qué enfrentarla y hablarle honestamente, decirle lo que quieres, y si… —se quedó callada pensando, lo que iba a decir era muy delicado— y sí…
—Sí, ¿qué? —la animó él.
—Si no quieres terminar con ella y quieres seguir viéndola, porque crees que te hace falta, adelante, a partir de hoy te voy a amar incondicionalmente, y de qué manera, si señora, yo tengo un amor muy especial y es el qué te he entregado todos estos años que llevamos juntos, y debo reconocer, que tú me ayudaste desde que te conocí, me ayudaste a que ese amor saliera de dentro de mi ser, nadie antes supo cómo sacarlo, solo tú, por eso te amé desde que te vi y te amo más ahora después de todos estos años.
Él, guardó silencio, sus ojos se llenaban de lágrimas, las palabras se desaparecieron, era de esos momentos mágicos en que solo existe el

amor y las palabras no hacen falta.
—Mi amor —dijo ella, estás ahí.
—Sí mi reina, es que tus palabras…
Ella sintió cómo él comenzaba a llorar, y no podía hablar, ella también lloraba. Guardó silencio dándole tiempo.
—Gracias mi reina, gracias por este amor tan hermoso que siempre me has entregado, perdóname, porque lo perdí de vista, pero ahora que lo puedo ver y sentir, solo puedo darte las gracias. Gracias por ser tan comprensiva… pero no, definitivamente, no lo necesito, ahora tu y yo estamos reencontrándonos, no necesito de nadie más para llenarme o satisfacerme, tengo a mi lado al amor más hermoso, no necesito más.
Ella sonreía mientras limpiaba sus ojos con un pañuelo desechable que había sacado de su bolso.
—Te amo Ellen, mi reina, te veo en la noche.
—Gracias mi cielo, por hablarme y ser honesto, lo agradezco, agradezco tu sinceridad.
Ambos colgaron.

El edificio era muy elegante, salió del ascensor y caminó los pasillos anchos con pisos de porcelanato beige con vetas doradas, tocó el timbre, esperó unos segundos, Larisa abrió la puerta.
—Hola mi amor, bienvenido.
—Hola Larisa
Ella quiso darle un beso en los labios, pero él se retiró y le dio un beso en la mejilla.
—Vaya, ¿por qué tan frío? ¿Qué ocurre?
—¿Podemos sentarnos?
Ella señaló la sala.
—¿Quieres tomar algo?
—No gracias, estoy bien.
Él se sentó en el sillón individual, lo que era muy extraño, y a ella no le quedó más que sentarse en el sillón largo.
—Larisa, he venido porque quiero que sepas algo, he vuelto con mi mujer y hemos arreglado las cosas, así que lo nuestro, lo lamento, pero se tiene que terminar.
—Vaya, la verdad no me sorprende.
A él le sorprendió su actitud tan pacífica, ella tenía una personalidad

muy caprichosa, era hija única de un millonario, acostumbrada a que todos hicieran lo que ella quería, y, por lo tanto, a salirse con la suya.
—Como tienes semanas que te has alejado, me imaginé algo así. Me voy a servir una copa, ¿seguro que no quieres algo?
—No gracias, estoy bien.
—Te voy a platicar algo, la semana pasada, estaba sentada en el restaurante del club de golf, me había quedado de ver con una amiga, pero me llamó y dijo que no podría llegar, así que desayuné yo sola, estaba observando el verde pasto y un hombre se detuvo enfrente de mí, evitando que siguiera viendo hacia, afuera.
—Señorita —me dijo— quiero decirle que usted es la mujer más hermosa que he visto en mucho tiempo, me permite acompañarla, él tenía una sonrisa encantadora y por alguna razón no me pude negar, así que lo acepté y me acompañó, era un hombre muy agradable, su apellido era Rojas, su nombre no lo escuché porque un ruido no me dejó, pero bueno, fue una plática muy agradable, pero no sé por qué me dijo: Sabías Larisa, que cuando dos personas se conocen es porque sus energías se atraen —Ríchard alzó las cejas al escuchar sus palabras y la observó intrigado, ella continuó— y que en realidad no somos el cuerpo físico en que habitamos, sino que somos seres espirituales y energéticos, que solamente estábamos viviendo experiencias en esta tierra, que cualquier experiencia en realidad es un intercambio de energías, y que las relaciones personales eran para liberarnos de karmas de vidas pasadas. Yo había leído un libro muy interesante acerca de vidas pasadas y de los acuerdos, ¿has escuchado de eso?
—Bueno, de vidas pasadas sí, pero eso de los acuerdos no.
—Ok, no te los voy a explicar porque es muy complejo, pero lo que yo había leído y lo que este señor me explicó, fue que tú y yo teníamos una relación pendiente que venía de alguna de nuestras vidas pasadas, qué por eso nos encontramos de nuevo. Recuerdo el día en que te vi, esa mañana en tu despacho, en la sala de juntas, en el momento en que me fijé en ti me pareciste sumamente conocido, como si te conociera de mucho tiempo atrás, no sé si a ti te pasó lo mismo.
—No, en realidad me gustaste, eres muy hermosa, pero no sentí eso.
—Bueno yo sí, después, con el tiempo, te comencé a coquetear porque me gustaste mucho, pero tú te mantenías al margen, me hablabas de tu relación con Ellen, y la verdad es que me gustaba que tuvieras ese amor tan especial, pensé que tú y yo podríamos tener algo así, si lograba que te enamorases de mí, y después, bueno, cediste a mis encantos y

finalmente nos enamoramos.
—Sí, reconozco que es verdad, llegué a sentir algo muy especial por tí, de hecho, lo siento todavía.
—Bueno, yo en el fondo, no quería que tu matrimonio se acabara, he sabido de muchas historias de mujeres que le roban el marido a otra y al final, después de quedarse con él, también lo pierden, porque otra se lo va a volver a robar, así que yo no quería eso, pero lo más importante es que este señor me hizo entender, que cuando nos mantenemos en la vida haciendo algo que sabemos que no es correcto, en realidad lo que hacemos es mantenernos atados al karma, y que al final, cuando nuestro cuerpo muera, no nos llevaremos nada de toda la riqueza que hayamos logrado, ni un céntimo, nada, únicamente nos llevaremos nuestros karmas y nuestras ataduras, que después tendríamos que reencarnar para volver a vivir esas experiencias, que no pudimos o no quisimos dejar de hacer. Entendí, que tú y yo ya habíamos tenido una relación de vidas pasadas, por eso sentí que te conocía la primera vez que te vi, y que en alguna de estas vidas yo te robé del lado de tu esposa, y que ahora, repetía eso, pero que, si lo volvía a hacer, no terminaría con el karma, sino que tendría que volver una y otra vez, hasta que hubiese superado esa materia de robar maridos; por lo tanto, yo tampoco quiero que sigamos, quiero que vuelvas con tu esposa y que seas muy feliz, a mí no me faltan los galanes, así que… salud —dijo levantando su vaso con whisky y hielos.
—Salud —dijo él con los dedos de las manos entrelazados, y pensativo— estoy sin palabras, justamente he conocido también a un hombre que me habló de las energías, me hizo entender que mi esposa no me había dejado de amar, como yo pensaba, sino que energéticamente estaba saturada de mi energía, y que yo, espiritualmente me había unido a tí, porque nuestras energías se habían gustado, y ahora que me lo dices, en realidad no es solo que nuestras energías se gustaran, sino que se conocían, por eso nuestros encuentros fueron tan especiales.
—Sí, eso lo sentí desde nuestra primera relación íntima, eso fue muy especial.
—Pero fue así de especial, porque nuestros espíritus se conocían, y quizás, en nuestras vidas pasadas también tuvimos algo hermoso.
—Sí, quizás yo te robé de tu esposa.
En cuanto dijo esto ambos sintieron que era verdad, él se dejó caer en el respaldo del sillón recargando la cabeza.

—¡Guau Ríchard, es que es verdad!, no sé cómo, pero lo siento, siento que eso fue verdad.

Sus ojos se llenaron de lágrimas, su espíritu estaba feliz, ambos espíritus bailaban juntos tomados de las manos, bañándose en luz violeta, transmutando y quitándose un karma de encima.

—Guau, es increíble, hemos vuelto a encontrarnos para resolver esto, no me refiero a este momento, sino a toda esta relación, desde el primer día en que nos conocimos, nos reencontramos con el pretexto de la casa, pero en realidad era porque teníamos que liberarnos de nuestra atadura.

—Ay Larisa, es increíble, todo esto de los karmas, la reencarnación, las vidas pasadas, nuestro encuentro, todo, guau, qué increíble.

—Así es, es increíble.

Él se puso de pie y se paró enfrente de ella, le extendió las manos, ella las tomó y se puso de pie, él la abrazó cariñosamente.

—Gracias preciosa, gracias por haber vivido conmigo esta y todas las aventuras en nuestras vidas pasadas, si te ofendí, si te humillé, si te lastimé, de alguna forma, Larisa, te pido perdón, lo siento, no era mi intención.

La luz violeta de transmutación envolvía sus cuerpos físicos y energéticos-espirituales, liberándolos definitivamente. Ella derramaba lágrimas, pero no de dolor, sino de algo que se le quitaba de encima.

Richard —repitió ella instintivamente, liberándolo del abrazo y tomándolo de las manos, ambos se veían directamente a los ojos— si yo, de alguna manera, te ofendí, te lastimé, te robe de tu esposa o de tu familia, por favor perdóname, lo siento, tampoco era mi intención.

—Gracias preciosa —la llama violeta los envolvía mientras sus almas se abrazaban sintiéndose liberadas de los karmas.

—Me tengo que ir, gracias Larisa, en verdad, gracias, quiero que sigamos siendo amigos, buenos amigos, no vamos a volver a tener sexo, pero quiero que seamos amigos, ¿qué dices, aceptas?

—Claro Ríchard, seremos muy buenos amigos, algún día me invitarás a tu casa y seré amiga de Ellen, ya veremos.

—Ya veremos, sería lindo, ya veremos.

Se volvieron a abrazar y se dieron un beso en la mejilla. Ella lo encaminó hasta la puerta y él salió.

—Oye Larisa, este señor, ¿cómo era?

—Tendrá como cincuenta y cinco años, delgado, con el cabello canoso a los lados, muy agradable.

—No es posible —dijo dándose la vuelta.
Ella se quedó un poco desconcertada, cerró y se quedó recargada en la puerta, estaba feliz, liberada y feliz.

—Hola chicas.
Ellen entraba a la casa de Erika, y al ver su estado se sorprendió, todo estaba limpio y reluciente. En la mesa de centro ardía una veladora aromática de color rosa, que llenaba el ambiente de una fragancia muy suave y agradable.
—Guau amiga, ¿qué pasó aquí?, ¿qué te pasó?
Ella también estaba muy cambiada, se veía más delgada y sus ropas la hacían verse muy bonita, se había maquillado discretamente el rostro.
—Apoco no está hermosa —dijo Karla, levantándose del sillón individual.
—Pero claro que sí, te ves increíble y tu casa no bueno, llevamos muchos años de conocernos y jamás la había visto así, se siente una vibra muy diferente, más espiritual.
—Qué bueno Ellen, que bueno que te guste, pasa, siéntate, deja tu bolsa y tu saco aquí, señaló un perchero nuevo que estaba a un costado de la
entrada principal.
—No bueno, pero es que, ¿qué te pasó?, cuéntame.
—Espera, ¿quieres vinito?, ya abrimos la primera botella y Karla trajo otras dos.
—Yo traigo otra en mi bolsa, sácala porfis.
Erika trajo a la mesa de centro la botella, las copas, unos platitos con botanas, aceitunas y queso en cuadros, y las tres se sentaron en el piso recargándose en los sillones, era su costumbre.
—Listo, ahora estamos completas. Primero digamos salud por mi nueva vida.
Las tres amigas de la infancia levantaron sus copas y las chocaron.
—Por nuestras nuevas vidas, dijo Ellen.
—Por nuestras nuevas vidas, coreó Karla.
—Bueno amigas —dijo Erika— les cuento. Bueno no, primero Ellen, lo tuyo es más importante, cuéntanos, ¿qué pasó?
—Ay no amigas.
Sus ojos se llenaron de lágrimas queriendo salir, agitó su mano para secar sus ojos.

—Ay no, me asustas, dijo Karla, ¿no que se habían arreglado?
—No lloró de tristeza, sino de alegría, estoy que no me aguanto. Soy tan feliz.
No pudo contener el llanto, sus amigas se acercaron para abrazarla y ella lloraba de felicidad.
—Ay hermosa, que gusto, dijo Erika, comenzando a derramar algunas lágrimas.
—Cuéntanos anda, me tienes en ascuas.
—Es que soy tan feliz. La noche en que conocimos a Alberto llegué a casa, Ríchard estaba dormido y no quise molestarlo, a la mañana siguiente le pedí que habláramos, dijo que quizás comiésemos juntos, pero que me llamaría, no lo hizo, así que le llamé, se negó, tenía mucho trabajo, yo lloré todo el día, no quería perderlo y sentía que se iba de mi vida. Me dormí sola, él no iba a llegar temprano, regresó como a las cuatro de la madrugada, o algo así, me despertó cuando encendió la luz de mi lámpara de noche, se hincó, traía unas rosas blancas, y me pidió perdón,
—Ay sí, yo lo sabía —Karla limpiaba sus lágrimas con la servilleta— ustedes se aman, sigue, ¿y luego? —Me dijo que me amaba, que había sido un tonto, yo no podía dejar de llorar, lo abracé tanto, después hicimos el amor.
Todas lloraban, Erika había traído una caja de pañuelos desechables y los repartió, todas se limpiaban el rostro.
—Yo pensé que lo perdería, qué lo había estado rechazado tanto, que ya lo había perdido, pero no, no fue así, nos reencontramos y hemos pasado todo el día siguiente juntos, fuimos a desayunar a la cafetería en donde nos conocimos y curiosamente, todo el local estaba lleno y la única mesa vacía era la nuestra, aquella en donde por primera vez platicamos.
—Ay amiga, qué hermoso, es qué…
Erika lloraba con mucho sentimiento.
—Su amor es tan hermoso y yo, lloro de pensar que he dejado un amor así de hermoso, por tonta, por tonta me deshice de un hombre bueno que me amaba, todo por no saber esto de las energías, si lo hubiera sabido él y yo seguiríamos juntos.
Karla le acariciaba la espalda y dijo.
—Todas hemos perdido amores por desconocimiento, pero lo importante es que ahora lo sabemos y nuestras próximas relaciones serán honestas. No te preocupes Erika. Sigue Ellen ¿qué más?

—A la mañana siguiente, mientras desayunamos, Ríchard me contó que se fue a un bar con su jefe y que un señor se les presentó.
—Alberto, gritó Erika señalando a Ellen.
—Sí.
—No es posible, ese debe ser un ángel, ya son demasiadas casualidades.
—Vaya que sí, pero esperen, él le enseñó lo de la saturación de energía con el sexo, y cómo nuestro deseo sexual disminuye cuando estamos saturados, eso le hizo entender que yo en realidad sí lo amaba, pero que espiritualmente ya no podía tener tanto sexo como él necesitaba. Me dijo que nunca se nos había enseñado a tener un amor honesto, verdadero e incondicional, porque a la iglesia y a la élite gobernantes no les conviene, que el sexo despierta varios poderes, y que con esos poderes no podrían manipularnos.
—Eso no nos lo explicó Alberto —dijo Erika.
—Bueno amiga, fue demasiada información.
—Así es, pero entonces, mi amor me dijo, que si queríamos tener un amor duradero, deberíamos de aprender a expresar un amor honesto e incondicional, es decir, sin condiciones, eso significa, amar a nuestras parejas sí y a pesar de cualquier cosa. Entonces le dije: ¿Tu estarías dispuesto a dejarme tener sexo con otros hombres?
—¿Qué te respondió?, cuestionó Karla, abriendo los ojos.
—Alberto, dice que si no aceptamos que nuestras parejas vivan las experiencias que tienen que vivir, es por tres razones, espera, deja me acuerdo… sí ya, la primera, porque no entendemos lo que verdaderamente somos, seres energéticos-espirituales, viviendo experiencias en un cuerpo físico, porque al final de la vida, dice él, cuando hayamos muerto, no nos llevaremos nada, excepto las energías de las relaciones que hayamos vivido, sean sexuales o de amistad, y los karmas; segundo, porque nuestro amor no es un amor honesto e incondicional y tercero…, —pensó un poco— ah ya, por nuestra cultura e ideas religiosas, que nos dicen que es pecado.
—Pero claro —dijo Erika— siempre nos han dicho en la iglesia, cómo vivir y lo qué es bueno o no, qué cosa es pecado o no, y cómo debemos de tratar al infiel, ¿cierto? De hecho, lo vemos en las películas.
—Exacto, eso dijo Ríchard, que la religión no quería que despertáramos nuestro poder y que por eso nos habían enseñado que el sexo fuera del matrimonio…
—Es pecado, —confirmó Karla— por supuesto, eso siempre me lo dijeron mi abuelita y mi mamá. Por eso nos aguantamos las ganas,

porque ganas vaya que he tenido, y de qué manera, he conocido a unos tipos que bueno… pero siempre he tenido que aguantarme las ganas, por miedo al pecado, y eso que no soy muy religiosa.
—Es que piénsenlo bien, dijo Ellen, no necesitamos ser muy religiosas, nuestras enseñanzas nos lo han dicho siempre, nuestras maestras en la escuela, tus tías, tíos, todas las mujeres y todos los hombres creemos en eso, así que no necesitamos ser religiosos, basta con vivir en una sociedad.
—Y eso es en todo el mundo, confirmó Karla, he visto películas de la India, de Rusia, y todas tratan igual a los infieles.
—Pero claro, el dominio de la religión es en todo el mundo, ahora entiendo —dijo Erika muy reflexiva.
—¿En qué piensas Erika?, te quedaste callada.
—Solamente pienso en todo esto y que es verdad, pensamos que el sexo con otras personas es pecado, cuando en realidad, no lo es, por el contario, es algo energético y espiritual, guau, esto es revolucionario.
Todas guardaron silencio pensando, Ellen terminó con el silencio.
—Salud amigas, brindemos por el despertar de nuestras conciencias.
Las tres levantaron sus copas y las chocaron sonriendo.
—Pero entonces, en que quedaron Ríchard y tú, ¿se van a dar permiso de tener sexo con otras personas?
—No lo sabemos todavía, tenemos que hablar mucho acerca de esto, tenemos que acostumbrarnos a vernos como lo que verdaderamente somos, seres energéticos-espirituales, y hacer consciencia de que el sexo no nos daña, sino que nos enriquece espiritualmente, de hecho, pensamos que eso sería como ser swinger, y lo estamos platicando, no lo sabemos todavía.
—Mi amiga Laura, creo que no la conocieron, era una compañera del trabajo, ella y su pareja le hacían a eso y según me contó, se llevaban muy bien, pero terminaron separándose.
—¿Por qué, no entiendo, no que se llevaban muy bien?
—Resulta que una noche de fiesta conoció a un tipo, con el que tuvo sexo, pero siempre estaban ella y su pareja en estas fiestas, y habían quedado en hacerlo, siempre y cuando estuvieran juntos, que nunca a solas; pero este chavo la invito a estar a solas con él, así que se fue a un hotel a escondidas de su esposo y este se enteró, ella se lo dijo y se puso furioso, casi la golpea, dice que jamás lo había visto tan celoso, que sí era celoso, pero que no tanto, a partir de ese día se volvió insufrible y terminó mandándolo al cuerno, se separaron.

—Es verdad, he sabido de muchos divorcios de este tipo de personas.
—No entiendo, dijo Ellen, se supone que el sexo así es más divertido, ¿quién sabe por qué será? Lo importante es que ahora mi Ríchard y yo estamos tan enamorados y que creen, la cereza del pastel.
—Cuenta, cuenta.
Ambas amigas la veían intrigadas mientras comían cuadritos de queso.
—Me llamó hace un rato y dijo que se iba a ver con esta señora, su amante.
—Ay no, no es cierto, dijo Erika, pero entonces…
—No, no es eso, esperen, dijo que la iba a ver en su departamento, pero que iba a terminar su relación, qué él quería que tuviésemos una relación honesta, verdadera e incondicional, así que tenía que ser honesto conmigo, por eso me lo dijo.
—¿Y qué le dijiste tú?, cuestionó Erika.
—Lo pensé bien y le dije. Mi amor, te amo, ahora entiendo que tu vida no me pertenece, que somos seres energéticos-espirituales, si necesitas seguir manteniendo esa relación, está bien hazlo.
Ambas amigas abrieron los ojos, sin poder creerlo.
—Si crees que necesitas esa energía adelante, te entenderé.
—¿Y qué te contestó?
Los ojos de Ellen se le llenaron nuevamente de lágrimas.
—Me dijo que no, que me amaba tanto, que no necesitaba de nadie, que conmigo tenía el mejor sexo que jamás hubiera tenido, desde la primera vez que lo hicimos, que solo se quería entregar a mí y que me amaba.
—Ay Ellen.
Las dos amigas se acercaron y la abrazaron.
—Felicidades, hermosa, ustedes en verdad tienen algo tan fuerte y especial. Qué feliz nos hace escucharte.
—Gracias amigas, gracias.
Todas limpiaban sus ojos.
—Brindemos, por el amor honesto, verdadero e incondicional —las tres levantaron sus copas y las chocaron.
—Ahora Erika, dijo Karla, cuéntanos ¿qué te pasó?, ¿a qué se debe este cambio?
—Esperen, voy por otra botella.
—Yo voy —dijo Ellen levantándose— tu cuéntanos, yo te escucho.
—Bueno, resulta que el otro día hablé con Karla, y ella me dijo que yo en realidad tenía miedo de llevar mi amor al siguiente nivel, porque

siempre que tenía un novio que valía la pena, me encargaba de botarlo, de alejarlo, más bien.

—Bueno, eso es verdad —confirmó Ellen— ambas ya habíamos hablado de esto, creo que en alguna ocasión te lo dijimos, pero no nos creíste.

—Pues no lo había entendido, pero Alberto me lo hizo entender, al explicarnos lo de la energía y cómo nos saturamos de la de nuestra pareja, creo que yo me saturo muy rápido, porque poco tiempo después de estar viviendo juntos, siento que ya no quiero más sexo con él y comienzo a querer conocer a otro hombre, esto me hizo pensar. También escuché en mi mente las palabras de Alberto: "Nuestro medioambiente nos impregna de sus energías, si este está sucio, eso se impregna en nuestro cuerpo energético", voltee a ver mi casa, y creo que por primera vez me di cuenta de cómo estaba mi vida de desatendida, así que comencé a limpiar mi medioambiente, lavé todo, sacudí y bueno, deberían de ver mi cuarto.

—Vamos anda muéstranos.

Las tres se encaminaron al pasillo y llegaron hasta la habitación, esta estaba impecablemente limpia, ya no tenía los pósters de sus grupos de rock pegados a la pared, estas estaban despejadas, un cuadro de un paisaje muy hermoso adornaba la cabecera de la cama, y unos cuadros más pequeños adornaban los laterales. Había una colcha nueva y todo estaba en orden. Unas rosas colocadas en un florero pequeño posado sobre el buró remataban los adornos.

—Ellen se volteó a su amiga y la abrazó, también Karla se unió al abrazo, Erika lloraba de alegría, todas lloraban.

—Estamos tan orgullosas de tí Erika, de la hermosa mujer que en realidad eres y de la hermosa manera en que te estás amando.

—Sí, no me había dado cuenta de que no me amaba, por eso tenía mi casa en esas condiciones, no le daba atención, porque yo no era importante, ahora lo entiendo, ahora entiendo que soy un ser de energía y que debo cuidar las energías de mi medioambiente.

—Es que es increíble Erika, este solo cambio te ha hecho perder peso, te ves más delgada, es increíble.

—Es verdad Erika, te ves hermosa, dijo Ellen acariciándole la cara.

—Ay amigas, me están haciendo llorar.

—Y tú a nosotras, sonrió Karla. Vamos a la sala, anda, sigamos.

Se sirvieron más vino y se acomodaron.

—Y luego qué pasó.

—Bueno ya que terminé, fui a la alacena y saqué una veladora que tenía guardada, la encendí aquí e hice una oración, le pedí a Dios que me ayudara, que en realidad quería llevar mi amor al siguiente nivel, que necesitaba su ayuda, después de que terminé mi oración, vi mi casa, y le dije que la iba a amar, que la llenaría de mi amor, para que ella me llenara mi cuerpo energético.
—Ay Erika —dijo Ellen— eso es tan hermoso, creo que voy a hacer lo mismo, hace tiempo que no atiendo mi casa, mi medioambiente está muy descuidado, todo se lo dejo a la señora que hace la limpieza, pero el amor, definitivamente yo se lo tengo que dar.
—También voy a hacer eso, ya verán como dejo ese palacio —dijo Karla sonriendo, ya verán.
—Bueno, resulta que estaba observando mi casa, cuando sonó el teléfono. Bueno, contesté dudando porque no tenía registrado el número.
—Pero yo te lo había mandado.
—Sí, pero no lo había registrado, así que no sabía quién era.
—¿Y quién era? —dijo Ellen intrigada.
—Alberto.
—¿Cómo, Alberto te llamó después de que hiciste la oración pidiéndole a Dios ayuda?
—Sí —los ojos de Erika se llenaban de llanto nuevamente— no es increíble. Dios, mi papito, me contestó —dijo esto y su llanto se desbordó.
Todas lloraban conmovidas.
—Ay hermosa —Ellen la abrazaba— es increíble, ahora me doy cuenta, él ha estado detrás de todas nosotras, ayudándonos, y su enviado es Alberto.
—Él debe ser un ángel —afirmó Karla limpiándose las lágrimas— son demasiadas coincidencias, ¿no creen?
—Tiene que ser un ángel, oigan ya vieron la hora, yo mañana trabajo, es tardísimo —Ellen veía su reloj de pulsera.
—Ha sido una gran noche, gracias por venir hermosas, me encanta que sean las primeras en ver mi transformación.
—Siempre estamos para ti Erika —Karla la abrazaba cariñosamente y Ellen se unió al abrazo.
—Oye, pero ¿y que quería Alberto, para qué te llamó?
—Cierto lo olvidaba, dijo que nos esperaba el sábado, después de las ocho y media en su casa para cenar, que llevara a mi novio, pero no

tengo novio —dijo poniendo cara de tristeza.
--Es verdad justo Ríchard me acaba de decir lo mismo de la cena.
—Bueno, —agregó Karla— entonces nos vemos el sábado, no se hable más.
—Las quiero mucho amigas.

Ya era muy noche, el tiempo con sus amigas había pasado demasiado rápido. Entró a la recámara de sus hijos y los besó, se aseguró de cobijarlos bien y cerró las puertas. Ríchard dormía plácidamente, la lámpara de su mesita estaba encendida, él se la había dejado así.
—Mi amor, ya llegué, se sentó a su lado y lo acarició, él abrió los ojos y le sonrió.
—¿Cómo te fue mi amor?
—Increíble, no sabes qué noche tan hermosa he pasado con las chicas, pero ya es muy noche y has dormido poco estos días, mañana tienes que ir al gimnasio.
—Bueno, puedo no ir y me quedo a desayunar contigo y platicamos, también tengo algo importante que decirte.
—Ok excelente, duerme entonces, voy a cambiarme, descansa.
Se inclinó hacia él y lo beso tiernamente en los labios, lo miró fijamente a los ojos, recorrió su cabello con las manos, y sus ojos se le nublaron.
—¿Tienes algo?, dijo él un poco preocupado.
—Es solo que estoy tan agradecida a mi padre, Dios, por todo esto que, bueno, ando muy sensible, nos la hemos pasado llorando.
—Ok, mi reina, descansa, mañana platicamos, ya es tarde.
Ella se levantó, entró al baño e hizo su rutina, se vio a los ojos en el espejo y dijo: ¡Gracias padre, gracias por estar siempre conmigo! De nada —escucho la voz en su mente, pero pensó que lo imaginaba— sonrió.

Los niños se veían muy contentos, el desayuno ya estaba listo, la señora del servicio siempre se los preparaba. Sus papás les preparaban un emparedado que Ellen colocó en una sandwichera de plástico, junto con un yoghurt.
—Aquí está su almuerzo.
—Hijos, quiero que hoy cenemos juntos, ¿quieren que lo hagamos aquí

en casa o quieren ir a un restaurante?
—¿Y ese milagro papá?
—Bueno, hija, quiero pasar tiempo con ustedes, últimamente me he dejado agobiar por el trabajo y no les he dedicado nada de mi vida, y ustedes están creciendo muy rápido.
Acarició el cabello de su niña y después el de su hijo. Ellos aceptaron la caricia, Brandon se puso de pie, dio la vuelta a la barra y lo abrazó, él se giró y lo abrazó amorosamente.
—Ay papito, yo pensaba que... —dijo con los ojos llenos de lágrimas— pensaba que no nos querías.
—No mi amor, no pienses eso, no crean eso, de ninguna manera, es que me perdí, dejé de valorar lo que verdaderamente importa en mi vida que son ustedes, y me enfoqué en otras cosas, perdónenme.
La señora que les ayudaba con el quehacer de la casa, veía la escena de pie, recargada en el fregadero, y se limpiaba las lágrimas, ya llevaba muchos años con ellos, y ellos la querían mucho.
Su niña también se levantó y lo abrazó junto con su hermano, Él extendió sus brazos y los amó, una lágrima rodó por su mejilla. Ellen los observaba y limpiaba sus lágrimas. Después de abrazar al papá fueron con su mamá e hicieron lo mismo. Finalmente volvieron a sus bancos.
—Entonces mis amores —continuó él— ¿qué dicen, comemos o cenamos, bueno no, mejor cenamos, pero, ¿en casa o en restaurante?
Los jóvenes voltearon a verse y sonrieron.
—En el restaurante papá, hace mucho que no salimos juntos.
—Hecho está, palmeo la barra, qué así sea, vendré por ustedes a las siete, estén listos, haré reservación, y apúrense, ya no tarda el autobús.
Se levantaron y corrieron a asearse los dientes. Regresaron, tomaron sus mochilas y la sandwichera de plástico, y salieron escoltados por los papás, quienes abrazados los veían desde la puerta.
—Nuestros niños, pronto volarán del nido.
—Así es, mi amor, pero todavía falta mucho, Ellen volteó a verlo y se besaron.
—Ven, sentémonos en el comedor. Señora Mary, me ayuda a llevar los platos a la mesa, por favor.
—Claro, señor, qué gusto que esté desayunando aquí, lo extrañamos, la casa lo extraña.
—Gracias señora Mary, es verdad, he dejado de lado lo más importante, he dejado de lado, todo por lo que he trabajado tanto, mi

familia y mi casa, ¿no somos tontos los seres humanos?, trabajamos toda la vida para tener una casa y para que nuestra familia esté bien, y nos olvidamos de amar nuestra casa y de dedicarle tiempo, así como de nuestros hijos y de nuestra pareja, ¿no es eso ser tonto?

—Sí señor, tiene razón, somos tontos.

—Sí mi amor, tienes toda la razón, somos tontos.

Doña Mary regresó a la cocina a seguir su trabajo. Ellos se sentaron y siguieron desayunando. Él le dio un sorbo a la taza de café y dijo.

—¿Cómo te fue anoche mi amor?, cuéntame lo de las chicas, venías muy emocionada.

—Ay no, eso estuvo hermoso, pero no, primero tú, platícame, cómo te fue.

—No sabes, fue superinteresante.

—Interesante, ¿cómo es eso?, ¿qué pasó?

—Llegué a casa de Larisa.

—¿La dueña de la casa que estaban construyendo?

—Sí mi amor… perdóname, nunca te dije para no hacerte sentir mal, perdona.

—No mi amor, si estamos aprendiendo a tener una relación de amor verdadero e incondicional, digas lo que digas, no te dejaré de amar, así que no temas cuéntamelo todo, no tengo problema, después de todo, eres solo energía viviendo en este hermoso cuerpo, acarició su rostro mientras lo veía.

—Te amo cielo, eso me hace sentir muy bien, yo también quiero que sepas, que me digas lo que me digas, te seguiré amando, incondicionalmente.

—Gracias amor, sigue me tienes intrigada.

—Llegué a su casa, y como siempre me saludo…, bueno me saltaré los detalles.

—Ay no, quedamos que incondicionalmente.

—Ok, me quiso dar un beso, pero no la deje, solo nos saludamos con un beso en la mejilla, nos sentamos, y me dijo que conoció a un hombre en el club de golf, que la hizo entender que nuestra relación era porque teníamos un karma pendiente.

—Ay no, ¿cómo que un hombre le dijo eso?

Una sonrisa inevitable se dibujó en el rostro de él.

—Espera, déjame continuar, así que bueno, ella ya había leído libros acerca de la reencarnación y los acuerdos, de manera que lo que le dijo este señor la hizo entender, dice ella, que desde que nos conocimos, ella

sintió que ya me conocía, era como si me volviera a ver después de mucho tiempo, yo no sentí eso, por supuesto, la primera vez que la vi, por supuesto que me gustó, es muy atractiva, pero nada más, yo me mantuve siempre al margen.
—Pero entonces, cuando la conociste, ella te gustó, y empezaron a andar, de eso ya hace casi un año y más, ¿cierto?
—No, no fue así, nos conocimos, me gustó, pero no pasó nada, ella siempre se me insinuaba, pero yo me mantuve al margen, solo hicimos una buena amistad, no quería poner en peligro nuestra relación, siempre para mí lo más importante han sido tú, mi familia y después el trabajo, así que me mantuve al margen a pesar de sus coqueteos, sabía que si te enterabas lo nuestro terminaría y por supuesto que yo no quería eso, pero que también si hacía eso podía poner en riesgo el proyecto y al despacho, así que no, me contuve, pero después…
—Sigue mi amor, no te apenes, esto nos ayudará a entender.
—Después tu comenzaste a rechazarme y a no querer que te tocara, el sexo era cada vez más escaso, solo hacíamos el amor, cuando yo te reclamaba y entonces aceptabas, pero yo no me sentía satisfecho, no sentía tu entrega, no sentía tu amor, era solo sexo y eso no me gustaba, sentía que lo hacías por obligación, así que me sentía muy insatisfecho, todo el día en el trabajo estaba de mal humor, no me podía concentrar; en una ocasión, Roger me dijo: ¿Ríchard, has estado muy irritable, estás bien, está todo bien en casa? Sí le contesté, pero por dentro me estaba quemando.
—Ay mi amor, no sabía que esto te estuviera afectando tanto, no supe por qué, pero solo deje de desear tener sexo, te amaba, pero mi libido se fue, perdóname cielo.
—No mi amor, no hay nada que perdonar, ayer lo entendí, déjame explicarte. Larisa me siguió diciendo, que ella en realidad no quería que tú y yo termináramos, que sí nos habíamos enamorado, pero que ella sabía del amor que yo te tengo y que no quería robarte de mi lado, porque en realidad ella y yo teníamos un karma, que en otra vida, ella me robó del lado de mi esposa, y que ese karma nos mantenía atados, que no fue casualidad que justamente yo fuera el jefe del proyecto de su casa, que cuando me vio por primera vez sintió que me conocía de tiempo atrás, ¿entiendes, estás entendiendo?
—Sí, claro, ahora lo entiendo. Ustedes se tenían que conocer, para que ella te volviera a robar del lado de tu esposa, porque eso era algo que ya ella había hecho en alguna vida pasada, lo entiendo, sigue, sigue.

—Sí, y que, si lo volvía a hacer, entonces se mantendría atada a esa experiencia, que su karma no desaparecería, y que tendría que volver a reencarnar para repetir la experiencia, hasta que dejara de hacerlo.

—Guau, entonces su casa fue solo el pretexto para reencontrarse contigo, y que nosotros dejáramos de querer tener sexo, fue para que pudieras irte con ella y aceptarla, para volver a repetir la experiencia de ella robarse a un marido, yo, para vivir la experiencia de perder un esposo, y tú la experiencia de perder y dejar a tu familia.

Ambos abrieron los ojos, sorprendidos de su descubrimiento.

—Ay amor, es que esto es increíble, es como si fuera un teatro armado a propósito para vivir ciertas experiencias.

—Ay Ellen, tienes una manera de analizar y ver las cosas, que no bueno, me estás aclarando aún más la situación.

—Ok, pero sigue, y qué más.

—Entonces lo comprendí todo, me puse de pie, la tomé de las manos, ambos estábamos parados, y le dije: Larisa, gracias, gracias por haber vivido conmigo esta experiencia, gracias por haber vivido conmigo las experiencias de nuestras vidas pasadas, perdóname, si te ofendí, si te humillé, si de alguna manera te hice daño, quiero pedirte perdón, lo siento, no fue mi intensión, nos abrazamos y ella lloró, algo estábamos sintiendo, no sé qué fue, pero era como si algo se nos estuviera quitando de encima, nos sentíamos liberados, nos dimos un beso en la mejilla, y nos soltamos, y le dije que quería que fuésemos amigos, buenos amigos, que no volveríamos a tener sexo, pero que quería que siguiésemos viéndonos como buenos amigos.

—Ay mi amor, eso fue tan hermoso. Ellen le tomaba la mano y se la acariciaba. ¿Y ella qué te dijo?

Que sí, quc seríamos buenos amigos, y que quizás más adelante tú y ella fuesen buenas amigas.

Ellen sonreía.

—Pero claro que sí, me encantaría conocerla.

—Bueno ya veremos más adelante, de seguro nos va a invitar a la inauguración de su nueva residencia, está quedando hermosa esa casa.

Ellen se recargó en el respaldo de la silla y tomaba
con las dos manos su taza de café dándole pequeños sorbos.

—Ay mi amor, es que esto es increíble, no me la creo, todo es un plan hecho por alguien, para que vivamos estas experiencias, porque ellas nos dan la oportunidad de liberarnos del karma, si las repetimos nos quedamos atados y si dejamos de hacerlas nos liberamos, guau cielo, qué increíble —volteó la cara para verlo a los ojos, se enderezó y le dio un hermoso beso.

—Mi amor, recuerda la cena con Alberto, este sábado.

—Qué bella noticia, será una velada increíble.

—Oye amor, y si llevamos a los niños, la beba pronto cumplirá diecisiete, y el despertar sexual, es inminente, ya ves lo hermosa que está, y ya la andan rondando los galanes.

—Los moscones será, voy a tener que comprarme mi veneno en aerosol contra los moscones, ja, ja, ja, ja, ya me veo echándoles el aerosol en la cara a sus galanes —levantó el brazo simulando apretar un botón— sí, eso haré, ja, ja, ja, ja. Oye, no me has contado de las chicas.

Ella volteó a ver su reloj de pulsera, oh no, ya se nos hace tarde, tengo cosas que hacer. Después te platico, te veo a las siete. Lo de los niños no es mala idea, háblale a Alberto y pregúntale, a lo mejor quiere que sea solo plática de adultos, ya sabes, se va a hablar mucho de sexo y todo eso.

—Por eso precisamente pienso en los hijos, ellos tienen que aprender ya de todo eso, antes de que empiecen a experimentarlo sin saber nada, cómo nosotros.

—Bueno, sí, tienes razón, llámale y ve que dice.

—Gracias doña Mary, el desayuno estuvo delicioso, ya lo extrañaba, a ver si a la próxima me consiente con unos chilaquiles.

—Por supuesto señor, con mucho gusto, que le vaya bien.

Los enamorados se dieron un beso hermoso y él salió de la casa.

—Ay señora, no sabe lo feliz que me hace verlos tan enamorados, ya extrañaba eso.

—Sí Mary, es verdad yo también extrañaba eso. Voy a cambiarme, porque tengo que salir.

—¿Y ahora jefe por qué está tan contento?

Roger llegó a su oficina y abrazó a su secretaria.

—Es un hermoso día, ¿o no?

—Sí, claro.

Él le dio la espalda sonriendo y llegó hasta el despacho de su amigo. Ríchard estaba revisando unos planos en el restirador. Roger se acercó hasta él y le dio una palmada en la espalda —Feliz viernes amigo, hoy es un gran día.

Ríchard volteó a verlo, era muy extraño que fuera tan amistoso, normalmente era más serio.

—Y ahora Roger, ¿por qué estás tan feliz?

—No sabes amigo, estoy cambiando, comencé a ser consciente de mi medioambiente, llegué a mi casa y creo que desde hacía mucho tiempo no la tomaba en cuenta, así que la miré detalladamente, y me di cuenta de lo hermosa que es, me retumbaba en la cabeza las palabras de Alberto: "Tu medioambiente te impregna de su energía y tú a él"; así que comencé a cambiar mis vibras, comencé a sentir mucho cariño por mi casa, la aprecié y la sentí, creo que por primera vez la sentí en realidad, cuando iba camino a mi recámara, sentí la textura del sillón, vi todo lo que la decoraba y no sé, algo bonito se encendió en mí, pero además hay otra cosa.

—¿Qué fue?

—Vi a Rouse.

—¿A Rouse, y eso?, me habías dicho que después de separarse no habías vuelto a hablar con ella.

—Así fue, me quedé muy triste después de que terminamos y la extrañaba, pero nunca me atreví a llamarla, después de nuestra charla con Alberto me di cuenta de la relación tan especial que ella y yo teníamos, así que le llame ¿y sabes qué?, la voy a reconquistar.

—Es en serio Roger, guau, pensaba que era en serio eso de vivir en soledad el resto de tu vida.

—Eso pensaba, pero me di cuenta del amor tan hermoso que tenemos; después de Laura, me costó mucho trabajo encontrar a alguien con quien conectara tan hermosamente, hasta que llegó Rouse, con ella sí que conectaba, y después de saber las causas de por qué terminamos, me di cuenta de que podíamos recuperar lo nuestro, creo que nuestro amor sigue vivo, lo sentí cuando la vi.

—Pues qué excelente noticia hermano, me alegra mucho por ti. Por cierto, me habló Alberto.

—Qué bien estaba pensando en llamarlo e invitarlo a cenar, quiero que Rouse lo conozca.

—Pues no será necesario, justo él nos invita a cenar a su casa el sábado después de las ocho y media.

—Fantástico, todo se alinea perfectamente, le diré a mi hermosa.

—¿Ya volvieron?

—Mmmmm, no, ella tiene a alguien, eso me dijo, pero le pedí que me dejara verla más seguido y pienso invitarla hoy a cenar, le sugerí que

fuéramos amantes, bueno, ella lo dijo en realidad.
—No bueno, eso sí está muy extraño…
Ambos se quedaron pensando en eso.
—Sabes Ríchard, estoy pensando, que una persona que es amante de alguien, si llegase a encontrar a alguien que se enamore de él, con el tiempo volverá a tener a otro amante, ¿cierto?
—Sí, Roger, eso también pensaba, esas personas siempre andan buscando amantes, pero recordemos que eso ocurre por la saturación de nuestros cuerpos energéticos, y que de lo que se trata es de tener un amor honesto e incondicional, entendiendo las necesidades de nuestra pareja, si tú y ella son honestos y se aman incondicionalmente, pueden permitirse vivir sus experiencias sin tener que dejarse o lastimarse con ocultamientos y mentiras.
—Sí, es verdad, de hecho, me he estado viendo al espejo y me digo: Recuerda Roger que eres un ser de energía viviendo en este cuerpo; eso me ha dado otra visión de las cosas y de mi trato con los demás, ahora comencé a ver a las personas como verdaderamente son, seres de energía, y si sigo haciendo esto, podré ver a Rouse de esa manera, y mi mente sabrá que al final de su vida, como de la mía, solo nos llevaremos nuestras energías y las energías de las que nos hayamos enriquecido espiritualmente.
—Sí, yo también estoy haciendo eso, y se siente uno diferente, soy más tolerante con todos, eso me gusta. Por cierto, hermano, ya arreglé todo con Ellen y terminé con Larisa.
—Enhorabuena, hermano, que gusto, ustedes tienen algo muy especial, déjame decirte que, en cosas del amor, tú y ella son mis maestros, no sabes cómo he aprendido de ustedes al verlos juntos.
—¿Es en serio?
—Sí, cuando Alberto lo dijo, de inmediato pensé en ustedes, y me di cuenta de que era verdad, yo he aprendido de ustedes a demostrar el amor.
—Bueno, me da gusto ser un buen ejemplo.
—¿Cómo te fue con Larisa?
—Eso estuvo increíble, no sabes, es que fue guau.
—Así, de ese tamaño, ¿en serio?
—Sí, pero después te platico, tengo que ir al edificio y necesito terminar estos planos.
—Sí ok, yo también tengo cosas que hacer, te veo después para que me platiques. Hoy voy a ir a cenar con Rouse, bueno, le voy a hablar, pero

estoy seguro de que va a aceptar.

—Yo también cenaré con mis hijos, iremos a un restaurante, ya hice las reservaciones.

—Oye y si nos reunimos los seis.

—Es que pensaba platicarles lo que nos pasó a su mamá y a mí.

—¡¿Les vas a decir lo de tu amante?!

—Sí, porque tienen que conocer todo lo demás y lo que me pasó con Larisa.

—No amigo, tenemos que escuchar eso, también a Rouse le va a encantar, anda ella también aprenderá mucho.

—Déjame comentarlo con Ellen y te aviso ok.

—Excelente, pero llámale ya porque le voy a hablar a Rouse para que no haga planes. Avísame lo antes posible.

Roger salió del despacho y Ríchard levantó el celular del restirador.

—Hola amor.

—Hola cielo, ¿cómo va tu día?

—Bien, con planos que resolver, pero bien, oye, estaba pensando en la cena y quiero plantearte algo, si vamos a desarrollar una relación de amor verdadero e incondicional, necesitamos que nuestros hijos sepan la verdad de nuestro amor, quiero contarles todo por lo que hemos estado pasando y lo de Larisa y el karma, creo que les enriquecerá mucho.

—También estaba pensando en eso precisamente, así que sí, estoy de acuerdo, hagámoslo.

—Pero, además, no lo vas a creer, Roger y Rouse quieren regresar.

—Es en serio, guau, amor, qué buena noticia, ellos se amaban tanto.

—Sí, y me pide que los invite a cenar hoy junto con los hijos, él quiere escuchar lo que pasó con Larisa y que Rouse lo escuche también, cree que los va a ayudar a entender todo.

—Por supuesto que les va a ayudar, adelante invítalos.

—Excelente amor, te veo a las siete. Te amo hermosa.

—Y yo a ti guapo, muaaa, te mando muchos besitos, ponlos donde más te guste.

—Mmm qué ricos besoooos.

Ambos rieron y colgaron.

—Roger, sí, a las siete y media en el Madison, —dijo Ríchard desde el marco de la puerta del despacho.

Roger estaba sentado en su sillón de respaldo alto, hablando por

teléfono, levantó el pulgar en señal de aceptación, siguió hablando.
—Entonces hermosa, ¿cómo va tu día?
—Bien, mi día va muy bien.
—Oye preciosa, quiero invitarte a cenar hoy en la noche, vamos a ir al Madison, Ríchard, Ellen y sus hijos, hay cosas muy interesantes que creo que nos pueden ayudar, tiene que ver con todo esto que hemos platicado.
—No lo sé, espera, déjame ver mi agenda.
Separó su celular del oído y buscó la agenda digital con el teclado.
—Ok, Roger, me interesa mucho escuchar eso y estoy libre.
—Excelente —dijo entusiasmado— paso por tí a las siete, ok, y no lleves tu auto, déjame consentirte.
—Bueno está bien, pero no te hagas muchas ilusiones, voy porque quiero escuchar del tema.
Dijo esto sonriendo levemente.
—O sea que no vas por mí, sino por el chisme, está bien, no me importa mientras estés conmigo. Te veo a las siete, ¿en tu casa o en tu oficina?
—En mi casa, ay no… —guardó silencio sonriendo.
—¿Él estará en tu casa?
—No, está bien, pasa a mi casa por mí.
—Segura, ¿no te meto en problemas?, no quiero ser la causa de tu separación.
—No Roger, en realidad no estoy con nadie, sigo soltera.
—¿En serio?, Yes, dijo eufórico, perdón, se puso serio, lamento escuchar eso, no, no es cierto, no lo lamento, preciosa paso por ti a las siete en tu casa, besos.
Colgó el aparato, se levantó del sillón ejecutivo y bailó entusiasmado haciendo círculos con la cadera y las manos juntas, parecía adolescente en su primera cita.

V Una cena mágica

El restaurante estaba bastante concurrido, Ríchard y su familia estaban sentados en la mesa redonda que les asignaron, dos asientos todavía se encontraban vacíos.
—Señores, buenas noches, —el mesero les saludaba— bienvenidos, les

podemos ofrecer algo de tomar antes de tomar su orden.
Ellen pidió una copa de vino blanco, sus hijos refrescos y Ríchard una cuba con ron y refresco de cola.
—Y bien mis amores.
Dijo él, poniendo la mano en el muslo de su esposa, ella traía puesto un vestido muy hermoso que entallaba todo su cuerpo.
—¿Les gusta el lugar hijos?
—Sí mamá, está muy bonito, ¿verdad hermano?
—Sí, me gusta mucho, estos lugares elegantes me gustan mucho, siempre he pensado que aquí viene pura gente de dinero, porque de seguro no serán baratos, ¿cierto papá?
—Hola, buenas noches.
Roger y Rouse estaban parados a un lado de la mesa, ambos sonreían.
—Rouse —dijo Ellen, levantándose— qué gusto verte de nuevo.
—Igualmente, Ellen, te ves hermosa.
—Y tú te ves increíble, sigues siendo muy bella.
Se abrazaron y se dieron un beso en la mejilla, ambas habían hecho una amistad durante el tiempo en que ella y Roger estuvieron juntos, y después continuaron viéndose ocasionalmente, siempre se saludaban con mucho cariño.
Ríchard abrazó a Roger y posteriormente a ella.
—Rouse te ves hermosa, que gusto volver a verte.
Los hijos se pusieron de pie y les dieron la mano, ella los besó en la mejilla.
—Guau niños, perdón, jóvenes, cómo han crecido.
—Creo que solo nos damos cuenta de cómo pasa el tiempo, cuando vemos a los hijos de los demás después de tiempo de no vernos.
Así es preciosa, ¿verdad que han crecido? Ven siéntate a mi lado.
Ellen señaló la silla a su lado, Roger se sentó a lado de ella.
—Qué gusto verlos hijos, dijo Roger, sí que han crecido.
Los jóvenes sonreían y se volteaban a ver en complicidad. El mesero regresó con las bebidas y los recién llegados ordenaron lo suyo. El mesero dejó las cartas del menú en la mesa y se retiró.
—Qué gusto nos da verlos juntos —dijo Ríchard observando a sus amigos— lucen muy bien juntos y tu Rouse te ves espectacular.
—Verdad que si hermano, ella luce increíble, hubieras visto mi cara cuando la vi salir de su casa en este vestido tan hermoso, mi corazón quería salírseme del pecho.
—Pues con toda razón, dijo Ellen, te ves hermosa amiga.

—Sí, dijo Brandon, te ves muy bonita.
—Sí, coreó Susan, cuando sea grande voy a ser como tú, siempre elegante y muy bien vestida.
—Ay mis amores, qué tiernos, gracias por sus palabras, ya me hicieron la noche. Ustedes también se están poniendo muy guapos, Brandon, cada día te pareces más a tu papá, pero vas a ser mucho más guapo, tienes los ojos de tu mamá y ella sí que es hermosa, y tu Susan, qué hermosa te has puesto, qué edad tienes dieciocho.
—Ay no, dijo Ellen, tiene dieciséis, ya casi cumple los diecisiete, y el guapo quince.
Susan se sintió muy alagada y sonrió ampliamente, volteó a ver a su hermano.
—Pues imagínate —dijo Rouse— si apenas tienes dieciséis no quiero ver cuando cumplas veinte, guau, a esta belleza hay que cuidarla, yo te voy a dar unos buenos consejos.
—Gracias, sí, me encantaría —contestó entusiasmada.
Después de un rato de charla y de haber ordenado sus platillos, Ríchard dijo.
—Bien, hijos, amigos, los hemos invitado porque queremos que sepan algo importante.
—Ay no, no me digan que vamos a tener un hermanito, dijo Susan.
—No, claro que no —dijo su mamá rápidamente— la fábrica se cerró después de Brandon —Ellen sonrió viendo a su niño.
—No —retomó Ríchard— hijos, queremos compartir con ustedes algo que nos ha ocurrido recientemente y bueno, ahora tenemos el gusto de compartir la mesa con nuestros amigos, así que también se van a enterar —tomó aire y dijo— ¡yo tuve una amante!
Ambos hijos asombrados abrieron los ojos, Rouse hizo lo mismo, estaba a punto de tomarle un trago a su copa y el líquido se resbaló de sus labios, se tuvo que limpiar con la servilleta.
—Pero papá, —dijo Susan— ¡¿por qué?!
—Esperen hijos, no saquen conclusiones, dejen que les contemos lo que nos pasó, para que entiendan el porqué de las cosas que nos pasan.
—¿Pero mamá, tú lo sabías? —cuestionó Brandon.
—Tu papá me lo confesó.
—Por eso estaban tan distanciados, Brandon y yo sabíamos que algo no estaba bien, ustedes siempre fueron muy cariñosos y de repente todo se enfrió, mi papá ya no estaba en casa y tú siempre estabas callada y distante, no te veías alegre. Nosotros platicábamos, y sabíamos que algo

pasaba, te preguntaba, pero siempre decías que estaban bien —sus ojos comenzaban a llenársele de lágrimas.
—No, mi amor, no llores, —dijo su papá, secándole los ojos con la servilleta de tela— espera, esto es muy interesante, respira, anda, sonríe.
Ella se controló y sonrió forzadamente, sus lágrimas cesaron.
—Bueno, les cuento, su mamá y yo tenemos diecisiete años de casados, desde siempre nos hemos amado muchísimo, y hoy más que nunca —dijo tomando de la mano a su esposa sonriéndole, Ellen le sonrió y después volteo a ver a su hija guiñándole el ojo— pero resulta que, con el tiempo, las relaciones sexuales…
—Ay papá, no nos cuentes eso —dijo Brandon.
—Por el contrario, hijo, dentro de poco ustedes dos van a comenzar a vivir su sexualidad, y tendrán novia y novio, así que más vale que entiendan lo que ocurre en las relaciones de pareja.
—Bueno sí, tienes razón, perdona.
—No te preocupes, entonces bueno, cuando conoces a alguien y te enamoras, pues con el tiempo nace el deseo sexual y cuando llega el momento comenzamos a tener relaciones íntimas, yo me enamore profundamente de tu mami desde que la vi, en aquella cafetería, y después de solo seis meses le pedí que fuese mi esposa, eso fue muy rápido, pero yo estaba perdidamente enamorado de ella y sabía que era la mujer con quien quería pasar el resto de mi vida, así que le propuse que fuera solo mía y aceptó, después vinieron los hijos, y con el tiempo y los años, la rutina, el trabajo, las obligaciones, y muchas cosas nos llevaron a un distanciamiento, yo pasaba mucho tiempo en el trabajo y no les dedicaba el tiempo que requerían, después de diecisiete años juntos nuestra sexualidad se fue apagando. En un principio de toda relación, el sexo es algo que quieres estar teniendo todo el tiempo, pero con el tiempo, ese deseo sexual comienza a disminuir.
—Yo dejé de desear tener sexo —dijo Ellen— y empecé, sin darme cuenta a rechazarlo, a rechazar a su papá, así que él se enojaba conmigo y me reclamaba, me decía ¿qué porque no lo quería?, ¿qué si ya no me satisfacía?, le respondía que no es que no me satisficiera o que ya no lo amara, pero que simplemente había dejado de querer tener sexo.
—Así fue, después de algunos largos meses de distanciamiento, y de ausencia sexual, conocí a una mujer muy atractiva, pero no me convertí en su amante de inmediato, porque no quería que su mamá se enterase, eso terminaría con nuestra relación y yo no quería eso.
—Eso pasa con todas las parejas hijos —intervino Rouse— cuando

uno de los dos se entera de la infidelidad del otro, la relación se termina, por eso todos hacemos eso a escondidas.
—¿Pero entonces, ustedes dos también tenían amantes a escondidas?
Roger y Rouse se voltearon a ver.
—Sí —dijeron ambos al mismo tiempo viendo a los hijos— ambos tuvimos amantes a escondidas.
—Pero entonces mamá, eso también nos va a pasar a nosotros cuando nos casemos, muchos de los papás de mis compañeros se han divorciado por cuestiones de infidelidad —dijo Susan.
—Sí, también en mi salón, hay muchos hijos de papás divorciados.
—Bueno, hijos, digamos qué esa es la principal razón de los divorcios, pero esperen, tienen que saber más.
El mesero llegó con los platillos y los repartió, una vez que todos tuvieron sus alimentos enfrente, continuaron.
—Coman, espero que disfruten la comida.
—Esperen, les importa si hacemos una oración —dijo Ellen viendo a Roger y a Rouse, ellos asintieron, todos se tomaron de las manos y dijo— Padre, bendice esta mesa y estos alimentos, gracias por el amor, entre todos nosotros, y por ayudarnos a entender la magia de la vida, ayúdanos a seguir aprendiendo, a entregar un amor honesto e incondicional, amén.
—Mamá, ¿qué es un amor incondicional? —cuestiono Susan.
—Es el amor que se entrega sin condiciones.
—Verán hijos —interrumpió Ríchard— conocimos a un amigo, que nos habló acerca de las energías, nos dijo que nuestros cuerpos físicos también tenían un cuerpo de energía, si se fijan alrededor de todos nosotros, hay una luz que nos rodea, ¿pueden verla en mí? —señaló alrededor de su cabeza.
—Sí, yo la veo —dijo Brandon— guau, ¿eso blanco es el cuerpo de energía?, es cierto, todos lo tienen, miren aquel señor lo tiene más grande, todos voltearon hacia donde él señalaba.
—Cierto dijo Rouse, qué grande es.
—No veo nada —dijo Susan un poco decepcionada.
—No te desesperes amor, poco a poco solo sigue intentándolo.
—Bueno, entonces, ese cuerpo de energía también es nuestro cuerpo espiritual, cuando morimos, ese cuerpo abandona al cuerpo físico y seguimos vivos en alguna parte.
—Papá —dijo Susan entusiasmada— una amiga me recomendó una película, se llama Nuestro Hogar, y habla acerca de la muerte y qué

cuando morimos vamos a vivir a la Ciudad de la Luz, así se llama, y que ahí nos reunimos con los que antes ya se habían muerto, también habla del infierno, —dijo estremeciéndose.
—Nuestro hogar, Rouse había sacado su celular y escrito el nombre. Sí, aquí está, tenemos que verla.
—Oye Ríchard, ¿no es la película que Alberto nos recomendó?
—Tienes razón Roger, lo había olvidado, mira qué chiquito es el mundo, pues bueno, qué bueno que ya la viste hija, ¿puedo seguir?
—Sí, sí.
—Este cuerpo energético, cuando conoces a alguien, se reúne con el cuerpo energético de esa persona, y si las energías se agradan, entonces se pueden juntar un poco, intercambiando algo de su energía, pero que, si no se gustan, entonces se rechazan, eso de seguro les ha pasado, cuando conocen a alguien que les agrada mucho, es porque su energía es muy afín a la de esa persona. Y cuando alguien no nos cae bien, es porque su energía no nos gusta.
—Qué interesante —dijo Rouse— pero es real, todos somos energía —ella era una gran lectora y conocía algo del tema.
—Cuando tu mamá y yo nos vimos, nuestras energías se enamoraron la una de la otra, no podíamos dejar de pensar en el otro. Resulta, que cuando tienes sexo, los cuerpos energéticos-espirituales se fusionan durante el orgasmo —Ríchard juntó las palmas de sus manos y entrelazó los dedos— de manera que se forma una sola energía, después de un rato, las energías se separan y vuelven a rodear al cuerpo físico de cada uno, pero, ya traen consigo la energía del otro.
—Ok entiendo, dijo Brandon, en las películas vemos eso, es decir… —se apenó un poco.

No hijo, no te apenes, no se apenen, hablen libremente, expresen sus dudas, es momento de hablar de esto libremente, sin prejuicios, su mamá y yo queremos que aprendan esto, porque es muy importante.
—Felicidades —dijo Rouse, viéndolos a ambos— que alegría que como padres expresen esto a sus hijos, y niños, considérense afortunados de tener estos padres, no todos son tan sinceros.
—Gracias amiga —dijo Ellen, tomándole la mano.
—Entonces, continuó Brandon, después de la escena de sexo, se quedan acostados, reponiéndose, ¿eso es en realidad porque sus cuerpos energéticos están regresando a sus cuerpos físicos?, ¿es eso?
—¿Pero, además, ya traen la energía del otro?, intervino su hermana.
—Exacto, así es, eso es lo que ocurre.

—Bueno, yo no sabía lo de los cuerpos de energía, pero Roger me lo explicó y la verdad es que es sumamente interesante.
—En verdad lo es Rouse…
—Sigue papá, ¿y luego?
—Resulta, que nuestros cuerpos de energía, se saturan, y llega un momento en que ya no pueden recibir tanta energía del otro, y como el sexo solamente lo hacemos con nuestras parejas, porque así nos lo han enseñado, entonces llega el momento en que ya no puedes recibir la energía de tu esposa o esposo, pero sigues necesitando el sexo, porque si no, esa energía, que es la energía Kundalini, satura tus chacras y te pones como loco, no estás contento y nada te satisface, ni el trabajo ni nada, de hecho, te la pasas de mal humor.
—Eso también —intervino Rouse— nos pasa a las mujeres, necesitamos tener sexo, quizás no tanto como los hombres, pero es algo importante en nuestras vidas.
—¿Por eso siempre estaban enojados?, ¿porque ya no tenían sexo, y eso los ponía de mal humor? —Susan levantó las cejas cuestionándolos.
—Así es, mi amor, pero no lo sabíamos —contestó Ellen— no sabíamos nada de los cuerpos energéticos, así que solo nos enojábamos, y nos distanciábamos.
—Pero entonces, ¿debemos de divorciarnos cuando eso pase, porque si no, tendríamos que tener un amante a escondidas y eso nos traería problemas?
—No —contestó su papá— lo que tenemos que hacer es aprender a entregar un amor incondicional, es decir, sin condiciones; es el amor que ama, a pesar de cualquier cosa, por ejemplo, hijos, ese amor es el que su mamá o yo les entregamos a ustedes, si hacen algo malo como robar o matar a alguien, nos dolerá mucho, pero seguiremos amándolos por siempre. En los matrimonios, solo amamos si la otra persona nos es fiel, o si nos da dinero, o si hace lo que el otro le dice, si el hombre es celoso le pedirá a su pareja que no salga, que no tenga amigas, que no use ropa sexi, y de esa forma él la seguirá amando, ese es un amor egoísta, ese no es un amor incondicional sino condicionado.
—¿Pero entonces, en realidad, a nosotros se nos enseñó a entregar un amor egoísta, porque solo amamos si cumplimos un montón de condiciones?
—Así es Rouse —dijo Roger— yo ahora tengo que aprender a entregarte un amor honesto e incondicional.
—Ella sonrió— No te hagas ilusiones, todavía no te doy el sí. Qué le

cueste su trabajo, esta muñeca lo vale —él se acercó rápidamente y le beso en la mejilla— ya señor, estese sosiego —dijo manoteándole en el aire, todos se rieron.
—Bueno, entonces hijos, ¿están entendiendo?
—Sí, sí, entonces tenemos que aprender a amar incondicionalmente.
—Así es, pero entonces, lo que nos ocurrió es que yo necesitaba sexo y su mamá...bueno.
—Yo no quería, dilo amor, sin pena, esa es la verdad.
—Ok, su mamá no quería y yo lo necesitaba, eso pasó, después conocí a una mujer cuya energía le gusto a la mía, y de esa manera nuestros cuerpos energéticos-espirituales se enriquecieron, porque al mezclarse nuestras energías con las de alguien más, nuestros cuerpos espirituales se enriquecen. Aquí mismo, sentados, nuestros cuerpos energéticos se están enriqueciendo, al rozar con las energías de otras personas.
—Ok, entiendo —dijo Brandon— por eso buscamos amigos.
—Es correcto hijo, después, resultó que yo me enamoré, y estaba pensando en dejar a su mamá.
—Ay no papá, no nos digas eso.
—No hija, espera, déjame continuar, su mamá y yo ya estábamos muy lejanos, casi no nos hablábamos y bueno, hice muchas tonterías; pero entonces conocimos a Alberto, y él nos explicó todo esto y me hizo entender, que su mami en realidad no había dejado de amarme, sino que solo se había alejado...
—Porque ya no podía recibir tu energía —dijo Susan.
—Exacto, eso fue.
Rouse volteó a ver a Roger y sonrió, él le devolvió una mirada de ternura.
—Si hubiéramos sabido todo esto, preciosa, seguiríamos juntos.
—Definitivamente sí —dijo ella.
—Y luego papá, sigue —apuró Brandon.
—Entonces, entendí todo esto, y me di cuenta del amor tan hermoso y especial que su mami y yo tenemos, y que tenía que hacer que este perdurará para siempre, así que regresé a casa y le pedí perdón, ella y yo nos reencontramos, nuestro amor se reencontró y aquí estamos.
—¿Lo perdonaste mamá?, qué bueno.
—No hija, no se trata de perdonar, se trata de entender, los dos tuvimos responsabilidad, yo lo rechazaba y él tenía necesidades, o sea que casi casi lo aventé a los brazos de la otra señora, así que ambos tenemos responsabilidad en esto, pero lo que yo sí sabía, era que no lo

quería perder, que lo amaba como a nadie y quería que siguiéramos juntos.
—Pero esperen, se pone mejor, después fui a ver a la otra señora, quien ahora es mi amiga.
—¿Cómo? —Rouse abrió los ojos— ¿cómo que tu amiga Ríchard?
—Sí dijo Ellen, ahora ella también será mi amiga.
—Ay no, esto ya se salió de control —dijo Rouse asombrada.
—Mamá, ¿cómo que vas a ser amiga de la amante de mi papá?, eso está de locos —Susan tomó su vaso y le dio un sorbo.
—Déjenme seguir, fui a verla y me dijo que conoció a un señor que le habló del karma y le hizo entender que ella y yo teníamos…
—Detente —intervino Roger— ¿cómo que conoció a un señor?, no me digas que…
—Ríchard solo sonrió— Este señor, le dijo que ella y yo teníamos una deuda de karma de alguna vida pasada, y que nos habíamos juntado, porque nuestras energías se conocían y qué era en realidad para sanar ese karma.
—¿Qué es el Karma?, papá.
—Cuando haces algo malo a alguna persona, como robarle una pluma, o mentirle y engañarla, o lastimarla y abusar de ella, cuando le haces bullying a algún otro niño, abusando de tu fuerza y tamaño, o lastimas a alguien, entonces creas un karma, es una deuda entre tú y esa persona, esa deuda deberás pagarla en esta vida o en las siguientes, y solamente hasta que pagues ese karma, te liberas de la experiencia, si no lo pagas, vas a volver a repetir la experiencia una y otra, una y otra, una y otra vez, hasta que dejes de hacer eso.
—Pero, ¿cómo pagas un karma? —preguntó Roger.
—Dejando de hacer eso que no está bien, cualquier cosa que sabes que no es correcta, nos da la oportunidad de dejar de hacer eso y terminar con el karma.
—Ok, lo entiendo, continúa por favor, ¿y qué pasó?
—Ella me dijo que había entendido, qué cuando nos conocimos, ella me vio y sintió que ya me conocía, era como si ya nos hubiéramos visto en alguna vida pasada, así que nuestro encuentro en el despacho, en realidad fue lo que nos dio la oportunidad de reencontrarnos, después nos enamoramos porque nuestras energías ya se conocían y nos sentíamos muy bien, pero que en realidad ella no quería que Ellen y yo termináramos por su causa, que nosotros teníamos un amor muy hermoso y qué ella entendía que en otra vida, ella me robó del lado de

mi esposa, y que si lo volvía a hacer, seguiríamos atados a esa experiencia una y otra vez hasta que ella dejara de hacer eso, que ese era su karma y el mío, entonces lo entendí todo, la tomé de las manos viéndola a los ojos y le dije: Gracias, gracias por haber vivido esta y cualquier otra experiencia en vidas pasadas, si te ofendí, te humillé, te dañé en alguna forma, por favor perdóname, no era mi intención; ella comenzó a llorar y nos abrazamos, yo sentí que algo se me quitaba de encima, no sé qué fue, pero estoy seguro de que algo se me quitó, después ella me pidió perdón, porque en una vida pasada me había robado del lado de mi esposa. Nos besamos en la mejilla y me dijo: "Gracias, Ríchard, gracias"; después le dije: "Quiero que seamos amigos, buenos amigos, si ya tenemos algunas vidas transitando juntos, quiero que seamos amigos, no vamos a volver a tener sexo, pero quiero que seamos buenos amigos, ¿qué dices, aceptas? Claro, contestó, y sabes, algún día me gustaría conocer a Ellen, y creo que seremos buenas amigas, tal vez, talvez dije." Y ya, me despedí, pero antes de irme le pregunté ¿oye cómo era el señor este?

—Alto, delgado como de cincuenta y cinco años, con el cabello cano a los lados.

—No es posible, era Alberto —dijo Roger abriendo los ojos— lo sabía, es quien se nos presentó en el bar.

—Así es, confirmó Ríchard.

—Y es el mismo hombre que yo conocí el día en que Ríchard me confesó lo de su amante, dijo Ellen.

—¿Cómo, ya lo conocías Ellen?

—Oigan, esas son demasiadas coincidencias, no creen —observó Rouse— este señor les ha ayudado a resolver cosas muy importantes, nos ha ayudado a todos —señaló a todos los presentes con el dedo índice.

—Pero claro que sí, son demasiadas coincidencias, no lo puedo creer —secundó Roger, llevándose su whisky a la boca.

—Por Alberto —Ríchard levantó su copa, y todos hicieron lo mismo chocándolas.

—Por Alberto —dijeron todos.

—Por cierto, mañana sábado nos invitó a cenar a su casa a todos nosotros, ok, quedamos de estar allá después de las ocho y media.

—¿A nosotros también papá?

—También hijo, hoy le llamé y se mostró muy contento, dijo que le encantaría conocerlos, vamos a hablar mucho de sexo, pero ustedes ya entienden y deben aprender bien.

—Eso estará genial —dijo Brandon dándole un ligero codazo a su hermana.

—Ya lo creo que sí.

—Pero entonces, entendamos bien esto, —dijo Ellen— resulta que yo comencé a rechazar a su padre al dejar de desear tener sexo con él, eso lo llevó con el tiempo, a aceptar a esta mujer a pesar de que él en realidad no quería, porque no quería dañar nuestra relación, así que finalmente, después de ella insistirle mucho y de él estar necesitando tener sexo, la aceptó, y finalmente se enamoraron, para poder vivir todos, nuevamente la experiencia de que ella se lo robara de mi lado.

—Pero mamá, ¿cómo que todos?

—Claro beba, piénsalo, si tu papá se hubiera ido de la casa, tú, ustedes —señalo a ambos— habrían perdido a su padre, y eso les hubiera dolido mucho, así que, de alguna forma, no sé cómo, ustedes también están dentro de toda esta actuación, así lo veo yo, piénsenlo, es como un gran teatro, armado por alguien para que todos viviéramos esta experiencia, y de seguro es algo que ya hemos vivido en otras vidas, o sea que todos nosotros, estamos atados a un… Karma… mi amor.

—Mi amor —dijeron ambos al mismo tiempo volteando a verse— eso significa que tú y yo también hemos vivido antes esta experiencia de separarnos, y hay un karma entre tú y yo, entonces ven, Richard separó su silla y quedó de frente a su esposa, ella se giró juntando sus rodillas, y se tomaron de las manos. Mi reina hermosa, Ellen sonreía y sus ojos comenzaban a nublársele, gracias, gracias por haber vivido conmigo ésta y todas las experiencias en vidas pasadas, si te ofendí, si te humillé, si te hice daño de alguna forma, te pido perdón, por favor perdóname, lo siento, te amo, él se acercó a ella y se besaron tiernamente —la llama violeta de transmutación los rodeaba incendiándolos y quemando todos sus karmas relativos a esta experiencia, sus cuerpos energético-espirituales bailaban abrazados, fundiéndose sutilmente en su amor, mientras eran transmutados; ellos brillaban, sin darse cuenta, algunos comensales a sus lados, guardaban silencio observándolos con discreción, cuando por fin se separaron, todos a su lado comenzaron a aplaudir, los comensales a su rededor aplaudían emocionados. Ellos no se habían dado cuenta de que los estaban escuchando y que eran observados, así que los aplausos los tomaron por sorpresa, voltearon a ver a las personas a su rededor, y algunas mujeres se secaban las lágrimas con la servilleta de tela blanca, ellos sonrieron dando las gracias y volvieron a acomodarse en su lugar.

—Felicidades Ellen —Rouse se acercaba para abrazarle— no sé qué fue, pero puedo jurar que algo se te quitó de encima, no sé cómo, pero estoy segura de que lo vi, no puedo creerlo.

—Gracias Rouse, gracias.

—Hijos —Ríchard volteó a ver sus hijos— gracias mis amores, gracias por haber vivido esta y todas las experiencias como esta en nuestras vidas pasadas, si yo o tu mamá, los ofendimos, los humillamos o los lastimamos de alguna manera, les pedimos perdón. —Ríchard se había puesto de pie y abrazaba a su niña— mi niña hermosa, perdóname mi amor, perdóname si te lastimé en esta o en vidas pasadas, si te humillé o hice algo para hacerte sentir mal, perdóname.

—Sí papito, sí, te amo, sí, te amo.

Brandon se levantó de su silla y rodeó la mesa hasta llegar a los brazos de mamita, ella lo tomó en sus brazos y lo abrazó, ambos lloraban— perdóname mi niño, si en esta o en alguna vida pasada te lastimé, o te ofendí, perdóname, lo siento mucho.

—Sí mamita, sí, te amo mucho —el llanto sanaba sus almas mientras los cuerpos energéticos de todos ellos se abrazaban en su amor y se fundían sutilmente, la llama violeta transmutaba sus karmas de vidas pasadas y los liberaba.

Rouse se limpió las lágrimas con la servilleta, Roger volteó a verla, movió su silla y le tomó las manos.

—Mi amor, Rouse, si en esta o en vidas pasadas, que sé que lo he hecho, te humillé, te lastimé, o te falté de alguna manera, por favor perdóname, gracias por haber vivido conmigo todas las experiencias que hemos vivido, gracias por haber estado a mi lado todos estos años, te amo.

—También te amo Roger, gracias por todo —ella se lanzó a su cuello y lo abrazó, él la tomó por la cintura, ambos lloraban con el rostro oculto en el hombro del otro. La llama violeta transmutaba sus cuerpos energéticos mientras estos se abrazaban y se fundían sutilmente, siendo liberados de sus karmas.

Algunas parejas de las mesas cercanas, comenzaron a hacer lo mismo, pidiéndose perdón, por el solo hecho de dar gracias por las experiencias en la vida presente o en las vidas pasadas, la llama violeta limpiaba y transmutaba sus karmas sin ellos saberlo; el amor y la luz violeta llenaban el salón y salían al exterior como una luz hermosa, tocando y llenando los cuerpos energéticos de quienes pasaban cerca de ahí, y de

una manera sutil, limpiando también sus karmas.
Ellen limpiaba el rostro de su niño, quien con carita infantil sollozaba.
Ríchard llegó hasta él y le tocó el hombro.
—Hola mi amor —el niño de inmediato se abrazó a su papito y lloró— te amo mi hermoso, perdóname si en esta o en vidas pasadas te lastimé, perdóname.
—Sí papito, sí, te quiero, te quiero mucho.
—Y yo a ti mi amor y yo a ti.
Ellen ya abrazaba a su niña.
—Perdóname mi niña —decía mientras acariciaba sus cabellos— perdóname si te he lastimado en esta o en vidas pasadas, si te humillé o hice algo que te doliera, perdóname.
—Sí mamita, sí, también perdóname, perdóname, ella quería decir más cosas, pero no podía, su llanto no la dejaba.
Roger se había puesto de pie y llegó hasta Ríchard, hermano, dijo abrazándolo, gracias, y perdóname, si en esta vida o en vidas pasadas te humillé, te ofendí, abusé de ti, te robé o hice algo que te dañara perdóname, lo siento mucho.
Ambos amigos se abrazaban.
—Gracias hermano, también perdóname, perdóname si te hice algo malo, lo siento, gracias por haber vivido esta vida y otras conmigo.
Ambos se separaron sosteniéndose por los antebrazos y sonrieron.
Cuando por fin todos se pudieron sentar, y habían terminado de limpiarse el rostro, sonrieron.
—Salud —dijo Ríchard levantando su copa.
Todos se pusieron de pie.
Salud, dijeron todos en el salón, los comensales se habían levantado y brindaban con ellos. Chocaron sus copas, dieron un sorbo a su bebida y se sentaron.
—¿Cómo te sientes amor? —Ríchard volteó a ver a su amada y buscó sus labios. Ella acariciaba su rostro mientras le entregaba su amor en ese beso.
—Feliz mi amor, estoy feliz.
—¿Cómo se sienten hijos?
—Me siento ligero papá, no sé por qué, pero me siento ligero y feliz.
—También yo, estoy feliz.
—Acaso no es interesante, descubrir que todo lo que vivimos es en realidad un teatro para poder experimentar emociones y sentimientos que están atados a una deuda de vidas anteriores.

—Definitivamente lo es Ellen, ¿por qué no se nos enseña esto? —preguntaba Rouse intrigada.
—Mi amor, Alberto, nos dijo que era porque a las elites gobernantes y a la iglesia no le convenía que lo supiéramos.
—¿Pero por qué a la iglesia?, preguntó Susan, no entiendo.
—La iglesia no quiere que, en primer lugar, pensemos fuera de lo que ellos nos dicen, porque si lo hacemos seremos considerados herejes y pecadores, ¿cierto?
—Sí es verdad —dijo Rouse
—En segundo lugar, no quieren que usemos nuestra sexualidad libremente, por eso nos enseñan que es pecado tener sexo con alguien más fuera de tu pareja; y nos enseñan que seríamos infieles y pecadores, y que no puedes vivir con un pecador o con un infiel, por eso hay tantos divorcios.
—Pero entonces, dijo Susan, si nuestros cuerpos energéticos se saturan de la energía de nuestras parejas y ya no queremos tener sexo con él, pero seguimos necesitando del sexo, ¿por qué nos dicen que somos pecadores, si el sexo es la necesidad que tenemos de la energía de alguien más?
—Esa es la trampa en la que nos han metido, eso es lo que nos han hecho creer —respondió Roger.
—¿Pero entonces, significa que yo puedo tener sexo con alguien más, aunque este casado?
—Sí, y tu pareja también hijo —dijo su papá viéndolo a los ojos.
—Pero papá, ¿tu dejarías que mi mamá tuviera sexo con otro hombre? —Brandon abría en grande los ojos, esperando la respuesta.
—Claro hijo, ahora lo entiendo, porque ahora sé que en realidad somos seres de energía, que somos cuerpos energéticos-espirituales —dijo señalando con su dedo índice la energía alrededor de su cabeza— y ahora sé que el sexo es la manera en que nuestros espíritus se nutren, ahora entiendo, qué cuando tu mamá se muera, lo único que se va a llevar de este mundo será su energía y todas las experiencias hermosas que haya vivido, qué clase de esposo sería yo, si no la dejase vivir su vida y todas las experiencias que tiene por vivir, qué clase de amor le estaría entregando si no la dejase ser ella misma.
—Guau Ríchard —dijo Rouse— qué manera tan bonita de explicarlo, es verdad, eso que dices es totalmente cierto, cuando muera lo único que me voy a llevar son mis energías, mis experiencias y todos mis karmas.

—¡Exacto! —afirmó Roger— nuestros karmas, eso es, solo nos vamos a llevar nuestros karmas, y en realidad, nuestras experiencias lo que hacen es darnos la oportunidad de volver a sentir las emociones, para transmutar… nuestros karmas.

—Oigan, pero entonces no se trata de estar teniendo sexo con cualquiera, —dijo Rouse— porque entonces nos mantendríamos atados al karma, ese encuentro sería en realidad la oportunidad de liberarnos del karma, para dejar de hacer eso, y pedir perdón.

—Claro Rouse —Roger la tomaba de la mano— eso es… eso es cierto, no se trata de estarnos acostando con cualquiera, sino de limpiar nuestros karmas.

Ahora tiene sentido, Alberto nos dijo que no nos habían enseñado, fíjense bien, dijo enseñado, que NO nos habían enseñado a tener un amor honesto y verdadero, e incondicional, sino a tener un amor egoísta y condicionado.

—Pero claro —Ellen corroboraba— si tenemos un amor egoísta, no permitimos que nuestra pareja viva su vida, así que nos mantenemos juntos para siempre, pero enojados. Porque ya no queremos tener tanto sexo con nuestra pareja, pero seguimos necesitándolo, así que terminamos haciéndolo a escondidas y eso trae enojo en las parejas.

—O terminamos reprimiéndonos para no pecar.

Y cuando la pareja se entera de la infidelidad, surge los divorcios —agregó Rouse, Roger levantaba las cejas y decía:

—Pero además, no se quieren divorciar porque es pecado, entonces se quedan juntos, enojados y odiándose para toda la vida; al menos eso hacían nuestros abuelos y papás, se quedaban juntos odiándose. Yo siempre le dije a mi mamá: "Oye mamá, pero si ustedes ya no se quieren ¿qué hacen juntos?" "Estás loco hijo —me contestaba— lo nuestro es para toda la vida, así lo quiso Dios, él nos bendijo cuando nos casamos." ¿Esa es la trampa, se dan cuenta hijos? Nos casamos para toda la vida, pero permanecemos enojados y mintiendo, para poder satisfacernos sexualmente.

—O reprimiéndonos, aguantándonos las ganas de tener sexo con alguien más, para evitar convertirnos en infieles y pecadores —dijo Rouse.

Los jóvenes trataban de asimilar toda la información, sus mentes estaban siendo revolucionadas.

—Perdón señores, desean ordenar algo más, ya tenemos que cerrar.

Ellen volteó a ver su reloj.

—Cielos, ya vieron la hora, ya es la una de la mañana, vámonos, ya es tardísimo y tienen escuela.
—Mañana es sábado, mamá, bueno, hoy ya es sábado.
—Cierto, perdón, me aceleré —todos sonrieron—.
—La cuenta por favor —dijo Roger.
El mesero se retiró llevándose los cubiertos sucios.
—No Roger, no inventes, yo pago, no empieces con tus cosas.
—Silencio, yo pago, hace cuánto tiempo que no invito a la familia a cenar, además, hoy es una noche de celebración especial, dijo con una hermosa sonrisa y tomando la mano de su amada, ella le devolvía la sonrisa, aceptándolo.
—Ok, dijo Ríchard, ok, está bien, nos dejaremos consentir.
—Pues qué descubrimientos tan interesantes —comentó Rouse.
—Oye papá, yo también puedo tener sexo con quien quiera, aunque esté casada o tenga novio.
—De acuerdo con todo esto, tendrías que preguntarte, ¿tendré algún karma pendiente con este hombre?, si sientes que no, quizás sea bueno para ti vivir esa experiencia, pero si sientes que hay un karma, tendrías que liberarte de él.
—¿Dando gracias y pidiendo perdón?
—Así es hija, es correcto.
—Eso se llama transmutar —dijo Rouse— pidiendo perdón transmutas tus karmas, lo leí en algún libro, pero no le di tanta importancia, ahora lo entiendo.
El mesero trajo la cuenta, se la entregó a Roger, y la pagó.
—Bueno familia, un brindis final —levantó su copa y todos hicieron lo mismo— por el amor, por el amor honesto, porque todos aprendamos a entregar un amor incondicional, para que vivamos en el amor, para toda la vida, y no a la fuerza.
—Bien dicho mi amor, salud.
Salud dijeron todos y chocaron sus copas.
Algunos comensales se acercaron a despedirse e intercambiaron tarjetas.
—Gracias —un señor y su esposa, ambos muy elegantes, se acercaron a la mesa y los saludaban— no pudimos evitar escucharles, pero la verdad es que esto fue increíble, a nosotros también nos ayudaron, gracias, quisiéramos que fuésemos amigos, esta es mi tarjeta —dijo el señor estirándole el brazo con el pequeño cartoncillo en la mano— llámame, los invitaremos a nuestra casa.

—Será un placer —dijo Ríchard guardando la tarjeta, y entregándole la suya— te llamaré.
—Señora dijo él viendo a Ellen, felicidades, tienen una hermosa familia.
—Felicidades querida —saludó su esposa— tú y tu esposo hacen una pareja hermosa, y tienen unos hermosos hijos —dijo volteando a ver a los jóvenes.
—Gracias a ambos, me aseguraré de que los llame.
—Excelente, buenas noches a todos.
—Bueno familia, vámonos.

Roger y Rouse estaban a bordo del convertible.
—Hermosa, quieres ir a mi casa, ándale, ella te extraña, vieras lo hermosa que está ahora.
—¿Y eso por qué?
—Aprendí que el medioambiente impregna nuestras energías y que nosotros impregnamos a nuestro ambiente, así que he estado impregnando mi casa de mi amor, ella te extraña y me dijo: Ve por Rouse y tráela, no regreses si no viene contigo; así qué, si no quieres que duerma en el auto, tendrás que acompañarme.
—Sí mi amor, claro que sí, será un placer ver tu casa, ella se bajó el cinturón de seguridad dejando su hombro libre y se acercó a él, acariciando su rostro se recargó en su hombro, una lágrima caía por su mejilla y desaparecía en su camisa.
—¿Por qué lloras?
—Pensaba en el tiempo hermoso en que vivimos juntos y en lo triste que fue dejarnos.
—Te amo Rouse, y quiero entregarte un amor verdadero e incondicional, sé que mi amor es muy hermoso y quiero dártelo. Sé que cometí muchos errores, pero fue por desconocimiento de todo esto de las energías, si lo hubiéramos sabido, creo que seguiríamos juntos.
—Y yo lo acepto Roger, acepto tu amor, y tienes razón, creo que con todo esto que ahora sabemos podemos tener una relación honesta que dure para toda la vida —Ambos se besaron suavemente.
—Eso me encantaría, pienso que, si todos supiéramos esto, como sociedad seríamos muy diferentes, he llegado a pensar que muchos de los problemas sociales tienen que ver con nuestra insatisfacción sexual. Cuando no puedes tener sexo, no estás completo ni feliz.

—No es que no estés completo, sino que no estás en armonía, tú lo dijiste, todos estamos enojados y nerviosos, también eso me pasa a mí, igual que tu necesito del sexo, a veces mucho menos que ustedes, los hombres, pero definitivamente nos es necesario.
—Pero a ver, aclárame algo Rouse, ¿por qué algunas mujeres dicen que ellas sí pueden vivir sin el sexo?
—Creo que, en realidad, no es que podamos vivir sin el sexo, creo que hemos sido educadas para resistirnos más al pecado que los hombres, nos han hecho sentir pecadoras y la causa de la desgracia de los hombres, ya lo ves, Eva le dio la manzana al pobre de Adán.
—Ay si pobrecito, ja, ja, ja —ambos rieron a carcajadas.
—Por lo mismo, muchas mujeres no se permiten vivir su sexualidad más libremente, y menos si están casadas. Prefieren reprimirse, y cuando ya son mayores, pues menos sexo van a querer, aunque lo desean, ¿no crees?
—Sí, definitivamente las mujeres se reprimen más que los hombres, pero ambos tenemos la necesidad, creo que por eso hay más mujeres en la prostitución, porque hay más hombres buscando tener sexo, que mujeres. Listo, hermosa, hemos llegado.

—Gracias papás, por esta increíble cena y por hablarnos tan abiertamente de su experiencia.
—Sí, beba, contestó Ellen, era importante, creo que no deberían de existir secretos entre nosotros, sobre todo si somos honestos, creo que normalmente no queremos que se sepa algo, porque de alguna forma eso nos avergüenza, o porque pensamos, en el fondo, que no está bien.
—Sí mamá, es verdad.
—Hijos, dijo Ríchard, quiero que sepan que pueden contar con nosotros, si tienen preguntas o dudas acerca de algo, del sexo, de las drogas, o de lo que sea, siempre tendrán nuestro amor incondicional, así que no teman decirnos lo que sea de acuerdo.
—¿Seguro papá?
—Claro mi amor.
—Bueno, entonces —dijo Susan— debes saber que ya tuve mi primera relación sexual.
Ríchard, venía manejando y abrió los ojos asombrado, pero no dijo nada, después, calmadamente preguntó.

—¿Y cómo te sentiste, lo disfrutaste?
—Ay no papá, estoy bromeando.
—Tonta, ya te iba a pegar, ja, ja, ja, —dijo su hermano.
—Guau —dijo Ríchard— aquí tenemos un claro ejemplo de nuestra educación religiosa, y eso que ustedes no van a misa.
—Cual ejemplo —cuestionó Ellen.
—Brandon dijo: "Tonta ya te iba a pegar." Esa reacción demuestra que, para él, que ella tenga sexo sin estar casada es pecado o que está mal, por eso le iba a pegar.
—Pero lo dije en broma papá.
—Lo sé amor, no se trata de eso, sino de las enseñanzas, tú en el fondo, sabes que es pecado tener sexo sin estar casada.
—Ok, ok, entiendo, es que mi abuelita nos ha dicho eso, que el sexo antes de estar casados no es correcto, que es mal visto por Dios.
—Ah, ya entendí —dijo Ellen.
—Pero no es cierto papá, la verdad es que he estado a punto, pero pienso que solo hasta estar casada, aunque mis amigas me dicen que estoy tonta, que eso ya no está de moda, la mayoría de ellas a los quince años ya lo hicieron, pero yo, como dijo mi abuela, hasta que me case.
—No mi amor, dijo su mamá, no hasta que te cases, hasta que estés segura; yo tuve mi primer encuentro con mi novio a los diecisiete años, pero no duramos, y solo hasta que conocí a su papá es que sentí eso especial que deja el sexo cuando las energías son muy afines, y entonces nos enamoramos profundamente y nos casamos, después, llegaron ustedes y siempre fueron hijos deseados y amados —Brandon sonreía sujetando el respaldo del asiento de su padre y sentado en la orilla del suyo para poder escuchar mejor.
—Pero entonces mamá, tu tuviste sexo mucho antes de casarte, porque te casaste, ¿a qué edad?
—A los veintitrés y yo a los veinticinco —contestó su papá.
—Así es Brandon, yo tuve otros novios y otras experiencias, pero en realidad solamente con tu papá sentí eso especial, y heme aquí, aprendiendo lo que es el amor incondicional.
—Pero eso que me dijo mi abuelita de que solo hasta que me casara, ¿eso no está bien?
—Claro que no está bien, Susan —replicó su hermano— no escuchaste que es una trampa para que no uses tu sexualidad libremente.
—Bien dicho hijo, tu abuelita es una mujer mayor y a ella le enseñaron muchas cosas en la iglesia, ustedes no van a la iglesia porque nosotros

no se los hemos inculcado, y ahora están entendiendo esto, los hombres y mujeres mayores creen fielmente lo que el sacerdote les dice, pero es parte de la trampa.
—¿Y los sacerdotes sabrán que eso es una trampa? —cuestionó Brandon.
—Bueno, si lo pienso bien —dijo su padre— no creo que ellos lo sepan, ellos han sido adoctrinados para creer lo que los líderes religiosos les han dicho por generaciones a través de sus libros, de sus doctrinas y dogmas.
—¿Qué es un dogma papá?
—Es una idea que no se puede juzgar o razonar, solo puede y tiene que ser aceptada.
—¿O sea que no puedo dudar de esa idea?
—Exacto, de esa manera los sacerdotes aceptaron esas ideas y no las juzgan, solo las aceptan como correctas y verdaderas, y las enseñan.
—Guau qué interesante —afirmó Susan— entonces las creencias de mi abuelita en realidad son una trampa y ella cree en esa trampa.
—Sí mi amor, dijo su mamá, de hecho, todos hemos creído esas trampas desde cientos de generaciones atrás, desde que se creó la religión, pónganse a averiguar, ¿cuándo se inventó la religión y por qué?, de inmediato se recargaron en su asiento y tomaron sus celulares.
—Estamos llegando a casa.
—Ríchard bajó del auto y dio la vuelta para abrir la puerta a su amada, le dio la mano y ella bajó, se quedaron de pie, viéndose a los ojos y él se acercó a besarla, un beso pasional y amoroso que encendió su energía Kundalini. Su hijo seguía con la vista clavada en el celular viendo algo. Susan los observaba tiernamente a través de la ventana
cerrada.
—Algún día, yo tendré a un hombre como papá, pensaba para sí.

—Disculpe joven, estoy buscando algún libro acerca de las energías y el espíritu, ¿tendrán algo así?
—Claro señorita, acompáñeme —él la guío hasta un estante lleno de diversos títulos, el mueble, le llegaba a la altura de los ojos, se agachó para recoger un libro que se encontraba en el entrepaño inferior, cogió el libro de letras rojas que traía en la portada unas argollas matrimoniales.
—"Las relaciones de pareja y el sexo", —dijo en voz alta leyendo el

título— vaya, se escucha interesante, —se puso de pie.
—Vaya una sorpresa —dijo la voz de un hombre sacándola de su concentración— hola Erika, qué extraño encontrarte.
—Carlos, hola, ¿qué haces aquí?
Ellos habían dejado de verse hacía ya dos años y medio, terminaron su relación molestos por la falta de interés de ella en todas las cosas, incluido él mismo. Después de él, ella había salido con algunos hombres, y tuvo noches locas, como decían ellas cuando salían a tomar una copa y conocían a alguien con quien tenían sexo de una noche.
—Estoy buscando un libro que me pueda ayudar, —contestó ella.
—Qué raro, ¿ya lees libros?
—Sí, he estado haciendo algunos cambios.
—Puedo notarlos, te ves hermosa, estás más delgada.
Vestía unos jeans que la hacían ver muy sexi, era lo que dirían sus amigas, gordibuena, siempre había tenido una hermosa figura, pero no se valoraba, no ponía atención en su persona y usaba ropas que siempre le quedaban flojas.
—Gracias —dijo ella poniendo el libro en su rostro para taparlo un poco.
—Uy, ese libro te va a encantar, ya lo leí, ¡está buenísimo!
—¿En serio? —dijo volteándolo para leer la parte de atrás.
—Él, dio la vuelta al mueble y se le acercó para leer y señalarle algo que decía el autor. Sus energías se unieron y se abrazaron reconociéndose, ambos percibieron este encuentro energético— Mira aquí: "Construye tu relación, desde el amor verdadero."
—Sí, sí, definitivamente este es el libro que necesito —Erika volteo a verlo, estaban muy cerca, y no pudo evitar verle los labios— ¿y tú, ya encontraste lo que buscabas? —dijo un poco turbada.
—Si ya —levantó uno que tenía en la portada una camioneta de lujo y detrás enormes edificios, Erika leyó en voz alta— "Las Creencias, cómo cambiarlas para transformar mi vida." Guau este también lo quiero.
—Espera también está este otro, por si algún día decides que quieres ser mamá —Se inclinó para recoger un ejemplar y se lo entregó— "Despertando su potencial, guía para ser mejores padres y criar hijos felices y poderosos" ah, pero si es del mismo autor, guau, creo que sí, también me lo llevo.
—Bien, aquí tienes.
—Pues gracias, ya tengo lo que buscaba, así que, yo ya me voy.

—Erika, ¿tienes mucha prisa, no te gustaría tomar un café?, hace mucho que no nos vemos.
—En realidad no tengo prisa, vamos, está bien. Llegaron a la caja, él pagó todos los libros.
—No Carlos, yo…
—Nada, nada, es mi regalo para ti.
—Bueno, si insistes.
Iban caminando muy alegres por el reencuentro.
—¿Oye Carlos, no te gustaría ir a mi casa a tomar ese café?, digo si tu novia no te regaña.
—No tengo novia —se apresuró a decir— hace medio año que terminé con la última.
—¿La última, pues cuantas han sido?
—Bueno, tu sabes, yo creo en el amor, pero no ha llegado la mujer que… espera, sacó el libro de letras rojas de la bolsa y leyó: "Buscamos a alguien con quien compartir nuestros amaneceres y llene de amor nuestros atardeceres", yo creo en el amor, así que sigo en la búsqueda.
Ella sonrió, recordando lo suyo, en verdad se amaban, pero ella se encargó de alejarlo, en ese entonces él estaba por completo entregado a ella, pero no aguantó más, no se sentía apreciado.
—Te entiendo, creo que a mí me ha pasado lo mismo, he tenido algunos novios, pero no duran, nadie me ha llenado.
—¿Yo tampoco te llené?
—No han sido ustedes, en realidad, he sido yo —él abrió los ojos asombrado— me he dado cuenta de que cuando comenzaba a tener un amor hermoso, le tenía miedo al compromiso y siempre los alejaba, como hice contigo, de hecho, tú siempre has sido el más especial, mis amigas lo saben, ellas se acuerdan de ti y siempre me regañan, ¿por qué lo dejaste ir, él te amaba?
—Eso era cierto —dijo él moviendo la cabeza afirmando.
—Lo sé y yo la regué, pero anda, ven a mi casa, quiero mostrarte algo, ahí tomaremos el café.
—Claro, vamos —caminaron alegres, su casa no estaba lejos, y el día estaba muy agradable.
Subieron al departamento y en cuanto entraron, él percibió un aroma muy agradable, la casa lucía hermosa y limpia.
—¿Qué pasó aquí?, Erika, que hermosa se ve, ¿es la misma casa en que vivíamos?, se ve tan diferente.
—Es el amor.

—Pero no dices que no tienes novio.
—No el amor de nadie más, es mi amor, he aprendido a amarme y a amar mi casa, la he llenado de mi amor y ella me llena mi cuerpo energético de amor.
—¿Por eso es que te ves tan diferente?, me encanta como te ves —dijo él admirándola de arriba a abajo, ver su silueta envuelta en esos jeans ajustados, y esa blusa blanca de botones que le dejaba ver el nacimiento de sus hermosos senos, le hizo desearla y volver a acariciarla, su energía se dirigió hacia ella, estas se reconocían y danzaban tomadas de las manos, girando, fusionadas levemente, recordando su amor, ambas energías tenían algo del otro, y se amaban. Ella sintió cómo la energía de él venía hacia ella y como la abrazaba, eso despertó su energía Kundalini, pero no deseaba acelerar las cosas, siempre se había dejado llevar por sus impulsos sexuales y ya no quería eso, había decidido solo tener sexo con alguien cuya energía le enriqueciera, y no solo porque alguien le gustara mucho, esa clase de sexo la dejaba vacía, y muchas veces ni siquiera satisfecha.
—Déjame preparar el café, ¿o quiere vino?, tengo una botella abierta del otro día.
—Vino, por favor, se me antoja más.
Ella trajo a la sala la botella y dos copas, sirvió cada una, le extendió una y tomó la otra.
—Salud, Carlos, por el gusto de volverte a ver —le regaló una hermosa sonrisa.
—Salud Erika, por este milagroso encuentro.
Ambos levantaron sus copas y las chocaron suavemente, él, frotó su copa en la de ella y en un movimiento suave la deslizó hasta la parte inferior de la copa, era un juego que hacían juntos, significaba el choque de sus vientres, y que él terminaría debajo de ella, si ella deslizaba su copa hasta la parte baja de la de él, significaba que ella terminaría sexualmente de esa forma, ambos sonrieron.
—Cuéntame Carlos, ¿cómo has estado?, ¿sigues en el despacho?
—No, me independicé, puse mi propio bufete, me estresaban demasiado, se la pasaban exigiéndonos y amenazando con corrernos si perdíamos algún caso, ahora soy mi propio jefe, trabajo igual, pero gano más, y ahora yo soy el gritón, ja, ja.
La plática siguió agradablemente, ella se mantuvo cercana, pero sin provocarlo, él quería acercarse, pero tampoco quería acelerar las cosas, así que no insistió mucho.

—Preciosa me tengo que ir.

—Sí, pero antes quiero mostrarte algo.

Ella lo tomó de la mano y lo guío a la recámara.

—Okey dijo él, viendo lo diferente que lucía todo, guau Erika, qué cambio tan increíble.

—¿Te gusta?

—Pero claro que me encanta.

—Bueno, esto que ves ahora, es mi amor —dijo alejándose de él y abriendo los brazos.

—No me cabe duda, tienes un amor muy hermoso, siempre lo supe, por eso me enamoré de ti, y de qué manera —él sonreía y siguió admirándolo todo— ¿pero a qué se debió el cambio?

—Me di cuenta de que en realidad no me amaba, por eso no le daba importancia a muchas cosas, entre ellas a mi casa.

—Pero es que no solo es tu casa, tú también, te ves más delgada.

—Bueno, sí, a todo en realidad, a todo en mi vida le estoy entregando mi amor, mi casa, mis muebles, mi ropa, mi cuerpo, todo. Mis amigas me hicieron ver que en realidad yo le tenía miedo al compromiso y a llevar mi amor al siguiente nivel, así que cuando tenía un amor hermoso como el tuyo, comenzaba a querer deshacerme de él, mi indiferencia y falta de importancia hicieron que tú te alejaras, y finalmente, te hartaras de vivir de esa manera.

—Es verdad, me sentía poco valorado, y bueno… sabes, me encanta tu cambio, ¿pero a poco solo eso te hizo adelgazar?

—Parece increíble, pero sí, comencé a sentirme apreciada por mí misma, empecé a usar ropa más entallada, y aun cuando no he bajado mucho de peso, me siento muy diferente, ahora cuido más mis comidas y lo que me meto a la boca, todas las noches ceno algo ligero, cosa que antes no hacía pensando en que no comer me iba a adelgazar, cuando era totalmente lo contrario, ¿sabías que una cena ligera es mejor que irte a dormir con la panza vacía?, ¿y que no comer a tus horas y no comer, te engorda, sabías eso?

—No, en realidad no lo sabía, yo bueno, no hago dietas, pero sí ejercicio.

—Me doy cuenta, te ves muy bien. Bueno, vamos, anda, lo tomó de la mano y salieron a la sala nuevamente.

—Entonces, a ver si entendí, tu amor llena el ambiente de tu casa, y este a su vez te llena a ti, por eso cuando te comenzaste a amar todo cambió.

—Exacto, eso fue todo, conocimos a un hombre increíble, nos habló de las energías y nos enseñó esto y muchas cosas más.
—Bueno, jamás lo hubiera pensado, lo mío son las leyes y las broncas legales.
—Sí, pero debes considerar que no eres este cuerpo físico, que en realidad somos seres de energía viviendo vidas en estos cuerpos, eso fue lo que él nos enseñó, así que también a ti tu medioambiente te impregna tu cuerpo energético espiritual.
—Entonces, puedo cambiar las vibras de mi despacho, ¿porque sabes?, últimamente cuando llego, me siento muy… no sé cómo describirlo, pero siento una mala vibra, he contratado a dos abogados recientemente, y ellos tienen una vibra especial, de hecho, cuando los conocí en la primera entrevista, me parecieron conocidos, pero resultó que no, que nunca nos habíamos visto, son muy buenos abogados, pero tienen algo que no termina de gustarme.
—De seguro, son sus energías personales, estas se impregnan, y quién sabe cómo viven en sus casas, pero una cosa es segura, ellos impregnan sus energías en su medioambiente, y ahora tu despacho es su medioambiente, pasan mucha parte del día ahí.
—Pero, ¿cómo hacerle?, ¿debo hacerles una limpia a ramazos? —hizo el ademán de azotar algo con la mano, ja, ja, ja, ja, rieron ambos
—Yo lo que hice aquí, fue prender una veladora y hacer una oración, después me puse a arreglar todo, pero además comencé a sentir las cosas, los sillones, las cortinas, mi comedor, mi cama, la acaricié por primera vez, y comencé a sentir un cariño muy hermoso por todo esto que vez, de esa manera lo impregné de mi amor.
—Pero Erika, como crees que me la voy a pasar acariciando los escritorios y todo eso.
—Porque no, todo está hecho de energía, ¿no me decías tu eso?
—Mira, que bien lo recuerdas.
—Fuiste un gran maestro.
—Bueno, sí, si lo veo así es verdad, todo es energía.
—Entonces, impregna todo de la energía de tu amor, por qué no prendes unas veladoras cuando estés a solas y recorres todo el piso, con la veladora y lo bendices todo. ¿Sigues creyendo en Dios, cierto?
—Sí claro, aunque en realidad no he estado muy cercano a él.
—Bueno, él de todas maneras te ama, él me ayudó a hacer este cambio, le pedí que me enseñara y que me ayudara y mírate, ahora estás aquí —ella levantó las cejas y sonrío, dándose cuenta de que era cierto, Dios

había respondido a su deseo de llevar su amor a otro nivel.
—Así que yo estoy aquí en respuesta a tu oración.
—Bueno, es una posibilidad, no lo sé, pero de que responde, responde.
—Ok, sabes que, sí, voy a hacer eso, voy a prender unas veladoras en la noche cuando ya no haya nadie, y haré una limpia, ya te contaré cómo me fue.
—Espera —se puso de pie y fue a la alacena, sacó una veladora de color rosa— toma, esta es especial, tiene mi amor, así que úsala.
—Sí, pero esa la usaré en mi casa y ya verás cómo la lleno de este amor tan hermoso —dijo sujetando la veladora con ambas manos, se terminó su copa de vino y dijo— me tengo que ir —se levantó y se dirigió a la puerta, tomó la bolsa del perchero, con las compras que había hecho— Erika, me encantó volver a verte, ¿te gustaría que cenáramos juntos otro día?
—Bueno, el sábado tengo una cena, por qué no vienes como mi acompañante, es en casa de un amigo, no te digo que vistas bien, porque tú siempre sabes cómo vestirte, será en su casa, es un departamento lujoso, él tiene muy buen gusto.
—Me encantaría, ¿a qué horas?
—A las ocho y media, te veo aquí a las ocho.
—Excelente, hermosa, aquí te veo el sábado —la tomó por la cintura con un solo brazo y le dio un beso tierno en la mejilla, ella devolvió el beso en la mejilla de él.

VI Una cuestión de acuerdos

—Oye amor, estaba pensando, por qué no invitas a Larisa a la cena, así la conocemos y bueno, Alberto está soltero, quizás ellos se gusten, harían una bonita pareja no crees.
—No lo había pensado, podría ser, déjame llamarla a ver si no tiene ya compromiso.
Era sábado por la mañana, acababan de desayunar y estaban solos, sus hijos iban a salir, así que se estaban preparando, tomó su celular y le marcó, el timbre se escuchó y dijo.
—Hola Larisa, ¿cómo estás?
—Hola Ríchard, estoy bien, ¿qué tal todo en casa?

—Todo excelente, gracias, de hecho, estoy aquí con Ellen.
—Vaya, esa es una sorpresa, me da gusto que sea así. ¿Qué pasó cuéntame?
—Hoy vamos a ir a cenar a casa de un amigo y queremos presentártelo, él es muy agradable, creo que ya lo conoces.
—Ah, sí, ¿quién es?
—Bueno, no estoy seguro de que lo conozcas, tal vez, pero bueno, te va a caer muy bien, ¿quieres acompañarnos?, voy con mis hijos también, y otras amistades.
—Ok, está bien, no tengo compromiso, estaba a punto de llamarles a unas amigas, no me quería quedar en casa encerrada.
—Bueno, magnífico, ¿quieres qué pasemos por ti?
—No, no, dame la dirección y yo llego allá, ¿a qué horas es la cita y qué hay que llevar?
—A partir de las ocho y media y no hay que llevar nada.
—Ok, entonces allá los veo, ¿oye la vestimenta es muy formal?
—Bueno, elegante casual.
—Bien, entonces allá nos saludamos, salúdame a Ellen, me encantará conocerla, tenemos muchas cosas en común.
—Así lo haré, hasta luego —él sonreía.
—¿Y esa sonrisa?
—Te manda saludar, me dijo que estaría encantada de conocerte, que ambas tenían muchas cosas en común.
—Y es verdad —dijo acariciándole el rostro y dándole un beso en la mejilla.

El elevador se abrió, sus hijos y Ellen salieron al pasillo, Alberto los esperaba con la puerta abierta.
—Hola, familia, bienvenidos, vaya, vaya, así que ustedes son la familia Cisneros—dijo viendo a Ellen y a Ríchard— ¿qué pequeño es el mundo no creen?
—En verdad que lo es, yo no sabía que Ellen ya te conocía, lo supe al día siguiente de que tú y yo nos conocimos.
—Cuando alguien tiene un amor muy hermoso, el universo —dijo señalando hacia arriba con el dedo índice— confabula para mantenerlo junto a pesar de las adversidades, pero pasen por favor.
—Ella es mi beba Susan.
—Susan, eres muy hermosa, para tener solamente dieciséis años, te ves

un poco mayor —ella sonrió halagada, le encantaba escuchar eso, ella le estiró la mano, él la estrechó y se acercaron para darse un beso en la mejilla.
—Y él, es mi hermoso Brandon.
—Brandon, qué alto y que guapo, te pareces a tu papá, pero tienes los ojos de tu madre, pasa —el joven le estiro la mano y él la estrechó— bienvenido hijo, pasa. Hola Ellen, guau, luces hermosa, felicidades, ella sonrió ampliamente y lo abrazo con mucho cariño.
—Alberto, qué gusto verte, no sabes lo agradecida que estoy contigo, —se acercó a su oído y le dijo— te debo mi matrimonio, él le guiñó el ojo, nada, es su amor el que debe prevalecer.
—Pasa, Ríchard, bienvenido hermano, qué bien luces, te ves radiante.
—Gracias, estamos encantados de estar aquí.
Alberto cerró la puerta, un joven mesero, les recogió los abrigos y las bolsas.
—Trajimos dos botellas de vino.
—Excelente Ríchard —él las tomó y observó la etiqueta— mmm qué buen vino, un Cabernet Sauvignon y un Malbec, excelentes variedades —se las entregó al mesero.
El timbre sonó y se dirigió a la puerta.
—Hola Erika, bienvenida, guau que bien te ves, estás increíble —él la abrazó y se dieron un beso en la mejilla.
—Alberto, él es Carlos, mi…, mi amigo —dijo recordando su posición.
—Encantado Carlos, bienvenido, siéntete en tu casa.
—Gracias Alberto, ya me han hablado mucho de ti, y tenía ganas de conocerte.
El elevador se abrió y una mujer muy atractiva, bajó de él, volteó a ver la puerta abierta.
—No lo puedo creer, hola, ¿tú vives aquí?
—¡Hola Larisa!, así es bienvenida, esta es tu casa, también me asombra encontrarte aquí, de hecho, es una muy hermosa sorpresa, qué gusto volver a verte.
—Ella es nuestra invitada —Ríchard se acercaba a la puerta seguido de Ellen— te comenté de ella.
—Claro que sí, es una hermosa sorpresa, me da gusto volver a verte, nos conocimos en el club de golf, ¿cierto?
—Sí así es, traje un postrecito para compartirlo.
El mesero se acercó a agarrar el postre.
—No debiste molestarte Larisa, qué buen detalle —Alberto la abrazaba

cariñosamente y se daban un beso en la mejilla.
—Larisa, bienvenida —dijo Ríchard, él también la abrazó y le dijo— ella es mi esposa Ellen, la dueña de mis sueños.
—Hola Larisa, bienvenida, ya quería conocerte.
—Gracias Ellen, también yo —ambas se abrazaron afectuosamente, y se dieron un beso— qué bonita eres Larisa, ahora entiendo —le guiñó el ojo, ella se ruborizó un poco.
—Tenemos que hablar, ¿de acuerdo? —ambas sonreían.
—Claro que sí, será un placer —Ellen la volvió a abrazar cariñosamente y cerró los ojos, después se separaron, Larisa estaba sintiendo algo— sabes Ellen, siento como si ya te conociera.
—Yo también, es curioso, pero sí, también siento eso.
—Pasen, pasen, bienvenida Larisa, estás en tu casa, —iba a cerrar la puerta cuando el elevador nuevamente se abrió, Roger y Rouse se acercaron a la puerta.
—Roger, amigo, bienvenido —Alberto le daba la mano y se abrazaban— ella debe ser la afortunada dueña de tu amor, ¿cierto?
—Así es, ella es Rouse.
—Hola, bienvenida, qué hermosa eres.
—Gracias —ella traía una caja en los brazos, se la entregó al anfitrión— con cuidado es un pastel.
Alberto se la pasó al mesero y este se lo llevó.
—Vaya, volteo a ver a Roger, qué hombre tan afortunado, felicidades hacen una muy bonita pareja.
Ellos se sintieron alagados.
—Pasen por favor, esta es su casa.
Estaban todavía en la puerta y Karla estaba de pie detrás de ellos, lucía un vestido corto entallado, que la hacía lucir espectacular.
—Vaya Karla, qué gusto verte, bienvenida, que hermosa te ves.
—Ella sonrió y lo abrazó cariñosamente, gracias Alberto, tú también luces muy guapo —ambos se regalaron hermosas sonrisas.
—Pasa, bienvenida.
Cerró la puerta detrás de él y fue siguiéndola, admirando su andar.
Todos se saludaban y se presentaban, el mesero de pie, esperaba a que todos terminaran de saludarse.
—Amigos —dijo Alberto— sean todos bienvenidos. —Hizo una señal al mesero, quien comenzó a ofrecer las bebidas que había preparado con anticipación.
—Si alguien quiere otra cosa, por favor hay de todo en el bar, hemos

preparado clericot para empezar, pero sí prefieren el vino solo, solamente díganlo, ok.
—Está perfecto, gracias, dijeron todos.
Los jóvenes buscaron la mirada de su mamá, ella les sonrió y tomaron una copa.
Cuando todos tuvieron sus bebidas, Alberto levantó la suya.
—Amigos, un brindis, por una gran noche, gracias a todos por venir, salud. Todos levantaron sus copas y comenzaron a chocarlas; la sala era bastante amplia y los sillones bastante grandes, el mesero trajo unas cuantas sillas del comedor y todos se sentaron cómodamente, en la mesa de centro había charolas con diferentes quesos, aceitunas y botanas.
—Qué hermosa está tu casa, dijo Roger, tienes muy buen gusto.
—Así es, corroboraron varios.
—Gracias amigos, mucho de esto se lo debo a mi esposa.
—Eres casado —preguntó Larisa, quien lo había estado observando detalladamente, se sentía atraída, desde que lo conoció en el club le pareció un hombre muy atractivo, y después de platicar supo que era muy inteligente, habían quedado de verse posteriormente, ambos eran miembros del club.
—No, en realidad, soy viudo, mi esposa Carmen dejó su cuerpo hace cuatro años, pero está viva, así que bueno, nos comunicamos de vez en cuando.
—Lo sentimos mucho —dijeron casi a coro.
—No lo sientan, ella está mejor que todos nosotros, debemos sentirnos mal por los que nos quedamos, nosotros sí que estamos mal, ja, ja, ja.
—Alberto, no sé si sea el momento de ponernos serios, pero, ¿por qué dices que ella está viva, no que dejó su cuerpo?
—Se acuerdan de nuestros cuerpos energéticos-espirituales.
—Sí, claro.
—Bueno, cuando el cuerpo físico se muere, nos vamos en la forma de nuestros cuerpos energéticos y seguimos viviendo, en la Ciudad de la Luz.
—¿Y en dónde está esa Ciudad de la Luz?
—Alberto señaló con su pulgar hacia el cielo— arriba de las nubes, son ciudades como la nuestra, pero hechas de energía etérica, son reales se pueden tocar, y son sólidas como las nuestras, pero solamente se pueden tocar con nuestros cuerpos primordiales, déjenme explicar un poco, solo que no quiero que se pongan muy serios, venimos a

divertirnos ok.
—Sí, por supuesto.
Guau Alberto, qué vista tan hermosa tiene tu departamento, Larisa estaba de pie en el ventanal, él se acercó a la puerta de cristal y la recorrió dejando al descubierto un balcón bastante amplio con un barandal de cristal, ellos salieron al exterior, seguidos de algunos otros, respiraron el aire fresco y el olor a pinos.
—Me alegra que te guste, este parque es muy especial, tiene una energía que lo llena todo, pero además el hecho de que esté justo al terminar nuestro terreno lo hace aún más especial.
Platicaron alegremente y después volvieron a entrar.
—Salud Alberto, gracias por invitarnos, estamos encantados de estar aquí.
—Un placer amigos, gracias por venir.
—Bueno, platícanos eso del cuerpo —dijo Larisa.
—Por supuesto, nuestro cuerpo físico, tiene un cuerpo energético-espiritual.
—Tú lo tienes bien grande, dijo Brandon, puedo verlo claramente.
—Vaya campeón, que bien, sigue desarrollando esa habilidad, vas muy bien, después podrás ver sus colores —Brandon volteo a ver a su hermana y levantó las cejas, ella le guiñó el ojo—. Bueno este cuerpo energético tiene un nombre se llama primordial, y también tenemos un cuerpo hecho de una energía más sutil, es decir, más ligera, llamado cuerpo de luz.
—¿Esos cuerpos, están dentro de nuestro cuerpo físico? —preguntó Karla.
—Dentro y fuera, nos llenan —señaló su aura con la mano— y pueden también, salir completamente de nosotros, están hechos de energía. Déjenme contarles una historia para que lo entendamos un poco, el papá de un amigo falleció hace ocho años, hace poco, una vecina le dijo que había visto a su papá, a quien ya tenía mucho que no veía, pero que el día de ramos en la Semana Santa, ella estaba en una procesión y él se le acercó y le dijo: "Hola vecina," "¿Rogelio, cómo estás?, qué gusto saludarte," le contestó, y se fueron platicando hasta el parque cerca de su casa, en donde él se despidió y se fue caminando.
—¿Pero eso es cierto?, cuestionó Susan.
—Lo es, el cuerpo primordial existe y es real, puede salir de ti sin que te des cuenta e irse a vivir una vida en este mismo planeta, sin que tú te enteres, eso ocurre cuando la persona no se ama a sí misma, y se la pasa

enojada o de mala vibra todo el tiempo, si eso es así, el cuerpo primordial saldrá del cuerpo físico y se irá, de manera que esa persona, vivirá en su cuerpo físico muchas experiencias, pero estas no se grabarán, porque no está su cuerpo primordial, ni tampoco se grabarán en su cuerpo de luz.

—Pero entonces, ¿todas nuestras experiencias se graban en nuestros cuerpos primordiales y en el cuerpo de luz?

—Así es, Ellen, por eso les dije que cuando nos morimos, solamente nos llevaremos nuestras energías y las experiencias que hayamos vivido, no te puedes llevar nada de la riqueza que has acumulado, nada material, excepto de la riqueza energética que hayas vivido y absorbido espiritualmente.

—Guau qué interesante —replicó Ellen— ¿Entonces nuestros karmas se graban en nuestro cuerpo primordial y de luz?

—No, solamente se graban en nuestro cuerpo de luz, pero tienen que pasar a través del cuerpo primordial, así como también los Dharmas; un Dharma se crea cuando le haces un bien a alguna persona o a algún animal, si ayudas a alguien te creas un Dharma, es una bendición que vendrá a ti de diferentes maneras, en esta o en alguna vida futura.

—Por eso es mejor hacer el bien, porque si haces un mal, te originas un Karma —dijo Karla.

—Alberto —Ellen buscó la aprobación de su esposo y este dijo que sí con la cabeza— queremos contarte algo que descubrimos con nuestra experiencia presente. No todos saben, pero… Ríchard tuvo una amante.

—Yo —Larisa, levantó la mano sonriendo, era una mujer muy segura de sí misma.

—¿Cómo…tu?… —dijeron sus amigas asombradas— pero...

—Esperen, no se adelanten que esto se pone bueno —Ellen se inclinó para dejar su copa en la mesa de centro.

Sus hijos le sonreían a Larisa y levantaron su copa saludándola, ella se sintió turbada, pero les sonrió e inclinó su cabeza en señal de agradecimiento; su mamá les dijo, que si se habían quitado el karma, entonces no tenían que guardar rencor con ella, por el contrario, tenían que agradecerle, porque les permitió vivir su experiencia y liberarse de la deuda, ellos entendieron y por eso le sonreían, ya se habían puesto de acuerdo entre ellos dos, acerca de cómo actuarían al conocerla, su mamá les dijo que ella estaría en la cena.

—Descubrimos, continuó Ellen, qué todo fue un plan, un plan para que nosotros viviéramos esta experiencia y qué nos pudiéramos liberar de nuestro Karma.
—Perdón —dijo Carlos— no entiendo.
—¿Cómo que un plan? —secundó Karla— barájamela más despacio.
—Sí, —dijo Larisa— cuando yo conocí a Ríchard en su despacho de arquitectos, les había pedido que me construyeran mi residencia, así que él fue el arquitecto en jefe del proyecto, cuando Roger me lo presentó, en cuanto lo vi, sentí como si ya lo conociera de mucho tiempo atrás, no estaba segura, pero pensé incluso que de alguna vida pasada, y por supuesto me gustó mucho, después, mientras trabajábamos en el proyecto me platicó mucho de su familia, yo comencé a tratar de seducirlo, pero él me rechazó, dijo que amaba a su esposa y a su familia y que no quería poner en riesgo todo eso, así que se mantuvo haciendo solamente el trabajo, pero algunos meses más adelante…
—Yo comencé a rechazarlo —interrumpió Ellen, todos voltearon a verla— sí, yo comencé a no querer tener sexo con él, no sabía que mi cuerpo energético estaba saturado de su energía y que por eso ya no quería tener sexo, así que poco a poco nos distanciamos, y sin saberlo, lo arrojé a los brazos de Larisa.
—Entonces él me aceptó y nos enamoramos, pero resulta que nuestras energías se conocían, por eso nos sentíamos tan a gusto.
—Fue cuando le confesé a Ellen que estaba enamorado.
—Después —continuó Larisa— por obra del destino, conocí a este caballero en el club de golf —señaló con la cabeza a Alberto e hizo una leve inclinación, él hizo lo mismo y le sonrió— él me hizo saber de las energías y del karma, entendí que lo que yo tenía con Ríchard era un karma de vidas pasadas, que no debía de robarle el esposo a nadie más, porque si lo hacía, él, más tarde encontraría a otra que lo robaría de mí, y que si lo hacía, me quedaría atada al karma, y tendría que volver a la tierra a vivir otra vez la misma experiencia, hasta que dejara de robarle el marido a alguna mujer; así que hablé con Ríchard y le hice ver esto, él lo entendió y nos pedimos perdón, nos abrazamos y sentimos algo hermoso, algo se nos quitaba de encima, no sé qué fue, pero lo sentí, pienso que fue el karma.
—Se dan cuenta, dijo Ellen, todo fue planeado por alguien para que todos nosotros viviéramos esta experiencia, yo, viviría la pérdida del esposo, mis hijos, la pérdida del papá, Ríchard, dejar a su familia por otra mujer, y Larisa, robarse el marido de otra.

—Qué locura, pero es cierto —dijo Karla— todo tiene sentido, es como una obra de teatro.

—Exacto Karla, eso fue, una gran obra de teatro, afirmó Ellen.

—Bravo, amigos, felicidades, lo descubrieron, me enorgullezco de todos ustedes, felicidades, salud por eso —dijo Alberto levantando su copa, todos hicieron lo mismo, algunos estaban callados sopesando toda la información—. Para entender un poco más, déjenme contarles acerca de los acuerdos.

—Señor la cena, ¿quiere que la sirvamos?

—Sí dijeron los niños, ya tenemos hambre.

—Por favor háganlo.

Las señoras del servicio comenzaron a llevar los platillos y todos se encaminaron al comedor; la mesa era muy larga, albergaba cuatro sillas de cada lado y una en cada cabecera, Alberto repartió los lugares y él se sentó en una cabecera, Larisa a su lado derecho lo cual la hizo sentirse halagada, él le sonreía de manera especial, después Carlos, Erika, Karla, Roger en la cabecera, Rouse, Brandon, Susan, Ríchard y Ellen.

—Brindemos, por los deliciosos alimentos —una vez estuvieron todos los platos servidos, Ellen intervino.

—Perdona Alberto, estoy tan feliz por esta noche que quisiera hacer una oración si me lo permites.

—Claro Ellen es tu casa, por favor, hazla.

Todos se tomaron de la mano e inclinaron la cabeza, Alberto la levantó.

—Padre hermoso, quiero darte las gracias por estar presente, esta noche y toda nuestra vida, gracias por la presencia de Alberto, quien nos ha traído luz y entendimiento a nuestras mentes, y alegría y amor a nuestros corazones, bendícelo, bendice a todos los presentes para que sigamos creciendo, aprendiendo y transmutando nuestros karmas, para liberarnos, y para que algún día cuando así lo decidas, volver a tu lado, —una lágrima rodó por sus mejillas, muchos de ellos también sentían eso, amén; tomaron la servilleta de tela y se limpiaron las lágrimas.

—Qué bella oración, gracias Ellen —tomó su mano y la apretó.

—Gracias a ti Alberto, gracias.

—Yo quiero compartir algo, dijo Erika, estoy que no me aguanto, quiero que Alberto se entere.

—Puedo verlo Erika, puedo verlo, pero cuéntanos, ¿qué pasó?

—Bueno, después de que nos instruiste acerca de nuestros cuerpos energéticos y de cómo el medioambiente nos impregna de sus energías, observé mi casa y me di cuenta de cuánto la había abandonado, y de cómo me había abandonado, dijo poniendo su mano sobre el pecho, después, mi amiga Karla, me dijo que yo tenía miedo de llevar mi amor al siguiente nivel de compromiso, por eso siempre me encargaba de correr a los hombres que me amaban, especialmente a este caballero, Carlos y yo vivimos juntos y nos amábamos mucho, pero yo me encargué de correrlo.

—No hermosa, ambos tuvimos responsabilidad —Carlos le tomaba de la mano.

—Bueno, gracias precioso, después de darme cuenta de esto, me puse a cambiar toda mi casa, limpié, tiré un montón de cosas y la deje hermosa, después, encendí una veladora y le pedí a Dios que me ayudara, que me ayudara a cambiar, que estaba dispuesta a llevar mi amor al siguiente nivel, y después de terminar de orar, sonó el teléfono ¿y adivinen quién era?, era Alberto, fuiste tú la respuesta de Dios a mi oración, tú me has ayudado de forma increíble y lo sigues haciendo.

—Gracias Erika, —él sonreía hermosamente— qué bella transformación, de hecho, te ves más delgada y muy hermosa.

—Verdad que sí —dijo Carlos sin soltarle la mano, ella se la apretaba, mientras limpiaba sus ojos con la servilleta.

—Así es amiga, te ves hermosa, Ellen le sonreía y levantaba su copa, Karla a su lado le tomaba de la mano.

—No cabe duda, dijo Alberto, que el amor es la clave para el cambio de este planeta, pero tenemos que aprender a demostrar un amor honesto, verdadero e incondicional —todos afirmaban con la cabeza mientras saboreaban sus platillos.

—La cena está deliciosa —dijo Roger— ¿me regalas vino? —el mesero se acercó con la botella envuelta en una servilleta blanca y comenzó a servir las copas— pero sigue Alberto, me tienes intrigado, ¿qué es eso de los acuerdos?

—¿Es todo Erika, o quieres agregar algo más?

—No en realidad, solamente quería que supieras el cambio que he hecho.

—Pero no es todo, ha comenzado a leer libros, de hecho, nos reencontramos en una librería.

—Vaya Erika, eso sí es un gran avance.

—Si Ellen, de hecho, ya terminé el primer libro, que por cierto se los recomiendo, está increíble, se llama: "Las Relaciones de pareja y el Sexo" y trata precisamente del amor verdadero, está buenísimo.

—Yo se lo recomendé —afirmó Carlos— me ha servido un montón, también se los recomiendo. Antes de leer ese libro yo era muy, bueno, ustedes saben siempre andábamos buscando con quién tener sexo, y salimos a los bares a ver si encontramos a alguien, pero después de leer el libro, entendí que no se trata solo del sexo, sino de la energía.

—Aquí está, —interrumpió Brandon levantando el celular mostrando una fotografía, de la portada del libro con letras de color rojo y unas argollas matrimoniales.

—Estos jóvenes de ahora, qué bárbaros, no tardó nada en encontrarlo, no es increíble, en mis tiempos hubiera tenido que ir a una librería a buscarlo, ahora todo lo puedes comprar por internet.

—Así son las nuevas tecnologías —dijo Larisa sonriendo.

—¿Te está gustando la cena? —Alberto colocaba su mano encima de la de ella y sonreía.

—Está deliciosa, gracias —respondió apretando su mano, y devolviéndole la caricia, ambos sonrieron, Ellen y Ríchard, los veían y voltearon a verse en complicidad, y sonrieron.

—Cuéntanos —dijo Rouse— ¿qué es eso de los acuerdos?

—Sí anda, platícanos —dijo Susan, mientras partía la carne.

—Carlos, que bueno que entendiste eso, más adelante ahondaremos en ese tema, es muy importante, pero vamos por partes; resulta, que cuando una persona se muere, se va a la Ciudad de la Luz en su cuerpo primordial y de luz, ahí se encuentra con sus familiares y amigos, que dejaron sus cuerpos antes que él.

—¿Ahí están mis abuelitos, y mis tíos?

—Sí, así es Brandon, todos ellos están vivos, en realidad no están muertos, lo único que se muere es el cuerpo físico, pero todos siguen vivos en estas ciudades.

—Es la ciudad que sale en la película Nuestro Hogar, de un tal… ¿Xico Xavier?, si no mal recuerdo —dijo Susan.

—Sí, ya la viste, qué bueno, ¿te gustó?

—Me encantó, te explica muy bien lo que pasa en la muerte, ya la he visto dos veces.

—Tenemos que verla amor —dijo Ellen viendo a su esposo.

—¿Cuántas ciudades de estas existen?

—Cuatro, en todo el planeta, no las podemos ver, porque son de energía…

—Etérica —contestó Larisa rápidamente.

—Bien dicho preciosa. Ahí las personas toman un tiempo para recuperarse si están enfermas o con algún daño.

—¿Cómo, el cuerpo primordial se enferma?

—Sí, si una persona se enferma de cáncer, también su cuerpo primordial se enferma y tiene que ser sanado.

—Qué increíble, nunca me hubiera imaginado —dijo Roger— ¿entonces también la energía se enferma?

—Claro que sí, la energía se llena de ciertas vibraciones, si es una mala vibra, ésta se siente en el ambiente, digamos que es un ambiente enfermo, si la energía se carga de amor y belleza, esta se siente en el ambiente, ¿cierto?

—Sí, claro, lo vivo todos los días en mi casa y en mi persona, de hecho, me he vuelto muy sensible a las energías.

—Exacto Erika, las energías se perciben porque se cargan de vibras, así que si tu cuerpo está enfermo también tu cuerpo energético se enferma, si quieres sanar tu cuerpo físico de una enfermedad tienes que llenarlo de amor, llena de amor el órgano enfermo y este vibrará en el amor y se cargará de esa energía sanándose.

—¿Todas las enfermedades se curan, incluyendo el cáncer o la diabetes?, —cuestionó Roger— ya lo ves dicen los doctores que no se curan, qué esas son para toda la vida.

—Todas, absolutamente todas las enfermedades se curan, si solo te ves a tí mismo como un cuerpo físico, no creerás que tú te puedes curar, pero si te ves cómo lo que verdaderamente eres, un cuerpo energético-espiritual, y qué estás hecho de energía, entonces te podrás curar, solo tienes que llenar de amor el órgano enfermo y este sanará. Por ejemplo, estás comenzando a desarrollar quistes en un seno, solo tienes que poner tu mano encima de este y acariciarlo, entregarle tu amor, amarlo, piensa en este órgano como si Dios le pusiera la mano encima, siente ese amor hermoso y deja que él te llene de amor, siente ese amor, vibra ese amor, deja de pensar que tu órgano está enfermo, deja de hablar de enfermedad, deja de decirles a tus amigas o familiares que estás enferma, diles lo sana que estás y cómo te estás amando, mírate al espejo y decreta: Yo Soy salud perfecta, el amor llena mis órganos y estos sonríen saludablemente; Yo Soy la salud de Dios, aquí y ahora; Yo Soy un ser energético-espiritual y mi cuerpo vibra en el amor; si te mantienes decretando esto, tus vibraciones cambiarán y la salud vendrá a tí, producida por tí misma o por ti mismo.

—Que interesante Alberto, eso es maravilloso, podemos curarnos de cualquier cosa, qué maravilla.

—Así es Roger, podemos hacerlo.

—Ahora entiendo más por qué me decías lo del medioambiente y sus vibras, de hecho, Erika, hice lo de las veladoras en la oficina y guau, que diferente se siente todo.
—¿Limpiaste tu oficina Carlos?, cuestionó Alberto.
—Sí, le decía a Erika que recién contraté a dos personas que tienen una vibra muy especial que no me gusta, así que todo ahí se estaba cargando de esas malas ondas y no me sentía a gusto.
—Bueno, tienes que hablar con estas personas y explicarles esto de las energías, recomiéndales hacer lo que Erika te dijo, porque si no lo hacen, te sugiero que las despidas, es preferible, porque sus energías te van a contagiar, a menos que tú los contagies a ellos, pero cómo sea, es necesario que ellos hagan el cambio, si no, es mejor deshacerte de esas malas vibras, llena tu oficina de solo vibras de amor y todo lo demás será fantástico, ya verás cómo te llegan más clientes y más dinero, al dinero le gustan los lugares con buenas vibras.
—Gracias Alberto, eso haré.
Roger tomó su celular y dijo en el micrófono: —Comprar veladoras para limpiar el despacho, listo hermano, —volteando a ver a Ríchard— hay que hacer eso y ya sabes, si no cambias tus malas vibras ya sabes, ja, ja, ja, ja. A ver si no al que corren es a mí, ja, ja, ja, por malvibroso ja, ja, ja. —Todos se rieron.
—Volviendo a los acuerdos, ¿podemos continuar o tienen dudas?, —todos pensaban en esto, él levantó su copa y se dirigió a Larisa— salud, por el gusto de tenerte en mi casa, nunca me imaginé, de hecho, en el club ni siquiera intercambiamos teléfonos, después de que me fui dije: ¿Pero por qué no le pediste su número?, que tonto eres.
—Yo pensé que tenías novia, y qué por eso no me lo habías pedido, deseaba que lo hubieras hecho.
—Pues bueno, ya no te perderé de vista, salud —ella levantó su copa, chocó la de él y se la llevó hasta sus hermosos labios rojos, mismos que él la observaba mientras daba un sorbo a su copa y el fresco vino tinto bajaba por su garganta.
—Alberto, ¿por qué no se nos enseña todo esto?
—Es parte del trabajo que una persona debe hacer Rouse, cada uno debe descubrir todo esto para liberarse a sí mismo de la vida en este planeta,
—¿Liberarnos del planeta?, ¿cómo es eso? —cuestionó Karla.
—El planeta, es una escuela de desarrollo espiritual avanzado, todos nosotros venimos de mundos superiores, de alguna dimensión superior,

y venimos a aprender acerca del amor y de muchas cosas, fuimos voluntarios, nadie nos obligó a venir, cada uno aceptó venir a vivir la experiencia, y nos quedamos atorados, atados al planeta por los karmas, nuestro objetivo real es liberarnos, no hacer riqueza.
—¿Nos estás diciendo, que nosotros venimos de mundos superiores?
—Así es Roger, pero al entrar a vivir la experiencia en este planeta, se nos olvida de dónde venimos, se nos borra la memoria, así como tampoco recordamos nuestros acuerdos, ni con quiénes los hicimos, como ustedes —señaló a Ríchard y Larisa— ustedes habían olvidado los acuerdos que hicieron y qué los habían hecho para pagar un karma y liberarse; liberarnos, es lo que todos queremos, en este mundo. Nuestro reto es descubrir lo del karma y terminar con nuestras deudas, de esa manera ya no tenemos que volver a reencarnar, mientras tengas karmas, seguirás reencarnando, es decir que seguirás atado a este planeta, cuando termines con tus karmas, podrás volver a tu casa original.
—¿Cuál es nuestra casa original? —cuestiono Susan.
—Existen diferentes, no todos venimos del mismo lugar, algunos vienen de mundos de la sexta dimensión, de la quinta, etcétera, hay muchas dimensiones y millones de planetas habitados.
—Guau Alberto, estos temas se complican.
—Así es Roger, por eso no quiero entrar en más cuestiones, quizás en otra ocasión podamos volver a reunirnos y analizarlos, por lo pronto los invito a ponerse a ver videos en internet acerca del universo y de la vida extraterrestre, seguro que algunos o todos nosotros hemos visto videos de naves espaciales provenientes de otros mundos.
—Sí, sí, yo he visto muchos y hay unas naves increíbles.
—Así es Brandon, ahora hay mucha información que ya no puede ser ocultada o negada, gracias a la internet. Pero bueno, investíguenlo, mientras tanto, sigamos con nuestro tema de los acuerdos.
—Sí, sí adelante —corearon algunos.
—Lo importante de entender, es que cada uno de nosotros viene de un mundo superior, y que estamos aquí en este mundo viviendo obras de teatro, voy a seguir aclarando este punto ok. La información de todo esto existe, desde siempre ha existido, pero está un poco oculta, y cada quien debe descubrirla para liberarse, han escuchado el dicho: ¡Cuando el alumno está preparado, aparece el maestro!
—Sí, claro.
—Bueno, cuando alguien está buscando sabiduría, ésta siempre llega, no es casualidad que Erika, encontrara ese libro, este apareció ante ella,

cuando ella estaba lista para recibir su información.

—Vaya, qué manera tan hermosa tienes de explicarnos las cosas, todo se entiende muy fácilmente, dijo Rouse, ¿no es cierto niños?

—Sí claro —dijeron ambos.

—Gracias Rouse —Alberto le regalaba una sonrisa.

—Pero entonces, ¡no se nos enseña porque es nuestro trabajo descubrirlo! —afirmó Carlos.

—Oye Alberto, perdón Carlos por interrumpirte, es que todo esto parece un gran juego, piénsenlo: Todos venimos de mundos superiores a vivir experiencias, nos visten con un cuerpo físico, porque en realidad somos seres de energía, nos hacen perder la memoria, experimentamos la vida y nos llenamos de karmas, vivimos el sexo, el odio, el enojo, mismos que si no los perdonamos, nos atan a la rueda de la reencarnación, después nos morimos y vamos a vivir a la Ciudad de la Luz, ¿voy bien? —preguntó Ríchard viendo a Alberto.

—Excelente, sigue.

—Después, volvemos a nacer, pero se nos borra la memoria y volvemos a vivir el odio, el enojo, la pérdida de la esposa, etc., etc., para tratar de liberarnos y terminar con el juego, pero para ello necesitamos terminar con nuestros karmas, solo entonces podremos terminar el juego, y volver a casa.

—Es cierto hermano —Roger estaba entusiasmado— guau, es que es verdad, esto parece un gran juego.

—Es que en realidad lo es amigos, —confirmó Alberto— por eso les decía que estamos en un gran teatro, ¡la vida es un gran teatro!, si le sigo, entenderán un poco más —todos habían terminado de cenar— ¿quieren que nos quedemos aquí o prefieren ir a la sala? —voltearon a verse buscando la respuesta.

—Vamos a la sala, dijo Roger, ¿estás de acuerdo hermosa? —dijo mirando a Rouse.

—Claro, sin problema —todos se levantaron, platicando alegremente.

Ellen se acercó a Larisa —Alberto le estaba jalando la silla para permitirle levantarse.

—Larisa, me regalas un minuto, —todos se encaminaron a la sala y ellas se quedaron de pie una frente a la otra— preciosa —dijo Ellen tomándola de las manos, ella se sorprendió gratamente por el detalle— quiero darte las gracias, gracias por ayudarme a vivir esta experiencia de perder a mi esposo, y gracias por ayudarme a entender esto del karma, si de alguna manera —sus ojos comenzaron a nublárseles— en esta

vida o en las pasadas, te ofendí, te humille, o te dañé de alguna manera —las lágrimas comenzaron a bajar por sus mejillas— te pido perdón, por favor perdóname, lo siento hermana, lo siento, gracias.
—Ellen hermosa, gracias, —las lágrimas resbalaban lentamente por sus mejillas— si en esta vida o en las pasadas yo te humillé, te dañé, te robé a tu esposo, o te hice daño de cualquier forma, te pido perdón, por favor, perdóname, lo siento, te quiero hermana, gracias.
Ambas se abrazaron, y lágrimas hermosas aliviaban sus corazones, sus cuerpos energéticos bailaban abrazados siendo limpiados y transmutados por la llama violeta, llenándolos de este hermoso color, después se fueron separando para volver a sus cuerpos físicos, llenos de esta energía transmutadora; ambas sentían que algo se les quitaba de encima y sonrieron, se soltaron y se dieron un beso, quiero que seamos amigas, ¿estás de acuerdo?
—Seremos como hermanas Ellen, será un placer.
Ambas se limpiaron las lágrimas con las servilletas, y después caminaron a la sala con sus copas en la mano, Ríchard las observaba.
—Ven hermana, hagámoslo —Brandon y Susan llegaron hasta Larisa.
—Larisa, podemos hablar contigo.
—Claro hermosa.
—Queremos darte las gracias, por ayudarnos a vivir esta experiencia, si en vidas pasadas te lastimamos, por favor perdónanos, queremos quitarnos nuestros karmas contigo, gracias.
—Gracias Larisa, dijo Brandon sin saber qué más decir.
—Gracias mis amores, —ella los abrazaba cariñosamente, lágrimas de sanación caían sobre sus mejillas— ya ven lo que hacen me están haciendo llorar —dijo separándose y tratando de limpiar su rostro, Alberto le entregaba su pañuelo, ella lo acercó a sus ojos, y sintió el aroma del perfume a maderas cítricas— gracias niños, gracias, también les pido perdón, si en esta o en vidas pasadas los lastimé o herí, perdónenme, lo siento. La luz violeta los abrazaba a los tres, y sus karmas desaparecían de sus cuerpos energéticos y de sus registros Akashicos.
—¿Cómo se sienten? —preguntó Alberto.
—No sé, me siento más ligero, no sé por qué.
—Yo igual hermano, me siento igual.
—Son los karmas, dijo Alberto, estos están desapareciendo de nuestros cuerpos energéticos, principalmente del cuerpo de luz, es ahí en donde están guardados todos nuestros karmas, por eso se sienten más ligeros.

—Toma Alberto, gracias —Larisa le devolvía el pañuelo.
—Por favor consérvalo, para que te lleves un recuerdo de esta noche.
—Ok, gracias.
—Bueno, no has llegado a los acuerdos, ja, ja, siempre sale algo más —dijo Rouse.
—Sí, me sigues teniendo en ascuas, ja, ja, —rió Roger.
—Ok sigamos, ¿en qué me quedé?, ah, sí, en la Ciudad de la Luz,
—Perdona Alberto, yo tengo una duda, tú nos has dicho que debemos tener un amor honesto con nuestras parejas, y que eso significa entender que somos un cuerpo energético-espiritual que se nutre de la energía de los demás, y que si entendemos esto deberíamos permitir a nuestras parejas vivir las experiencias que necesiten, ¿cierto? —todos afirmaban con la cabeza— pero entonces es como ser Swinger, ¿eso es lo que tenemos que hacer?
—Qué bueno que tocas este tema porque es importante. Los Swinger, lo explico para los jóvenes aquí presentes, son parejas que se permiten tener sexo con otras personas, de manera que en su vida sexual, vive la variedad, pero el problema con esto, es que la inmensa mayoría de parejas, solo se permiten vivir esas experiencias si ellos están juntos, nunca a solas, porque tienen miedo, de que su pareja encuentre a alguien mejor que él o ella, y que se vaya, y lo pierdan; en otras palabras a pesar de permitirse tener sexo con otros, siguen teniendo celos y tratan de controlar, cuando y con quién ellas o ellos pueden tener sexo, todo nace de su falta de amor verdadero y honesto, y de la falta de su amor personal; me explico un poco más, cuando una persona no se ama a sí mismo de manera honesta y verdadera, siempre tendrá miedo de perder a su pareja, y de quedarse solo y vacío. Erróneamente, creemos que nuestras parejas nos llenan, que nuestras vidas están completas solamente porque alguien me ama, y si no tengo a nadie, me siento vacío. Cuando una persona se ama a sí misma, entiende que ella misma es el amor más hermoso que existe en el universo, así que no tiene miedo de que su pareja se vaya, o se aleje, porque si eso llegara a ocurrir, primero, no terminarán odiándose, como normalmente ocurre, y segundo, ellas podrían entregar su amor honesto a otra mujer u hombre con quien desearán caminar el siguiente tramo del camino, ¿me explico?
—Sí, claramente, dijo Ellen.
—El amor verdadero no se trata de estarse acostando con cuanta mujer te gusté, o con cualquier hombre atractivo a quien conozcas, no, se

trata de entender las necesidades de nuestras parejas y de nosotros mismos, de manera que cuando se llegue a presentar alguien, con quien sientan esa atracción especial, deberán primero, transmutar sus vidas pasadas con él o ella, para asegurarse que no hay un karma entre ustedes dos, si existe un karma, muy seguramente, al transmutar la relación, el deseo sexual desaparecerá; si el deseo sexual persiste aún después de transmutada la relación, eso significa que ese encuentro podría ser bueno espiritualmente para ambos, y será definitivamente un encuentro que los enriquecerá.

—Pero Alberto, si llegas a conocer a alguien con quien ya transmutaste todo, y sigues sintiendo el deseo sexual, y tienes ese encuentro, y te gusta mucho, es seguro que vamos a querer seguir teniendo relaciones con él, y eso nos puede llevar a enamorarnos.

—Así es, pero ahí entra la inteligencia, antes de hacer esto debes preguntarte: ¿Qué busco con este encuentro?, ¿busco un amante para satisfacerme?, ¿busco enriquecerme espiritualmente?, ¿o busco a alguien con quien sustituir a mi esposo o esposa? Déjenme platicarles mi caso personal, mi esposa Carmen y yo teníamos una relación mágica y muy especial, nos amábamos enormidades, pero ambos teníamos, ocasionalmente, encuentros íntimos con algún conocido, siempre el otro estaba enterado, —algunos de los que escuchaban, levantaban las cejas en señal de asombro, pero guardaron silencio— no había secretos entre nosotros, cuando yo regresaba de tener ese encuentro, ella me decía: Mi amor, abrázame, y comparte conmigo ese amor, esa energía.

—Ese amor, o sea, que se enamoraban.

—No, significaba que espiritualmente aceptamos el amor del otro y eso nos enriquecía, así que mi esposa y yo, nos abrazábamos y subíamos nuestras energías, compartiéndolas en ese abrazo energético, la energía mía, que ahora traía la energía de la otra mujer, y viceversa, yo le pedía lo mismo cuando ella regresaba.

—Guau, dijo Roger, eso sí que está bien fuera de este mundo.

—Te entiendo Roger, pensar que tu esposa estuvo con otro y pedirle que comparta su energía, a muchos hombres nos resulta difícil, pero recuerda que la principal energía es la de tu esposa, la del otro caballero solo enriqueció su energía y la hizo más hermosa, eso es en lo que tienes que pensar, por otro lado, recuerden siempre, si solo se ven como un cuerpo físico, solo verán las limitaciones, pero si se ven como lo que verdaderamente son, seres energéticos-espirituales, viviendo en un cuerpo físico, podrán disfrutar sus experiencias y compartir sus energías con la persona que aman.

—Bueno, es verdad, todo depende de cómo nos veamos a nosotros mismos, y a nuestras parejas.

—Así es Ríchard, pero bueno, nos llegaba a pasar, que conocíamos a alguna mujer u hombre con quien los encuentros eran mágicos y especiales, ambos nos platicábamos las experiencias, pero antes de tener un encuentro con nadie les decíamos que nuestra pareja estaba enterada, que no buscábamos enamorarnos de nadie y que no queríamos que nadie se enamorase de nosotros, eso hacía que el encuentro fuera más honesto, nadie esperaba nada del otro, así vivíamos nuestras experiencias, y cuando él o ella se comenzaban a enamorar de mi esposa o de mí, terminábamos los encuentros, sabíamos que más de tres encuentros nos podrían traer problemas de enamoramiento, así que nos agradecíamos mutuamente, transmutábamos esos encuentros, y terminábamos esa relación. De esta manera, mi esposa y yo éramos nuestra prioridad, nadie más, con los demás éramos excelentes amigos, todos nos conocíamos e íbamos a cenar juntos, pero eso no significaba tener sexo cada vez que nos juntábamos, o que participáramos en orgías. Cuando una persona tiene demasiado sexo, su energía se enferma y se descompone, han visto a alguien que es adicto al sexo.

—Sí —dijo Karla— un compañero mío.

—¿Y qué aspecto tenía?

—Se veía muy gris, y tenía un olor muy extraño, dejaba ese humor en dondequiera que se paraba.

—Eso es porque su cuerpo energético estaba enfermo, y ese olor es porque de alguna manera es como si comenzara a descomponerse.

—Yo —dijo Erika…, y se quedó callada.

—Adelante amor, no te apenes podemos ser honestos —dijo Carlos, ella sonrió.

—Yo tuve un amigo que tenía ese olor, y siempre quería que lo estuviéramos haciendo, lo boté porque ya me tenía cansada, yo no quería tener tanto sexo.

—Así es, entonces no se trata de estarte mezclando tus energías con cualquiera, tiene que ser alguien cuya energía sea hermosa, si no, ¿qué sentido tiene?, esa clase de encuentros con energías discordantes a la tuya, te dejan más vacío que nada, en una orgía, tus energías se mezclan con cualquiera y eso, al final te termina enfermando, y si te vuelves adicto a esas fiestas tu cuerpo energético se enferma, por otro lado, recuerden que el sexo es una de las principales causas del karma, que nos ata a la tierra, y que cada experiencia es en realidad una oportunidad para liberarnos del karma dejando de hacer eso; en muchas ocasiones, después de tener sexo en grupo o con alguien cuyas energías te dejan una mala sensación, piensas: Vaya, hubiera sido mejor no hacer nada de esto. ¿A alguien le ha pasado eso?

Varios levantaron la mano confirmando.

—Ese tipo de relaciones también nos dejan un aprendizaje. Cómo sabes que algo es bueno si no has probado algo malo.

—Eso es cierto, —afirmó Carlos— gracias a esas malas experiencias podemos reconocer una que sí vale la pena.

—Ok, estoy entendiendo —dijo Roger— entonces no se trata de acostarse con cualquiera, ni en realidad de ser Swinger, porque eso solo afecta nuestras energías.

—Así es, se trata de ser honestos y mantenernos enamorados de nuestras parejas, sabiendo que yo soy el amor más hermoso que existe y que ese amor se lo estoy entregando a ella; y que ella es el amor más hermoso que existe en el universo y que ella me lo está entregando.

—¿Pero y si verdaderamente te enamorases de otro?, dijo Larisa.

—Si eso llegase a pasar, puedes dejar que tu pareja se vaya a vivir con el otro, para que viva su experiencia, su vida no te pertenece, sabes que ella o él, tiene derecho de vivir esta nueva experiencia. Somos seres energéticos espirituales, viviendo, aprendiendo y transmutando karmas, que tal que esta nueva relación, es la forma en que tu pareja tiene que seguir aprendiendo y pagando sus karmas, piénsalo un poco, a lo mejor contigo, ya aprendió todo lo que tú le tenías que enseñar y ahora necesita de otro maestro, alguien que le enseñe otras cosas y le ayude a transmutar sus karmas con estas nuevas experiencias. Déjenme contarles la historia de mis dos amigos Mónica y Efrén, ellos se amaban, aprendieron a entregar un amor honesto, él era un caballero y un amor muy especial, pero ella se enamoró de otro señor, y sabiendo todo esto se dejaron ir, y cada uno siguió su vida, ella se fue e hizo su nueva relación, resulta que, con el tiempo, el tipo la comenzó a maltratar y la humillaba.

—Ay no, pero cómo —dijo Karla abriendo los ojos— tenía un amor hermoso, ¿y se fue con un patán?

—Esperen, ahora entenderán. Ella, sabiendo todo esto, se dio cuenta de los karmas qué tenía pendientes y los transmutó, liberándose, al mismo tiempo le enseñó a su nueva pareja esto y ambos se liberaron, si

Mónica se hubiera quedado con Efrén, nunca hubiera podido transmutar los karmas de este tipo, porque Efrén nunca la hubiera humillado, así que encontró al maestro correcto que le ayudaría a vivir esas experiencias para hacerla entender sus karmas y poder liberarse.
—Entonces —dijo Karla— si alguien te humilla o te golpea, es porque tienes un karma, y él o ella en realidad no te está haciendo daño, sino que te está ayudando a vivir esa experiencia para liberarte del karma.
—Es correcto. Ahora bien, lo importante de entregar un amor verdadero es que, si su pareja se enamora y se quiere ir a vivir esa nueva relación, ustedes la dejarán ir en el amor honesto, se agradecerán, transmutarán su relación y se seguirán amando, sin aferrarse el uno al otro. El amor entre ustedes perdurará para toda la vida; y quién sabe, a lo mejor después regresan. Quizás la otra relación era solo una experiencia corta que le enriqueció y le ayudó a liberarse de un karma; y si no es así y resulta una experiencia muy positiva y enriquecedora y se quedan en esa relación. Tu podrás encontrar a alguien más a quien entregar tu amor honesto. Eso le paso a Efrén, ella terminó su nueva relación, y regresó con su esposo, ambos siguen juntos y muy unidos.
—Guau Alberto, eso suena fantástico, ojalá y yo me convierta en un amor honesto y aprenda a pensar de esa manera.
—Lo harás Larisa, lo harás. ¿Alguna pregunta? —todos estaban pensativos, Ríchard volteó a ver a Ellen y se acercó a besarla, él pegaba fuertemente sus labios a los de ella, un beso profundo, lleno de amor. Ella acariciaba su mejilla.
—No, dijo Carlos, está clarísimo, ¿verdad hermosa? —Erika le sonreía.
—Si hermoso, así es.
—Entonces —continuó Alberto— llegamos a la Ciudad de la Luz, ahí nos quedamos a vivir con nuestras familias y amigos, después, nos reunimos con nuestros guías, quienes nos ayudan a analizar lo que fue nuestra vida pasada, vemos en dónde nos equivocamos y nos quedamos con los karmas en lugar de transmutarlos, vemos y descubrimos, qué nuevos karmas y dharmas hicimos, y con base en esto, decidimos si queremos o no volver a tomar otro cuerpo para volver a nacer; si decidimos que sí, entonces comenzamos a planificar ¿qué queremos vivir y en dónde?, ¿y con quiénes?; de manera que empezamos a hacer acuerdos con aquellos que nos van a ayudar a vivir esas experiencias.
—Por eso yo sentí que conocía a Ríchard, porque en realidad él y yo habíamos hecho un acuerdo.
—Así es, pero también hiciste un acuerdo con Ellen, ella te pidió,

ayúdame a perder a mi esposo, yo lo voy a amar mucho, pero necesito que tú me lo quites —ellas abrían los ojos grandemente— después, Larisa, te pusiste de acuerdo con Ríchard y él te pidió, enamórame y róbame de mi esposa, quiero vivir esa experiencia, voy a experimentar el abandonar a mi familia por otra mujer, porque no he podido dejar de hacerlo, así que espero en esta ocasión poder dejar de hacerlo para liberarme del karma, excelente dijiste tú: Yo ya me he robado maridos en vidas pasadas y necesito dejar de hacerlo para liberar mi karma, con gusto te ayudaré; sus hijos les pidieron a ustedes dos, queremos que sean nuestros padres, y que tú papá, nos abandones, queremos experimentar el abandono y la pérdida del amor de papá, esto despertará mucho enojo en nosotros y tristeza, si no logramos dejar el enojo y la tristeza y nos quedamos odiándote u odiando a la otra mujer, entonces seguiremos atados al karma, tenemos que dejar de odiar y de estar enojados para liberarnos, ojalá y ahora si podamos liberarnos, ya en muchas vidas anteriores hemos experimentado la pérdida de papá o de mamá por causa de un tercero, incluso, nosotros hemos sido esos terceros —los hijos se volteaban a ver asombrados por todo esto— de esta manera se establecen los acuerdos.

—Entonces, Rouse y yo, establecimos acuerdos para ayudarnos a vivir todo lo que hemos vivido.

—Es correcto, cada emoción vivida es el regalo que se han dado para poder liberarse del karma.

—A ver, eso no lo entendí.

—Sí Roger, si sentiste mucho enojo con la ruptura de la relación, y, por ejemplo, estuviste tan enojado que jamás volvieron a hablarse, y se odiaban, esas emociones los mantenían atados al karma, no fueron capaces de liberarse de las emociones, así que repetirán otra vez la misma experiencia, ya sea como hombre o como mujer, para volver a sentir el enojo y el odio, a ver si en esta próxima ocasión logran liberarse de la emoción.

—¿Entonces es verdad que todo es una gran obra de teatro, en donde cada quien actúa un papel, para que el otro sienta la emoción, sienta el odio, el miedo, el rencor y para que se puedan liberar del karma?

—Exacto Roger, bien explicado.

—Pero, ¿cómo saber si tengo un karma cuándo me enojo o siento el rencor?, —cuestionó Rouse.

—La manera de darte cuenta si existe un karma en algo, es saber, que, en esta vida, no existen las injusticias, ni los accidentes, repito: En esta vida, no existen las injusticias ni los accidentes; quizás en una vida pasada, tú le hiciste lo mismo a otra persona, de manera que ahora tu pediste, repito: tu pediste que te lo hicieran, para pagar tu karma, ellos te harían enojar para volver a sentir esa emoción.

—Entonces, dijo Brandon, si alguien me hace bullying en la escuela, es porque yo hice eso en alguna vida pasada con alguien más.

—Así es Brandon.

—Entonces, Erika y yo, nos pedimos, bueno yo te pedí: Ayúdame a sentir que no importo, para que me sienta desvalorizado y no amado, y te pudiera abandonar, eso me dañó seriamente, sabes, me costó mucho volver a creer en mi valor personal, me sentí que no era suficiente, a pesar de ser exitoso en mi carrera, pero en el amor, desde que terminamos, me sentí así, de poca valía, ahora ya no, he trabajado mucho con mi valor personal.

—Lo siento, hermoso, no lo sabía; pero entonces, yo te pedí: Enamórame y ayúdame, porque necesito llevar mi amor y mi compromiso al siguiente nivel, siempre me he deshecho de mis amores y necesito dejar de hacerlo, si no, seguiré atada al karma, si no logro cambiar, entonces me dejarás.

—Y no acreditarás la materia —agregó Alberto— el amor, es una materia, de hecho es la principal materia en este planeta, venimos a aprender del amor; el odio te enseña del amor, la humillación te enseña de tu falta de amor propio, la pérdida de papá o de mamá te enseña del amor, que tu pareja te deje te enseña acerca del amor, ayudar a otro te enseña del amor, todo te enseña algo del amor, el amor es la clave para cambiar, pero el amor honesto y verdadero, no el amor condicionado y manipulador.

—¿Cómo el odio te enseña del amor?

—La luz y la oscuridad, Susan, son opuestos; el amor y el odio, son opuestos; el calor y el frío son opuestos; para saber de uno tienes que conocer al otro. Cuando odias aprendes, cuando amas aprendes, necesitas saber lo que es la oscuridad, para saber lo que es la luz. Así como el odio es la ausencia de amor. ¿Sí me supe explicar? —Susan tenía cara de no haber entendido.

—Sí hija —intervino Richard— cuando odias a alguien, estás viviendo la falta de amor hacia esa persona, eso es aprender acerca del amor, ¿ya?

—Sí, ya entendí, ahora sí me queda claro.

—¿Entonces, todo lo que vivimos —dijo Karla— es un plan para aprobar una materia, y esa materia es el amor?

—Así es.
—Pero también —agregó Ellen— para ayudar a otro a vivir una experiencia, y para que nos ayuden a nosotros, y de esa manera pagar un karma o tratar de pagar un karma, ¿es así, cierto?
—Exactamente, es correcto
—Entonces —Larisa lo miraba a los ojos— que tú y yo nos encontráramos en el club, no fue coincidencia, sino planeación, qué me hablaras de esto fue porque te pedí: Ayúdame a entender del karma para liberarme, —ella se sorprendía— pero claro que sí, ¡yo te pedí eso!, ahora lo recuerdo.
—¿Cómo que lo recuerdas Larisa? —cuestionaba Erika.
—Sí, estoy viendo la imagen, estamos sentados con unas personas, y tu y yo —aseguró mirando a Alberto con la vista perdida en el recuerdo— estamos haciendo nuestros acuerdos.
—Guau, Larisa, estás teniendo un recuerdo, qué increíble.
—Alberto, que te nos presentaras en el bar no fue casualidad tampoco, sino un acuerdo entre nosotros tres, te pedimos: Ayúdanos a entender para liberarnos de nuestros karmas.
—Y que fuéramos a tu casa nosotras tres, y nos hablaras de todo esto, no fue un milagro, no es que seas un ángel, sino que te pedimos que nos ayudaras, ¿cierto?
Alberto sonreía.
—Perdón señor —dijo el mesero— que yo esté aquí, escuchándolo, es porque le pedí, ayúdeme a entender acerca de mis karmas para liberarme.
—Así es Fabricio, nada en nuestras vidas es casualidad o accidente, todos son acuerdos.
—¿Qué alguien —dijo Karla— te robe o te ataque sexualmente cuando aún eres un infante, es un acuerdo?, o sea... que yo le pedí, ayúdame a sentir... —guardó silencio, sus ojos, los de Rouse y de otros se llenaban de lágrimas.

VII Descubrirlo duele mucho

—¡Ese maldito, ojalá y se pudra en la cárcel!
—Lo hará, lo han condenado a cien años, nadie vive tanto en esos

lugares.

La niña tenía cuatro años, él era un buen amigo de su papá, muy alegre y afectuoso, y los niños en especial lo seguían mucho, los hacía reír y jugaba con ellos.

—Hilario, mi mujer y yo tenemos una cena,
podrías cuidar a mi hija, ella te quiere mucho.

—Claro Luis, será un placer, a mi esposa le encantará.

A partir de esa noche, el comportamiento de la niña cambió, se volvió un poco retraída y callada.

—¿Qué tienes Karlita? —su mamá notó el cambio — ¿te pasó algo mi amor?

—No mami, —la niña seguía jugando con su muñeca, en silencio.

Cuando los papás iban a salir, ella lloraba, pidiéndoles que no se fueran, pero el papá pensaba que eran solo berrinches, así que la obligaban a quedarse en la casa de sus amigos.

Cierto día, mientras la mamá la metía a bañar, la niña se quejó de que le dolía al sentarse.

—¿Qué te pasó mi amor?, te caíste.

Ella solo guardaba silencio, su mamá la revisó y notó que su ano no estaba normal, sus ojos inmediatamente se llenaron de lágrimas, recordando su juventud, la abrazo tiernamente.

—Mi niña, mi niña, que te han hecho, que te hemos hecho, ¡Luis, corre, ven! —gritó desesperadamente.

—Luis llegó corriendo— ¿Qué pasó?, me asustas, ¿qué ocurre? —entró en el cuarto de baño y su esposa abrazaba a la niña.

—La violaron, violaron a nuestra niña —dijo con un llanto desgarrador.

—¿Qué? ¡¿cómo dices?!

—Sí, mira, ella despegó los glúteos infantiles y horrorizado observó el daño.

La policía arrestó a sus vecinos, fueron juzgados y condenados. A partir de ese día la infancia de la niña cambió, tuvieron que cambiarse a vivir a otra ciudad, porque todos en el pueblo sabían del juicio. Su mamá se volvió paranoica, cuidándola en exceso, para evitar que la volvieran a dañar, dos años después sus papás se divorciaron, y ella no volvió a ver a su padre, su mamá se volvió medio alcohólica, y ella creció con miedo, estaba muy enojada con mamá por el excesivo cuidado en que la tenía, no podía ir a fiestas, ni salir sola con amigas, ni hacer pijamadas, no podía llegar tarde después de la escuela, porque su mamá la reprendía fuertemente, cuando cumplió diecisiete años se fue de su casa, conoció a Óscar, un odontólogo diez años mayor que ella y se fueron a vivir juntos, él era adicto al sexo anal y ella, a pesar de su trauma infantil, lo disfrutaba.

Las señoras en la cocina escuchaban con la puerta abierta y limpiaban sus lágrimas recordando los golpes y las humillaciones en su infancia y aún de adultas.

—Yo —Karla pensaba en voz alta— les pedí a mis papás, ayúdenme a vivir esta experiencia, porque… porque… —su llanto se desbordaba— porque ¡tengo que pagar un karma!, ay no, no es posible, no… —Ellen llegó rápidamente y la abrazó.

—¿Por qué Ellen, por qué hice eso?, ¿por qué…?, ¿por qué…?

—No es posible…, dijo Carlos.

—Maldito escuincle, espera a llegar a casa.

El niño llegó de la escuela, subió corriendo las escaleras hasta su recámara, entró, aventó su mochila en el piso y se lanzó sobre la cama, la puerta golpeó fuertemente contra la pared al ser empujada, y él, sobresaltado, levantó la cabeza.

—Maldito niño, por fin llegas, su mamá estaba de pie en la puerta con el cable de la plancha enredado en su mano derecha y un metro del cordón colgaba amenazante.

—Pero mamá, ¿qué hice?, no he hecho nada.

—Crees que soy tu sirvienta, me fui al trabajo y dejaste los trastos sucios encima de la mesa, te crees que soy tu sirvienta, ella se acercó a él y comenzó a golpearlo en cualquier parte de su pequeño cuerpo, tenía siete años.

—Mamá no, no, yo no quería, no, sus lágrimas brotaban y bañaban su pequeño rostro, lleno de horror, veía a su mamá levantando el brazo, el cable golpeaba sus piernas y su espalda, trataba de protegerse, finalmente se enconchó cubriéndose la cabeza y el rostro, ella se cansó de golpearlo.

—Eso te enseñará qué aquí no hay sirvienta, escuincle mal agradecido, me mato trabajando para cuidarte, debería darte en adopción. Ella salió de la recámara y azotó la puerta al salir. Carlos se levantó lentamente, y

se vio frente al espejo, un verdugón rojo, le cruzaba la frente, se sacó la camisa y su pequeño cuerpo estaba cubierto de latigazos,
marcas viejas de azotes anteriores se dejaban todavía ver por su pecho y espalda, los castigos eran excesivos para su pequeña infancia, solamente podía llorar, no había nadie que lo defendiera, su papá los abandonó hacía ya tres años y su mamá trabajaba todo el día tratando de subsistir. Calló de rodillas llorando y sobando sus brazos.
—¿Por qué? —clamaba al cielo— ¿por qué?, yo no soy malo, ¿por qué mi mamá me trata así?, Dios, ¿por qué? —Ni su llanto ni sus palabras eran escuchadas, un niño solitario, qué se sentía abandonado.
En la escuela siempre trataba de ocultar las marcas de los golpes, sabía que si su maestra llamaba a su mamá, el castigo sería peor, así que cuidaba no ser visto, era un niño callado, tenía pocos amigos, pero no buscaba meterse en problemas, temía al castigo. A pesar de su infancia de abusos y maltratos, él era un buen estudiante, uno de sus maestros, reconoció
su inteligencia y se convirtió en su mentor; Carlos tenía ya dieciséis años y el maestro supo convertirse en la imagen paterna que el joven necesitaba; su mamá hacía muchos años dejó de maltratarlo, y aun cuando su relación no era muy buena, él, por ser hijo único, la quería, y trataba de cuidarla; su mentor lo guío al gusto por los libros y le hizo leer muchos temas de desarrollo personal, pudo terminar la carrera de abogacía gracias a una beca.

—Entonces… —las lágrimas no lo dejaban hablar claramente, su rostro se había convertido en la del niño aquel, bajó la voz hasta hacerla casi un susurro— yo le pedí a mi mamá, maltrátame para poder sentir el odio, y para liberarme de él, del resentimiento, y del karma, ¡no!, ¿por qué?, ¿por qué querría yo hacer algo así?, era un niño —Erika lo abrazaba cariñosamente, y él lloraba su dolor con el rostro en su hombro.
—Mi amor, lo siento…
—¿Por qué Erika, por qué querríamos hacer o pedir algo así? —su llanto denotaba su dolor.
Mientras tanto, Karla se tranquilizaba abrazada por Ellen, Fabricio acercaba más cajas con pañuelos desechables al centro de la mesa, Ellen tomó algunos y se los pasó a Karla.

Alberto guardó silencio y esperó, descubrir esto dolía mucho y ellos comenzaban a entender. Cuando creyó conveniente continuó.

—Cuando estamos en la Ciudad de la Luz, Carlos, no hay ego, así que hacemos planes, muchos de esos muy dolorosos, descubrir finalmente esto duele mucho, es algo muy difícil. Pero una vez que lo entiendes, cuando entiendes que todo fue un acuerdo entre esa persona y tú, te puedes liberar del karma, puedes pedir perdón, porque muy seguramente, eso que te hicieron, tú lo hiciste también en alguna vida pasada, repito, eso que te

hicieron tú lo hiciste en vidas pasadas, y has escogido que te lo hagan en esta, para pagar tu karma.

—Pero entonces, dijo un poco más tranquilo y limpiándose las lágrimas, a lo mejor en otra vida, yo humillé y maltraté a mi mamá y por eso le pedí, ahora tu humíllame y maltrátame, pero si la odio y me quedo con el enojo, el karma permanece y no me libero, ¿y de lo que se trata es de liberarse?, ok, ok…estoy entendiendo.

—Entonces yo le hice eso mismo a otro… no, no, no… —su llanto era profundo, Karla se tapaba el rostro con las manos, sintiendo la vergüenza y el dolor de solo pensar que ella pudo haber abusado de un niño, Ellen la abrazaba cariñosamente sin decir nada, ella también lloraba.

Todos lloraban al verles y al entender también sus propias historias de vida.

Alberto esperó un poco, todos estaban conmovidos, cada uno tenía algo en su pasado que le avergonzaba, y dolía, y ahora comenzaban a verlo y a entenderlo, eso dolía mucho. Cuando lo creyó oportuno, continuó.

—Descubrir esto duele mucho, amigos, pero no es para lastimarte, sino para entender, para pedir perdón, incluso para agradecer, y para liberarte del karma.

—Entendemos —dijo Ríchard— guau, —se llevó la copa de vino a la boca y le dio un gran trago, tratando de deshacer el nudo en su garganta.

—Sí entiendes —continuó Alberto— entonces díganme, sí un maestro te ayuda a vivir una experiencia y te regala la oportunidad de volver a sentir esa emoción, ¿qué deberías sentir por ese maestro? ¿Deberías odiarlo o bendecirlo? ¿Deberías mantenerte enojado con él o agradecerle? ¿Deberías aborrecerlo o quererlo?

—Por supuesto que deberíamos quererlo y agradecerle, si lo que está

haciendo es ayudarnos, no nos está haciendo daño, por el contrario.
—Así es Ríchard, así, es, —Alberto levantó su copa de la mesa de centro y le dio un sorbo todos estaban muy pensativos.
—Aquella vez que un tipo llegó con una pistola y se llevó mis joyas y mi bolsa, ¿yo le pedí que me hiciera eso?, ¿para pagar mi karma, porque en alguna vida pasada le hice lo mismo a alguien más?, guau, ¿entonces, el miedo que sentí y después el odio, me mantienen atada al karma?
—Así es Larisa, mientras no le des las gracias a tu asaltante o a tu abusador —dijo volteando a ver a Karla, Rouse y Brandon— y pidas perdón, por haber dañado a alguien más de esa misma manera, en tus vidas pasadas, no te liberarás del karma, y quizás, en esta vida o en la que siga, tengas que volver a vivir la experiencia —guardó silencio, se llevó su copa a los labios y le dio un sorbo, después prosiguió— ¿Puedo seguir? —Alberto los miraba a todos esperando la respuesta.
Tardaron un poco en responder y por fin dijeron.
—Sí, sí, por favor.
—Descubrir que alguien te hizo algo, porque tú se lo pediste para pagar un karma, puede ser muy doloroso, sobre todo si se trata de alguien muy querido para tí, y te has mantenido odiándolo o rechazando a esa persona. Pero tenemos que entender que lo hicimos, para mutuamente ayudarnos a ya no seguir haciendo eso, porque esa otra persona también tiene un karma. Después de que alguien me hace algo, debo decir, gracias, gracias, si en esta vida o en vidas pasadas, yo te hice lo mismo a ti, o a alguien de tu familia, o a cualquier persona, te pido perdón, por favor perdóname, acepto este acto como el pago que debo hacer de mis karmas pasados; de esa manera te liberarás, y la llama violeta quitará de tu cuerpo de luz y de tus registros Akashicos, el karma relativo a esa experiencia; de manera que nunca más vas a volver a sufrirla, y si llegases a sufrirla de nuevo, es porque todavía hay un karma que debe ser pagado, así que vuelve a agradecer eso, recuerda, tú planeaste que fuera de esa manera, nadie te está obligando a volver a vivir la experiencia.
—Ay Alberto, esto es increíble, nos hemos mantenido ¿cuántas vidas, veinte, cincuenta?, atados al karma, repitiendo vivencias una y otra vez por ignorar todo esto.
—Yo sé que el número máximo de reencarnaciones de una persona son quinientas vidas en este planeta.
—¡Queeé, esas son muchísimas, quinientas vidas!, —todos volteaban a verse abriendo en grande los ojos.

—¿Pero por qué no se nos enseña esto para poder trabajarlo y liberarnos?, digo, entiendo lo que nos dijiste: Qué ese era nuestro trabajo; porque se trata de vivir las emociones para dar gracias y no anclarnos en el enojo o las emociones negativas.
—Sí, y una vez que entiendes esto —continuó Alberto— podríamos liberarnos y no tendríamos miedo de morir, ni temeríamos a Dios, ni necesitaríamos a las religiones, y eso es lo que no quieren que pase, por eso nos ocultan la verdad.
—Pero entonces —dijo Karla— si todo es un acuerdo, las guerras, los asaltos, las violaciones y abusos, nuestras pérdidas, cualquier cosa mala que nos ocurra, no es porque Dios así lo quiere, sino porque nosotros lo planeamos así, guau, y la iglesia nos ha hecho creer que es porque Dios así lo quiso, qué es voluntad divina.
—Así mismo Karla, porque de esa manera ellos te quitan tu poder y se lo dan todo a Dios, y nos hacen creer que él decide nuestras vidas, cuando en realidad, es y ha sido nuestra decisión. ¿Recuerdas el Libre Albedrío?, ese fue el regalo de Dios para todos nosotros, en este planeta y en el universo entero, todos decidiríamos lo que queremos vivir y experimentar, y sí hay un karma, decidir cómo pagarlo.
—Por eso la iglesia —afirmó Roger— no quiere que sepamos esto, porque perderían su poder.
—Sí, pero lo más interesante, es que ni los mismos dirigentes de las iglesias se dan cuenta de que ellos también viven atados al karma y a la reencarnación, y qué su vida es su propia planeación, ellos realmente creen que es voluntad de Dios, y Dios no es más que el observador de todo, de hecho, no solo es el observador, es él quien está viviendo todos los dramas y todas las cosas "feas" o "malas", así como las "buenas", cada uno de nosotros es Dios —guardó silencio esperando que la frase entrara hondo en sus mentes.
—¡¿Nosotros somos Dios?! —dijo Brandon.
—Cada uno de nosotros somos Dios, —repitió Carlos como hipnotizado.
—Nuestra mente, —continuó Alberto— es una mente creadora, ¿cierto Roger, Ríchard, no es con su mente que crean todos estos edificios y casas?
—Por supuesto, primero lo imaginamos en nuestras cabezas, luego hacemos los planos y por último realizamos las obras.
—Exacto, su mente, nuestra mente, la mente de cada uno de los habitantes de este planeta y en cualquier planeta o dimensión en el

universo, es la mente creadora de Dios. Dios, como lo llamamos, no tiene género, en realidad es la mente creadora del universo, él/ella. Dios, la mente creadora, hizo las constelaciones, las galaxias, las dimensiones, los planetas, el universo hermoso que vemos ahora a través de los telescopios o cámaras especiales, todo eso lo hizo él/ella, la Mente Creadora, y nosotros, cada uno, tenemos su mente creadora; somos la Mente Creadora de Dios viviendo en estos cuerpos físicos. Nosotros creamos este mundo como es ahora, a lo largo de los años y los siglos, con todos sus edificios, sus playas llenas de hoteles, las pequeñas o grandes ciudades, todos y cada uno de nosotros hemos participado de esta creación, en el presente o en el pasado, en esta y a través de todas nuestras vidas pasadas. Piénsenlo, ¿cuántas vidas llevan reencarnando?, y en cada una de ellas han participado de la creación, piénsenlo, y verán que es verdad. Como las Mentes Creadoras, hemos diseñado nuestras vidas, cuáles experiencias íbamos a vivir, y con cuáles de ellas íbamos a pagar algún karma, ¿acaso, entonces, tu vida no es tu propia creación? ¿Quién te llevó a vivir en dónde vives? ¿Quién te escogió la pareja que tienes? Todo es tu creación, o sigues pensando que es voluntad de Dios, bueno, de hecho, lo es, pero no del Dios que está allá afuera en algún lado, observándote a ver si te castiga por no cumplir sus reglas, no, del Dios que tú eres, de la Mente Creadora qué tú eres.

—Guau, —dijo Roger— esto está increíble.

—Claro que sí, —afirmó Rouse, llevándose su copa a los labios— hay tanto en que pensar.

—Ya lo creo —replicó Ellen.

Karla, sentada a su lado en la orilla del sillón, se llevaba la copa de vino a los labios, con la vista perdida en el pasado.

—Lo más importante amigos, es que no se castiguen pensando en que fueron unos desgraciados o malditos por haber hecho daño a alguien, así sea a un niño o a quién sea, no se trata de maltratarte emocionalmente, descubrir eso sé que duele, pero sonrían, porque ahora pueden liberarse de esas experiencias, además, ellos nos pidieron que les ayudáramos a vivir eso. Y una cosa más, de lo que se trata una vez que conoces que tú eres Dios la mente creadora, es de decidir: ¿Qué clase de Dios quiero ser? ¿Y cuál será mi creación a partir de ahora? Voy a ser un Dios de amor y bendiciones, y voy a crear un mundo de paz, armonía, respeto de los unos con los otros, o ¿cuál tipo de Dios voy a ser?

—Gracias Alberto, tienes razón, —dijo Carlos sonriendo— tienes toda la razón.

—Bueno, y por último, hay algo que tienen que hacer cada uno de ustedes en sus casas, es un ejercicio que yo llamo "La copa del Amor personal", ¿están listos?

—Sí, sí, adelante.

—Pongan atención. Tienen que encerrarse en su recámara, deberán desnudarse por completo y deben sentarse frente a un espejo de cuerpo completo de preferencia, después, van a acercarse hasta pegar las rodillas al espejo, sentados en una silla, se van a ver a los ojos, tienen que soportar la mirada, no pueden desviarla, al principio les va a costar trabajo, a unos más que a otros, pero es necesario que se puedan sostener la mirada, tienen que ver adentro del iris, el área oscura en el centro del ojo, no se trata de verte la cara, ni al rededor del ojo, se trata de verte a los ojos directamente, sus ojos son la puerta de entrada a su alma, una vez que lo han logrado, van a comenzar a hablar con ustedes mismos diciendo: Ríchard, ustedes, cada uno, diga su nombre, por supuesto; Ríchard, ahora te veo, ahora te veo y quiero que sepas, todo lo que me ha dolido desde que éramos pequeños, deja que tu mente se abra y llora, llora todo aquello que está guardado en esa copa, el abuso del que fuiste víctima, el dolor por el abandono, los golpes, las humillaciones, los abusos sexuales, todo, todo aquello que desde pequeño te lastimó, dile a esa persona lo que sentiste y lo que te dolió, háblale del miedo que sentiste, dile que eras solo una niña o un niño pequeño, reclámales, no te guardes nada, es importante sacar lo más que puedas, no piensen en que fue un acuerdo, ubícate en esa edad y habla desde ahí, ¿qué edad tenías, tres, cinco, quince? —todos hombres y mujeres limpiaban sus lágrimas y trataban de contenerse— deberás llorar todo eso; después de que hayas llorado, lo cual te llevará mucho tiempo, muchos de ustedes tendrán cosas que no recuerdan, pero lo sentirán, será como si supieras que hay algo, pero no sabes que es, pero te duele, así que si eso te sucede, pide ayuda, solo di en voz alta: Padre, ayúdame, pon tu mano hermosa sobre mí y abre mi mente, ayúdame a sacar esto que me duele tanto, libérame, libérame, ayúdame por favor —las lágrimas de muchos salían como el río que comienza a rebasar las compuertas que lo contienen— trata de sacar lo más que puedas, muchas veces en una sola sesión, no podemos terminar de sacar todo lo que guardamos en nuestro interior, mucho de eso está muy oculto, por eso necesitas pedir ayuda a nuestro padre y volver a hacer el ejercicio, una semana después de que lo hagas por primera vez. Cuando sientas que ya has llorado todo lo que tienes y estás más tranquilo, volverás a verte en el espejo y comenzarás a amarte, frota tus manos y comienza a acariciar tu rostro, tienes que amarte, repito, tienes que "a-mar-te", así que vas a acariciar todo tu cuerpo dándole amor como quizás nunca lo has hecho, dale las gracias a tu rostro por tu belleza, a tus ojos por permitirte ver la vida, a tus orejas y oídos, por escuchar la vida y lo que ella tiene que decirte, acaricia tu cabello y agradécele, y a todas y cada una de las partes de tu cuerpo, que no quede nada sin ser amado, ni una uña, ni una sola falange, nada, todo tiene que ser acariciado y amado por tí, tu pene y la vagina, todo, no hagan caricias sexuales, solo amor, amor verdadero y honesto por tí mismo, el ano también es importante, pongan su mano en él y ámenlo, pídanle perdón si han abusado de este órgano, si estás acostumbrado a tener sexo anal, te recomiendo que ya no lo hagas, ahí hay un karma atado, el ano no fue hecho para el sexo, es un órgano que tiene muchísimas terminaciones nerviosas y por estar en el chakra raíz, tiene mucho que ver con el sexo, pero no se hizo para eso, respétalo, ámalo y deja esa actividad, después, en otra ocasión, les enseñaré cómo hacer el amor, para lograr estados sublimes de energía sin necesidad incluso de una penetración.

—¿Eso es posible? —preguntó Roger.

—Por supuesto, después les enseñaré, a todos ok, pero después, primero hagan esto. Cuando hayan terminado de amarse todo el cuerpo, van a hacer algo muy especial, esto es muy especial, pongan atención, sentados en la silla, vas a volver a verte a los ojos y dirás: Tu nombre, ahora te veo, quiero que sepas que te amo, que estoy orgulloso de tí, del hombre encantador que eres, del amor tan hermoso que expresas a todos los que te conocen, del amor tan especial que tienes por Ellen y tus hijos, te amo, habla contigo mismo y dite cosas hermosas, muchas, di muchas cosas bellas de ti a ti mismo, después vuelve a abrazarte, cuando hayas dejado de llorar y estés lleno de amor por ti mismo, volverás a verte a los ojos y ahora, viene una parte mágica, ¿están listos?, pongan mucha atención: Dentro de ti, hay tres o cuatro seres —todos abrían los ojos llenos de expectativa— cuatro hermosos seres, que son tus yo, de tu infancia, hay un niño o niña, que deberá de tener tres o cuatro añitos, no lo sé, cada uno es único, otro tendrá seis o siete, otro quince tal vez, y el otro no lo sé, el mío tiene veintitrés años.

—¿Son nuestros niños internos? —cuestionó Ellen.

—Sí, y ahora, vas a decirles: Mis amores, sé que están adentro, por favor salgan de dentro de mí, y esperen, ya verán lo que sucede. Después de eso empiecen a amarlos, amen a sus niños y continúen amándose. Lo que hemos hecho con este ejercicio es llenar nuestra copa de nuestro Amor Personal, que es el amor más hermoso que existe en el universo, créanme lo que les digo, cada uno de ustedes, tiene en su interior al amor más hermoso que existe en el universo, así que comiencen a entregar su amor verdadero y honesto a todos y a todo a su rededor; ya me dirán cómo se sienten.

Larisa se lanzó a sus brazos y lloró, no se aguantaba más, todos lloraban, no había un alma que no hubiese sido tocada por esas palabras, las señoras en la cocina se abrazaban, ellas eran amigas de mucho tiempo atrás, Fabricio en el bar se limpiaba los ojos con una servilleta, tratando de contener el nudo que se le hacía en la garganta. Ellen se había puesto de pie y lloraba en los brazos de su esposo, sus hijos se tapaban la cara con una servilleta y trataban de contenerse. Todos los corazones anhelaban irse para hacer el ejercicio.

—Gracias Alberto, gracias —le decía Larisa abrazándolo recargada en su hombro— gracias, me has tocado de una manera que… —no pudo seguir, él la abrazaba tiernamente, conteniéndola, después de que se tranquilizó, le dio un beso tierno en la mejilla y le limpio las lágrimas con el pañuelo que ella tenía.

—Me alegra mucho que todo esto sirva, hermosa, para que ese bello amor, vibre en grande y bendiga a todos a tu alrededor, tú tienes el amor más hermoso que existe en el universo.

—Ella se levantó de puntas y le dio un beso en la mejilla— Gracias, gracias.

—Amigos —dijo Roger— propongo un brindis, —levantó su copa, obligándose a sonreír para no llorar— por el amor más hermoso del universo.

—Salud, —dijeron todos con sus copas en la mano, y dieron un sorbo del delicioso vino afrutado, que deshacía el nudo en sus gargantas.

—Amigos, ya vieron la hora, son casi las tres y media de la mañana.

—Guau no nos dimos cuenta —dijo Carlos.

—Pero ha valido cada minuto, esto nos está cambiando la vida —afirmó Erika.

—Ellen se acercó a Alberto y sonriendo lo abrazó— gracias amigo, gracias por ayudarnos, —se separó de él y se tomaron de las manos— quiero pedirte perdón, si en alguna vida te humillé, te ofendí o te hice daño de alguna manera, por favor perdóname, lo siento, gracias por cumplir con nuestro acuerdo.

—Gracias a ti Ellen, también perdóname, si en alguna forma te ofendí, en esta o en vidas pasadas, lo siento, y fue un placer cumplir con nuestro acuerdo.

Todos comenzaron a abrazarse, la llama violeta se hizo presente en todo el departamento, incendiando los cuerpos energéticos-espirituales de todos los presentes, las almas bailaban abrazadas y siendo iluminadas por la luz violeta, poco a poco, fueron regresando a sus respectivos cuerpos físicos, llenas de luz vivificante, de luz sanadora, de luz violeta, y de amor, la mente creadora estaba complacida, viéndose a sí misma en todos ellos.

Después de despedir al último de sus visitantes, solamente quedaba Larisa, ella se había esperado hasta el final.

—Señoras, Fabricio, por favor dejen todo así, el lunes lo arreglarán, ahora es tiempo de descansar, gracias por todo, felicidades señoras, como siempre se lucieron, gracias por su cariño.

—Señor —dijo el mesero— me retiro a descansar, me permite darle un abrazo.

—Pero claro, por favor —ellos se abrazaron, Fabricio tuvo que contenerse para no llorar.

En la azotea del edificio había dos recámaras que él usaba para su servicio doméstico.

—Nosotras también quisiéramos abrazarlo, ¿nos lo permite?

—Por favor, pero claro que sí, será un placer —dijo acercándose a cada una de ellas, y las abrazó cariñosamente, ellas no pudieron contener las lágrimas.

—Gracias señor Alberto, gracias, hoy hemos aprendido tantas cosas…

—Qué bueno hermosas, descansen y hagan el ejercicio.

Ellos se quedaron finalmente a solas, y se sentaron en el sillón principal, cada uno con una copa en la mano.

—Larisa, tenía planeado, pedirte que te quedaras esta noche conmigo, pero esto ha sido muy intenso —ella sonreía— y creo que sería muy buen momento para que te fueras a casa e hicieras este ejercicio cómodamente, en tu recámara, a menos que prefieras quedarte, tengo una recámara sola que puedes usar, está aislada es la que uso para cantar cuando tengo ganas de sacar a los gallos a pasear, ja, ja, ja.

—Vaya, eres todo un estuche de monerías.

—Sí, hay muchas cosas que no conoces de mí, pero si me das la

oportunidad me gustaría que las conocieras. Una vez que termines de hacer el ejercicio, tú dormirás en mi recámara y yo en el estudio, mañana te puedo llevar a desayunar si lo deseas, y podremos pasar el día juntos, ¿pero, y tus hijos?
—Ellos están con su papá y su familia, así que no tengo problemas.
—Excelente, ¿qué quieres hacer?
—Me quiero quedar, si me lo permites.
—Será un placer, cuando estés lista me dices ok, déjame preparar la habitación —se encaminó al pasillo, entró al estudio, en la pared había un espejo de cuerpo completo, sacó la cama oculta dentro del sofá y la acomodó, sacó unas sábanas limpias y las extendió sobre el colchón, asegurándose de que no quedarán arrugas, ella estaba de pie, recargada en el marco de la puerta, con la copa en la mano observándolo.
—Me asustaste malvada, no hiciste ruido.
—Quería sorprenderte, y lo logré —dijo con una hermosa y coqueta sonrisa.
Finalmente acercó una de las sillas al espejo, y una caja nueva de pañuelos desechables que colocó encima de un pequeño buró.
—Listo preciosa.
—¿La cama para qué?, si voy a estar sentada.
—No te creas, vas a necesitarla, ya verás. Tienes que desnudarte por completo, ok, disfrútalo, yo voy a estar en mi recámara al final del pasillo, cuando estés lista si lo deseas avísame, para hacer el cambio de habitación, no te ofrezco la mía porque esta está más insonorizada, así que puedes gritar libremente y créeme, no se escucha nada allá afuera, así que no temas, la ventana es de doble cristal, así que tampoco te van a escuchar los vecinos. Grita todo lo que tengas que gritar, recuerda, no dejes de mirarte a los ojos.
—Ok, creo recordar todo lo que tengo que hacer.
Él se acercó a ella, la sujetó por los hombros y buscó sus labios, ella lo aceptó y se entregaron un beso tierno y largo, sin pasión, pero, aun así, su energía Kundalini se despertó.
—Recuerda, nada de caricias sexuales, solo amor, espera, te traeré algo más. Regresó y trajo consigo un camisón de seda muy hermoso y una bata, estos los compré hace poco, hombre precavido vale por dos, te toca estrenar, úsalos para dormir cuando termines. Te dejo preciosa, disfrútalo —salió de la habitación y cerró la puerta.
Al poco rato, escuchaba el llanto muy lejano de Larisa, se puso el short que usaba para dormir, se recostó y se quedó dormido.

Larisa lloró liberando todo su dolor de la infancia, su abandono, sus papás se divorciaron cuando ella era muy pequeña y su papá la dejaba todo el día encargada con los sirvientes, uno de ellos había abusado sexualmente de ella, y a partir de eso se volvió retraída y callada, toda su infancia se sintió abandonada e indigna del amor de papá, él había logrado hacer una fortuna y ella era su única heredera, pero ella siempre se mantuvo alejada de él. Ya de adulta, cuando él quería estar con ella, ella no tenía tiempo o estaba viajando, así que se mantuvo alejada y enojada con papá, castigándolo por su abandono; a su mamá no la volvió a ver y eso también le dolía en el alma, nunca entendió cómo una madre podía hacer eso con sus hijos, hasta que descubrió que su papá la alejó y la amenazó, que si volvía a buscar a la niña la metería en la cárcel, y como era un hombre poderoso, la mamá se alejó y nunca volvió a verla. Su mamá hizo su vida y tuvo otros hijos, pero Larisa no volvió a saber de su madre. Después, conoció a su esposo, con quien vivió nuevamente el abandono, él se ausentaba con el pretexto del trabajo y no regresaba a dormir, después ella se enteró qué él tenía otra familia y se divorció, alejó a sus hijos de él usando a sus abogados, pero se dio cuenta de que dañaba más a los niños que a él y cambió, le permitió verlos, eso les ayudó mucho a los niños.
Larisa lloraba profundamente sacando tantas cosas guardadas, cosas que no sabía que tenía, después de mucho tiempo, limpiando sus dolores, comenzó a amarse profunda y verdaderamente, cómo jamás lo había hecho, hizo todo lo que Alberto le había dicho, incluso lo del sexo anal, eso era algo que ella disfrutaba, aunque últimamente ya no le era tan placentero, porque la lastimaba, y ya no se sentía a gusto practicándolo, así que se prometió no volver a hacerlo; amó cada parte de su cuerpo, sintiendo la explosión de una energía muy hermosa, lágrimas de alegría la embargaban, lágrimas de alegría y dolor mezcladas, por todo el abandono en que se tuvo a sí misma, porque jamás se había acariciado, mucho menos amado de esta manera; Después, volvió a verse a los ojos y se habló, se reconoció a sí misma, su piel se veía diferente, se veía más joven y hermosa, su cabello brillaba, se vio a los ojos y se dijo: Larissa, mi amor, hermosa —sus lágrimas nuevamente comenzaron a salir— perdóname mi amor, perdóname por todo el abandono en que te he tenido, quiero que sepas que a partir de ahora te voy a amar, te voy a cuidar, tú serás mi

prioridad y lo más importante en mi vida; siempre has sido muy valiente, fuiste una niña muy fuerte, aprendiste muchas cosas, te amo por tu valor, por tu hermosa sonrisa, me encanta cuando te ríes, eres muy inteligente, trabajadora, eres muy buena en los negocios, y a partir de ahora sé que serás una madre muy amorosa, te amo, mi amor hermosa, —ella se abrazaba cariñosamente frotando sus brazos y acariciando su rostro, posteriormente, volvió a verse a los ojos y vino la magia, dijo en voz alta: Mis amores, hermosas, mis niñas, sé que están aquí adentro, por favor, salgan de dentro de mí, de pronto, de su pecho, comenzaron a salir, primero una niña hermosa de tres años, con su cabello negro y caireles hermosos cayendo por el costado de su rostro; ay no, no, cómo..., dijo asombrada, inmediatamente después salió una niña de siete años, hermosa y delgada, después una hermosa joven de quince años y por último una adulta de veintidós años— No es cierto no, pero cómo..., —ella se tapó la cara, el llanto era irrefrenable, había tanto dolor en su alma, que no podía ni levantar la cara, sintió las manos de sus niñas acariciando su cabello, la bebé le acariciaba su rostro, mientras hacía pucheros, y comenzó a llorar, ella la levantó del suelo y la abrazó, todas la abrazaron, todas le entregaban su amor, ella lloraba de alegría y de tristeza, sentimientos encontrados la abrumaban— ¿pero cómo mis amores?, perdónenme, yo no sabía, ¿cómo que ustedes estaban aquí adentro?, pero por qué..., ¿por qué nadie me dijo antes de esto, mis hermosas...?, ¿cómo es posible que yo las abandonara sin siquiera hablarles?, yo no sabía. Mi amor —dijo la grande abrazándola junto con sus niñas menores, ella escuchó su voz por primera vez y rompió en un llanto más profundo.

—Mi amor... perdóname, perdóname, yo no sabía que tú, que ustedes estaban aquí, perdónenme mis amores, no lo sabía —todas la consolaban abrazándola por primera vez después de casi treinta y cinco años— mis hermosas perdónenme, por favor, perdónenme, yo no sabía que estaban vivas adentro de mí, perdónenme lo siento tanto —cuando pudo tranquilizarse un poco les dijo—vengan mis hermosas, vengan, vamos a la cama, quiero abrazarlas —ella se recostó y abrazó a las dos menores en su pecho, las otras dos se colocaron una a cada lado abrazándola, mientras ella abrazaba a las pequeñas, todas lloraban, ella les pedía perdón y ellas la acariciaban entregándole su amor, poco a poco se fueron tranquilizando, y comenzó a agradecerles a cada una de ellas por su entrega al vivir esas duras experiencias, las niñas lloraban su dolor, porque ellas habían sido humilladas, abandonadas, abusadas, cada una de ellas vivió una etapa de su vida y se ocultó dentro, con todos sus dolores y humillaciones, para darle paso a la siguiente, quién viviría las siguientes experiencias y los siguientes dolores y alegrías, así, cada una fue llorando y sanando, ella las amó y las reconoció, les explicó los acuerdos y lloraron entendiendo todo eso, entendiendo que nadie les había hecho daño, y que ellas no habían hecho daño a nadie, comenzaron a entender y a perdonar, limpiaron sus karmas, la llama violeta se hizo presente incendiándolas a todas, transmutando sus experiencias pasadas, y borrando de sus registros Akashicos sus karmas. El sol comenzaba a salir e iluminaba el borde de la cortina que Alberto había cerrado, finalmente, y después de mucho tiempo, se quedaron dormidas...

Alberto se despertó temprano como era su costumbre, aun cuando hubiera dormido pocas horas no le gustaba desperdiciar sus mañanas en la cama y prefería irse al club a hacer alguna actividad, eran las siete de la mañana, se levantó, y caminó por el pasillo, llegó hasta la puerta cerrada del estudio y tocó suavemente, al no recibir respuesta, abrió y se asomó.

—Hola, hola —ella yacía en la cama tapada con la sábana, su cabello se veía brillante y lucía más joven, abrió los ojos y le regaló una muy hermosa sonrisa, se estiró, quitándose la pereza, y dejó al descubierto sus hermosos senos color rosado, sus pezones estaban erectos.

—Guau —dijo él admirándola— te ves increíble, ¿ya te viste en el espejo?

—No —contestó— ¿qué tengo? —acarició su rostro— de seguro tengo los ojos hinchados, he llorado como jamás lo había hecho, es que esto es... —su llanto quiso volver a aparecer, él se sentó en la orilla de la cama y le acarició el rostro suave y tiernamente para tranquilizarla.

—Lo sé, este ejercicio es muy intenso —limpió una lágrima que resbalaba de su ojo— eres tan hermosa, —se agachó muy despacio, lentamente fue acercándose hasta sus labios, y los besó sutilmente, después se pegó a ellos con más fuerza y ella lo abrazó, sus torsos desnudos hicieron contacto y sus lenguas se saboreaban dulcemente, su energía Kundalini comenzó a subir por sus piernas provocándole una erección.

—¿Estás lista para esto, hermosa? —en respuesta ella lo volvió a jalar y lo besó, obligándolo a recostarse a su lado, ambos comenzaron a acariciarse, viéndose a los ojos— ¿te quiero enseñar algo, me lo permites?

—¿Lo de cómo hacer el amor sin penetración?, no estoy segura de querer aprender eso sabes, ja, ja, ja.

—Te va a encantar, primero, repite conmigo: Amada madre Gea, regálame tu energía Kundalini, Gea es el nombre de nuestro planeta, —ella repitió cada palabra— ahora, respira por la nariz, o por la boca, ¿por cuál de estos dos sientes más la energía, cuando inhalas? —ella no contestaba, sus energías estaban muy activas, y la llenaban de sensaciones nuevas— despacio y profundamente, siente e imagina cómo esta energía sube por tus piernas hasta tu chakra raíz —él le quitó de encima la sabana y dejo al descubierto todo su hermoso cuerpo— ahora, respira — colocó su mano en su espinilla, y comenzó a deslizarla hacia arriba— respira lento y siente —subió por dentro de sus muslos, sin llegar al punto máximo de su placer, volvió a bajar su mano por el interior de sus muslos, para después volver a subir la mano y detenerse justo antes de tocar su parte mágica, ella separó un poco las piernas y finalmente, muy despacio, colocó la palma de la mano encima de su vulva— siente —ella arqueo la espalada incrementando sus sensaciones, una descarga de energía hermosa la envolvía— repite: ¡Qué se active mi chakra raíz!, aquí siente —el masajeo un poco el clítoris, aumentando la activación del chakra— imagina como la energía gira activando tu chakra —ella volvió a flexionarse levantando su vientre de la cama, estaba a punto de tener un orgasmo— espera dijo él deteniéndose, respira, despacio, y ordena: ¡Que se active mi chakra del ombligo! —él colocó su mano en este lugar y comenzó a hacer círculos, ella respiraba conteniéndose— repite: ¡Qué se active mi chakra del plexo solar! —ella decía cada palabra y su energía la obligaba a tener que contenerse aún más, ella volvió a respirar y él subió su mano, la colocó en este chakra y comenzó a realizar los giros— respira y siente la energía, ahora di: ¡Qué se active mi chakra del corazón! —ella repitió las palabras, y una descarga eléctrica recorrió su columna vertebral, el subió la mano hasta su pecho y giró su energía— respira.

—No, es que, no…

—Procura no venirte preciosa, pero si no puedes está bien hazlo —ella no se pudo contener más, estaba sumamente excitada, él volvió a colocar su mano encima del chakra raíz acariciando el clítoris, y ella explotó en un orgasmo, él subió su mano recorriendo su vientre, su plexo solar, su garganta, y cada uno de sus chakras, pasó su mano por encima de su rostro acariciándolo, hasta llegar a su chakra corona y mantuvo su mano en este sitio, metiendo sus dedos entre sus cabellos, se juntó a ella lo más qué pudo y comenzó a subir su propia energía con su respiración, empezó a sentir el orgasmo de ella y este se convirtió en su propio orgasmo, ella seguía viniéndose, una y otra vez, su cuerpo se encendía, su energía estaba al máximo, él la abrazaba pegado a ella, con su pierna entre las de ella y sintiéndola lo más posible, subiendo su respiración, activando sus chakras y elevando su energía, sus cuerpos energéticos estaban completamente fusionados, sus almas bailaban abrazadas formando una sola llama de energía azul y rosa, que se mezclaban para formar un color hermoso, sus energías se estaban amando completamente envueltos en un orgasmo energético, la energía que provocaban era tan grande que iluminaba a todo el edifico, los vecinos la sentían, los más sensibles eran obligados a cerrar los ojos sintiendo una oleada de placer hermoso, los más inconscientes no se percataban de nada; ellos seguían bailando energética y físicamente el baile del amor, poco a poco ella fue recuperándose, largos minutos transcurrieron sintiendo su orgasmo, él sabía que debía darle tiempo para que sus cuerpos energéticos volvieran a sus cuerpos físicos para restablecerse, poco a poco, ella lo soltó y se relajó, no podía abrir los ojos, no podía articular palabras, no podía moverse— ahora, quiero que vuelvas a subir tu energía con la respiración, jala aire por la boca, hazlo rápido, ¡ahora!, respira, inhala y sube tu energía nuevamente, —él hizo lo mismo y ella se volvió a abrazar de él mientras el aire entraba por su boca, se arqueó sintiendo otro nuevo orgasmo, uno igual de hermoso e intenso que el anterior— respira hermosa, vuelve a subir tu energía, inhala, anda, así, así hermosa, así, hasta arriba —él colocaba su mano en su chakra corona y ella lo abrazaba, él comenzó a jalar su cabello suavemente para cubrirle el rostro y se lo frotó, ella se sentía flotar, la sensación de su cabello en su cara era nueva y esto la elevaba aún más, por un momento, dejó de estar ahí, solamente veía una luz azul hermosa, y tonos rosas brotando de alguna parte, él se acercó a besar sus labios cubiertos por su cabello mientras ella se mantenía dispersa en todas partes, sin tener un cuerpo, poco a poco, fue regresando a su cuerpo, cuando por fin pudo moverse, lo abrazó fuertemente, se quedó en silencio sin poder articular palabras, lágrimas hermosas brotaban sin poder contenerlas, continuaba sintiendo la energía por todo su cuerpo, y cuando por fin pudo hablar dijo:

—Guau, qué fue eso, guau, es que… —él le comenzó a retirar los cabellos del rostro tierna y suavemente, su llanto volvió a brotar y se le

abrazó llorando— es que… —no podía expresarse, era uno de esos momentos en que las palabras no son necesarias— es que… ay Alberto, ¿qué fue eso?, es que… —Él, guardó silencio, permitiéndole sentir, después, limpió sus lágrimas.
—¿Qué fue eso?, lo abrazaba y ocultaba su rostro en su hombro.
—Eso fue un orgasmo energético, sin necesidad de penetración —él se movió y se recostó a su lado acariciando su cabello, ella lo veía enamorada y totalmente extasiada.
—Es que jamás había sentido algo así, es qué… esto fue… increíble, no lo puedo creer.
—Ahora, déjame mostrarte la diferencia —él tenía una erección, se colocó entre sus piernas e iniciaron el baile del amor nuevamente, subiendo sus energías, ella trató de contenerse, pero no pudo, al sentirlo dentro de sí, volvió a tener un orgasmo hermoso, respira, preciosa sube tu energía, ambos se abrazaban en un orgasmo energético y espiritual, que los llevaba al encuentro de sus almas, y de sus cuerpos espirituales.
Ambos estaban acostados, abrazados, la sábana los cubría, ella estaba recostada en su pecho y él acariciaba sus cabellos. Por un largo rato guardaron silencio, sus energías se estaban restableciendo. Cuando creyó que era el momento correcto, preguntó.
—Cuéntame Larisa, ¿cómo te fue?, ¿qué te pareció, el ejercicio de la copa del amor personal?
—Ay Alberto, esto ha sido increíble…, en un principio me costó mucho trabajo verme a los ojos, no sabes, creo que jamás me había mirado verdaderamente, cuando por fin lo hice, el llanto nublaba mi vista y no podía dejar de llorar, sus ojos, volvían a nublársele y guardó silencio.
—Esto qué estás sintiendo, es normal, si tienes necesidad de llorar, no te apenes, suéltalo, es importante que siga fluyendo, no intentes detenerlo.
—Es que…, —él se estiró y cogió la caja de pañuelos desechables y le pasó uno, ella lo tomó y se secó los ojos que comenzaban a mojarle el pecho.
—Es que… he llorado tanto, no sabía que tenía tanto dolor, tantas humillaciones, —se recostó bocarriba, a su lado, y secaba sus lágrimas— nunca me imaginé que yo estuviera tan enojada con mi padre, que me sintiera tan abandonada, crecí siendo hija única y él estaba dedicado a sus negocios, es un hombre muy rico, así que crecí sola, fui abusada y humillada en muchas maneras, pero…yo le pedí

eso…, su cara se transformaba nuevamente en la niña, yo le pedí que él me hiciera eso, su llanto
renació con fuerza, eso me ha dolido muchísimo Alberto, muchísimo.
—Sí hermosa, descubrir eso duele mucho.
—Después —dijo sollozando— pude perdonarlo y agradecerle, y por primera vez lo amé…por primera vez amé a mi padre —el llanto nuevamente se desbordaba— puedes creerlo, por primera vez lo ame… —guardo silencio para tranquilizarse— después, le agradecí y me liberé de ese dolor, pero no fue solo con él, con todos con quienes tenía algo, había tantas cosas. Cuando sentí que ya no tenía más llanto, comencé a amarme, ella estiró su brazo derecho y lo acariciaba con su mano izquierda, jamás, jamás me había amado de esta manera, eso fue tan hermoso, mi rostro cambio, pude verlo, —sus lágrimas por momentos disminuían, pero no cesaban.
—Pero claro que sí, te ves más joven y tu piel tiene otro tono, te ves increíble.
—Eso estuvo guau, mi cuerpo se sentía tan… amado —mientras decía esto acariciaba su rostro tierna y suavemente— Después…, —su llanto se hacía un poco más intenso— por primera vez me hablé a mí misma, y me dije cosas hermosas, me sentía tan hermosa y tan amada por mí misma, que no podía dejar de llorar de alegría, y un poco de tristeza, por haberme abandonado tantos años, por no haberme amado antes, pero me prometí qué no me volvería a abandonar, qué me amaría y siempre hablaría bien de mí misma.
—Qué bueno preciosa, para tener un amor honesto y verdadero, debemos amarnos a nosotros mismos en primer lugar, antes incluso de amar a nuestros hijos; si no te amas a tí en primer lugar, si tú no eres lo más importante para tí misma, entonces tu amor hacia los demás no será honesto.
—Ok, entiendo, por eso no podemos amar a los demás verdaderamente, es decir, siempre nos han dicho: “Ama a tu prójimo como a ti mismo”, pero ¿cómo amarlos, si yo no me amo?
—Exacto, por eso tu amor, debes dártelo primero a ti, y después entregarlo a todos y a todo lo demás, a tu familia, tu casa, tus empleados, a todo, de esta manera tu amor bendecirá verdaderamente tu vida.
—Qué increíble, ni idea tenía de la importancia de amarte; te confieso que mi ex, me decía siempre que yo no lo amaba, porque solo me amaba a mí misma, y siempre pensé que eso era verdad, que era de

hecho muy caprichosa y egoísta, porque siempre yo era la más importante, pero ahora me doy cuenta de que no, que en realidad no me amaba, estaba enojada conmigo, y con todos, incluso… —guardó silencio un momento, lo que iba a decir todavía le dolía— con mis hijos —sus ojos nuevamente liberaron algunas lágrimas— a esos hermosos pequeños, los he estado abandonando, jamás les he entregado un amor honesto, había estado haciendo con ellos lo que mis papás hicieron conmigo, abandonarme, ahora yo los he estado abandonando.

—Es que ese es tu karma y el de ellos.

—¿Cómo qué nuestro karma?

—Sí, si lo piensas un poco, ellos de adultos abandonarán a sus hijos y de esa manera se repiten los patrones y se mantienen los karmas, por eso hicieron juntos vuestros acuerdos

—¿Cómo, no entiendo?

—Tú le pediste a tu mamá y a tu papá, abandónenme, ayúdenme a sentirme sola, quiero aprender del abandono, para dejar de hacerlo, porque en vidas pasadas he abandonado a quienes amo, y tengo que dejar de hacerlo; tus hijos te dijeron: Queremos ser tus hijos, y que nos abandones, porque en vidas pasadas hemos abandonado a nuestros seres queridos y tenemos que dejar de hacerlo; es una cadena, ¿te das cuenta?, todos ustedes están ligados al karma del abandono.

—¿Entonces por eso mi mamá se fue cuando yo era una niña y no he vuelto a verla?, siempre le he tenido mucho coraje, pero entiendo que lo hizo porque yo le pedí que lo hiciera, para volver a sentirme abandonada, y para sentir el coraje y el enojo, pero en realidad era para no mantenerme enojada, sino para dar gracias por el abandono y terminar con mi karma; pero resulta, qué cómo me he mantenido enojada, no me libero del karma; incluso con mi papá; no sabes, ni siquiera quiero verlo, nunca tengo tiempo para él, cuando me pide que nos veamos, siempre le digo que no puedo, tardo meses en verlo; pero entonces, como me mantengo enojada, entonces hago lo mismo con mis hijos y ellos me van a odiar y cuando ellos sean adultos, van a abandonar a sus hijos, y vamos todos a seguir atados al karma, ay Alberto, esto es tan complicado.

—Es un juego, ve las cosas así, es un teatro armado por ti, acuerdos hechos con tus papás, tus hijos y tu esposo, para repetir una lección, EL ABANDONO, y poder pagar el karma.

—Entonces, podríamos decir que el enojo, el rencor, el odio, el miedo, son lecciones que planeamos volver a sentir, para en realidad, liberarnos de un karma.

—Así es, por eso les dije que las emociones son el regalo; una vivencia siempre nos deja una emoción y ese es el regalo. Por ejemplo, imagina que, a una persona, delante de ella, le asesinan a un hijo de un balazo, y el asesino huye.

—Ay no, eso debe ser terrible.

—Por supuesto qué lo es, eso despierta emociones muy fuertes de…

—Enojo, odio, deseo de venganza, tristeza, mucha tristeza y depresión muy profunda, dijo esto imaginando que era ella la que estaba viviendo ese evento.

—Así es, justamente esas emociones son el regalo, piénsalo: El asesino, es alguien a quien la mamá le pidió: Ayúdame, quiero que mates a mi hijo, porque necesito sentir el odio y el miedo y todo eso, en mi vida pasada yo maté al hijo de una señora y quiero pagar mi karma; el que va a ser su hijo en esta vida, le dijo: Yo seré tu hijo, te ayudaré, y quiero que me ayuden a salir de mi cuerpo cuando tenga diecisiete años, para entonces, habré terminado con lo que tenía que cumplir, y de esa manera te ayudaré a volver a vivir eso que necesitas; una vez armado el teatro, y ya en esta vida, habiendo olvidado los acuerdos y para qué los hicieron, un domingo en familia, el asesino se presenta y ocurre la tragedia, la mamá se deprime, odia, se mantiene en el deseo de venganza, y después de algunos años se muere, regresa a la Ciudad de la Luz, se reencuentra con su hijo "muerto", y con el asesino, quien había fallecido asesinado por alguien más, y entonces, ella se da cuenta de que no superó la prueba.

—Entonces, ¿siguen atados al karma?

—Sí, y tendrá que volver a vivir la experiencia en la siguiente vida, o en la siguiente, hasta que se liberen. Tú, en muchas vidas anteriores te has mantenido enojada con quienes te abandonaron, y eso te ata al karma, cada vez que regresas a la Ciudad de la Luz, te das cuenta de que no superaste la prueba, y tienes que volver a repetirla.

—Guau, tengo que resolver todo esto.

—Sígueme platicando preciosa, ¿y luego qué pasó?

—Ay no… —sus ojos solo de recordarlo de inmediato se nublaron— ay no es que… hablé con mis niñas internas y les pedí que salieran y ellas salieron, Alberto, son reales, ellas salieron, ¿cómo es posible?, ¿y por qué no están aquí?

—Ellas están dentro de tí, ahí duermen, en tu interior, solo tienes que decirles que salgan de ti cuando ellas lo deseen, y que se pueden meter

cuando quieran.
—¿Quieres conocerlas?
—Por supuesto, me encantaría, pero espera, es que este reencuentro es tan especial, que es mejor que estés a solas, todavía hay cosas que ellas tienen que sanar y hablar contigo, pídeles que te digan todo lo que les duele, abrázalas y después, diles lo hermosas y valientes que fueron al vivir todo eso, que tú estás orgullosa de ellas, hazlas sentir muy especiales, ¿me entiendes?
—Sí, por supuesto que sí, esto es mágico, sabes Alberto, estoy pensando…, me encantaría pasar contigo el día completo, pero creo que es más importante que termine con ciertos karmas, iré a ver a mi papá, después a mis hijos y a mi ex, tengo que aprovechar todo esto que está tan fresco.
—Claro que sí, tenemos mucho tiempo por delante, ya nos reuniremos después. Espera, quiero conocer a tus niñas, déjame poner el short. Listo hazlo.
—Mis niñas hermosas, salgan de dentro de mí.
Ellas fueron saliendo, materializándose.
—Hola hermosas, las tres pequeñas se acercaban a Larisa abrazándola, la grande se quedó de pie enfrente de Alberto, sus ojos hermosos lo analizaban. Mis hermosas, les presento a mi amigo Alberto, saluden.
—Hola Alberto, dijo la mayor estirándole la mano.
Él la saludó.
—Hola Larisa, qué hermosa eres, ¿qué edad tienes?
—Veintidós años.
—Ok, esperen, quiero que conozcan a mis niños, mis amores hermosos, por favor salgan, sus pequeños comenzaron a materializarse saliendo de su pecho, como si el cuerpo físico fuera una tienda de campaña que los guardaba en su interior. Mis hermosos, ¿cómo están?
—Hola mi amor, dijo el mayor, Alberto, mi niño mayor, tiene veintitrés años, quiero presentarte a Larisa y a sus niñas, niños saluden a Larisa y a sus niñas.
Los niños de Alberto eran más extrovertidos que las niñas. Estaban más acostumbrados a salir, poco a poco las niñas se fueron acercando a ellos y después de unos momentos ya estaban todos platicando y los más pequeños jugando.

Ahora que lleguemos a casa hijos, es importante que hagamos todos el ejercicio.
—Yo tengo sueño, papá, dijo Brandon, ¿lo puedo hacer mañana?, ya no me aguanto.
—También yo papi.
—Es que sí, dijo Ellen, mi amor, esto ha sido muy agotador, creo que será mejor si lo hacemos mañana, más descansados no crees.
—Ok, mi reina, tienes razón, ya es muy tarde, mañana con la mente más descansada, lo podremos hacer.

VIII Transmutando los Karmas

—Papá, hola —dijo Larisa comenzando a llorar.
—Hija, ¿qué pasa, estás bien?, me asustas.
—Papá, quiero verte, ¿estás en tu casa?
—Sí mi amor, claro que sí, ven para acá, te espero, ¿estás bien?
—Sí, sí, solo quiero verte.
—Claro amor, ven —Colgaron los teléfonos.
—¿Quién era amor?, tienes cara de preocupación.
—Era Larisa, quiere verme, estaba llorando y eso es muy extraño, voy a arreglarme un poco.

Su papá la esperaba de pie en el vestíbulo de la residencia, ella al verlo, corrió y se lanzó en sus brazos llorando.
—Papá, perdóname, por favor, perdóname.
—De qué mi amor, no tengo nada que perdonarte.
—Sí, porque he estado enojada contigo todos estos años, y…, —lloraba profundamente, no podía explicarle nada, él solamente la abrazaba, extrañaba a su niña, ahora que él era mayor, se daba cuenta del abandono en que siempre la tuvo, y le dolía haberlo hecho, sabía que ella no quería verlo en venganza por su abandono.
—Es que papá —dijo separándose de él y tomándolo de las manos, lo miró directamente a los ojos y dijo con el llanto en ellos— Quiero pedirte perdón, si en vidas pasadas o en esta, te humille, te lastime, te

abandone, por favor perdóname, lo siento, —sus ojos derramaban lágrimas, le costaba trabajo hablar en voz alta, empezó a sentir que algo se le quitaba de encima, también él lo sentía.
—Hija —dijo en forma instintiva— si en vidas pasadas, te humille, te lastime, te dañe, de cualquier forma, si te abandone… te pido perdón, por favor perdóname —la jaló hacia sí y la envolvió en sus brazos, ella acariciaba su espalda, la llama violeta los rodeaba incendiando sus cuerpos energéticos-espirituales, sus almas bailaban abrazadas, amándose, siendo bañadas por la luz violeta, de sus registros Akashicos eran borrados sus karmas; poco a poco sus cuerpos energéticos volvieron a sus cuerpos físicos y se posicionaron envueltos en luz violeta, ambos sonreían.
—¿Qué pasó hijita?, cuéntame, ¿qué pasó? —ella sintió que alguien estaba detrás de su papá, la esposa, una mujer joven, que según ella había alejado a su papá de su lado, los miraba secándose las lágrimas. Larisa caminó hasta ella y la abrazó— Valgarma, perdóname, por favor, perdóname, ambas lloraban, se separó un poco de ella, la tomó de las manos y transmutó sus karmas.
—Gracias Larisa, gracias por decirme esto, tú también, perdóname si te lastimé, nunca fue mi intención, pero…
—Sí lo sé, yo me mantuve enojada, culpándote.
Su papá se acercó y las abrazó, después dijo:
—Vengan, vamos a sentarnos —caminaron hasta la sala y se acomodaron en el sillón grande, mientras su madrastra se sentaba en el sillón individual. Ella comenzó a platicar toda su experiencia y lo que había aprendido, les insistió en que también hicieran el ejercicio de la copa del amor personal, les dijo cómo y los acompañó hasta sus recámaras, cada uno a solas hizo el ejercicio.

Su teléfono celular vibraba, lo sacó del bolsillo, vio el nombre en la pantalla y dudó en contestar, finalmente lo hizo.
—Bueno —él se mostraba un tanto frío, su relación no había terminado en buenos términos, había habido mucho enojo, pleitos legales y venganzas, así que por eso él no quería acercarse mucho a ella, solo lo necesario para recoger a sus hijos y poder pasar con ellos los fines de semana.
—Hola Axel, dijo ella con tono muy alegre, ¿cómo estás? —no quiso

preguntarle por los niños, porque quería primero resolver su karma con él.
—Bien, ¿qué pasa, ocurre algo?
—Todo bien, ¿oye, estás en tu casa, puedo ir a verte?, quisiera hablar contigo.
—Sí claro, pero está Martha, no quiero problemas.
—No, claro que no, no te preocupes, llego en un rato más.
—Ok, te espero.

Mientras su papá y Valgarma hacían el ejercicio de llenar su copa de amor personal, ella entró en la recámara que su papá le había dicho era para ella, pero que en muy contadas ocasiones llegó a ocupar, entró, y por primera vez admiró lo grande y hermosa que era, caminó tocando los muebles, su visión de las cosas cambió, se sentía completamente diferente, todo la sorprendía y le maravillaba; se recostó en la cama y dijo.
—Mis amores, hermosas, por favor salgan de dentro de mí —sus niñas fueron saliendo de su pecho, y se recostaban, las más grandes a su lado, y las más pequeñas en su pecho. Ella abrazaba a las más pequeñas quienes lloraban haciendo pucheros y se abrazaban a ella, sintiéndola, llevaban muchos años dentro, ocultas, sin ser vista, más que por sus hermosas mayores, por las tardes noche todas ellas se intentaban comunicar con Larisa diciéndole: Mi amor, estamos aquí, ¿nos escuchas? Ella no las escuchaba, y cada noche las pequeñas dormían abrazadas y solas. Ahora, ella se dedicó a hablarles y a abrazarlas, sus niñas internas se sentían amadas en verdad, su abandono fue siendo sanado, las hizo sentir muy especiales y valoradas, averiguo que la menor se ocultó cuando cumplió tres años, era una bebé hermosa. La otra pequeña vivió el jardín de infantes y se ocultó cuando entró a la primaria, tendría seis años, ella fue abusada sexualmente cuando tenía cinco años y se volvió callada y retraída, así que Larisa le dedicó una atención especial, la dejó expresarse diciéndole.
—Anda mi amor, dime lo que sentiste —la niña lloraba abrazada a su cuello.
—Es que sí, sí, me daba mucho miedo, sí, yo no quería, porque él… —su llanto no las dejaba continuar y enterraba su carita en el pecho de

Larisa, ambas se abrazaban tratando de sanar su dolor.
—Sí mi amor, sé que nos daba mucho miedo y que nos lastimaba.
—Sí, sí, es que él me… —no podía seguir expresándose.
—Sí mi hermosa, lo sé, llora mi hermosa, llora, llora todo eso que te duele mi niña valiente, llora, —La niña la abrazaba con más fuerza y ella la apretaba a su pecho, poco a poco el llanto fue cediendo, la niña finalmente logró dejar de llorar y sollozaba suspirando y jalando aire— mi amor, ahora, ahora sé que nosotras le pedimos a él que nos hiciera eso.
—Sí, sí, pero… —su mente de niña no podía razonar eso del todo, pero Larisa continuo— sí mi amor, sé que esto te duele, pero eso pasó porque nosotras se lo pedimos, él solo nos ayudó a pagar una deuda que teníamos de alguna vida pasada —la llama violeta se encendió abrazándolas— ahora tenemos que…, tenemos que pedir perdón —dijo esto y el llanto volvió a brotar con fuerza— perdón, perdón, porque yo hice eso con alguna otra niña o niño, perdónenme, perdón, Dios, perdóname, perdóname, yo no quería dañar a nadie, yo soy buena, yo no quería dañar, perdóname, padre, perdóname… —La llama violeta brillaba intensamente limpiando sus cuerpos y quemando los karmas acumulados en todas las vidas anteriores, esa era una experiencia que ya habían repetido en muchas ocasiones, había sido abusada y había sido abusador— perdón, perdónenme todos y todas a quienes hice eso, perdón, yo soy buena persona, perdooón —su llanto era un río sin final, su alma necesitaba ser sanada, y el llanto hacía eso mientras abrazaba a sus niñas, por fin la calma las invadió, se sentían en paz y liberadas.
La siguiente niña tenía quince años, había vivido la primaria y la secundaria, ella fue una de las niñas más bonitas de la escuela y abusó mucho de las menos agraciadas, las humilló e insultó de muchas maneras, ella estaba enojada con papá y con los hombres, así que buscaba la manera de sacar su enojo abusando de los más débiles; usando su belleza lograba que sus compañeros de grados superiores la protegieran y le ayudaran a sostener su poder, maltratando a cualquiera que ella considerara inferior. Larisa la abrazaba y ella lloraba recordando todo lo que vivió, su dolor y todo lo que les hizo a las otras niñas.
—Ellas nos lo pidieron mi amor, todo fue un acuerdo, ellas necesitaban vivir eso y tú les ayudaste, no eres mala mi niña hermosa.
—Pero sí, porque yo las lastimé, y las hacía llorar, ellas me suplicaban que las dejara en paz, pero yo…

—Sí mi amor, pero fue porque ellas nos lo pidieron, tu eres buena, mi hermosa, eres buena —La niña lloraba, las palabras de Larisa no lograban tranquilizarla, su alma pedía perdón, poco a poco su niña fue entendiendo y logró tranquilizarse abrazada a ella,

Larisa sobaba su espalda y acariciaba sus cabellos, la llama violeta no las dejaba solas, siempre estaba presente limpiando su alma y sus registros. La mayor de sus niñas tenía veintidós años, había vivido la preparatoria y la carrera universitaria, se ocultó cuando ella se embarazó por primera vez mientras cursaba la carrera, cuando supo que estaba embarazada ella entró en el interior de Larisa y dio paso a la adulta. Larisa no quería tener al bebé, así que abortó con la ayuda de una amiga mayor, su papá no se enteró, ella simuló una salida de fin de semana y como su papá nunca estaba en casa, no tuvo problemas, era demasiado joven para tener un niño.

—Mi niña hermosa —dijo abrazando a su niña mayor, te amo hermosa.

—Sí, sí —ella lloraba— yo también te amo mi amor, ¿pero entonces… todo lo que vivimos fue un acuerdo entre nosotras y ellas y ellos, con todos?

—Sí mi amor, todo fue un acuerdo para vivir esas experiencias, ahora tenemos que pedir perdón ¿ok.?

—Sí —el llanto de su niña se hizo más intenso mientras decía— perdónenme, perdónenme, yo no quería lastimarlas, perdónenme, por favor perdónenme —su alma comenzó a sanar— perdón, perdón.

—Claro que sí, eres buena mi amor, eres una mujer muy buena, porque les ayudaste a todos a vivir sus experiencias, eres buena, sí —aunque entendía, la niña sentía un gran dolor, y lloraba buscando el perdón, largos minutos tardó en encontrar un poco de paz, Larisa la abrazaba y la amaba, la llama violcta dio luz y paz a su alma, la limpió, y clla sc tranquilizó. Largas horas las amó a todas y recibió el amor de todas ellas, finalmente les dijo.

—Mis amores, a partir de ahora, ustedes pueden salir y entrar en mí, cuando lo deseen, ok, son libres, quiero que disfruten de su vida y que nos divirtamos juntas, a partir de ahora yo las voy a amar y a cuidar, iremos al parque y seremos muy felices.

—Sí, sí —dijeron todas abrazándose.

Su papá y su esposa, estaban abrazados de pie en la entrada principal de su casa, alegres, felices y rejuvenecidos, Larisa abordaba su automóvil; habían pasado ya casi cuatro horas desde que llegara.

Larisa llegó a la casa de su exesposo, cuando él abrió la puerta, se sorprendió al verla, ella se veía radiante y más joven, su piel era de otro tono, no estaba sería, ni mal encarada, como era su costumbre, su energía era completamente diferente.
—Hola Axel.
—¿Qué te pasó?, te ves…, radiante.
—Gracias Axel, espera, quiero…, tomó sus manos y dijo: Mi querido Axel, mi amor.
Él, abrió los ojos asombrado, era demasiado extraño que ella fuera cariñosa.
—Quiero pedirte perdón, —el perdón pedido venía desde el fondo de su corazón y las lágrimas eran prueba de ello— si en esta vida o en vidas pasadas, te humillé, te lastimé, te herí, te quité a tus hijos, o te falté de alguna manera, por favor, perdóname, lo siento mucho, te quiero.
Él la escuchaba atentamente, y sus palabras rompieron los muros de la indiferencia y el enojo, derrumbándolos, comenzó a acariciar los dedos delgados de las manos de la mujer de quien se enamoró, después de años él la volvía a tener enfrente, y ese amor hermoso que habían tenido resurgió, pero ya no era el amor pasional, sino el de la pareja comprensiva y amorosa, que fueron durante los primeros años de su relación, y sin poder evitarlo y mientras ella hablaba, sus ojos comenzaron a soltar sus lágrimas, lágrimas que sanaban su alma y su vida, y lo liberaban, de manera instintiva dijo.
—Larisa, si yo, de alguna manera, en esta vida o en vidas pasadas, te humillé, te lastimé, te ofendí, te quité a tus hijos, por favor, perdóname, lo lamento, no era mi intención dañarte, te quiero preciosa, nunca he dejado de quererte —él la abrazó, y ambos volvieron a sentir su amor, un amor que nunca debió de desaparecer, que debió de permanecer uniéndolos, aunque ya no vivieran más tiempo juntos.
Su nueva esposa los observaba y sus lágrimas también se hacían presentes.
Los niños que habían estado jugando en el jardín, entraron a la casa, y vieron a sus papás abrazados en la entrada principal, ambos corrieron,

mamá, mamá, gritaron felices y corrieron hacia ella, Larisa al escucharlos se separó de Axel y se hincó para abrazar a sus hijos.

—Mis amores, hermosos, perdónenme —sus lágrimas brotaban sin detenerse— por favor, perdónenme, nunca quise lastimarlos, no sabía lo que hacía, perdónenme, por favor, perdónenme, —ellos lloraban, por primera vez sentían el amor de mamá de manera verdadera y honesta, así abrazados, transmutó sus karmas y les pidió perdón, la llama violeta hacía su trabajo y sus almas danzaban felices abrazándose, liberando sus registros Akashicos; cuando por fin se pudo levantar, vio a la esposa de Axel, y se encaminó hacia ella.

—Lisa, perdóname —la abrazó cariñosamente— perdóname —Lisa veía a su esposo por encima del hombro de Larisa y este le sonreía— perdóname, sé que no he sido una buena persona contigo, tú no tienes la culpa de nada, pero yo estaba enojada y te traté muy mal, perdóname, —se separó de ella y le tomó de las manos— sí en esta vida o alguna vida pasada yo te lastimé, te humillé, o dañé de alguna manera, por favor perdóname, lo siento, quiero pedirte que seamos buenas amigas, de verdad me encantaría eso.

Lisa no lloraba, pero sentía profundamente la sinceridad de Larisa.

—También tu Larisa, perdóname, si en alguna vida pasada te hice daño de alguna manera, cualquiera que haya sido, te pido perdón, lo siento, y sí, me encantaría que fuéramos amigas, —ella la abrazó y ambas eran transmutadas por la llama violeta.

Sus niños se acercaron para abrazarse de las piernas de mamá, ansiaban volver a sentir ese abrazo, estaban sedientos de ese amor hermoso. Larisa se separó de Lisa y se hincó a abrazar a sus niños nuevamente, ellos lloraban sintiendo a mamita y su hermoso amor, su amor verdadero e incondicional.

—Pasa a la sala Larisa, siéntate.

Axel estaba detrás de ella, viendo ese amor, era la primera vez que la veía expresarles a sus hijos su cariño, incluso de bebés ella no fue muy expresiva, las nanas se hacían cargo mayormente de todas las cosas de los niños, dejó de darles pecho muy temprano, porque no quería que sus senos se le deformaran. Llegaron hasta la sala y ella se sentó en el sillón largo con cada niño a su lado, abrazándolos y besando sus rostros cada que podía, ellos se abrazaban a ella sintiéndola.

—Pensé que no me querías —le dijo su niño el mayor con los ojos llenos de lágrimas.

—Perdóname mi amor, no me daba cuenta, lo siento, tu eres mi niño el mayor y ahora te veo, y quiero que sepas que me siento muy orgullosa de lo que eres, de lo cariñoso que eres con tu hermanito y de que lo cuides mucho —por primera vez el mayor se sentía verdaderamente apreciado y se abrazó fuertemente a su madre llorando, ella acariciaba sus cabellos, tomó su rostro con ambas manos y viéndolo a los ojos le dijo— Te amo mi niño hermoso, te amo mucho, después de besarlo —volteó a ver al pequeño quién con su carita infantil la veía, era el bebé de mamá, lo abrazó y le dijo— mi niño hermoso, ahora te veo, perdóname mi amor, si te hice creer que no te quería o que no eras importante para mí, quiero que sepas que sí eres importante, que eres mi bebé y que te amo mucho, —tomó su carita bañada en lágrimas y lo besó, después se volteó hacia el mayor y abrazó a ambos pequeños— mis amores, a partir de ahora ustedes dos serán mis consentidos, a los dos los amo muchísimo, y serán mi prioridad, se los prometo.

Axel estaba sentado en uno de los sillones individuales y Lisa en el otro, no pudo contenerse y se acercó abrazarlos a los tres, todos lloraban, su esposa los veía, pero no sentía celos, sabía que él amaba a sus hijos, y entendía que ellos sintieran un gran cariño. El besó a cada uno de sus hijos y también los amó.

—¿Quieres tomar algo Larisa?

—Gracias Lisa, estoy bien, bueno mejor sí, agua sola por favor, —ella se paró y se dirigió a la cocina.

—Larisa, no quiero ser indiscreto, pero puedo preguntarte, ¿qué te pasó?, ¿a qué se debe este cambió?, que por cierto me encanta, gracias por esto que has hecho, creo que nos hacía mucha falta.

—Sí Axel, es cierto, nos hacía falta resolver esto.

Lisa regresó con el vaso con agua y se lo entregó, ella lo tomó casi todo sin respirar, estaba sedienta.

—Bueno, les cuento…

Ella platicó su experiencia, les habló del karma del abandono, e hizo lo mismo que con sus papás.

—Si quieren hacer eso ahora mismo, yo me llevaré a los niños para que ustedes estén a solas, ellos aceptaron.

—Sí mami, sí, llévanos contigo —dijeron los niños a coro.

Ella subió a los niños en la parte trasera del vehículo, aseguró los cinturones de seguridad y le dio un beso a cada uno, los niños iban felices.

—Larisa, gracias, le dijo Axel, jalándola suavemente para darle un abrazo, ella cerró los ojos y se dejó querer, su amor hermoso le permitía ahora sentirlo a él. Se abrazaron cariñosamente.
—Gracias a ti Axel, por este hermoso regalo —dijo agachándose un poco y viendo a los niños a través del cristal— lo que tú y yo vivimos, fue hermoso, lo demás, bueno, fueron nuestros karmas y nuestros acuerdos.
—Ahora lo entiendo, gracias por venir, oye, ¿crees que nos puedas presentar a tu amigo?, nos encantaría conocerlo.
—Claro, voy a hacer una cena, próximamente me entregan mi casa, creo que el mes que entra, así que haré una pequeña reunión con mis más cercanos y él estará ahí.
—Sí Larisa, avísanos —intervino Lisa, quien se acercó para darle un beso— seguimos en contacto.
Ella entró al vehículo, su exesposo le cerró la puerta, ella volteó a ver a sus niños, y sus ojos se le nublaron, estiró su mano derecha para acariciarlos, los amo mis amores, ellos lloraban sonriéndole.
Llegaron a su casa envueltos en una luz blanca, rosada y violeta.

—Roger, mi amor, esta noche ha sido increíble, nunca me imaginé que nuestra vida fuera en realidad una obra de teatro, qué lo que estamos viviendo fuese en realidad una actuación, y que ese papel lo escogiéramos para pagar nuestros karmas.
—Definitivamente sí, ha sido sumamente esclarecedor, este Alberto, sí que sabe cómo explicar las cosas, todo es tan fácil de entender, ¿pero sabes qué es lo que más contento me tiene?
—No, ¿qué es?
—Qué tú y yo tenemos un amor muy hermoso, y que tenemos la capacidad de crear una relación honesta, sin mentiras, sin ocultamientos, porque ahora sé que podemos permitirnos vivir las experiencias que espiritualmente necesitemos, eso nos permitirá vivir por el resto de nuestras vidas amándonos y no aguantándonos o soportándonos, como hicieron mis papás; porque sí Rouse —el semáforo estaba en rojo, había poco tráfico y volteo a verla— quiero Rouse, si tú quieres claro, crear una relación en donde nos acompañemos y nos amemos en nuestra vejez, me gustaría cuidarte por el resto de mi vida, ¿te gustaría hacer eso conmigo?

—Claro qué sí mi amor, me encantaría, también sueño con eso, estar con alguien que me ame en la vejez, no que me soporte, ni que se conforme con no estar solo, sino que en realidad me ame.
Ella le sonrió, y se acercó para besarlo, sus labios se juntaron en un beso lleno de esperanza y amor.
—Arranca mi amor, ya se puso el verde —él levantó el pie del freno y pisó el acelerador— sabes mi amor, estaba pensando que me gustaría pasar lo que queda de la noche en mi casa, quiero hacer este ejercicio y creo que necesito estar allá, hay cosas que tengo que limpiar.
—Claro hermosa, por supuesto, también creo que es una buena idea, mañana nos reuniremos y ya nos platicaremos cómo nos fue.

Rouse vivía sola, nunca tuvo hijos, estuvo casada durante siete años, hasta que se enteró de que su esposo tenía otra familia e hijos, llevaba con esta mujer casi cinco años, así que al enterarse se sintió sumamente engañada, y traicionada, pues no era solo una aventura, había sido engañada durante los últimos cinco años de su matrimonio, y había hijos, cosa que ella no pudo darle, eso le dolió mucho, de manera que sin dudarlo se divorció, entró en una depresión que le duró años, tuvo que tomar terapia psicológica para resolverlo, porque no podía ser feliz por sí misma, y le costaba permitir que un hombre se acercara para una relación, después de tres años de su divorcio conoció a Alex, se enamoró de él y después de seis meses de relación de noviazgo, se enteró qué él estaba saliendo con una compañera del trabajo, de manera que a partir de esa relación decidió no volver a tener novio, vivía solamente encuentros sexuales ocasionales, hasta que conoció a Roger, era un hombre mayor y muy atractivo, poseedor de una gran personalidad, le encantaba su seguridad y su sentido del humor, él la trató de conquistar en cuanto la conoció, pero ella lo alejó, así que se resignó a ser solamente un amigo para ella, pero después de dos meses de estar saliendo, por fin lo aceptó, se abrió completamente a él y se enamoraron, decidieron vivir juntos y su relación duró cinco años, tuvieron una relación muy intensa, llena de sexo y diversión, ninguno tenía hijos, así que se complementaban muy bien.
Entró a su recámara, encendió la luz, y se comenzó a desvestir, tenía un espejo de cuerpo completo a un lado de la entrada del vestidor, acercó una silla, se quitó el brasier y las pantaletas, se vio al espejo

completamente desnuda, seguía siendo una mujer muy atractiva, sonrió para sí y se acercó a mirarse a los ojos, intentó sostener su mirada, pero sus ojos se le llenaron de lágrimas, y tuvo que esquivarla, —¿pero por qué, qué me pasa?, —volvió a intentar verse a los ojos, acercó el rostro lo más que pudo al espejo, pero nuevamente no pudo verse verdaderamente, escuchaba la voz de Alberto: "Tienes que verte directamente a los ojos, es la puerta de entrada a tu alma." Volvió a intentarlo y lo logró, sus ojos liberaban sus lágrimas, pero pudo verse y dijo.

—Rouse, ahora... —su llanto rompió lo muros— ahora te veo, y quiero que sepas todo lo que me ha dolido —lo primero que vino a su mente fue un recuerdo de su infancia, estaba jugando en el despacho de su padre y este la reprendía por estar haciendo ruido con sus juguetes, su papá se alteraba fácilmente, y le gritó como si no fuera su hija, ella corrió asustada, y salió del despacho— ¿por qué papá?, ¿por qué?, yo era una bebé —ese recuerdo la ataba al rechazo a los hombres, después, recordó cuando tenía cinco años y mientras se quedaba en casa con la niñera, esta la manoseaba y acariciaba sus partes íntimas— ¿por qué, por qué, yo no quería eso, por qué, su llanto era muy profundo, muchos recuerdos dolorosos fueron brotando de su copa del amor, ahí estaban ocultos, ella no recordaba nada de eso y de pronto el baúl de los recuerdos dolorosos se abrió, fueron brotando uno a uno y los lloró todos, recuerdos que había sido enterrados por lo humillantes que fueron; después de mucho llorar, sentía que había algo más, pero no sabía qué era, le dolía el pecho, en un momento de claridad dijo:

—Dios, padre, ayúdame, ayúdame, saca esto que tengo guardado, ayúdame a verlo, ya no quiero guardar nada, no quiero esconder nada de mi vida, por favor, ayúdame... —su mente se abrió, las imágenes y el dolor guardado fueron vistos, lloraba, casi gritaba del dolor que todo eso le causaba, ella había abusado de una niña, hija de su vecina, pero lo había olvidado— perdón, por favor, padre perdóname, perdóname yo no quería hacerle daño, perdóname... —su llanto no tenía freno, las lágrimas sanaban su alma adolorida, continuó limpiando su copa, después, cuando pudo sentir un poco de paz, comenzó a pedir perdón por todo lo que hizo, y a agradecer por todo lo que le hicieron, habló con su abusador y lo perdonó, habló con todos con quienes tenía algo pendiente y los perdonó, y pidió perdón— A todos aquellos con quienes he creado un karma, por favor perdónenme, en verdad lo siento mucho, yo no quería dañarles..., ahora entiendo que fueron nuestros acuerdos, que no nos hicimos daño —el llanto no cesaba, cada palabra liberaba el alma dolorida, la llama violeta le incendiaba y quemaba sus registros Akashicos, transmutando sus deudas, liberándola; poco a poco pudo mirarse al espejo, limpiaba sus lágrimas y su nariz, cuando se sintió más en paz, pudo verse directamente a los ojos, y dijo— Rouse, hermosa..., perdóname —el llanto regresó— perdóname mi amor, porque no te veía, porque te he tenido tan abandonada, perdóname, quiero que sepas, que estoy muy orgullosa de tí, que eres una gran mujer, que a pesar de no tener hijos, has sabido ser feliz, ahora sé que así lo planeamos, qué eso fue parte de nuestros acuerdos de vida, quiero que sepas que a partir de ahora te voy a ver y te voy a amar, frotó sus manos y comenzó a amarse, acariciaba su rostro mientras se decía cosas hermosas, su rostro sonreía, y el tono de su piel se aclaró, ella acarició cada parte de su rostro y se amó, después acarició su cabello, le dio las gracias, por acompañarla y hacerla ver muy hermosa, de esa manera continuó amando cada parte de su cuerpo, cuando llegó a sus senos, los acaricio entregándoles todo su amor, puso sus manos sobre ellos y dijo— Padre, se tu mano quien los acaricie, —se llenó aún más de amor, en su juventud le habían detectado unas calcificaciones en el seno izquierdo, que todavía estaban ahí, les entregó su amor y les pidió perdón, sintió la energía que brotaba de sus manos y esta le llenaba de un calor hermoso, el tejido interno de sus senos recibía la energía y esta envolvía las partes no naturales y las disolvía, se sentía en paz y amada, su amor crecía con cada caricia, después de un largo rato acariciándose, y después de haber recorrido todo su cuerpo, sin faltar una sola uña o falange de sus pies, volvió a verse a los ojos, su rostro se veía rejuvenecido— ¿cómo es posible? —dijo asombrada— me veo más joven, ¿cómo es posible? —efectivamente, se veía diez años más joven, su cabello brillaba y sus ojos tenían un brillo que jamás había visto, se sentía en paz, ligera y muy amada, se vio directamente a los ojos y dijo— sé que dentro de mí están mis niñas interiores, por favor hermosas, salgan —guardó silencio y esperó, una hermosa pequeña de tres años salió de su pecho, como si este se abriera, ella sacó primero su rostro y después avanzó hasta estar completamente afuera.

—¡Qué!, pero no es pos..., —su llanto de inmediato volvió, otra hermosa pequeña de siete años salió de su pecho, después una más de quince y por último la mayor de veintitrés años, ella se tapaba la boca con ambas manos mientras las veía, y finalmente bajó la cara cubriéndosela con las manos, su llanto no la dejaba ver nada— ¿cómo es posible, mis hermosas? ¿cómo es posible? Si mi amor —dijo la mayor, y en el momento en que escucho su voz, se rompió en un llanto desgarrador, sus niñas se acercaron a ella para consolarla y la acariciaban, ella no podía levantar la cara sentía sus manitas acariciando sus cabellos, lentamente pudo levantar su rostro bañado en lágrimas, y abrazó a sus dos pequeñas, la pequeña le rodeaba el cuello con sus bracitos y la otra las abrazaba a las dos, todas lloraban, un sentimiento de dolor por haberlas tenido dentro tantos años, sin saber que ellas estaban ahí, le dolía en el alma.

—Yo no sabía mis amores, no lo sabía, perdónenme, no sabía que estuvieran aquí adentro, perdónenme —el dolor de haberlas abandonado sin saberlo era muy fuerte— no lo sabía mis amores, perdónenme, perdónenme.

—Es que sí mi amor, te hablábamos tratando de que nos escucharas, pero no, no nos escuchabas, cada cierto tiempo, volvíamos a intentarlo, cuando te veías al espejo, aprovechamos para hablarte, pero no nos veías ni nos escuchabas, solo nos abrazábamos, las pequeñas lloraban, y yo trataba de consolarlas, pero ahora...ahora estamos aquí —sus niñas la abrazaron fuertemente.

—Perdónenme mis hermosas, perdónenme, yo no sabía nada de esto, por favor perdónenme, no lo sabía... —La mayor la abrazaba y besaba su cabeza.

—Perdónenme, perdóname hermosa, yo no lo sabía... —Poco a poco su abandono fue sanando, ella las abrazó y las amó, comenzó a platicar con cada una y ellas le dijeron cuándo fue que se metieron dentro de ella, entonces comprendió que fueron eventos importantes que marcaban el término de una etapa juvenil, para continuar creciendo, las fue reconociendo a cada una en sus etapas de vida, les agradeció por haber vivido todo lo que vivieron, por ser valientes, les habló de los acuerdos y las ayudó a sanar, y a pedir perdón, transmutó en violeta sus karmas, largas horas transcurrieron, el llanto terminó de fluir, la paz las abrazaba, la llama violeta seguía con ellas y sus cuerpos y sus almas eran sanados y liberados, después de mucho rato hablando, el sueño las fue venciendo, primero las bebés y después las mayores, en un momento de silencio dijo.

—Gracias papito hermoso, gracias por este regalo, perdóname todos mis pecados, libérame, te amo —lloró un poco más y finalmente se quedó dormida abrazando a sus hermosas.

Rouse despertó, estaba sola, tapada con la cobija, ella esperaba ver a sus niñas, pero no estaban, se levantó de la cama y se dirigió al espejo, guau, dijo mirándose a la cara, pero es qué…, acarició su rostro, este se veía hermoso y joven, su cuerpo estaba un poco más delgado, se veía muy hermosa, volvió a mirarse directamente a los ojos, y pudo hacerlo, sin sentir dolor, se sentía en paz, sonriendo dijo— Mis niñas hermosas, por favor, salgan de dentro de mí —nuevamente cada una de ellas se hizo presente, y ella las abrazó, su niña de quince años era la más sensible, lloraba cada vez que ella la abrazaba, y ella sentía que era la que más necesitaba de su amor, ella había vivido una etapa muy difícil, la escuela primaria y la secundaría, aun cuando cada etapa tenía sus dolores, había unas que eran más intensas que otras, así que ella debía sanar a sus niñas, amándolas y ayudándolas a entender sus acuerdos— mis niñas hermosas, quiero que sepan que a partir de ahora, siempre las voy a ver, siempre estaré con ustedes y quiero que ustedes estén conmigo, quiero que salgan de dentro de mí cuando así lo decidan, ya verán lo divertido que la vamos a pasar, yo me encargaré de que sean muy felices.

—Ay mi amor, —dijo la mayor— te amo tanto, eres tan hermosa.

—Todo se los debo a ustedes, mis hermosas, gracias a que cada una fue valiente y vivió su etapa de la mejor manera, es que ahora yo soy esta mujer tan hermosa, inteligente y poderosa, porque sí, ahora somos muy fuertes y muy hermosas.

Cada uno de los asistentes a la cena hizo el ejercicio, y sacó de dentro de sus copas, todo el dolor, un dolor que no los dejaba ser completamente felices, un dolor que quería salir para ser visto, pero que se negaban a verlo porque les dolía demasiado, así que solamente lo escondían, un dolor que en las noches o en la soledad de sus habitaciones les gritaba, "mírame, estamos aquí, libéranos", pero ellos solamente se quedaban dormidos, o prendían la televisión o la radio para no escucharlos y distraerse, un dolor que mantenía oculto al amor verdadero, a su amor personal; cada uno vio de frente, en el espejo, a sus dolores, se perdonó y pidió perdón, se amó profundamente, y después, liberó a sus niños internos, ellos estaban ocultos debajo de todos esos dolores, todos y cada uno sintieron lo mismo, tristeza, por el abandono y después un amor muy profundo e intenso, se sentían completos, ahora tenían a su lado al amor más hermoso que existe en el universo, el amor de sus niños internos, podían ahora amar cada etapa de sus vidas, ya no sentían vergüenza, ni rencor, ni enojo, ni tristeza, por el contrario, ahora podían agradecer, amar y querer a aquellos que les habían causado algún dolor en sus vidas, y ellos podían amarse a sí mismos, sin sentir vergüenza o dolor, por lo que hubiesen hecho, la paz llenaba sus almas y estas bailaban felices y liberadas.

Ríchard salió del cuarto de visitas en donde hizo su ejercicio, Ellen abría en ese momento la puerta de su recámara, ubicada al fondo del pasillo, en cuanto se miraron a los ojos se abrazaron y comenzaron a llorar, se sentían extasiados.

—Mi amor, Ellen, te amo tanto hermosa, te amo tanto —no podían parar de llorar, Ríchard se había quitado de encima diez años de edad, su rostro se veía rejuvenecido y tenía un tono de piel más claro, se separó de ella para verla y le regaló una sonrisa.

—Ríchard, mi amor, pero es que… te ves tan joven, ¿cómo es posible?

—Tú también mi amor —dijo el limpiándole las lágrimas con los pulgares de sus manos— te ves tan hermosa —tomó su rostro con ambas manos y la acercó para besarla. El amor verdadero había sido liberado y se reencontraba con el del otro, sus almas liberadas de tantos karmas y deudas se abrazaban y bailaban, fundiéndose en su amor, brillaban con una luz diferente, colores azules, rosas y violetas daban tonos pasteles hermosos, sus almas se amaban como nunca antes lo habían hecho. Cuando por fin se separaron, ella, con los ojos llenos de lágrimas le dijo.

—Mi amor, esto ha sido lo más hermoso que jamás me haya pasado, he llorado tanto, jamás me imaginé tener tantas cosas guardadas, jamás pensé que…, que pudiera tener tantos sentimientos ocultos, había cosas que…, bueno ya no tiene caso recordarlas, me alegra saber que ya las he perdonado.

—También yo mi amor, he llorado tanto que casi estoy seco de lágrimas, saqué tal cantidad de cosas y me siento tan ligero, qué guau, esto ha sido increíble, y te ves tan hermosa Ellen, parece que hubieras rejuvenecido, bueno, no parece, rejuveneciste, parece como si te hubieran quitado diez años, te ves increíble.

—Me siento increíble mi amor —La puerta de la recámara de su niño

se abrió y él salió al pasillo, al verlos corrió hacia ellos y los abrazó, ambos lo rodearon con sus brazos.
—Papás, perdónenme, perdónenme, he sido un tonto, no me daba cuenta, perdónenme.
—Mi amor, dijo Ríchard, fueron nuestros acuerdos, perdóname tú a mí, si te maltraté o te hice sentir mal, lo siento mi amor, te amo, siempre te he amado.
—Mi bebé hermoso, —Ellen le daba un beso en la mejilla, el joven comenzaba a pasarla en estatura— perdóname también hijo, si te hice daño de alguna manera, por favor perdóname, te amo mucho mi bebé.
La puerta de la habitación de Susan se abrió y ella salió al pasillo, su rostro se veía hermoso, con una hermosa sonrisa, corrió hasta su familia y los abrazó, el llanto de nuevo brotó en todos los corazones.
—Papás, perdónenme, por favor, perdónenme, he sido una necia, por favor, perdónenme, también tu hermanito, perdóname, si te he lastimado, por favor lo siento, ahora entiendo todo, perdónenme.
—Mi niña hermosa, nada hay que perdonarnos, fueron nuestros acuerdos, solo cumplimos con lo que nos pediste, y eso te convirtió en lo que necesitabas para cumplir con tus acuerdos con los demás, así que no hay nada que perdonar, por el contrario, tengo que agradecerte y agradecerles a ambos por la oportunidad que me dieron al escogerme como su papá, creo que no lo he hecho tan mal, al ayudarlos a cumplir con sus acuerdos, gracias por haberme dado la oportunidad de ser su padre.
—Mi niña hermosa, —Ellen acariciaba sus cabellos— siempre me he sentido muy orgullosa de la mujer en que te has convertido, si te he lastimado con mi forma de ser te pido perdón, no era mi intensión lastimarte, tú me pediste que lo hiciera de esa manera, gracias a ambos por haberme pedido que fuera su mamá, los libero a ambos de cualquier karma entre nosotros para que todos seamos libres y felices.
—El amor verdadero se reencontraba, sus almas bailaban abrazadas, sus karmas como familia estaban siendo transmutados.

El timbre de su casa la sorprendió.
—Señora, la busca el señor Roger.
—Dígale que pase —corrió a su recámara, se vio al espejo, alisó su ropa y se vio muy hermosa, tomó el glos labial del tocador y se puso un

poco, frotó ambos labios, se arregló el cabello y mirándose a los ojos se lanzó un beso— ¡Te ves hermosa Rouse, te amo!
La señora del servicio le abrió la puerta.
—Señor, pase usted, pero, ¿qué le pasó?, se ve usted tan joven, ¿qué se hizo?
—El amor, señora Guille, es el amor —traía un ramo de rosas rojas muy hermosas, envueltas en un papel celofán transparente.
—Ya lo creo, ahora que vea usted a la niña, verá lo hermosa que se ha puesto, ya me dijo lo que tengo que hacer, pero no lo he hecho.
—Cómo que no, pero eso es muy importante, tiene que hacerlo hoy mismo, sin pretextos, prométame que lo va a hacer hoy mismo.
—Sí señor, está bien, se lo prometo.
Rouse salía del pasillo y entraba a la sala.
—Hola guapo…, guau Roger, pero es que te ves…
—Mi amor, tú estás que no inventes.
Roger había puesto las rosas en la mesa de centro y se disponía a sentarse cuando Rouse apareció, de inmediato se acercó a ella y le tomo de las manos.
—No lo puedo creer, hermosa —le levanto las manos y le hizo dar una vuelta, ella giró sobre sus pies y le sonrió, sin poder resistirse la abrazó, sus ojos se le nublaron, ella también se abrazó a él sintiendo y entregando su amor verdadero.
La señora Guille los observaba a la distancia y limpiaba sus lágrimas.
—Rouse, te amo, te amo tanto —se separó y la tomó de las manos— déjame entregarte este amor hermoso, quiero que sea solo para tí.
—También te amo, Roger, y sí, acepto tu amor hermoso, también tengo mi amor hermoso y quiero que sea para ti. Sabes amor, estoy tan feliz, toda mi vida he luchado por encontrar al amor verdadero, pero siempre me traicionaban, no sabía que ese era mi karma, ahora lo sé, y me he liberado, no temo que me abandones, si eso llegase a pasar lo que sé es que te voy a amar por el resto de mi vida.
—Mi reina hermosa —el llanto brotó de sus ojos— te amo Rouse y no, jamás te voy a abandonar, eso no va a pasar, sé que te voy a amar y a cuidar por el resto de mi vida, ¡te amo! —la jaló hacia su pecho y unieron sus labios, sus lenguas se amaban suavemente, cuando por fin se separaron, volteó a ver las flores y las recogió, se las puso enfrente del pecho y dijo— estas flores representan el amor que siento por tí, acéptalo —ella las agarró, se las acercó al rostro, y respiró su perfume.
—Tu amor huele muy hermoso —se levantó en las puntas de sus

zapatillas y lo besó.

—Hola señor, ¡qué milagro!
—Hola preciosa, ¿cómo estás?, ya ves, yo aquí, obrando milagros en la tierra, estuve un poco alejado, tu sabes andaba por las nubes haciendo milagros, pero ya me caí y aquí estoy, ja, ja, ja.
—Pensé que ya no querías verme.
—¿Y por qué tu no me llamaste?
—Bueno, estoy chapada a la antigua, me gusta que el hombre tome la iniciativa.
—Tienes razón preciosa, la verdad es que no te llamé, porque quería darte un poco de espacio para que vivieras todo tu proceso a solas, pero no te creas que me fue fácil, no he podido dejar de pensar en tí, me duermo pensando en ti y me quema el teléfono en las manos, veo tu nombre y pongo el dedo encima del botón de llamar, pero siempre me detenían los angelitos, y los escuchaba: "Todavía no Alberto, espera un poco." Así que bueno, ya no me resisto más, ¿te puedo ver?, ¿quieres ir a cenar conmigo?, es viernes y el cuerpo lo sabe, ¿qué dices?
—No lo sé, déjame ver mi agenda —dijo dándose aires de importancia— está bien —contestó de inmediato— sí, sí quiero, ja, ja.
—Excelente preciosa, haré la reservación, paso por tí a las siete y media ok.
—No es muy temprano.
—Sí, pero algo haremos antes de cenar.
—Ok, te espero a las siete y media.
—Magnífico, nos vemos preciosa.

Larisa se arregló con bastante antelación, era muy puntual, así que tampoco le gustaba que la hicieran esperar, sabía que Alberto la llevaría a un restaurante muy elegante y escogió un vestido negro corto muy ceñido a su esbelta figura, tenía un hombro descubierto y el otro era cubierto por el único tirante, por detrás, el vestido dejaba al descubierto completamente su espalda hasta el nacimiento de su cintura, recogió su cabello en un chongo, se aplicó un maquillaje suave, su belleza natural, no necesitaba tanto maquillaje, un poco de rubor rosa, para dar luz a sus mejillas, tomó el labial del buró, extrajo la punta girando la base y se pintó los labios de color rojo cereza.
—Señora, la busca un señor Alberto.

—Por favor, Claudia, hazlo pasar y ofrécele un whisky —volteó a ver su reloj de pulsera dorada, eran apenas las siete con quince minutos, sonrío. Se sentó en la orilla de la cama y se calzó las zapatillas negras de solo dos tiras, que adornaban hermosamente sus pies y resaltaban sus hermosas piernas, se puso de pie, se vio en el espejo de cuerpo entero y mirándose a los ojos se dijo— Larisa, te amo hermosa, te ves increíble, anda, ve y se muy feliz, te lo mereces.

Alberto estaba sentado en el sillón individual al final de la sala, tenía las piernas cruzadas y con ambas manos sujetaba el whisky mientras lo hacía bambolearse.

—¡Hola señor! —la hermosa dama, se apoyaba en la pared con su brazo izquierdo extendido, tenía las piernas cruzadas elegantemente, y la mano derecha en su cintura, parecía una modelo de revista de modas.

—Guau, guau, y más guau —él se puso de pie, dejó el vaso en la mesa de centro y llegó hasta ella— Guau Larisa, pero es que… te ves increíble, no bueno, si de por sí me tienes loquito, ahora voy a perder el piso.

—Me alegra que te guste tanto, me arreglé solo para tí. Él la tomó por la cintura y se acercó lentamente a sus labios, apenas los tocó para no correr su perfecto maquillaje.

—Bésame mi amor, este labial, no deja marcas —sonrió coquetamente, y se acercó a él nuevamente, un beso apasionado encendió la llama, su energía Kundalini se hacía presente activando su chakra raíz, respiraron subiendo sus energías y se abrazaron, sintiendo la activación de sus cuerpos energéticos.

—Qué hermosa te ves Larisa, no cabe duda de que te has estado amando, eso se nota. Los niños llegaron hasta ellos.

—Hola, dijeron ambos de pie y sonriéndole.

—Alberto, déjame presentarte a mis amores —ella se había colocado detrás de él más pequeño y lo tomaba por los hombros— él es Luigi, el menor, y mi consentido.

—Hola Luigi, qué gusto conocerte, eres todo un caballerito, —el niño sonreía y le estiraba la mano, Alberto se inclinó y la estrechó.

—Este otro hermoso es Daniel —Larisa se puso detrás de él y le dio un beso en la mejilla, mi hijo mayor y mi consentido.

—Hola, Alberto, ya mamá nos ha platicado de tí, nos da gusto conocerte.

—Igualmente, Daniel, Luigi, espero que seamos buenos amigos, ¿les gusta ir al cine?

—Sí, dijo el menor rápidamente, me gusta mucho.
—Excelente, los voy a invitar, ya iremos los cuatro al cine, ¿les gustaría?
—Sí, dijo el mayor, nos gustaría mucho.
—Mis amores, nosotros vamos a salir, vayan a la cocina a cenar, y después se vana a su recámara a dormir, pero se lavan los dientes antes ok.
—Sí mami, seguro —los niños corrieron a la cocina.
—Siéntate Alberto, veo que ya estás tomando algo.
—Si preciosa, pero se nos hace tarde, tenemos una reservación, así que mejor nos vamos, si estás de acuerdo.
—Claro, vámonos, permíteme, niños vengan a despedirse —los pequeños salieron corriendo y se lanzaron a abrazar a su mamita, ella se hincó, y le dio un beso a cada uno, se puso de pie, ellos le dieron la mano a Alberto y se fueron corriendo.
—Qué hermosos tus hijos Larisa, me sorprende gratamente lo atentos y educados que son.
—Sí, gracias a tí todo está cambiando —le regaló una sonrisa, cogió su bolso de la mesita de entrada y salieron de la casa.

IX Conociendo a Luz Bella

El restaurante era muy elegante, los guiaron hasta su mesa y se acomodaron, el mesero tomó su orden de alimentos y bebidas, y se retiró.
—Alberto, tengo una pregunta, ¿cómo llegaste tú a saber todo esto?
—Bueno, en realidad han sido muchos años, creo que desde joven me han interesado muchos temas acerca de la vida y la muerte, he leído muchos libros acerca de la reencarnación, los ovnis, el espacio y el universo, y muchísimos temas, he participado de diferentes religiones, mi papá era un hombre muy inteligente y me inculcó la apertura mental, me enseñó a no cerrarme a nuevas ideas y sí a abrirme a las posibilidades, así que bueno, he podido aprender de todas ellas e ir descubriendo la verdad de las religiones, así qué poco a poco he ido descubriendo la verdad de las cosas.
—Pero entonces tú dices qué las religiones son malas, digo, ellas nos han mentido y mantenidos oprimidos.
—Cierto que han hecho eso, pero piénsalo bien, si todo es un acuerdo,

¿entonces ellas te hicieron daño?

—Bueno, no, claro que no, yo les pedí enséñenme esto.

—Exacto, las religiones son buenas, ¿sabes cuantos matrimonios se han salvado del divorcio?, ¿o cuántos se han podido alejar del alcohol o las drogas?, personas que eran borrachos y golpeadores de sus familias, y que gracias a la religión dejaron de serlo; porque las religiones lo que hacen es despertar la parte espiritual de las personas, así que en definitiva no hacen daño, por el contrario, recuerda que nuestro trabajo era descubrir la verdad y liberarnos, no es cambiar las religiones o pelearnos con ellas, sino entender para qué fueron hechas, agradecerles, y no dejar que nos sigan dominando.

—Ok, lo entiendo, tienes razón, yo pensaba que eran cosa del diablo.

—Ja, ja, ja, pobre Luz Bella, todo el mundo la culpa.

—¿Quién es luz bella?

—Lucifer, el Diablo, su nombre real es Luz Bella.

—¿Es en serio?

—Claro, él era el hijo favorito de Dios, pero hizo algo que no debió de hacer y fue condenado a vivir en los Limbos o infiernos, a partir de entonces lo llamaron Lucifer, a mí no me gusta decirle ese nombre, me parece injusto.

—Realmente crees en eso del infierno y esas cosas del Diablo.

—Tú lo dijiste, pensabas que lo malo era cosa del Diablo, o sea que tú sí crees en él, ¿cierto?

—Bueno si, es que todos creemos en eso.

—Ese es otro cuento creado por la religión, para culpar a alguien de todo lo malo que pasaba en el mundo, de esa manera no eran tus responsabilidades las cosas malas que te pasaban, piénsalo, todo lo bueno que te ocurre es cosa de Dios, él es el responsable, y lo malo, es culpa del Diablo, entonces ¿tú qué eres?, una santa paloma, alguien que no tiene control de su vida.

—Bueno, sí, porque si todo lo bueno es porque Dios así lo quiso y lo malo es cosa del diablo, entonces sí yo soy…una inocente paloma, ja, ja, —se rieron.

—Eso quieren que creas, porque de esa manera, solamente si obedeces las reglas de Dios, dictadas por la iglesia, entonces Dios te va a premiar enviándote al cielo, pero si no cumples con las reglas, entonces Dios te manda con satanás al infierno.

—Guau Alberto, entonces todas esas ideas que nos han metido en la cabeza son para que seamos obedientes a ellos.

—Exacto, para eso se crearon los mandamientos y todas las reglas, ¿y esas reglas quienes las hicieron?, los dirigentes de las religiones.

—Jamás había reflexionado al respecto, que interesante conocer todo esto.

—Todo en este mundo, preciosa, es una obra de teatro, una gran obra teatral armada desde los orígenes de la humanidad, para que todo aquel que viniera a este planeta pudiera experimentar la dominación, el miedo, el odio, el rencor, y una enorme cantidad de etcéteras.

—Y para que pudiéramos descubrir la verdad y liberarnos de los karmas.

—Exacto, muy bien dicho, has entendido, felicidades. Muchas personas, sin embargo, no han descubierto toda la verdad del teatro, pero han desarrollado su espiritualidad, han entendido lo de los karmas, y se han liberado del rencor y de todas esas cosas que lo mantenían atados, esas personas ya se han liberado de la rueda de la reencarnación y en cuanto han dejado su cuerpo, han vuelto a sus casas de origen.

—Guau Alberto, es que todo esto es tan increíble. ¿Oye te puedo preguntar algo muy personal?

—Sí por supuesto.

—¿Crees que tu esposa se liberó de la reencarnación?

—Sí, definitivamente sí, ella trabajó mucho sus karmas y siempre buscaba crearse Dharmas, así que sí, ella ya está en su casa de origen.

—¿Y crees que se van a reencontrar algún día, digo, sé que te faltan muchísimos años, pero crees que se van a reencontrar?

—Sí lo creo, pero mientras este en la tierra pienso entregar mi amor hermoso a la bella dama que decida caminar conmigo el siguiente tramo del camino, y no pienso en Carmen, aun cuando la sigo amando.

—¿Cómo puedes amar a una nueva mujer y seguir amando a tu difunta esposa?, dicho esto con cariño y respeto.

—Te entiendo preciosa, que bueno que preguntas eso. Cuando te amas verdadera y honestamente, sabes que tu amor no es propiedad de nadie, así como el amor de la persona que esté contigo tampoco es de tu propiedad, cada quien es libre de entregar ese amor a quien decida por el tiempo que decida, pero si te amas verdaderamente y estás entregando tu amor personal honestamente, no puedes, ni debes tratar de evitar que el amor de tu pareja bendiga a alguien más, porque recuerda, el amor se vuelve más hermoso mientras más se entrega, así que si tu pareja ama a alguien más como a un ex, ese amor hará que el amor de tu pareja se vuelva más hermoso, ¿si me explico?

—Sí claro, es solo que estamos educados para tener la exclusividad de nuestra pareja, y eso de que tu pareja ame a otro no es algo sencillo.
—Sí, pero la exclusividad viene del amor condicionado y egoísta, tenemos que aprender a entregar un amor honesto, verdadero e incondicional.
—Es cierto, y a vernos como lo que verdaderamente somos, seres energéticos-espirituales viviendo en cuerpos físicos.
—Bien dicho preciosa, salud por eso —ambos levantaron sus copas y las chocaron.
—Pero, ¿qué hay de que tu pareja ame a otro?
—Recuerdas lo que hablamos en la cena de que no se trataba de estarse acostando con todos los hombres o mujeres que te gustaran.
—Bueno sí, o sea que tenemos que aprender a entregar tu amor honesto, sin miedo a enamorarte, o que tu pareja se enamore de alguien más.
—Exacto, no debes de tener miedo de que tu pareja se enamore, porque tú, tienes el amor más hermoso que existe en el universo, así que tu pareja es muy afortunada de tenerlo, ¿no crees?
—Sí, definitivamente sí, pero… y si no creo que soy el amor… tu sabes.
—Eso significa que no te estás amando verdaderamente, y por eso tienes miedo a que tu pareja encuentre a alguien mejor que tú. Si no te amas tendrás miedo. Si te amas verdaderamente no tendrías miedo, y si eso llegase a pasar…
—Yo podría entregar mi amor a alguien más que sí lo valorara.
—Exacto, así es. Pero no es que tu pareja no te valore, es que tu pareja, necesita espiritualmente, vivir esta nueva relación, no tiene que ver con el valor de tu amor, ¿me explico? —Ella solo asintió con la cabeza mientras tomaba un trago del vino— tú sabes que tienes un amor muy exclusivo y especial. Yo, por ejemplo, siempre seguiré amando a mi esposa, aun cuando no esté físicamente, porque su amor permanece en mí, y eso hace que mi amor sea más hermoso, así que no debes de sentir celos de ella, por el contrario, quiérela y agradécele todo lo que ella me enseñó, porque ahora te toca a ti disfrutar de este amor, qué es el amor más hermoso que existe en el universo.
—Y me encanta —dijo estirando su mano para acariciar la de él— recibir tu amor, me encanta.
—Los celos, nacen de la inseguridad, de la falta de amor propio, de no amarse a uno mismo. Eso no significa que no llegues a sentirlos, todos

como humanos podemos llegar a sentirlos, pero quedarte con ese sentimiento y dejarte llevar por los celos, ese, es el problema.
—Ok, entiendo, tienes razón, los celos es inseguridad propia.
—Es miedo, miedo a que tu pareja encuentre a alguien mejor, piénsalo. Yo deseo, que tu sigas amando a tu exesposo, porque él te ayudó a que tu amor sea ahora muy hermoso, con todo lo dulce y no tan dulce que hayan vivido, debes agradecer todo y sentirte orgullosa de haber cumplido con sus acuerdos.
—Tienes razón, ahora que lo vi, sentí ese amor hermoso por el hombre del que me enamoré, fue muy especial ese reencuentro.
—Ese es el amor que debe permanecer en ti, eso no significa que tengan que regresar o que necesiten tener sexo, a menos que eso sea lo que verdaderamente desean.
—No, definitivamente no, regresar o tener sexo no, no es algo que yo desee, es solo el amor hermoso que nos unió.
—Y que los une, porque ese amor debe permanecer, ¿te das cuenta?, ahora pueden no solo ser amigos, sino ser amores, ¿si entiendes la diferencia?
—Sí, lo estoy entendiendo, pero es tan difícil.
—Son las programaciones que tienes, y que todos tenemos, es el amor condicionado, por eso es que es importante que te sigas amando todo el tiempo y te repitas lo que verdaderamente eres, eso te ayudara a mantener tu mente bien enfocada en lo que es el amor incondicional.
—Guau Alberto, ver las relaciones de pareja desde el amor verdadero es tan fantástico. Otra pregunta, ¿tú, me vas a dejar tener sexo con otros hombres?
—No, claro que no, tu eres solo mía —se acercó para besarla tiernamente.
—Me encanta que me digas eso.
—No mi amor, ya verás, que mientras nos mantengamos enamorados y seamos correspondidos, no tendremos necesidad de nadie más, cuando eso llegue a pasar, ya veremos, lo importante es que de hoy a ese día logremos crear una relación, honesta, llena de amor verdadero e incondicional.
—Bueno, aclarado el punto, brindemos, por tu amor, gracias por compartirlo conmigo.
—Por tu amor, hermosa —ambos levantaron sus copas y brindaron— la vida es mágica, Larisa, es un enorme teatro armado por la mente Creadora, para que ella experimentara la vida en cada cuerpo físico,

porque no se te olvide, tu eres Dios, y un Dios muy hermoso —se acercó a ella, tomó su rostro con su mano y le dio un beso.

—Esa visión Alberto, es hermosa, ahora veo a mis hijos como los Dioses que son, Dios en esos hermosos cuerpecitos, viviendo su vida.

—Y a las personas que trabajan en tu empresa y en tu casa haciendo el quehacer, todos ellos son Dios.

—Cierto, no había pensado en eso, todos los que están aquí son Dios, unos sirven las mesas y otros lavan los trastes, y otros comemos. Todos somos Dios experimentando diferentes papeles actorales, guau, salud —dijo levantando su copa con vino blanco, las chocaron y dijeron— Por los Dioses aquí presentes.

—Por los Dioses que somos.

La charla continuó, bebieron y disfrutaron de deliciosos platillos, el mesero regresó a recoger los platos sucios.

—Desean algo más los señores.

—La cuenta por favor.

—¿A dónde me vas a llevar?

—Estiró su mano y tomó la suya, escoge, plan A: Irnos a bailar y soltar la polilla, o plan B: Irnos a mi casa a seguir las clases de energía.

—Mmmmm, qué tentadoras ofertas, pero me quedo con el plan B, creo que será más interesante.

Alberto introdujo la llave en la cerradura y abrió la puerta, se hizo a un lado para que Larisa entrara.

—Pasa preciosa, esta es tu casa, encendió las luces y la amplia estancia se iluminó, ¿quieres tomar algo?

—Tienes vino blanco, me encantaría.

Él, se dirigió a la barra, sacó un par de copas y una botella del refrigerador de vinos, sirvió las dos copas, Larisa se había sentado en uno de los bancos altos de la barra, y le sonreía coquetamente.

—Salud preciosa, por el placer de estar nuevamente juntos, ambos se besaron y chocaron sus copas. Ven, vamos al sillón, la cogió de la mano y se dirigieron a la sala.

—Mejor llévame a tu recámara, veamos si soy buena alumna —le guiñó el ojo.

—Bueno, veamos si aprendiste.

Entraron a la recámara, ella le dio un trago a su copa y la dejó en el tocador, él hizo lo mismo, en cuanto puso la copa en la superficie, Larisa se abalanzó a sus brazos, lo besó apasionadamente, sus lenguas encendían el fuego, comenzó a quitarle el saco con desesperación, él se quitó la corbata, ella estaba muy excitada y su pasión parecía fuera de control.

—Espera hermosa, no corramos, hagamos que esto valga muchísimo.

—Está bien —dijo separándose un poco— empezó a bajar el vestido de su hombro.

—No, espera, déjame hacerlo —se acercó lentamente, la tomó del rostro con ambas manos y la beso, sus labios se acariciaban y sus lengua jugaba suavemente, la energía Kundalini comenzaba a llenar su chakra raíz, él se separó, fue por su copa y le dio de su vino, unas gotas cayeron por sus comisuras, él besó su barbilla y sorbió el vino, introdujo su lengua y el beso se prolongó, se hincó, acarició ambas piernas desde sus tobillos— ahora hermosa, pidamos a nuestra madre tierra que nos regale su energía Kundalini —ambos dijeron— "Amada madre Gea, regálame tu energía Kundalini," ahora, respira y siente esta hermosa energía —él comenzó a subir sus manos acariciando sus hermosas y bien torneadas piernas, llegó hasta la parte baja de su vestido y continuó metiendo sus manos por debajo del mismo, acariciando la parte externa de sus muslos, ella respiraba y sentía su energía incrementándose, cuando sus manos entraron por debajo de su vestido, ella cerró los ojos y siguió subiendo su energía, inclinó la cabeza para observarlo y le acarició el cabello, su chakra raíz giraba activándose con más fuerza, él llegó hasta el nacimiento de sus glúteos y ella gimió— así hermosa, así, sube tu energía —él metió ambas manos por detrás de sus nalgas y por debajo de sus bragas, ella gimió, su energía se incrementaba.

—Sí, sí, así, así.

—Sube tu energía, siente, esto —él masajeaba sus nalgas suavemente, sin prisa, abarcándolas lo más que podía con ambas manos— sube tu energía, activa tus otros chakras, ella comenzó a hacerlo, y con cada respiración su Kundalini se desplazaba hacia arriba, él hacía lo mismo, al mismo tiempo, y activaba cada uno de sus chakras, metió aún más sus manos y bajó su pantaleta, ella levantó sus pies y él las retiró, se puso de pie, la besó nuevamente y comenzó a subir su vestido para quitárselo. Admiró su hermoso cuerpo desnudo, no traía brasier y sus hermosos senos le regalaban una vista maravillosa, él comenzó a desabrocharse los puños de la camisa mientras ella la desabotonaba,

continuó desabrochándole el cinturón, y él desabrochó su pantalón, cuando estuvieron completamente desnudos, se abrazaron y besaron pegando sus cuerpos, acaricio todo su cuerpo de abajo a arriba, ella entendió el juego y subía su energía con cada inhalación, estaba sumamente excitada, el acarició su entrepierna y puso su mano cubriendo completamente su vulva.
—Sí mi amor, sí —buscaba su rostro y lo besaba de manera ardiente.
—No te vayas a venir, cuando sientas que estás a punto, dime y me detendré, respira —ella lo hacía y cuando estaba a punto.
—Ya, ya, espe…
—Sube tu energía, hasta acá —deslizó su mano por todo su vientre hasta su chakra corona, colocó su mano en su cabeza, ella no se pudo contener más, explotó en un orgasmo, el mantenía su otra mano en la vulva húmeda y subía su propia energía, el orgasmo de ella se convirtió en el suyo, ambos cerraron los ojos, sus cuerpos energéticos se abrazaban y subían por encima de sus cuerpos físicos, para mezclarse y fundirse en una sola energía, él no se esperó hasta que sus cuerpos energéticos regresaran, la cargo en sus brazos y la llevó hasta la cama, su danza del amor continuo...
—Ahora preciosa, esta energía es muy poderosa, tienes que usarla para algo que quieras bendecir, si tienes un negocio o una empresa, tu casa, a tus hijos, al planeta mismo, envía tu energía a ese lugar especial durante el orgasmo, y pídele que llene y bendiga eso que deseas.
El baile del amor se alargó toda la noche, cuando él estaba a punto de llegar, respiraba y jalaba su energía hacia adentro de su vientre, evitando la eyaculación, y conservando su energía, finalmente y cuando así lo decidió, ambos llegaron en un orgasmo mutuo y sumamente poderoso.
—Energía mía —dijo él mentalmente— por favor ve y bendice a todo y a todos en este planeta, —su energía corporal se expandía como la ola de una explosión nuclear, pero sin ninguna violencia, su energía cubría todo lo que tocaba, llenaba los bosques mientras él la observaba con los ojos cerrados, llenó los océanos, veía a las ballenas y delfines nadando dentro de esta energía, llenó los desiertos y envolvió a todo el planeta, la observaba rodeándolo todo con su amor hermoso, y al mismo tiempo, él y ella eran bendecidos por sus energías.
Poco a poco sus cuerpos energéticos fueron volviendo a sus cuerpos físicos, estaban recostados, ella encima de él, no podían hablar, ni moverse, sus cuerpos energéticos se tenían que acoplar de nuevo, pero no volvían igual, volvían muy enriquecidos por la energía del otro.

Carlos estaba sentado frente al espejo, completamente desnudo, después de varios intentos para verse a los ojos, pudo hacerlo y dijo llorando:

—Carlos, ahora te veo, y quiero decirte todo lo que me ha dolido —la primera imagen que vino a su mente fue estando en el hospital metido en la incubadora, se sentía abandonado, estuvo un mes en incubación, y su mamá no iba muy seguido a verlo, cuando ella supo que estaba embarazada, no deseaba al bebé, así que lo tuvo forzada por su esposo— ¡No! —gritó— no mamá, por qué me dejaste ahí —el bebé de ahora treinta y cinco años lloraba, nunca supo por qué no soportaba los espacios cerrados y cuando de pequeño lo metían a un automóvil, se ponía a llorar, este recuerdo tan antiguo le dolía mucho, después recordó cuando su mamá y su papá lo dejaban solo todo el día, se sentía desvalorado y no amado; las peleas y los golpes entre los padres lo llenaban de terror, cierto día su papá llego tomado y comenzó a acariciarlo, esa imagen siendo un niño pequeño desgarró su alma— ¿por qué papá, por qué?, yo era un bebé, ¿por qué hiciste eso? —a partir de ese día se volvió huraño y retraído, posteriormente cuando tenía cuatro años, el padre se fue de la casa y no volvió a saber de él, siempre se culpó de eso y estaba enojado consigo mismo, su mamá comenzó a insultarlo y a culparlo de su soledad, los maltratos físicos no tardaron en aparecer, el recuerdo se mostraba en su mente y sentía los golpes en su pequeño cuerpo— ¿por qué mamá, por qué?, yo no quería ser tratado así, ¿por qué te ensañaste conmigo?, era un niño, era un buen niño —su llanto no paraba, ya no podía verse a los ojos, se tapaba la cara sintiendo el dolor, volvía a subir la vista y lograba verse para volver a llorar más profusamente— ¿por qué Carlitos, eras solo un niño, por qué? —Los recuerdos continuaron fluyendo, el cofre oculto dentro de su copa del amor había sido abierto, y empezó a ver cosas que no recordaba, cosas que le hicieron y que hizo, cada imagen traía dolor y sanación, su alma lloraba lágrimas qué debieron de salir mucho tiempo atrás, pero que por ser hombre nunca se lo permitió, siempre se guardó el llanto y la vergüenza, había guardado tantas cosas que le llevo más de dos horas sanar la mayor parte, cuándo pudo sentirse un poco más tranquilo, comenzó a hablar consigo mismo pidiéndose perdón por haber hecho esos acuerdos— yo no sabía qué esto nos iba a doler

tanto, no lo sabía, perdóname Carlitos, perdóname hermoso —dijo mirándose a los ojos, después habló con su mamá y su papá como si estuvieran allí, les dijo de los acuerdos y les pidió perdón, transmutó sus karmas y se liberó, la llama violeta se hizo presente y comenzó a incendiar todos sus recuerdos y sus registros Akashicos. Con los ojos rojos por el llanto pudo verse a la cara, se sentía un poco más en paz, y dijo— Carlitos —la sola mención de su nombre le dolía y hacía que las lágrimas brotaran intensamente— perdóname, perdóname, ahora sé que todo lo que nos pasó fue por nuestros acuerdos, fueron planeadas por nosotros mismos para pagar nuestros karmas, perdóname, perdóname, perdóname también por haberte abandonado, te amo Carlos, quiero que sepas que estoy orgulloso de ti y del hombre que eres hoy en día, que a pesar de tu difícil pasado no eres ni violento, ni vengativo, por el contrario, eres muy buena persona, a partir de ahora te amaré —frotó sus manos y comenzó a acariciarse, amó cada parte de su cuerpo, se pidió perdón por los abusos y se amó honestamente.
Carlos estaba recostado, abrazando a sus cuatro niños, ya había llorado y sanado su abandono y su dolor, ahora se sentía completo.

En la pantalla de su celular se leía Larisa, Ríchard estaba en el despacho, sentado frente a su restirador, revisando unos planos, apretó el botón verde en la pantalla y contestó.

—Hola preciosa, ¿cómo estás?, qué gusto que me llames.

—Hola Ríchard, estoy muy bien, gracias por preguntar, ¿cómo estás tú?

—Feliz, estoy feliz, y justo Ellen me preguntó ayer en la noche qué si no me habías llamado, le dije que no, y dijo que ella te llamaría.

—Me dará gusto saludarla, y que bueno que estés tan feliz, con todo esto que hemos vivido guau, es que no hay manera de no estarlo.

—Así es, estoy feliz Larisa, feliz, creo que no podría estar más feliz, todos en casa ya hemos llenado nuestras copas del amor personal, y no sabes el cambio… —sus ojos se nublaban de emoción al recordarlo, tuvo que guardar silencio para no llorar, se había vuelto muy sensible, ella sintió su emoción— ahora todo es tan diferente, me he estado liberando de tantos dolores y karmas, que no puedo evitar ir por la calle sonriendo, a todo el que me encuentro le platico esto y les sugiero que lo hagan.

—Yo también estoy feliz, me he liberado de tantas cosas, jamás me imaginé tener tanto dolor guardado, y no sabes la relación tan hermosa que tengo ahora con mis niños, ahora yo los llevo y voy por ellos a la escuela, los amo de una manera, qué, bueno, ya te imaginaras, estamos felices, los he liberado de nuestros karmas y es mágico, quiero estar con ellos, nos divertimos mucho juntos, antes solo buscaba pretextos para no estar, ahora no, ahora les estoy entregando mi amor honesto e incondicional.

—Qué bonito Larisa, me alegra tanto escucharte, yo ya me había dado cuenta de que en realidad no te gustaba estar con tus hijos, pero nunca te dije nada por respeto.

—Ahora lo entiendo Ríchard, y ya cambié todo eso, también con mi papá y su esposa, ahora nos vemos más seguido y él se ha vuelto el abuelo más cariñoso que te puedas imaginar, porque ellos también han hecho el ejercicio.

—En serio, guau, qué buena noticia.

—Sí, ese mismo día fui a verlos y les dije cómo hacerlo, así que el cambio fue mágico, no sabes cómo trata a sus nietos, los viene a buscar y se los lleva a comer a la calle o al cine, mi papá haciendo eso…, no lo puedes creer, es tan amoroso, y conmigo bueno, es que… —su llanto se hizo presente— he desperdiciado tantos años de mi vida sumida en el enojo y el rencor, alejándolo de mí, qué eso me duele mucho, es que esto que Alberto nos enseñó es tan increíble, ha sido tal el cambio.

—Me alegra tanto por ti y por ellos, preciosa, me alegra que ahora se estén amando, y bueno, no te lamentes por todos los años pasados, alégrate por todos los que tienes por delante, y con ese amor tan verdadero y hermoso que tienes ahora, bueno, tu vida será muy especial y bella, ¿y tus niños, ya hicieron el ejercicio?

—No Ríchard, pienso que son muy pequeños, ¿crees que deben hacerlo?

—Por supuesto que sí, tienes que guiarlos, para que se vean al espejo y hablen de lo que les ha dolido, si no sabes cómo pide la ayuda de nuestro padre, Dios, la Mente Creadora, estoy seguro de que él te ayudará, después, enséñales a amarse, diles cómo deben acariciarse, ellos sabrán cómo hacerlo, pienso que sería algo muy bueno para ellos, a lo mejor un niño muy pequeño no puede hacer muchas cosas, pero sí podemos enseñarles a amarse a sí mismos a través de sus propias caricias, por otro lado, tus niños ya entienden muy bien son muy inteligentes.

—Ok, entiendo, lo voy a hacer hoy en la tarde antes de dormir. ¿Y cómo te fue con tus niños interiores?

—Ay no Larisa, es que bueno, con decirte que ellos están aquí ahora mismo, jugando con sus juguetes, y mi mayor, que tiene veintitrés años, me está abrazando, es tan amoroso.
—Ay Ríchard, es que esto es tan increíble, también mis niñas, ellas salen de dentro de mí cuando quieren, principalmente cuando estoy a solas, son tan hermosas, mira, justo ahora están comenzando a salir — ella estaba en su despacho, de pie, mirando a través del ventanal, sus hermosas salían y la abrazaban, ella levantó a la más pequeña y recargó su cabecita en su hombro, mientras la bebé pasaba sus bracitos por su cuello, todas la abrazaban y la amaban— Ríchard, cambiando un poco de tema, te acuerdas del libro que Carlos nos recomendó, "Las Relaciones de Pareja y el Sexo."
—Sí por supuesto, ya lo leímos, está increíble, de hecho, también lo recomiendo mucho, sobre todo porque ahí viene descrito el ejercicio de la copa del amor personal, y está increíble.
—Sí, justo eso te iba a decir, también lo recomiendo por eso, pero además, la manera en que explica las relaciones de pareja y el matrimonio, es justo lo que Alberto nos explicó.
—Totalmente de acuerdo, Roger también lo leyó, él está supercambiado, se ve más joven, de hecho, cada día se ve más joven, está haciendo el amor usando su energía, nosotros también, de hecho, y guau qué momentos.
—Qué orgasmos, diría yo, ja, ja, ja.
—Sí, es verdad, oye, tenemos que reunirnos para hablar de esto, ya transcurrió poco más de una semana y media desde la cena, ponte de acuerdo con Ellen, ella quiere saludarte.
—Ok, así lo haré, me dio mucho gusto saludarte, por cierto ¿para cuándo terminan mi casa?, ya mi decorador tiene listo el mobiliario, solo necesito que me des luz verde para comenzar a amueblarla.
—Estamos muy avanzados, solo están detallando, mi supervisor me dijo ayer que estaban pintando y detallando, hoy voy a ir a ver cómo está la obra y te llamo más tarde para decirte si ya puedes meter los muebles, no quiero que se vayan a manchar de pintura.
—Excelente, entonces espero tu llamada, me dio mucho gusto saludarte, seguimos en contacto.
Ambos colgaron los teléfonos.

Oye hermosa, quiero hacer otra cena para que podamos todos compartir nuestras experiencias, ¿qué opinas?, Larisa estaba recostada, con la cabeza apoyada en la pierna de Alberto, el club tenía poca asistencia, eran cerca de las once de la mañana, habían acordado hacer ejercicio juntos y después desayunar, el césped estaba muy bien recortado y estaban sobre una toalla que el club les proporcionó.
—Bueno amor, me encanta la idea, pero por que no la hacemos en mi casa, ya la están amueblando, y quedará lista para la próxima semana, podemos hacer la inauguración, los invitaremos a todos, ¿qué dices?
—Ok, me parece sensacional, invita a tu exesposo y a su esposa.
—¿En serio no te importa?
—Por supuesto qué no, me encantará conocerlos y a tu papá también.
—Ok, no se hable más, lo programaremos de este sábado al que sigue para que ya todo esté listo, ¿de acuerdo?
—Por supuesto preciosa, cuenta conmigo —se inclinó y sus labios se encontraron.

X La gran Inauguración

La residencia estaba ubicada en un condominio muy exclusivo, los terrenos eran de tres mil metros cuadrados cada uno, el área era boscosa y el clima se sentía fresco, pero agradable.
—Guau amor, qué lugar tan hermoso, y esta casa está hermosísima, ¿tú la diseñaste?
—Si mi reina, el diseño principal es mío, pero ya sabes, todo se hace en equipo.
—Oye papá, ¿será posible que nosotros vivamos en un lugar así? El automóvil transitaba por la calle principal, y las casas eran pequeñas mansiones.
—Bueno hijo, estos terrenos valen muchísimo dinero, pero además bueno, no creo que me guste una casa tan grande, ustedes partirán más adelante y tu mami y yo nos quedaremos solos, así que creo que no me gustaría una casa tan grande.
—Bueno, papá, eso no es problema, nos podemos casar y venir a vivir

con ustedes y nuestras parejas.
—Oye hermana, esa es una muy buena idea, así nos mantendremos juntos y bueno si tú, tienes tres hijos y yo cuatro, pues entonces siempre habrá gente en esa casa, qué buena idea, ja, ja, ja, ja. Todos rieron la broma.
—No mis amores, no hay necesidad de eso, su papá y yo vivimos muy felices en nuestra casa y tiene el tamaño ideal, mejor nos vamos a gastar nuestra fortuna en viajes cuando estemos jubilados, ¿verdad mi amor?
—Así es mi cielo, así, es, mejor nos dedicaremos a viajar.
La casa de Larisa, estaba del lado derecho del camino, un portón grande de hierro, les franqueaba el paso, detuvo el auto frente a el, y apretó el botón del interfono.
—¿Sí diga?
—Buenas tardes, soy el Arquitecto Cisneros.
—Pase, la señora los espera.
La reja se abrió y puso el auto en marcha, un camino amplio y arbolado en ambos costados los guió hasta la entrada principal, del lado derecho había espacio de estacionamiento, el chofer les recibió el automóvil, todos descendieron y este lo estacionó.
—Guau papá que casa tan hermosa, a mí sí que me gustaría una casa así de grande.
—Que bien hijo, si es tu deseo, en verdad creo que lo puedes lograr, tu eres muy cuidadoso con tu dinero, tienes muy buenos ahorros, así que si sabes cómo invertir ese dinero, de seguro más adelante lo puedes lograr, solo no pierdas de vista tu sueño.
Larisa abrió las dos hojas de la puerta principal con cristales biselados, y les dio la bienvenida.
—Hola, bienvenidos, qué gusto verlos, Ellen, qué hermosa te ves, bienvenida, la abrazó y se dieron un beso, y ustedes chicos, guau, Susan, mírate, pero qué hermosa —la abrazó y le dio un beso.
—También tu Larisa, te ves preciosa.
—Y este guapo caballero, ¿quién es? —Brandon vestía un traje gris y una corbata gris oscuro con detalles en color vino, él le había pedido a su papá que quería vestirse así, y gustoso su papá le enseñó a hacer el nudo de la corbata— Guau Brandon, qué guapo te ves, te felicito, que buen gusto tienes —se acercó y lo abrazó, dándole un beso en la mejilla— oye Ríchard, este joven tiene mucho futuro —él se sentía muy alagado, Larisa era una mujer muy atractiva, y él se había vestido así para llamar su atención, y sonreía satisfecho de haberlo logrado.

—Definitivamente lo tiene, me acaba de decir que quiere vivir en una casa como la tuya, así que sí, creo que mi hijo tiene mucho futuro —se acercó a ella y la abrazó dándole un beso en la mejilla.
—Pasen por favor, están en su casa.
—Larisa, qué hermosa residencia —el pasillo de entrada medía tres metros de ancho, y tenía una mesa en el centro de forma ovalada, con un arreglo floral grande, el pasillo los guiaba hasta la sala principal en donde se encontraban ya algunos invitados.
—Gracias, me alegra que te guste Ellen, todo lo diseñó tu esposo, ya sabes el buen gusto que tiene. ¡Papá, Valgarma! vengan por favor, quiero presentarles al arquitecto responsable de hacer esta casa, Ríchard Cisneros, su bella esposa Ellen y sus hijos, Susan y Brandon —todos se estrecharon las manos y se abrazaron.
—Felicidades Arquitecto, ha hecho un trabajo exquisito, felicidades.
—Fue un placer señor, solo hicimos lo que su hija nos dijo, ella tiene muy buen gusto, señora, un placer conocerla.
Alberto apareció en la entrada junto con Karla, llegaron al mismo tiempo, ella usaba un vestido blanco de tirantes, entallado en la cintura y el busto, con una falda amplia que caía hasta la espinilla, sus zapatillas color salmón que combinaban perfectas con su bolsa de mano, parecía una modelo.
—Karla que gusto, pero qué hermosa te ves, me encanta tu combinación, papá, ella es mi amiga Karla, y ella es Valgarma, la esposa de mi papá.
—Un placer conocerlos —se estrecharon las manos.
—Y este guapo caballero es Alberto —dijo acercándose a él y pasándole los brazos por el cuello, mientras lo besaba y le acariciaba la nuca.
—Hola hermosa, te traje algo —sacó de detrás suyo un ramo de rosas.
—Ay mi amor, están hermosas —las tomó con ambas manos y las acercó a su rostro para percibir su perfume, después dijo— ven te presento a mi papá y a su esposa, Valgarma.
—Señor, qué gusto conocerle, ya su hija me ha platicado mucho de usted, señora es un placer, él les dio la mano y se saludaron cordialmente.
—También a mí, mi hija me ha platicado mucho de tí, me encanta que ella esté tan contenta, felicidades, pero no me digas señor, solo Robert, ¿de acuerdo?
—Es un placer conocerte Robert —Larisa estaba de pie a su lado y él la

tomó por la cintura, tu hija me tiene loquito —dijo sonriendo.
Poco a poco fueron llegando todos los invitados.
—Alberto, ven, quiero que conozcas a Axel y a Lisa.
—Hola Axel, qué gusto conocerte —dijo estrechándole la mano afectuosamente— ya Larisa me ha platicado de tí, puras cosas buenas, por cierto.
—Hola Alberto, que gusto, teníamos muchas ganas de conocerte, nos has cambiado la vida, gracias. Lisa se acercó también a saludarlo, le dio un abrazo y un beso cariñoso en la mejilla.
—Qué gusto Lisa, y qué guapa, felicidades, ustedes hacen una muy bonita pareja.
—Papá, papá, los niños venían corriendo a saludarlo,
este se agachó, los abrazó y les dio un beso, ellos estaban felices.
—Mis amores, cómo están, ya conocen a Alberto, ¿cierto?, saluden, y a todos los demás.
Alberto se inclinó para darles la mano y abrazarlos cariñosamente.
—Tus hijos me encantan Axel, en verdad se ve que ustedes los hicieron con mucho amor —los niños estaban felices por el comentario.
—Sí, así es, fueron hechos con mucho amor, dijo Larisa, sonriendo y guiñándole un ojo a Lisa —ella respondió hincándose y dándoles un beso a cada niño—. Pero pasen, bienvenidos.
—Erika y Carlos, estaba en la entrada junto con Roger y Rouse, terminando de saludarse, Larisa se acercó y les dio la bienvenida.
Larisa no había invitado a muchas personas, porque quería que la charla fuera más íntima, así que casi todos los invitados se encontraban presentes, dos meseros repartían copas de vino blanco y vino tinto en charolas doradas.
—Larisa, qué hermosa te quedó tu casa —expresó Rouse— me encanta el mobiliario, que buen gusto.
—Felicita a los culpables —señalo con la mano abierta y la palma hacia arriba a Roger y a Ríchard que estaban juntos admirando su obra terminada— quiero que por favor pasen al jardín —Larisa apretó un botón en su celular y los ventanales se fueron plegando, una corriente de aire fresco muy agradable inundó la sala.
—Guau —exclamaron algunos, sorprendidos.
—Oh sí, esta casa tiene lo mejor de lo mejor —indicó Ríchard.
—Así es, mi hija se lo merece —ella volteó a ver su padre y le envió un beso soplando sobre la palma de la mano extendida, todos comenzaron a avanzar al exterior, todavía era temprano y comenzaba a atardecer, el

jardín estaba muy iluminado, se veía hermoso, la alberca al centro adornaba el espacio y el reflejo de la luz del atardecer en el agua invitaba a darse un chapuzón. Los niños estaban felices, saludando a Brandon y a Susan.
—Algún día los vamos a invitar a venir a nadar, dijeron entusiasmados.
—Gracias, contestó Susan, nos encantaría, está hermosa la alberca.
—Definitivamente hermana, yo voy a tener una casa así, nací para ser rico, me encanta esto.
—Claro que sí, hermanito, ¿me vas a invitar?
—No lo sé, a ver cómo te portas, ja, ja, ja, no es cierto, por supuesto que sí, tendrás una recámara para tí sola —declaró sonriéndole.
La anfitriona les dio un tour por toda la casa, Ríchard recibió muchos halagos por el diseño de todas las áreas y lo bien cuidado de todos los detalles, no había espacios muertos sin utilizar, y eso lo notaron mucho los señores, y Larisa por su buen gusto en la decoración y el mobiliario, después, los invitó a reunirse en la sala.
Eran pasadas las siete de la tarde, ella los había citado temprano porque sabía que la reunión sería larga, una vez que la mayoría estaban sentados en los sillones y las sillas que los meseros habían acercado, Larisa tomó la palabra.
—Amigos, su atención, por favor, golpeó la copa de vino blanco con su anillo y el agudo sonido los hizo a todos voltear, quiero darles la bienvenida oficial a mi nuevo hogar, qué por supuesto también es suyo.
—Papá, ya me voy a traer mi ropa —soltó Brandon bromeando, ja, ja, ja, todos se rieron.
—Yo también —secundó Karla— ¿es mi casa, cierto?
—Por supuesto que sí, esta es su casa —todos se relajaron y rieron, su papá tomó la palabra.
—Amigos, quiero hacer un brindis, deben saber que cuando mi niña nació, yo estaba muy entusiasmado, me fascinaba la idea de ser papá y cuando la tuve entre mis brazos, me enamoré de ella, y hoy, bueno… —tuvo que guardar silencio, un nudo en la garganta se le estaba formando, Larisa, viendo y escuchando a su papá, limpiaba sus ojos con una servilleta y hacía un esfuerzo para no llorar— he tenido la oportunidad de corregir mis errores mientras estoy vivo, y quiero que ella sea feliz, he trabajado mucho toda mi vida, y la he dejado sola por mucho tiempo, eso no la hizo feliz y bueno, gracias a este caballero —señaló a Alberto sentado a la derecha de Larisa— he podido corregir todo el daño que hice, y esta casa es mi deseo de que mi hija, sea muy

feliz, de que mis nietos, a quienes amo mucho, sean felices, así que salud, porque Larisa sea muy feliz en esta casa y en cualquier lugar donde se pare en este mundo —levantó su copa y la chocó con los que estaban a su rededor, todos hicieron lo mismo.

Larisa se levantó, chocó su copa con su papá y lo abrazó.

—Gracias papito, te amo mucho.

—También yo mi amor.

Después de los brindis, ella dio una palmada en la pierna de su nuevo amor, y este tomó la palabra.

—Amigos, familia, estoy feliz de estar nuevamente reunidos con todos, antes que nada, recuerden, que no se trata de ponernos serios, ok, sino de divertirnos, podemos bromear y participar libremente, así que gocemos, para empezar, quiero felicitarlos, a todos, de verdad que cuando los vi entrar me asombró el cambio físico que tienen, así que quiero sus testimonios, quien quiere ser el primero —la mayoría levantaron la mano, pero Roger fue el primero en hablar.

—Dicen que primero son las damas, pero si me lo permiten quiero ser el primero.

—Adelante Roger, cuéntanos.

—Bueno, en verdad que esto ha sido increíble, debo confesar que verme a los ojos me costó muchísimo trabajo, no podía soportar la mirada, llegué a pensar, ¿pero por qué te caes tan gordo?, vamos tu puedes, así que me obligué y bueno… —tuvo que hacer una pausa, recordar ese momento hacía que sus ojos se le nublaran, Larisa ya había previsto lo que pasaría así que en cada mesita había una caja de metal hermosamente decorada, con pañuelos desechables.

—Esa noche, he llorado tanto, cómo jamás en mi vida lo había hecho, bueno, ya lo pueden ver, ja, ja, todavía sigo llorando —se limpió las lágrimas con la servilleta— pero descubrí muchas, muchas cosas que tenía guardadas, algunas muy dolorosas y otras muy vergonzosas…, pero al final pude verme a los ojos y amarme —ya no quería dar más detalles, de su experiencia, muchas y muchos de los presentes comenzaban a formar lágrimas al sentirlo y al recordar su propia experiencia— lo más importante fue amarme, guau Alberto, esto es fantástico —dijo sonriendo y levantando su copa— después de amarme completamente, cosa que no quería dejar de hacer, lo confieso, descubrí que soy algo hermoso, y no quería dejar de acariciarme —trataba de no llorar, pero no pudo contenerse, se abrazó a Rouse y lloró, ella lo consolaba, todos hacían lo mismo. Cuando por fin pudo tranquilizarse,

dijo— Perdón amigos, ya los hice llorar, pero tengo una pregunta para Alberto, después de amarme me vi al espejo y mi rostro se había rejuvenecido, las arrugas se fueron, bueno no totalmente, ya tengo sesenta años, no soy un niño, pero me asombró el cambio, mis pantalones me quedan flojos, he comenzado a comprarme trajes una talla menor, ¿por qué ocurre esto Alberto, por qué rejuvenecemos?
—Ok, antes que nada, gracias por compartirnos tu experiencia, me encanta saber que pudiste hacer todo el ejercicio —todos comentaban algo entre sí— puedo ver que todos rejuvenecieron, lo que me indica que vaciaron sus copas y bueno la explicación de por qué ocurre esto es la siguiente, nuestro cuerpo físico es el vehículo por medio del cual vivimos experiencias, es como un carro, sí, un automóvil es solo un aparato que utilizamos nosotros para trasladarnos de un lugar a otro, ¿cierto?
—Claro, es solo eso, un mueble que nos transporta.
—Pues nuestro cuerpo físico —estiró su mano izquierda y se jaló la piel con la otra mano— es solo el vehículo, todos o la inmensa mayoría de los seres vivos en el universo, creen que son el cuerpo físico que ocupan, cuando en realidad no lo son, ellos son el chofer. Cuando tú tienes un auto y entras en el, tomas los controles y le dices a dónde quieres ir, así es cómo se maneja un vehículo, bueno, pues al decidir tomar una vida en este planeta o en cualquier otro planeta o dimensión en el universo hacemos lo mismo, entramos en el vehículo y comenzamos a decirle a donde queremos que nos lleve, el vehículo, nos transporta, pero no solo nos transporta, sino que nos permite sentir el medioambiente, por medio de nuestros chakras, ¿recuerdan eso cierto?
—Yo no —dijeron Axel y Robert.
—Ok, cierto ustedes no estuvieron en nuestra cena anterior, resulta que nuestro cuerpo físico tiene siete centros de poder o centros energéticos llamados chakras, que nos permiten percibir las energías del medioambiente y saber si algo es bueno o no, si hay energías positivas o negativas en donde sea que estemos, por medio de los chakras percibimos el mundo, nuestro mundo no es solo físico, es energético, está hecho de energía, es como un holograma, pero no me quiero ir muy a profundidad, eso se los dejo de tarea investíguenlo, hay muchas películas que nos hablan de los chakras y de la materia, busquen el tema de energías cuánticas en la internet, ahí entenderán lo que es en realidad el mundo físico y para qué sirven, así que bueno, nuestros chakras perciben el mundo y sus energías, y por medio de ellos sabemos si

alguien te cae bien, si te gusta, si hay química, si quieres tener sexo con él o no, no es una cuestión de química, sino de física, de energías.
—Entiendo, ok —dijeron ambos.
—Bueno, entonces, nuestro cuerpo físico, tiene un cuerpo energético, Brandon es muy bueno viéndolo, ¿cierto campeón?
—Sí, y todos ahora lo tienen más grande que la vez pasada, ¿o será que he estado entrenando más en eso y puedo verlo más claramente?
—Ambas cosas hijo, todos hemos llenado nuestras copas del amor personal y eso nos hace manifestar un amor hermoso y verdadero hacia nosotros mismos, por eso nuestra luz es más brillante, por otro lado, el hecho de que estés practicando te ha vuelto más sensible, sigue haciéndolo —el joven se sintió alagado y le dio un pequeño trago a su copa de vino.
—Ok, entonces, nuestro cuerpo físico es el vehículo y nosotros, los choferes, le decimos a dónde queremos ir, si le digo, quiero ir al baño, él se levanta y se dirige al baño, si le digo, quiero ir a mi oficina, él me lleva hasta allá.
—Pero claro, afirmó Robert, jamás lo había visto de esa manera.
—Así es Robert, tu eres el chofer, así que tu cuerpo hará lo que tú le digas, pero el problema que tenemos es que lo olvidamos, olvidamos que solamente somos el chofer y creemos que somos el vehículo.
—Guau Alberto, esto es increíble —dijo Lisa, quien había estado muy callada— entonces yo no soy este cuerpo —estaba jalando la piel de su brazo— auch, me pellizqué, ja, ja, ja, que bobita, ja, ja, —todos rieron.
—A ver —dijo Susan tomando por la mejilla a su hermano y jalándosela— entonces este es solo el vehículo, ja, ja, ja.
—Me duele hermana —exclamó sobándose la mejilla.
—Exacto Brandon, nuestro vehículo puede sentir el dolor, el calor, el frío, los golpes, el amor, el enojo, etcétera, y nos hace saber a los conductores o choferes, si algo es bueno o no, piénsenlo, una persona que no siente dolor, no sabe si algo es bueno o malo, ¿cierto?, se lastimará, pero no le dolerá, así que para ella no hay sufrimiento, podría volver a lastimarse indefinidamente, sin que le cause problema.
—Es verdad por eso es importante sentir. Y eso es lo que hace nuestro vehículo, sentir el mundo exterior.
—Bien dicho Ellen, eso es justo lo que hace el cuerpo físico, nos muestra el mundo exterior, pero no solo te lo muestra, sino que también almacena energía del mundo exterior, cuando tienes sexo con alguien más, nuestros cuerpos energéticos se fusionan y se mezclan,

compartiendo sus energías, de esa manera se enriquecen, si el sexo fue solo eso, una cogida rápida para desahogarnos, pido perdón por la expresión, nuestras energías no se fusionan igual que cuando lo haces con alguien cuya energía te es muy afín y agradable, piénsenlo, antes de conocer a la pareja que tienen ahora, seguramente tuvieron sexo con muchas o pocas personas, pero la experiencia más significativa, en definitiva, fue con la pareja que tienes ahora.
—Eso es totalmente cierto —afirmaron.
—Pero nuestros cuerpos energéticos solo pueden almacenar cierta cantidad de energía del otro, y por eso dejamos de querer tener sexo con nuestras parejas —dijo Ríchard.
—Porque ya estamos llenos de la energía de nuestras parejas, y por eso debemos aprender a fundamentar nuestras relaciones en el amor honesto y verdadero, verdad mi amor —complementó Ellen volteando a ver su esposo.
—Así es mi hermosa, lo has dicho sabiamente —se acercó, y besó sus hermosos labios rojos. Todos los veían sonriendo.
—Es correcto, nuestro vehículo, puede almacenar energías, todos los dolores, humillaciones, y abusos, que vivimos en nuestra infancia, son emociones energéticas, que se almacenan en nuestros vehículos y se guardan en nuestras copas del amor personal, llenándola de esas energías.
—Guau, estoy entendiendo —expresó Axel.
—Qué interesante —corroboró Robert viendo a Valgarma.
—Entonces, todas esas energías están almacenadas en nuestros cuerpos, creando enfermedades, o malas vibras, a tal grado que pueden ocasionar un cáncer, una diabetes, hipertensión, oscurecimiento de la piel, salpullidos, psoriasis, rostros mal encajados o jetones, caras enojadas o alegres, dependiendo de las energías almacenadas.
—¿Entonces Alberto, las enfermedades en realidad tienen un origen energético?
—Energético-emocional, Lisa, recuerda que nuestro cuerpo percibe las energías como emociones, el dolor es una energía y una emoción, los golpes son una energía y una emoción, el abandono o la soledad, es una carencia de energía de amor, y una emoción, se dan cuenta, todas las emociones son una energía, y hay muy diferentes, y eso es lo que se almacena en nuestros cuerpos.
—Por eso nos decías que todas las enfermedades son curables.
—Cómo, a ver, eso me interesa —Robert, había estado padeciendo de

la próstata y una semana atrás le habían detectado cáncer de próstata, no le había dicho nada a nadie.

—Piénsalo Robert, si nuestro cuerpo físico, lo que almacena es una energía, la mayoría de las que nos causan enfermedades son energías negativas, que tienen que ver con experiencias negativas, o karmas de algo que nos hicieron o que hicimos, nadie se enferma sin su consentimiento, repito. "NADIE SE ENFERMA SIN SU CONSENTIMIENTO", así como nadie se muere sin su consentimiento.

—¿Me estás diciendo que cualquier enfermedad que uno esté padeciendo es autoprovocada? —Larisa volteaba a ver a su papá, pero no decía nada.

—¿Veamos, el automóvil, se enferma por sí solo o por la falta de atención del chofer?

—Por la falta de atención del chofer claro está, si él no le pone agua, aceite y le hace sus servicios adecuados, el auto va a fallar, pero no es culpa del automóvil, sino del dueño o del encargado.

—¿Y quién es el dueño o encargado de tu vehículo?

—Yo… por supuesto —respondió cayendo en cuenta.

—Bien, entonces veamos la cura, si lo que está provocando la enfermedad es una energía, y normalmente es una energía mala onda, o negativa, almacenada en nuestro cuerpo, lo que tenemos que hacer es sacarla, y eso se logra con el ejercicio de la copa del amor personal, lo que todos ustedes han estado haciendo es sacando sus malas vibras, o energías negativas almacenadas, después de sacarlas, se han amado, y se han llenado de la energía de amor, la energía más poderosa en el universo es la energía del amor, y eso lo han hecho cuando se han acariciado, por eso es que sus cuerpos se rejuvenecieron, se quitaron de encima todas esas energías mala onda o negativas, y su cuerpo se alegró, se llenó de energía de amor y comenzó a vibrar en esa octava energética, el amor.

—Guauuu, pero… no inventes Alberto, qué maravilla —dijo Robert, todos hablaban entre sí comentando algo y otros reflexionaban sumidos en sus pensamientos.

Alberto levantó su copa y dijo.

—Salud amigos, por la sanación de las enfermedades.

—A ver Alberto —dijo Karla, todos comenzaron a guardar silencio— pero no es solo haciendo el ejercicio de la copa del amor, que nos vamos a curar, ¿cierto?

—Ese es el principio preciosa, lo primero, es sacar de nuestro cuerpo las energías malas, malas onda o malas vibras, todas nuestras enfermedades están ligadas a un karma, recuerden que un karma es cuando hemos hecho daño a alguien, y creamos con ese acto una deuda entre nosotros y esa persona, ese karma debe ser pagado, ya sea con esa misma persona o con cualquier otra, en esta vida o en una vida futura, si es que en esta no pudimos resolverlo, ¿y cómo lo pagamos?, bueno, hay varias maneras la primera, es pidiéndole a alguien que nos haga el mismo daño que le hicimos a la otra persona, si le robamos, pues nos robarán, si la violamos, pues nos violarán, si matamos a alguien, pues nos matarán, si matamos al hijo de alguien, pues nos matarán a un hijo, si provocamos la "muerte accidental", recuerden que en este planeta no existen los accidentes ni las casualidades, todo es nuestra creación, fueron nuestros acuerdos, así que esa muerte la padeceremos a través de un "accidente".

—Ay no, Alberto, no, a mi hermano lo asesinaron cuando estaba conmigo, yo tenía diecisiete años y él quince, y he tenido un rencor y odio enorme por el asesino, está en la cárcel, y le he deseado lo peor, pero entonces, ¿yo en una vida pasada, asesiné al hermano de alguien más y ahora pedí vivir eso?

—Así es, y mientras te mantengas en el rencor y el odio hacia el asesino, no vas a pagar tu karma, y en la siguiente vida vas a volver a padecer la pérdida de un ser amado, por otro lado, esa energía de odio y tristeza permanecerá unida a tu cuerpo energético y de paso al cuerpo físico, enfermándolo.

—Pero además Lisa —agregó Larisa— tú le pediste al asesino que te ayudara matando a tu hermano,

—Y tu hermano —expresó Erika— se propuso para abandonar su cuerpo a esa edad, de esa manera te ayudaría a tí y a tus papás, a vivir la experiencia de perder un ser amado, ¿cierto Alberto?

—Perfectamente dicho chicas, se ve que han estado pensando en eso.

—Claro que sí —afirmó Ellen— cuando nos reunimos hablamos de nuestros descubrimientos, de los acuerdos que tenemos en nuestras vidas, y cuando vemos una película, nos damos cuenta de los acuerdos que existen, y de los karmas que no resolvemos al quedarnos con el odio.

—Bien hecho chicas, excelente, pero entonces, volviendo a la enfermedad, un cáncer de senos o de próstata, normalmente tienen que ver con karmas, enojos, o rencores relativos al sexo y a nuestras partes femeninas y masculinas, si es de seno, es un enojo con nuestra parte femenina, un rencor con nuestra mamá, abuela o con ustedes mismas, como están enojadas con su parte femenina, se provocan un cáncer; si es de próstata, normalmente tiene que ver con algo sexual, quizás fuiste un abusador sexual y te sientes culpable, o estás enojado con tu papá o tu abuelo o contigo mismo, porque abusaron de tí o tú abusaste de alguien, y te sigues manteniendo en el enojo. Esas energías son las que te provocan la enfermedad, y todos esos dolores, son los que liberamos en el ejercicio frente al espejo, ¿cierto?

—Sí claro, asintieron todos.

—Por eso, la primera parte de la sanación es ir frente al espejo y abrirte, hablar contigo mismo y descubrir todo eso vergonzoso o humillante que hicimos o que nos hicieron, después, puedes pedir perdón y dar tu perdón, después, podrás amarte, esta parte de amarte es la segunda parte de la sanación, tienes que amar esa parte o ese órgano enfermo, si es el hígado, la próstata, un dedo, lo que sea que este enfermo, tienes que amarlo, pedirle perdón, liberarte de tus karmas.

—¿Cómo hago eso?, ¿cómo me libero de los karmas?

—Tienes que decir: Si yo, di tu nombre completo, te dañé, te humillé, te ofendí, hice algo, cualquier cosa que te lastimara, por favor perdóname, en verdad lo siento, te amo, gracias. Tiene que ser un perdón desde el corazón, un perdón profundo y verdadero para liberar a esa persona del karma contigo, y para liberarte tú, solamente recuerda, que lo que sea que te hayan hecho, tú lo hiciste en alguna vida pasada, no existen las injusticias. También puedes invocar a la llama violeta de transmutación, esta es la energía encargada de transmutar los karmas, pídele que se haga presente entre tú y tal persona, que por favor transmute cualquier karma que pudiera existir entre ustedes dos, les recomiendo que transmuten todas sus relaciones personales, con sus papás, hermanos, amigos, amantes, vecinos, con todos con los que tengas algo que ver, transmuta tus vidas pasadas, pide perdón por si dañaste o humillaste a algún hombre, mujer, niño, niña o animal, en esta o en alguna vida anterior, de esa manera también te liberarás del karma.

—Alberto, ¿puede una persona, seguir dañando a alguien, si transmuta sus karmas, y de esa manera no crear más deudas?

—¿Por qué querría alguien, que entiende que lo que está haciendo, es porque está ligado a un karma, seguir haciéndolo?, los acuerdos se pactan, porque hay un karma atado a eso, necesitamos vivir una experiencia, pero para dejar de hacerlo. Déjame explicarme un poco más, si yo hice un acuerdo de robar o matar o violar a alguien, en realidad lo hice para ya no hacerlo, al negarme a seguir haciendo eso, solo entonces me libero del karma, si me mantengo haciéndolo, pensando que ahora estoy liberándome al usar la llama violeta, en realidad no lo estás haciendo, la llama violeta no es tonta, sabe cuándo algo es hecho desde la cabeza y no desde el corazón, si tu intentas transmutar tus deudas con la llama violeta, desde tu cabeza y no desde tu corazón, la llama violeta no aparecerá, no la puedes engañar, por otra parte, eso sería como ser una persona que dice: "Bueno, ya sé leer, a partir de ahora no voy a leer", no sería tonta una persona que haga eso.

—Claro que sí —dijo Carlos— pero eso es lo que hacen millones de personas, que en su vida jamás han leído un libro, saben leer, pero no lo usan, solo para lo básico en sus vidas.

—Desafortunadamente es verdad —confirmó Ríchard— por eso hay tanta ignorancia en el mundo.

—Tienen razón chicos, pero piénsenlo un poco más allá. ¿Si todo en nuestra vida es nuestra creación y nuestros acuerdos, entonces existe el fracaso en la vida? ¿Piensan que hay ganadores y perdedores? —Todos guardaban silencio pensando.

—No Alberto, —respondió Robert—, no existen los fracasados, ni los perdedores, sí todo es un acuerdo, entonces unas personas deciden vivir sus vidas en la ignorancia, otras en el fracaso, otras en el éxito, no puedo ser un fracasado si yo planifiqué que eso fuera de esa manera, no existe el fracaso.

—Tienes razón —confirmó Erika— toda mi vida fue mi propio plan, si hubiera necesitado ser una buena lectora, entonces hubiera hecho acuerdos para convertirme en eso.

—¿Entonces, yo no soy bueno en matemáticas, porque fue mi acuerdo? —Brandon abría los ojos asombrado.

—¿Yo no soy buena en natación, porque ese fue mi acuerdo?, no me gusta la natación, pero tengo qué acreditar las clases, si no me reprueban en educación física.

—Así es amigos, nosotros hicimos los planes de acuerdo a lo que necesitábamos aprender o no, para cumplir con nuestros acuerdos con los demás y con el pago de nuestros karmas.

—Guau, qué maravilla Alberto, entonces no existen los mediocres, porque ah como me pega esa palabra, por eso siempre me esfuerzo de más para no parecerlo, eso lo saqué de mi papá —dijo Carlos—

recuerdo que de pequeño me decía, "eres un mediocre, esfuérzate más."

—Bueno —intervino Valgarma—, todo esto suena muy bien, pero a mí, bueno, me da pena, pero no creo en los acuerdos, me cuesta mucho creer que todo fue mi propio plan y que yo pedí que me violaran o qué me robaran, Larisa me lo explicó, pero no lo sé, no me queda claro, me resisto a creer que es verdad.

—Bien Valgarma, gracias por ser honesta, déjame ponerlo de esta manera: En la vida solo hay dos opciones o dos posturas que puedes adoptar, la primera, la postura de la Víctima, en donde tú, no tienes responsabilidad de nada, todo lo que te pasa es buena o mala suerte, es cosa del destino, incluso de Dios o del demonio, pero tú, eres solamente la víctima de los acontecimientos, ¿de acuerdo?

—Sí, creo que es así.

—Ok, la segunda postura es la del Creador, en donde tú eres el creador de las experiencias que has vivido, el asalto, la violación, etc., todo fue un plan para vivir una experiencia y poder pagar un karma, ¿cuál de las dos posturas te da más poder?

—Bueno, si me lo pones así, la del creador me da más poder, porque la víctima me deja indefensa, sin posibilidades de decidir sobre mi vida.

—Exacto, de eso se trata, tu puedes creer lo que a ti te convenga más, es tu libre decisión, pero piensa ¿cuál postura te da poder sobre tu vida? Si escoges la de ser la víctima, no tendrás ni siquiera el poder de cambiar tu vida, porque no sabes si la buena o mala suerte te van a caer encima, así que estás indefensa; en cambio, la postura del creador te permite tener el control de tu futuro, ahora sabes que todo tu pasado fue tu creación, que nadie te hizo daño realmente y que tu no dañaste a nadie verdaderamente, que incluso si mataste a alguien, esa persona está viva en la Ciudad de la Luz, así que no hay daño, te das cuenta.

—Bueno, interrumpió Robert, luego nos explicas eso de que viven, ¿en dónde dices?

—La Ciudad de la Luz —dijo Susan— hay una película que explica muy bien eso, se la voy a compartir, para que la vea.

—Gracias, preciosa.

—¿Qué opinas Lisa, vamos bien?

—Sí, excelente, estoy entendiendo.

—Lo hermoso de descubrir esto es que puedes terminar con tus acuerdos, por ejemplo: de ser malo en matemáticas, de no ser buena en natación, de no leer, de no ser rico, de ser un empleado pobre el resto de tu vida, de no tener éxito en los negocios, de seguir dañando o robando, libérate de todo eso que sientes que te detiene, y empieza a construir la vida que te haga verdaderamente feliz, no necesitas hacer acuerdos para lograr algo, ahora sabes que lo que sea que pase en un futuro será tu decisión, y que si algo "malo", entre comillas, llegase a pasar, es porque hay un karma que tienes que pagar, así que en lugar de enojarte y odiar, solamente agradece, pide perdón y libérate.

—Alberto, eso suena muy bien, entiendo lo de pedir perdón si alguien te roba o te viola, pero si eso nos llegara a pasar, en el momento de los hechos sentiríamos muchísimo terror y después, enojo y todo lo demás, sería difícil pedir perdón en ese momento.

—Entiendo eso Lisa, y en realidad tienes razón, si alguien llegase con un arma a apuntarle a mi hija delante de mí, yo por supuesto me aterraría, pero lo importante es lo qué haces después con todas las emociones que ese acontecimiento te provoca, te quedas enojado y odiando, o pides perdón y agradeces.

—Señora, la cena está servida —Larisa volteó a ver el reloj, eran las diez de la noche.

—Amigos, pasen al comedor, por favor —todos se levantaron y se encaminaron a la mesa, una mesa cuadrada con cuatro sillas por lado les daba la bienvenida, estaba perfectamente montada, todos admiraron los platillos y se sentaron.

—Guau Larisa —dijo Ellen— qué hermoso comedor y qué grande, está bellísimo.

—Gracias, que bueno que te guste. —Una vez estuvieron todos acomodados, Larisa dijo— ¿me permiten hacer una oración? —su papá volteó a verla, asombrado, ella nunca fue apegada a la religión, volteó a ver a su papá y dijo adivinando sus pensamientos— es cierto papá, deben saber que yo estaba enojada con Dios, muchos años dejé de creer en él…, —inclinó la cabeza y se limpió las lágrimas que comenzaban a aparecer— muchos años me aleje de él enojada, pero después del ejercicio frente al espejo, sentí su amor, y él …, —Alberto la abrazó— él me amó —dijo esto tratando de contener un llanto que luchaba por salir— y yo a él, así que ahora —entrecruzo los dedos de las manos— padre hermoso, gracias —no pudo contener más las lágrimas, pero se obligó a seguir hablando— gracias por todas las bendiciones que me has regalado, gracias por la salud de mi papá, de mis hijos, y de todos mis amigos, gracias por esta casa, en la cual te pido que vivas y que seas muy feliz, bendice sus paredes y todo lo que haya en ella, gracias por las personas del servicio que prepararon estos deliciosos alimentos, bendícelas y llena sus casas de amor, gracias por estar siempre a mi lado, amén.

—Amén —dijeron todos, algunas limpiaban sus lágrimas.

—Que disfruten sus alimentos.

—Salud Larisa, qué bella oración, gracias por invitarnos —dijo Karla levantando su copa, todos hicieron lo mismo y las chocaron con los que estaban a su lado.

—Ya Brandon, dijo Susan en voz baja, ya no más vino.

—Si hermana, tienes razón, ya no, joven, me regala agua sola, por favor —el mesero se acercó con la jarra y le sirvió.

—Oye Alberto, tengo una duda, si alguien comete un desfalco con otra persona y le hace perder mucho dinero, digamos que lo deja en la quiebra, ¿ellos dos se pusieron de acuerdo, para vivir esa experiencia, cierto?

—Sí, así es.

—Pero entonces, el que hizo el desfalco, no está creando un karma, sino que le está ayudando al otro a vivir su experiencia dejándolo en la quiebra, ¿es así?

—A ver veamos, los acuerdos los hacemos con tres objetivos en la mente: primero…

—Yo los digo —intervino Carlos— el primero es vivir una experiencia, el segundo, ayudar a otro, y el tercero, pagar un karma, eh, qué tal, soy buen estudiante —dijo estirando el cuello.

—Bravo mi amor, eres magnífico —Erika le acariciaba el rostro y lo besaba en la mejilla.

—Ja, ja, bien dicho Carlos, está claro.

—Ok a ver si entendí, el primero es vivir una experiencia, el segundo ayudar a otro y el tercero, pagar un karma.

—Exacto Robert, de manera que entonces ambas personas se ponen de acuerdo para vivir la experiencia, segundo, se están ayudando, el que va a hacer el desfalco, ya lo ha hecho en vidas anteriores, así que planifica volver a hacerlo para ya no hacerlo.

—¿Entonces, él debió detenerse y no cometer el desfalco?

—Exacto, si lo cometía, seguiría atado al karma, ¿lo ves?

—Entonces, el objetivo real era no cometer ese acto para liberarse del karma, debió de detenerse para no cometerlo.

—Exacto.

—Pero entonces, si se detiene, no le ayudaría al otro a vivir la experiencia de quedar en banca rota y no estaría cumpliendo su

acuerdo.
—Ambos tienen un karma, y el plan lo hacen para liberarse de su karma, así que, si el que va a hacer el desfalco, se da cuenta y dice, no más, no necesito hacer esto, esto es deshonesto, no lo necesito, entonces se libera, de lo contrario se mantendrá atado, y si se detiene, entonces al otro amigo, alguien más lo ayudará a vivir su experiencia, pero la primera persona se habrá liberado.
—¿Ok, pero entonces al otro amigo alguien más le ayudará a vivir su experiencia?
—Así es, el otro, necesita vivir la pérdida, para sentir el enojo, el odio y el deseo de venganza, si logra liberarse de esos sentimientos, sí es capaz de perdonar y de perdonarse a sí mismo, dejando de culpar a alguien más, entonces, se liberará del karma, si no se libera de esos sentimientos, y se muere con ellos, repetirá la experiencia en la siguiente vida; por supuesto que este último también puede terminar con su karma sin la necesidad de vivir el desfalco y de perder su fortuna.
—¿Y cómo hace eso, si eso no ha pasado?
—Ok —dijo Alberto, pensando un poco— todos tenemos vidas pasadas ok, y en esas vidas hemos hecho de todo, hemos robado, asesinado, amado, ignorado, humillado, violado, abusado de algún niño o niña, en fin, hemos hecho cualquier cantidad de cosas, así que si en esta vida una persona decide liberarse de sus karmas sin necesidad de vivir esas experiencias dolorosas, deberá hacer un acto de perdón, yo sugiero, que cada uno compré una veladora, y en su casa estando a solas o con su familia, la encienda, y comience a hacer un acto de perdón y de agradecimiento, tenemos que pedir perdón, por si robamos, violamos, mentimos, defraudamos, le quitamos a alguien su dinero o su casa, o su esposa, si matamos, si secuestramos, si hicimos daño de alguna manera, debemos sentir y pedir perdón, debemos invocar a la llama violeta y pedirle que nos ayude a limpiar nuestros karmas, pero debe ser un acto de perdón desde el corazón, deberán de brotar lágrimas si el perdón es pedido desde el corazón y no solo desde la cabeza, de esta manera, cualquiera puede liberarse de un karma, y a partir de ese día, vivir y actuar en el nombre del amor, entregando su amor personal en todo lo que haga y solamente hacer lo que es correcto y honesto. Si la vida te regala la oportunidad de hacer algo que no es honesto o correcto, deberás rechazarlo y pensar que quizás esa sea una oportunidad para liberarte de un karma
—Guau, qué maravilla, no creen —dijo Lisa.

—La vida es una gran obra de teatro, escrita por nosotros mismos, nosotros escribimos qué papel vamos a actuar, y con quiénes, para liberarnos de este planeta.
—Bien dicho Ríchard —salud amigo —Alberto levantó su copa.
—Quiero compartir algo, si me lo permiten, dijo Axel. Cuando Larisa llegó a mi casa, venía tan cambiada, su cara era totalmente diferente, me hizo recordar a la Larisa de quien me enamoré —su esposa se sintió un poco incómoda por su comentario, pero no dijo nada, tomó su copa un poco sería y le dio un pequeño sorbo, Alberto notó su expresión— pero entonces, ella me tomó de las manos y me pidió perdón, no sé qué fue, pero sentí que algo se me quitaba de encima, me dio mucho gusto y me sentí feliz, después nos platicó lo de las energías y nos dijo cómo hacer el ejercicio y bueno, ahora podemos ver nuestros cambios.
—Así es mi amor, es verdad, cuando vi a Larisa estaba muy cambiada, me abrazó, cosa que jamás había hecho y me pidió perdón, sentí un cariño muy especial por ella, y bueno, después hicimos el ejercicio y todo ha sido diferente desde entonces.
—Felicidades Axel y Lisa, que bueno que se dieron la oportunidad de hacer el ejercicio. Eso que sentiste Axel, eso que se te quitó de encima, fue la energía negativa y el karma que tenían tú y ella atado, recuerden que lo que hacemos es eliminar las energías mala onda o las malas vibras de nuestro vehículo, después de eso, sentiste el amor que había entre ustedes dos, su relación no es la primera, es decir, no es la primera vez que viven esta experiencia de divorciarse y terminar odiándose, muchas veces antes se han muerto con el enojo y el rencor, ya sea que tu hayas sido el hombre o la mujer.
—¿Entonces no es la primera vez que Axel y yo, nos juntamos y vivimos juntos?
—Así es Lisa, lo han hecho muchas veces antes para pagar sus karmas y sus deudas.
—Mi papá y Larisa fueron amantes —dijo Brandon.
—¿Cómo? —dijeron todos los que no conocían la historia.
—Es cierto —dijo Ellen.
—¿Tú lo sabías Ellen?, ¿y estamos aquí todos cenando? —dijo Valgarma— ¿de qué me perdí?
Larisa les explico lo del karma entre ellos y cómo lo resolvieron.
—Por eso ahora, somos amigos, ¿verdad Larisa?, —dijo Brandon sonriéndole.
—Así es guapo, ahora hay un cariño muy bonito entre nosotros.

—Esto pasa —intervino Alberto— por lo siguiente, cuando estamos en la Ciudad de la Luz, hacemos planes con nuestros seres queridos, nuestra misma familia, por ejemplo, esos dos personajes él que le hizo el desfalco al otro y lo mandó a la quiebra, ellos dos muy seguramente sean mejores amigos en la Ciudad de la Luz y muy probablemente incluso sean hermanos del planeta o dimensión de donde provienen, solo que están jugando un papel, un roll actoral, y uno le dice al otro: Oye hermano ayúdame, necesito que en la siguiente vida seas un hombre de negocios y me hagas un desfalco, uno que me haga perder toda mi riqueza, Ok, contesta el amigo, claro, te ayudaré, sirve que yo también pago mis karmas, entonces se ponen de acuerdo, entran en escena, olvidan quiénes son y a qué vinieron, comienzan a vivir sus vidas y después se conocen y ocurre lo planeado. ¿Qué les parece?
—¿Por eso entonces, yo sentí un cariño especial por Larisa, cuando me pidió perdón?, porque ya nos conocíamos de otras vidas y pudiera ser que somos hermanas y no lo sabemos —ambas se estaban viendo y sonreían, sus ojos se llenaron de lágrimas y ambas se levantaron de la mesa, caminaron hasta encontrarse, se abrazaron y lloraron— hermanita, perdóname, perdóname —ambas se estaban reconociendo, el disfraz se les había caído.
Todos limpiaban sus lágrimas, las tres amigas de la infancia, volteaban a verse y sonreían, hicieron lo mismo, se pararon y fueron a encontrarse.
—Gracias hermanitas, gracias por estar aquí para mí, gracias por su amor.
Susan y Brandon se abrazaban y lloraban.
—Gracias hermanito, gracias por estar aquí, te quiero mucho.
—También yo, Susy, gracias por estar siempre para mí y ser mi hermana mayor, te quiero mucho.
El amor se reencontraba.
Después de un rato todos volvieron a sus lugares y Alberto continuó.
—Ahora estamos entendiendo, por qué no tiene sentido odiar a nadie, ni mantenerte enojado con nadie, todos en realidad somos hermanos.
—Bueno Alberto, es que sí, lo entiendo, entiendo que pueda ser hermano del que me hizo el desfalco o me robó o me violó, ¿pero hermano de todos?, no conozco a ningún ruso, ni chino, ¿por qué serían ellos mis hermanos?, hay millones con quienes jamás tendré una interacción.
—Te entiendo, Robert, visto así es verdad, ¿por qué serían nuestros hermanos?, pero resulta que todos en este planeta y en todos los

planetas, en este y en los millones de universos que existen, venimos de la misma fuente, todos somos seres de energía, viviendo diferentes experiencias, pero todos dotados de la Mente creadora de Dios. ¿Cierto Roger?

—Así es Alberto.

—Todos tenemos una mente con la cual hemos creado nuestras vidas y nuestro mundo como es hoy en día, tú mismo Robert, has participado de la construcción de este mundo, ¿cuántas inversiones en bienes raíces tienes?

—Bueno sí, muchas.

—Esa participación tuya en esta y en todas tus vidas pasadas han creado el mundo como es ahora.

—Ok, entiendo, guau, entonces nosotros tenemos la mente de Dios, y durante todas nuestras vidas hemos ido creando el mundo como es hoy en día.

—Somos, Robert, no tenemos, SOMOS la Mente Creadora, la mente es lo que sigue con vida tras la muerte de nuestro vehículo, este vehículo solo vivirá ochenta, o veinte años, lo que cada quien haya planeado, y seguiremos vivos, sea que vuelvas a tu casa original o reencarnes en este mundo otra vez, y quién sabe, a lo mejor en la siguiente seas…, ¿cuál es la nacionalidad o el color de piel que más aborreces?

—Nacionalidad, bueno si a los árabes no los soporto, y a la gente de color, bueno no lo sé, no que sea racista, pero…

—ok, no importa, quizás en la siguiente vida seas árabe y de color, eso te ayudará a quitarte los karmas asociados al racismo.

—Entiendo, por eso no tiene sentido odiar a nadie.

—Ni menospreciar, un barrendero en las calles, viene a vivir esa experiencia porque ahí puede pagar sus karmas, pero quizás en su vida anterior fue un hombre muy rico que menosprecio a la gente pobre y a la servidumbre, por eso ahora elige ser pobre y vivir el menosprecio de los que tienen más que él, ¿se dan cuenta?, todos somos hermanos; un país que se pone en guerra con otro país, es porque ambos viven atados a karmas de deudas el uno con el otro, y sus dirigentes, los llevan a vivir el odio y las guerras, ambos dirigentes son quizás hermanos viviendo papeles de enemigos.

—Mi amor, pero si alguien viene a querer robarme o a violarme, qué dios no lo quiera…

—¿Dios o tú, Larisa?

—Cierto, yo, claro, pero si me llega a pasar eso, es por qué hay un

karma que tengo que pagar, ¿qué debo hacer, dejar que me violen, dejar que me roben?
—Sí, si eres consciente de todo esto y de los karmas, no te opongas a lo que te tenga que pasar, ponte en paz y pide perdón; si alguien, en el peor de los casos, te mata, en realidad te está ayudando a salir de tu vehículo, es como si te abrieran la puerta para que puedas salir, para volver a la Ciudad de la Luz, y quizás, si te liberaste de todos tus karmas, puedas volver a tu casa original, se dan cuenta, morir no es un castigo es un premio de libertad.
—¿Pero entonces, por qué le tenemos tanto miedo a la muerte?, cuestionó Erika.
—Porque la iglesia y las religiones, nos ha enseñado a temerle, nos han dicho que, si no obedecemos las leyes impuestas por Dios, entonces nos iremos al infierno, y por el contrario, si fuimos obedientes, entonces nos iremos al cielo; ¿quién de ustedes jamás ha cometido un, mal llamado, "pecado" ?, hablando de esto, ¿ya se saben el chiste?
—No, platícalo.
—Estaba Jesús, rodeado de la multitud, y estaban juzgando a una prostituta, entonces dice: El que esté libre de pecado que tire la primera piedra, en eso vuela una piedra y le da en la cabeza, voltea a ver a la persona que lanzó la piedra y le dice: Tu No mamá, tu no.
—Ja, ja, ja, ja —Larisa estuvo a punto de escupir el vino que estaba tomando. Todos rieron a carcajadas.
—No entendí Susan, ¿por qué?
—La mamá de Jesús es la virgen María y ella es pura y santa, está libre de pecado.
—Ah, ya —no se rió, siguió sin entender.
—Entonces, siguió Alberto, no hay un ser humano que pueda cumplir todas las leyes que la iglesia nos impone, incluso los mismos sacerdotes, nadie puede, así que tememos morir porque no queremos ir al infierno. Pero ahora, sabemos que no vamos al infierno, sino a …
—La Ciudad de la Luz —dijo Susan, Alberto le guiñó el ojo.
—Y a la iglesia —complementó Roger— no le conviene que las personas sepan todo esto, perderían millones de adeptos.
—La gente —intervino Alberto—no necesitaría ir a la iglesia, porque no hay pecados que perdonar, todos fueron acuerdos, y en realidad, el único que tiene que perdonarnos, somos nosotros mismos, cada uno de nosotros tiene que perdonarse a sí mismo, eso es lo que hacemos cuando estamos frente al espejo viéndonos a los ojos, nos estamos

perdonando, somos Dios, perdonándose a sí mismo.
—Y qué hay del dinero Alberto, muchos estamos dándole demasiada importancia al dinero.
—El dinero es parte de los acuerdos, una persona que tiene mucho, fue porque así lo planeo, el que no tiene dinero, también fue su plan; lo importante de saber, es que en realidad tenerlo o no, es parte de nuestros karmas y deudas. El objetivo de nuestras vidas no es ser el más rico del mundo, creemos que sí, porque solamente nos vemos como si fuéramos el vehículo, no te ves como el chofer, no te das cuenta de que el dinero es solo un medio para vivir ciertas experiencias y lo pones como tu prioridad; nadie que viva en este mundo, se va a llevar un solo centavo, ni una joya por más pequeña que sea, solo nos vamos a llevar nuestras energías, y con ellas nuestros Karmas o Dharmas. Nuestro trabajo no es poseer mucha riqueza, sino liberarnos de los karmas. Piénsenlo, Robert, ¿cuánto dinero te vas a llevar cuando te mueras, cuando abandones tu vehículo?
—Nada, todo lo va a heredar Larisa.
—Exacto, y lo único que sí te vas a llevar, son tus karmas y tus deudas. Por otro lado, el dinero que no bendice a las personas que están a tu rededor, no vale la pena, hay multimillonarios, que se mueren teniendo billones de dólares en sus cuentas y no han bendecido a nadie con ese dinero, ¿de qué les sirvió?
—Me estás diciendo que deberíamos de regalar nuestra riqueza antes de morir.
—No lo sé, esa es una decisión que cada quien debe tomar, ¿qué hacer con mi riqueza?, lo que creo que es importante es que mi dinero, debe bendecir al mayor número posible de personas, ¿para qué me sirven millones de dólares que no me voy a gastar, cuando hay miles de personas muriendo de hambre en la misma ciudad en que vivo?
—Alberto, nosotros hemos platicado ese tema —dijo Roger señalando a Ríchard— y creemos que no es bueno regalar dinero a los pobres, porque si no lo saben manejar, les vamos a hacer daño.
—Es cierto, recuerden que una persona que es pobre, lo decidió así para pagar sus karmas, si le das mucho dinero de seguro se van a deshacer de el, después de emborracharse y hacer cosas estúpidas, porque en sus acuerdos está deshacerse del dinero para ser pobre, y mientras no rompan este acuerdo, van a seguir en la pobreza, así se hayan sacado la lotería; cuántas historias conocen de personas que se han sacado la lotería y después de un par de años están nuevamente en

la pobreza.

—Eso es cierto, dijo Erika, hay muchas de esas historias, conocí a una compañera del trabajo, su abuelo se sacó la lotería y bueno, se volvió alcohólico y perdió a su familia, terminó en la pobreza absoluta, su familia perdió las casas que él había comprado con ese dinero; pero entonces, a ver…, esperen, entonces… él se ganó la lotería no por buena suerte, sino porque de esa manera viviría sus acuerdos y sus karmas, ahora lo entiendo, guau.

—Así es, qué interesante, por eso les digo que ser rico o ser pobre, en realidad es un acuerdo para pagar un karma, ahora, volviendo a nuestra riqueza, existen muchas formas en que nuestra riqueza puede bendecir a las personas a nuestro rededor, por ejemplo, si eres empresario, que tal disminuir las ganancias personales, aumentando los sueldos y las prestaciones; o si eres un constructor, ayudando a las personas a obtener una vivienda decente, de calidad, a un precio justo, no con el objetivo de yo dueño enriquecerme, sino de bendecir a todos, yo me bendigo por supuesto, y bendigo a los demás; quizás hacer un reparto justo de las utilidades al final del año; en fin, cada quien tiene que buscar qué es aquello que le hace sentir más feliz y entonces hacerlo; la clave del cambio está en llenar nuestra copa del amor personal, y después, entregar este amor a todos a nuestro rededor, para bendecir la vida misma, si hacemos eso, podemos cambiar como sociedad. Si alguno de ustedes es empleado, piensen en cómo su amor puede bendecir al dueño de la empresa para la cual trabajan, no se trata solamente de cumplir un horario, para ganar un sueldo, estás ahí porque hay algún karma que tienes pendiente con ese tipo de trabajos, o con el dueño mismo de la empresa, termina los karmas y empieza a entregar tu amor personal en todo lo que hagas, empieza a ver esa empresa como si fuera tuya, busca su crecimiento.

—Bueno Alberto, si todos aprendiéramos a hacer eso, nuestro mundo sería diferente.

—De eso se trata amigos, de crear un mundo diferente, pero no de luchar para que el mundo haya afuera cambie, porque el único mundo que yo puedo cambiar es mi mundo personal.

—A ver, me perdí —dijo Ellen— no entiendo eso, ¿por qué no se trata de luchar por cambiar al mundo?

—Veámoslo, pero antes digamos salud —levantó su copa— salud hermosa —dijo volteando a ver a Larisa y dándole un beso.

—Salud, hermoso —todos levantaron sus copas y comentaron algo con

los que estaban a su lado.
—Sigue Alberto y qué más.
—Ok, les decía que el único mundo que yo puedo cambiar es mi mundo personal, déjenme contarles una historia: Había una vez un hombre mayor en la cama del hospital, tenía ochenta años y estaba muriendo, toda su familia estaba rodeándolo, y les dijo: Hijos, he desperdiciado mi vida, cuando era joven quería cambiar al mundo para que fuera un lugar mejor, así que dediqué muchos años de mi vida a intentar lograrlo, pero después me di cuenta de que no podía, así que me dije, voy a cambiar a mi colonia, dediqué muchos años de mi vida tratando de cambiar a la colonia, pero me di cuenta de que nada pasaba, entonces me dije, voy a cambiar a mi familia y lo intenté por muchos años, y no lo logré, ahora que estoy en cama muriendo, me doy cuenta de que al único que podía y que debí de haber cambiado desde el principio era a mí mismo, pero no lo hice, y ahora estoy muriendo y me doy cuenta de que desperdicie mi vida —todos guardaban silencio asimilando la historia— ¿Se dan cuenta?, al único que podemos cambiar es a nosotros mismos, cada uno de ustedes que ya ha hecho el ejercicio y llenado su copa de su amor personal, está comenzando a cambiar su mundo personal, ¿se dan cuenta?
—Por supuesto, yo he cambiado muchísimo —dijo Roger.
—Y yo —Robert levantó la mano— y yo, dijeron todos.
—Exacto, nuestro amor personal es lo que nos está cambiando nuestro mundo personal. Mi amor verdadero comienza a afectar a mi esposa, a mis hijos, a mis empleados, a mis compañeros de trabajo, a las personas con quienes tropiezo en el día a día, a lo mejor solo con una sonrisa, pero no es porque tu intensión sea cambiarlos, eso no funciona, es porque yo he cambiado, mi amor me ha cambiado, y ahora puedo con mi amor bendecir a mi mundo, ahora recojo la basura de la calle, porque a mí me gusta vivir en un mundo limpio, ¿se dan cuenta?, su casa ha cambiado su energía, porque su amor ahora está presente y esa energía sale a través de las paredes y bendice a quienes están alrededor de tu casa. Hagamos un ejercicio mental, imaginen que su amor personal, es de color rosa, ahora siéntanlo, respiren y siéntanlo, vean el color rosa con su imaginación —algunos cerraron los ojos y otros se mantuvieron con los ojos abiertos, lo veían con su mente— ¿bien, lo están viendo?
—Sí, sí, es hermoso.
—Excelente, ahora vean ese color rosa cubriendo todo su cuerpo,

siéntanlo, respiren despacio, suban su energía y sientan el color rosa rodeando todo su cuerpo. Ahora, hagan que ese color rosa, como si fuera una burbuja alrededor de cada uno de ustedes, se expande, ¿lo están sintiendo cierto?
—Sí, sí.
—Ahora hagan que ese color rosa crezca y abarque a toda esta casa, envuelvan la casa con su amor, le están regalando una enorme bendición a Larisa por su nueva casa —todos sonreían, Larisa estaba feliz y una lágrima se resbalaba por su mejilla— bien muy bien, vamos más allá, hagan que esa burbuja rosa, crezca y abarque a toda esta ciudad, háganlo, solo vean cómo su burbuja envuelve a esta ciudad, así es, llévenla hasta los bordes, de la ciudad, se siente bien cierto, están usando su mente creadora y su imaginación, pero la energía rosa que están enviando es real, muy real de hecho, ahora, lleven esa burbuja más allá, envuelvan a todo el planeta, todos nosotros somos hijos de la tierra, de Gea, nuestra madre tierra, así que ámenla, envuélvanla en su amor personal, denle las gracias por la razón que ustedes quieran —las lágrimas se hicieron presentes, casi todos tenían los ojos cerrados sonriendo y derramando hermosas lágrimas de amor— Cuando nuestro amor es honesto y verdadero y muy profundo, normalmente provoca lágrimas, y ustedes lo están sintiendo, y nuestra amada madre Gea lo está sintiendo, ella nos envuelve a nosotros en su amor y nos agradece —Alberto guardó silencio, dándoles espacio para que aumentaran las sensaciones, cuando creyó oportuno dijo— Bien, cuando lo deseen, pueden abrir los ojos y regresar.
—Larisa, le tomó la mano y le abrazó llorando— mi amor, eso fue muy hermoso, gracias, gracias.
—Gracias Alberto —dijo Valgarma— qué amor tan hermoso he sentido, eso fue increíble.
—Gracias Alberto —dijeron todos— eso fue muy hermoso.
—Así familia, es como debemos usar nuestro amor personal, para que bendiga a todo nuestro rededor, llenemos nuestra casa, nuestras empresas, el club deportivo, el restaurante en donde comes, y nuestro mudo, recuerden que el amor, mientras más se da, más se engrandece. Salud —dijo levantando su copa, todos hicieron lo mismo y un sonido de pequeñas campanas resonando en una armonía hermosa llenó el espacio.

La plática continuó fluyendo, hablaban entre ellos comentando sus casos.

—Amigos —dijo Larisa— si ya todos terminaron los invito a que pasemos a la sala, o si gustan podemos ir al jardín. Alberto se puso de pie y jaló la silla para ayudarla a ponerse de pie.

La mayoría se estaban sentando en la sala mientras los meseros repartían el vino, llenando las copas.

—Oye Alberto, tengo una duda, hemos estado…, tu sabes —Ellen le regaló una sonrisa de complicidad.

—Nosotros también —agregó Roger viendo a Rouse, hemos leído el libro de "Las relaciones de pareja y el sexo", y el autor, este señor…, ¿cómo se llama?

—Ariel Oliver Comparán —afirmó Rouse, sonriendo.

—Sí, sí, él explica cómo se hace el amor usando las energías.

—Exacto, continuó Ríchard, por ahí iba mi duda, quiero saber ¿por qué nos estamos rejuveneciendo?, porque la verdad eso nos está pasando, y cada vez que lo hacemos, al terminar, nos vemos más jóvenes.

—Y vaya que se les nota —dijo Karla— se ven increíbles. Ellen le guiño el ojo sonriéndole.

—Recuerden amigos, que en realidad nuestro cuerpo físico es un vehículo, y que este es movido o mantenido con vida por la energía que le transmite nuestros cuerpos energéticos, el cuerpo energético es en donde están ubicados los chakras. Cuando tenemos sexo, estamos incrementando nuestra energía Kundalini acumulada en el chakra raíz, para después liberarla con el orgasmo o la eyaculación. Si las eyaculaciones son muy frecuentes sin saber cómo manejar nuestra energía, nuestro cuerpo se desgasta, se cansa. ¿han visto a una persona que es adicta al sexo?, ¿cómo se ve?

—Su apariencia, dijo Erika, es de un aspecto triste, sombrío y huelen muy raro.

—Exacto, estas personas han estado tirando, por decirlo de una manera, su energía, y desgastando su cuerpo físico y energético, en cambio, una persona que sabe cómo usar su sexo para subir y manejar su energía, disfrutará más de su sexualidad y conservará su energía, de manera que esta le enriquecerá y su cuerpo se mantendrá sano y jovial.

—¿Entonces lo estamos haciendo bien?, cuestionó Roger, porque la verdad es que sí, ahora lo disfrutamos mucho.

—Felicidades, y sí, lo están haciendo muy bien. Si siguen haciendo eso, llegarán al punto en que no necesitarán tener una penetración, para tener un orgasmo, con solo abrazarse y subir su energía, junto con su respiración y su mente, y activando todos sus chakras, podrán tener orgasmos energéticos muy hermosos, y pueden usar su energía para bendecir cualquier cosa que deseen. Así como enviamos hoy nuestra energía rosa a envolver el planeta, pueden enviar su energía de amor a bendecir lo que deseen durante el orgasmo, eso se llama, saber usar la energía. Pueden ordenarle que rejuvenezca sus cuerpos, que sane algún órgano enfermo, que bendiga a su negocio o proyecto, que envuelva y proteja a sus seres queridos, úsenla para bendecir lo que deseen, y al final, no necesitarán tener una eyaculación.

—¿Pero entonces, no necesitamos realizar la penetración sexual?

—No es necesaria, con solo abrazarse y acariciarse un poco pueden provocar la excitación y el aumento de su energía.

—Ustedes —preguntó Robert señalando a Larisa y a Alberto— ¿lo hacen así?, ¿por eso te ves tan joven?, porque bueno de no ser por el cabello cano, yo diría que tienes cincuenta años, no más, ¿cierto?

—No, Robert, en realidad tengo sesenta años cumplidos, pero mi cuerpo debe tener treinta y cinco, y se debe a que sé usar la energía y no la desperdicio.

—No inventes Alberto, estás bromeando, yo tengo sesenta y dos y me veo de setenta —volteó a ver a Valgarma.

—Te ves muy guapo mi amor —dijo ella acariciándole el rostro.

—¿No es maravillosa la energía?, nuestro cuerpo físico responde a la energía que le enviamos, y a las órdenes mentales que le damos.

—A ver, ¿cómo es eso de las órdenes mentales?, —cuestionó Carlos.

—Tenemos que aprender a vernos al espejo como lo que verdaderamente somos, el chofer, no el vehículo. El problema es que nuestros ojos solamente pueden ver el automóvil, no ven al chofer, ¿me estoy explicando?

—Sí, o sea que nuestros ojos solo pueden ver nuestros cuerpos, y no vemos al chofer —dijo Carlos pensando en voz alta.

—Exacto, y el chofer es: La mente creadora, o sea, Dios; y la mente creadora solo sabe hacer una cosa y eso es CREAR. Ella no analiza si algo es verdad o mentira, ella solo creará lo que el chofer le diga que tiene que crear.

—A ver, vamos con calma, esto está muy interesante, —replicó Robert— ¿entonces el chofer es el que le ordena a la mente creadora lo que debe producir?

—Exacto, nosotros con nuestras palabras y pensamientos producimos nuestro mundo, porque solamente sabemos hacer eso, CREAR, déjame

explicarme un poco más; cada vez que te miras al espejo dices: "Guau, qué viejo te estás poniendo, cada vez tienes el cabello más blanco", ¿cierto qué dices eso?
—Bueno sí, porque me doy cuenta de que eso me está pasando.
—No, en realidad te está pasando por que tú lo estás ordenando, tu eres la mente creadora, y desde que cumpliste cincuenta años, comenzaste a ordenar eso, envejecer, por eso es que tu cuerpo te ha obedecido, con tus palabras, pensamientos y sentimientos, le ordenas a tu mente creadora, haz esto o lo otro. Si en lugar de verte al espejo cada día más viejo, te vieras cada día más joven, y dijeras, guau Robert, cada día estás más joven, el cabello se te está poniendo negro, tu cuerpo te obedecería.
—¿Eso es lo que tú haces amor?
—Así es, me veo al espejo y le ordeno a mi cuerpo mantenerse joven y sano, con el cabello negro, no me interesa verme demasiado joven, pero si vivo cien años aparentando cincuenta sería genial, ¿no creen?
—Pero claro qué sí, creo que voy a comenzar a hacer eso —dijo Roger.
—Pero mi amor, a mí me encantas así como estás, no me gustan los hombres jóvenes, me fascinan tus canas.
—Entonces Roger —le sugirió Alberto— solo mantente saludable, haz ejercicio y ordénale a tu cuerpo que haga lo que tú quieres, ¿o lo quieres viejito y achacoso Rouse?
—Bueno no, por supuesto, lo quiero fuerte y saludable, pero así, aparentando esta edad, se ve muy guapo.
—Esto —agregó Valgarma— por supuesto aplica a las mujeres también, ¿cierto?
—Así es, todos tenemos un cuerpo energético y somos la mente creadora, no necesitamos cirugías estéticas para mejorar nuestros cuerpos, necesitamos amar nuestros cuerpos, y ordenarle en el nombre del amor, que haga lo que tu deseas, quieres que tus bubis se levanten, ordénale eso, en lugar de verlas al espejo y decir: Ay no, cada día están más caídas, ya van a llegarme al ombligo.
— ja, ja, ja, no exageres, ja, ja, ja —rieron todos.
—Es broma, pero entonces, al verlas en el espejo, ámalas y diles — Alberto se puso de pie, fingió estar frente al espejo, paso su dedo medio por la lengua y después se acarició coquetamente las cejas, posteriormente colocó sus manos como sosteniéndose los senos y dijo— A ver mis niñas hermosas, las amo, ustedes se ven increíbles, ahora se están levantando y se ven hermosas, ven esa estrella allá arriba

—él levantó un poco sus manos— pues quiero que siempre estén viendo hacia ella, las amo mucho —inclinó su cabeza y simuló darles un beso a cada una.
—Ja, ja, ja, ja, —todos rieron a carcajadas.
—Ay mi amor —dijo Larisa— te pasas, ja, ja, ja.
—No bueno, ya pónganse serios, esto es un tema muy formal — Alberto se reía— sí me expliqué, ¿verdad?
—Fuerte y claro —contestó Karla— ya sabemos lo que debemos hacer —puso sus manos sujetándose las bubis para levantarlas— ja, ja, ja.
—Fuera de broma, todo esto es verdad, tienen que amarse y ordenarle, en el amor a su cuerpo, lo que quieren mejorar, cualquier problema o defecto puede ser mejorado, si perseveran el tiempo suficiente para ver realizado su deseo, por qué si se la pasan dudando de que eso se hará real, entonces no les va a funcionar, porque su mente está dudando y recuerden, que su mente creadora solo sabe hacer una cosa y es crear, y las dudas, siempre son más fuertes que las certezas, hasta que la certeza ocurre.
—¿Esto es igual a sanar una enfermedad, cierto?
—Igualito, Robert, es usar nuestras palabras, pensamientos y emociones para enviar amor a nuestro cuerpo y sanarlo o rejuvenecerlo, en lugar de platicar contigo mismo o con cualquier persona de tu enfermedad, debes hablar de tu salud, perfección y belleza de tu cuerpo y de tus órganos, ¿me captas?
—Claramente —contestó Robert levantando su copa de vino.
—¿Oye Alberto, una persona que está en silla de ruedas, podría volver a caminar, si hiciera esto?
—Déjame contarte dos historias Ellen, la primera, es la de un joven de diecisiete años, era el quarterback del equipo de la preparatoria, y era tan bueno, que su entrenador ya lo había propuesto a varias universidades, un día, sale de una fiesta habiendo ingerido algunas cervezas, y se estrelló en un árbol, como resultado, quedó paralítico de la cintura para abajo, y los médicos le dijeron que nunca volvería a caminar, así que después de sufrir su duelo y ya se imaginan todo por lo que pasó, terminó aceptando su destino y en su edad adulta se dedicó a entrenar, desde su silla de ruedas, a equipos de futbol americano; la otra historia es de un señor de treinta y cinco años, piloteaba su aeronave, y el motor se le apagó en pleno vuelo, se estrelló, como resultado los pulmones se le colapsaron, se fracturó la tráquea, se rompió la columna vertebral en varias partes y tuvo fracturas en costillas y pierna, los

médicos lo salvaron, pero debería permanecer conectado a un respirador artificial por el resto de su vida, debido al daño pulmonar, y a la tráquea, y por las vértebras rotas le diagnosticaron parálisis total del cuello hasta abajo, nunca volvería a respirar por sí mismo ni a caminar, cuando le dieron el diagnóstico, escuchó a los médicos, y por medio de un lenguaje que hizo cerrando los párpados les dijo que él saldría caminando para diciembre de ese año.

—¿Y qué pasó?, cuestionó Ellen.

—El primer joven permaneció en silla de ruedas el resto de su vida; el segundo, comenzó a usar su mente y a ordenarle a su cuerpo respira, respira, poco a poco sus pulmones volvieron a funcionar, la tráquea se recuperó y le retiraron el respirador, los médicos estaban asombrados, después, comenzó a ordenarles a sus huesos, recompónganse, funcionen correctamente, ordenó a sus vértebras recuperarse y ser normales, el final del año llegó y el señor salió caminando del hospital.

—Ay no, no es posible, ¿eso es verdad?

—¿Regeneró su columna vertebral?

—Sí, ambas son historias reales, saben cuál fue la diferencia entre uno y otro.

—Qué uno creyó —opinó Ríchard— que no podría volver a caminar y se acomodó a vivir así.

—Y qué el otro creyó que podría sanar y lo logró —agregó Carlos.

—Exacto, eso fue, cada uno creyó lo que quiso creer, se dan cuenta, ahora vayamos más a fondo: ¿Quién de los estuvo bien y quién mal?

—Ninguno, dijo Karla, es decir, ninguno estuvo mal, cada uno cumplió con sus acuerdos de vida.

—Exacto, se dan cuenta, no hay vidas erradas o equivocadas, el primero pudo haberse curado si lo hubiera pensado posible, pero eso no le permitía cumplir con sus acuerdos y con la experiencia que debería de vivir, pero vamos más a fondo, piensen, ¿por qué el joven escogería quedarse en silla de ruedas por el resto de su vida? —guardaron silencio pensando.

—Por que estando en silla de ruedas —dijo Ellen— él podría pagar sus karmas y les ayudaría a otros a vivir la experiencia, quizás a sus padres o hermanos o a sus amigos.

—Pero claro, —secundó Erika— de seguro él en alguna vida anterior ya había quedado paralítico, pero se murió enojado consigo mismo, o con Dios, y eso lo mantuvo atado al karma.

—Tienen toda la razón, eso fue, en cambio, el segundo hombre,

decidió curarse y utilizó su mente para ello, de ese tamaño es el poder de nuestra mente para sanar nuestro cuerpo.
—Guau Alberto, es que esto nos otorga un poder increíble sobre nuestras vidas y nuestros cuerpos.
—Entonces, si no crees en los acuerdos, no creerás que puedes curarte por ti mismo y tendrías que pedirle a Dios un milagro que te sane, por qué pensarías que esto es un castigo de él o de la mala suerte— Valgarma guardó silencio pensándolo profundamente.
—¿También los niños que nacen con parálisis cerebral, crees que se puedan sanar? —cuestionó Lisa.
—A ver, pensemos un poco más a fondo, ¿creen que un niño que nace con esa problemática, fue un accidente o mala suerte?
—Por supuesto que ninguna de las dos, fue un acuerdo —afirmó Brandon.
—Bien dicho hijo —Alberto, levantando el pulgar— exacto, fue un acuerdo, a ver alguien de ustedes, imagínese que es este niño antes de nacer, ¿qué les pedirían a sus papás o cómo se imaginan que hizo sus acuerdos?
—Yo, yo, dijo Erika, yo les diría, papás, quiero nacer con una enfermedad que no me permita moverme, así que necesitaré que me cuiden y me ayuden, quiero pagar un karma que tengo, porque…, ya, maltraté a varios niños enfermos y los desprecie, y ahora quiero pagar mis karmas, ¿qué tal eh?
—Guau Erika, eso estuvo genial —felicitó Ellen.
—Excelente Erika, bien dicho, ahora vamos más a fondo, ¿qué el niño no se pueda mover o hablar, quiere decir que el chofer está enfermo e incapaz de usar su mente?, ¿o es solo el vehículo el que está defectuoso? Todos pensaban la respuesta.
—Bueno —dijo Roger— si todo es un acuerdo, entonces el chofer, está intacto y es un ser inteligente, él sigue siendo la mente creadora dentro de un vehículo enfermo, un vehículo que le está sirviendo para pagar sus karmas.
—Fantástica respuesta —aseguró Alberto— ¿qué opinan ahora?
—Alberto, entonces no existen las personas con enfermedades mentales en este planeta, sino mentes creadoras dentro de estuches o vehículos defectuosos, por decirlo con todo respeto, vehículos que les ayudan a pagar sus karmas, ¿cierto?
—Por supuesto Richard, no existen las mentes creadoras deficientes o enfermas, todas están perfectamente sanas y son poderosas, el

problema son los vehículos, pero si estamos entendiendo, todo tiene una razón de ser, se dan cuenta.
—¿Esos niños vienen a ayudarles a sus papás a vivir esa experiencia?, guau —afirmó Susan.
—Así es, a eso vienen, a ayudar a alguien y a pagar sus karmas.
—Oye, el hijo de una amiga, es autista y el niño es muy inteligente, pero no lo pueden controlar, ¿cómo ayudarlo?
—El problema, en todas las cuestiones de salud de los niños, es que los padres y los médicos, no saben que el chofer está intacto, no saben que dentro del cuerpo de su hijo enfermo o discapacitado, habita la mente creadora, y que ella está perfectamente sana y que es superpoderosa, así que como no lo saben, los tratan como enfermos y discapacitados, se la pasan diciéndole a todo el mundo que su hijo es especial y que debe ser tratado de cierta manera, ¿no es verdad que los papás de un niño con autismo, no lo pueden abrazar?
—Sí, eso es verdad, se ponen como loquitos si los tocas.
—Sí, pero el problema viene desde pequeños, sus papás en lugar de abrazarlos y contenerlos en el amor, y enseñarle que puede recibir amor, que nadie lo quiere dañar, simplemente lo tratan como enfermos, y lo dejan solos y no lo tocan, de manera que el niño crece con esa forma de ser, si los papás lo tratasen desde pequeño, como un niño normal, yo estoy seguro de que el niño se desarrollaría normalmente, pero al tratarlos como enfermos, pues crecen como enfermos y viven como enfermos.
—Entonces, absolutamente todas las enfermedades son curables, incluido el autismo.
—Claro que sí Erika, los papás, al igual que las dos
personas de la historia anterior, se compran el diagnóstico de los médicos. Hay una historia de un papá que tuvo un hijo que nació sin orejas, o sea nació sordo, por supuesto ya saben cuál fue el diagnóstico médico, qué jamás iba a escuchar, pero el papá no aceptó que su hijo fuera a ser sordo toda su vida, así que lo obligo a escuchar, mientras dormía comenzaba a hablarle y a ordenarle a su mente que formara un sistema que le permitiera escuchar, los años pasaron y el niño asistió a una escuela normal, porque su papá no le permitió ir a una escuela especial, por supuesto tuvo muchos reto y tribulaciones, pero después de muchos años y gracias a la creencia de su papá el joven empezó a escuchar, de alguna manera su cuerpo creo un sistema que le permitía escuchar los sonidos, los médicos no se explicaban cómo era eso

posible, pero funcionó, todo gracias a que su papá creyó en la sanación, en lugar de la enfermedad.
—Ay Alberto, esto es increíble, hay tanto por contar en el mundo —aseveró Valgarma— conozco algunos casos de este tipo, y creo que si los papás entendieran esto todo sería diferente.
—Sí Valgarma, pero recuerda que todo es un acuerdo, el señor que salió caminando del hospital, tenía el acuerdo de sanar su cuerpo, el otro tenía el acuerdo de mantenerse en la silla de ruedas, el niño sordo, tenía el acuerdo con su papá de que no lo dejaría ser sordo, el niño de tu amiga, tenía el acuerdo de ser tratado como autista, se dan cuenta, no hay errores, lo importante de saber todo esto de los acuerdos, es que ahora podemos romperlos, podemos terminar con ellos para liberarnos de esas experiencias, y después terminar con nuestros karmas, para poder sanar física y emocionalmente, pero mientras una persona no termine con sus acuerdos y sus karmas, no podrá cambiar su destino.
—Alberto, pero hay personas que no saben del karma, sin embargo, han pedido perdón, eso es suficiente para terminar un karma.
—Sí, Karla, el perdón desde el corazón te libera automáticamente, aunque no sepas nada de la llama violeta.
—¿Alberto, si yo pido perdón desde el corazón, por algo que hice o que me hicieron hace ya muchos años, eso será transmutado por la llama violeta?
—Sí, así es, déjenme contarles una historia, en un pueblo atraparon a dos asaltantes, los amarraron y los golpearon, los pobladores enardecidos trajeron gasolina y los rociaron, uno de los jóvenes estaba hincado, diciendo, Dios, perdóname, perdóname todos mis errores, yo lamento lo que hice, el otro estaba enojado llorando y gritando, desgraciados, suéltenme yo no fui, suéltenme malditos, a ambos les prendieron fuego y ardieron hasta morir.
—Ay no Alberto, nos lo estás platicando y me parece estarlos viendo, qué cosa tan horrible.
—Pero lo interesante, Ellen, viene ahora, en el momento en que el primero estaba pidiendo perdón, la llama violeta se hizo presente y comenzó a incendiarlo, transmutando sus karmas, ambos salieron de sus cuerpos, pero uno iba liberado y el otro no.
—Y los dos siguen vivos a la Ciudad de la Luz —dijo Susan— lo único que se quemó fue el vehículo, pero ellos siguen vivos.
—Exacto, Susan, muy bien dicho.
—¿Alberto, pero morir así ha de ser terriblemente doloroso?

—No Ellen, no, en la muerte no hay dolor.

—¿Pero cómo no Alberto?, me parece escuchar a estos jóvenes pegar de gritos de dolor al ser quemados.

—Es verdad —aseveró Karla— eso debe ser terrible.

—Pues no, en la muerte no hay dolor, los dos jóvenes abandonaron sus cuerpos segundos antes de que les prendieran fuego, ellos ya no estaban ahí cuando les aventaron el fósforo.

—¿Es en serio? —cuestionó Robert.

—Totalmente en serio, una persona que muere en una condición trágica, muy seguramente ya no está en su cuerpo en el momento del trauma, pero el estuche o vehículo, está vivo, así que el llora o se lamenta, pero no siente nada, ya no está el conductor, esté ya lo abandonó, así que no hay dolor en el momento de la muerte, los vehículos no sienten dolor, es el cuerpo energético el que siente el dolor.

—Auchhh, —gritó Brandon, agarrándose el brazo.

—Perdona, —dijo Susan—quería saber si tu vehículo sentía el dolor y te pellizqué, ji, ji.

—Tonta, me dolió, —dijo su hermano sonriendo y sobándose el brazo, ja, ja, ja, rieron todos mientras ella lo abrazaba.

—Todos le temen a la muerte —continuo Alberto— porque creen que duele mucho, pero no es verdad, no hay dolor, en realidad es un proceso muy hermoso, déjenme contarles mi historia: Hace años tuve un sueño, estaba en la orilla de la playa, cuando se vino sobre de mí una ola gigantesca, un tsunami, me arrastró, abrí los ojos y vi todo revuelto de tierra, por un segundo pensé, lo bueno es que sé nadar, así que me voy a salvar, pero de pronto estaba yo adentro de un estacionamiento, así que no había escapatoria, comencé a luchar por sobrevivir, abrí los ojos espantado, y todo a mi rededor era de color café, lodo y tablas estaban por todos lados, de pronto, escuché una voz que me decía, suéltate, yo luchaba por salir, y la voz volvió a decirme, suéltate, entonces dejé de luchar y me solté, en ese instante, todo cambió, todo se volvió de un color verde agua y esmeralda muy hermoso, comencé a respirar de nuevo, ¿pero cómo?, dije, estoy vivo, estoy respirando, entonces me desperté.

—Guau Alberto, qué increíble, eso fue…, guau, —afirmó Ellen.

—De esa manera aprendí que no hay dolor al morir, también tuve una experiencia muy interesante, me gustaba mucho manejar motocicleta, así que iba por una calle, había llovido, venía circulando como a

cuarenta kilómetros por hora, no era muy rápido, pero de pronto, delante de mí apareció un agujero en el suelo y no lo pude evitar, me caí, lo interesante es que yo no estaba en mi cuerpo al momento del impacto, no sentí nada, volví a mi cuerpo cuando estaba levantando la motocicleta con la ayuda de los policías.
—¿Cómo, no estabas en tu cuerpo, pero estabas levantando la motocicleta?
—Sí, así fue, entré en mi vehículo, una vez estaba fuera de peligro.
—No inventes —dijo Carlos— esto es increíble, me estás haciendo recordar, de joven tuve un accidente de carro, y quedé prensado entre los fierros, no podía salir, pero ahora que lo dices es verdad, en el momento del impacto yo no estaba ahí, regresé cuando me estaban sacando, salí muy lastimado, pero no sentí nada al momento del impacto.
—Ay mi amor, ya me habías platicado del accidente, pero no me habías contado nada de esto.
—Es que no fui consciente, hasta ahora que Alberto nos dice esto.
—Guau, que maravilla.
Todos estaban asombrados pensando en ello.
—Bueno, saben qué, ya, me voy a robar a esta hermosa dama, vamos preciosa, muéstrame el jardín. Alberto y Larisa salieron al área de alberca junto con otros amigos. Caminaron al fondo del área verde, desde donde admiraban la casa completa, la planta alta estaba iluminada, los balcones con barandal de cristal transparente les permitían ver todas las habitaciones.
—En verdad, qué proyecto tan padre te hicieron, hermosa.
—Sí, estoy feliz, me encanta mi nueva casa, ¿se siente bien la vibra?
—Superbién, la has llenado de tu amor personal y se siente increíble, ¿oye y los niños?
—Están bien, se durmieron desde las nueve, pero sabes qué déjame ir a verlos.
—¿Quieres que te acompañe?
—Claro, vamos.

Ríchard y Ellen, caminaban por el jardín, al centro de este había una pérgola de madera con un comedor y una zona de estar con una chimenea al centro, y una sala muy confortable.
—Sentémonos aquí, Felicidades, mi amor, qué proyecto tan hermoso lograste, la casa quedó increíble.

—Gracias mi reina, sí, le pusimos mucho empeño, es muy diferente cuando el cliente tiene el poder económico para que podamos desarrollarnos y cuando no hay límites, te cuento algo acá entre nos, Robert me llamó por teléfono y me dijo que no escatimara en gastos, que quería lo mejor para su hija, dijo que como ya era un hombre mayor quería que su hija tuviera la mejor casa posible, así que bueno, logramos esto tan hermoso.
—Pues sí que se nota el poderío económico.
—Hola tortolitos —Erika y Carlos se les acercaban.
—Felicidades Richard, qué bonita casa, si yo tuviera el dinero me encantaría una casa así.
—Gracias Carlos, ¿en verdad?, ¿te gustaría una casa tan grande?
—Sí, me encantan los espacios amplios y el jardín está hermoso.
—A mí también —agrego Erika— me gusta mucho, pero quizás no tan enorme, algo un poco más reducido.
—Qué bien amiga, ¿ya viste cómo luce la segunda planta con esa iluminación?
—Es que la iluminación —explicó Richard— es parte de la belleza de un proyecto, cuando se tiene el presupuesto, no escatimas en luminarias para todas las áreas del jardín y la casa, ven cómo están iluminadas las paredes del jardín desde abajo.
—Sí por supuesto que lo habíamos notado.
—Y cambiando de tema, ¿qué opinan de todo esto que nos ha platicado Alberto?
—Yo estoy encantada, la verdad es que mi vida ha dado un vuelco, he decidido emprender mi propio negocio, saben, yo he vivido de la herencia de mis padres, cómo fui hija única ellos me dejaron bastante dinero, pero la verdad es que no lo disfrutaba, me sentía enojada con mi papá porque…, sus ojos se le nublaron, bueno —dijo en voz alta— fueron tus acuerdos Erika, así que no te pongas como víctima, tú le pediste que te ayudara a experimentar eso, así que ya basta, él no tiene la culpa, tú se lo pediste, así que anda, apechuga y sonríe —una hermosa sonrisa se le dibujó en el rostro y siguió— es verdad, mi papá me ayudo a vivir el abuso y me mantuve enojada con él por muchísimos años, cuando hicimos el ejercicio frente al espejo, pude liberarme de esos sentimientos, antes vino el arreglo de mi casa y por último, el reencuentro de este amor tan hermoso —dijo mirando a Carlos, quien le devolvía una sonrisa y se acercaba para besarla, cuando se soltaron, siguió— ahora quiero abrir una cafetería, voy a buscar una

buena locación y ya veremos, me encantaría hacer algo así.
—Por qué no ejerces la abogacía Erika, eras muy buena, por qué no se asocian y ponen un despacho juntos, creo que harían una buena mancuerna.
—Lo hemos platicado, pero estoy muy desactualizada hace años que no ejerzo, y no lo sé, cuando mis papás murieron fue tan repentino, que me sumí en la depresión, me estaba quedando sola, y eso me dolió mucho, pero ahora entiendo que yo les pedí eso para volver a vivir el enojo y el miedo a estar sola, ahora entiendo que ese era mi karma, por eso volvía a perder a mis seres amados, así que ya les agradecí y me liberé, ahora quiero disfrutar verdaderamente mi vida.
—Perdona, Erika —dijo Richard— no sabía que tu papá…, bueno los acuerdos, claro está.
—Nosotras si lo sabíamos, pero bueno, no te digo muchas cosas, tú me entiendes, somos amigas desde hace muchísimos años, desde la secundaria, conocemos todo de nuestras vidas.
—¿Piensan que todos hombre y mujeres tenemos algo que ver con los abusos sexuales, de diferentes niveles?, por decirlo de alguna manera —cuestionó Carlos.
—Yo creo que sí —afirmó Ellen, todos hemos vivido algún tipo de abuso, pero la verdad es que saber que fue un acuerdo, ay no, es que eso es tan liberador, sobre todo saber que nosotros, todos, hemos hecho eso en alguna vida pasada, y que, si lo vivimos en esta, eso es el pago de nuestro karma, guau, eso es súper liberador.
—Cierto amiga, tienes razón, conocer todo esto es tan liberador.
—Hola amigos —Roger y Robert se acercaban— nos podemos unir a la charla.
—Claro amigos, bienvenidos, siéntense, estamos hablando de los abusos sexuales y de cómo el saber que fue un acuerdo es tan liberador.
—Oye Richard, qué bello quedó este espacio, y esa pérgola con el comedor guau se lucieron.
—Gracias Robert, seguimos tus instrucciones.
—Y de qué manera —aseguró Robert.
—Volviendo al tema —señaló Carlos— estamos hablando de los abusos sexuales, ¿preguntaba si todos tendríamos alguna vivencia de este tipo?, y que saber que si lo hicimos con alguien es porque les ayudamos a pagar un karma, y que debimos de habernos detenido para no hacerlo, pero bueno, si no nos detuvimos, saber ahora que no les hemos hecho daño, eso vaya que es liberador, no es algo de lo que me

enorgullezca, fueron solo nuestros acuerdos.

—En efecto —agregó Roger— es como si los acuerdos te obligaran a hacer eso que habías pactado, y que no lo puedes evitar.

—Sí, Roger —agregó Richard— pero ahora sabemos que sí podemos evitar que un acuerdo se lleve a cabo, tenemos que ser conscientes de lo que estamos a punto de hacer y reconocer que, si es algo que no es correcto, tenemos que parar, detenernos, para no seguir haciendo eso, y entonces en realidad, liberarnos del karma, si no nos detenemos nos mantendremos en el karma, aun cuando después tratemos de transmutar o de pedir perdón.

—Hola amigos, se puede —Alberto, Valgarma y Rouse se acercaban.

—Qué bueno que llegas Alberto, resuélveme una duda, por favor.

—Claro, de qué se trata Robert.

—Si sabes que algo que estás haciendo no es correcto, pero, aun así, lo haces, y después pides perdón, ¿la llama violeta te transmutará el karma verdaderamente?

—Bueno, veamos, ¿por qué querrías seguir violando, si sabes que no es bueno?

—Por el acuerdo que hicimos.

—Sí, pero los acuerdos los hiciste para ya no seguir haciendo eso. Si desconocieras esta información, entendería que siguieras haciendo el acuerdo, pero si ya conoces todo esto, por qué querrías seguir atado al karma.

—Ok creo que te entendí,

—Si tu no rompes los acuerdos que hiciste de violar a alguien, o de defraudar, o de lo que sea, esos acuerdos van a seguir activos y te van a obligar a violar a aquella persona con quien hiciste el acuerdo, recuerden que los acuerdos los hacemos para no seguir haciendo esas cosas, no se trata solo de la otra persona, sino de ti mismo, por eso, rompe los posibles acuerdos que tengas acerca de dañar a otra persona de cualquier forma posible.

—Ahora sí, ya me quedó claro —aseguró Ellen— yo tengo que romper todos los acuerdos acerca de dañar a alguien en cualquier forma posible, de esa manera la otra persona con quien yo había acordado eso, ya no llevará a cabo su acuerdo conmigo, sino con alguien más, ¿cierto Alberto?

—Exacto, tú te liberas de esos acuerdos, de eso se trata.

—Oye Alberto, tengo una pregunta, he cambiado muchas cosas de mi vida, pero ahora quiero hacer algo diferente, me gustaría poner una

cafetería o ejercer la abogacía, no lo sabes, pero soy abogada, así que ¿no sé qué hacer?
—Eres abogada, vaya sorpresa, has de ser muy buena, pero respondiendo a tu pregunta, solo sigue a tu corazón, no a tu cabeza, la profesión que tienes la escogiste porque allí podrías pagar de mejor manera tus karmas, si ya transmutaste esos karmas, entonces puedes cambiar de actividad, sigue tu corazón y haz lo que te haga verdaderamente feliz.
—Ok, eso haré.
—Yo debería de dejar la abogacía, hace rato que ya no soy feliz ahí.
—Carlos, todas nuestras experiencias de vida son espirituales, cuando nuestro espíritu ya no necesita vivir una experiencia, nos envía sentimientos de insatisfacción, después de infelicidad, para ya no seguir haciendo eso, es como con las relaciones de pareja, cuando ya no tenemos que estar con alguien, empezamos a sentirnos insatisfechos, después, comenzamos a sentirnos infelices, posteriormente viene el enojo y el hartazgo y por último el rencor, ¿es cierto?
—Totalmente cierto.
—Para saber si tengo o no que seguir viviendo una experiencia, debes primero de llenar tu copa del amor personal, después, entrega ese amor a la actividad que estás desarrollando, ama la abogacía y entrega lo mejor de tí, si estás haciendo eso y aun así, sientes insatisfacción, o incluso infelicidad, es tiempo de cambiar de actividad, pero solamente hasta que le hayas entregado tu amor personal a tu carrera; lo mismo es para tu casa, y tu pareja, entrega tu amor hermoso y si te sientes como ya dije, será momento de cambiar.
—Amor ya viste la hora, ya es muy tarde, son las tres y media de la mañana, vámonos.
Todos se pusieron de pie y comenzaron a despedirse.

XI El sexo energético

—Hola señorita, muy buen día, ¿cómo amaneció el día de hoy?
—Hola mi amor, buenos días —Larisa le regalaba una hermosa sonrisa, estaba recostada sobre la almohada y tenía su mano derecha debajo de su oído, él estaba recargado leyendo un libro de pasta azul.

—¿Qué estás leyendo?
— "La Transformación del Universo, el fin de la oscuridad y la dominación." Está muy interesante, y muy profundo, pero es muy sencillo de entender, curiosamente es del mismo autor del libro de "Las relaciones de Pareja y el Sexo."
—Ok, después me lo prestas.
—Sabes Larisa, hay algo que me gustaría hacer, quisiera hacer un viaje, y me encantaría qué me acompañaras.
—¿A dónde?
—Grecia —guardó silencio.
—Ay mi amor, me encantaría, pero los niños salen hasta julio de vacaciones y todavía falta.
—Bueno pensaba que fuéramos solos, pero sé que es difícil para tí.
—Bueno no lo sé, ahora mis hijos están tan felices con mi cambio que me temo que si los dejo solos se resientan.
—Lo sé amor, por eso sé que es difícil.
—Bueno hagamos algo, salgamos el fin de semana con los niños, vámonos por aquí cerca, y dediquémosles el fin de semana, veamos cómo funcionamos, ¿qué dices?
—Ay mi amor, no sabes lo feliz que me haces, a veces he pensado que mis hijos podían ser un estorbo en nuestra relación, a mí todavía me faltan muchos años para que mis hijos vuelen del nido, y para tí, bueno, no es sencillo, estás en una etapa de vida, en donde lo que quieres es viajar y no quieres tener ataduras, y bueno, de alguna manera yo tengo no una sino dos ataduras, y la verdad, es que ahora más que nunca he estado disfrutándolas, ¿me entiendes?
—Por supuesto que te entiendo, y me encanta que ahora les estés entregando ese amor hermoso y que los disfrutes tanto, te veo tan enamorada de ellos, qué bueno, eso es hermoso.
—¿Pero no crees o sientes que ellos pueden ser una limitante entre nosotros dos?
—No mi amor, mis hijos ya son adultos y la verdad es que me encanta ser padre, la verdad y no es por alabarme, pero soy muy buen padre, pero si queremos tener una buena relación, necesitas dedicarme tiempo y sobre todo darme algo de autoridad con tus hijos, porque si vamos a pasar mucho tiempo juntos, ellos tienen que saber que no solo soy un buen amigo para ellos, sino que soy tu pareja.
—Ellos te quieren mucho, la verdad es que te los has ganado rapidísimo, siempre hablan de ti y de lo que les has enseñado, eso me

encanta. Pero ¿cómo que te tengo que dar autoridad?, no entiendo.
—Bueno, tienes que saber que en primer lugar, jamás haré nada para faltarles el respeto a tus hijos, ni a ningún niño, y qué si veo que ellos están haciendo algo que no está bien, yo trataré de corregirlos, y a veces las correcciones, pues ya sabes cómo son, a veces se suben de tono, como una llamada de atención en voz alta, siempre procuro que no sea así, pero hay ocasiones en que son necesarias, los niños están creciendo, y están descubriendo hasta donde pueden llegar, necesitan que los adultos les mostremos sus límites, porque si no les pones límites puedes estar creando a un niño déspota o a un pequeño tirano, pequeños que no respetan los límites y las normas, tú has hecho un excelente trabajo te he observado cómo los tratas, ellos te obedecen, pero también he notado cuando te enojas y sus reacciones.
—Bueno sí, a veces creo que los hemos consentido de más y se niegan a obedecer.
—Ahí es en donde entro yo, tú necesitas un respaldo, alguien que te ayude a poner límites y que te respalde cuando los castigas o les llamas la atención, pero para que eso funcione, tienes que darme autoridad, si no me das autoridad, entonces no te podré ayudar.
—Ok, entiendo, ¿cómo hago eso?
—Déjame platicarte mi historia, cuando mis hijos estaban pequeños, si su mamá les decía algo o los regañaba, yo siempre la respaldaba y les decía que su mamá estaba en lo correcto, que la tenían qué obedecer, así que ellos la obedecían, mi hijo en ocasiones se le ponía altanero, sobre todo en la secundaria, pero en cuanto yo lo escuchaba, de inmediato intervenía y lo obligaba a respetar a su madre, y mi hijo lo entendía; pero resulta que cuando yo les decía algo, o les llamaba la atención, su mamá se quedaba callada y no decía nada, así que ellos no me hacían caso, tuve que hablar con mi esposa y decirle: Mi amor, te estás equivocando, me estás quitando autoridad con los hijos, date cuenta de cómo yo siempre te estoy apoyando, pero cuando me toca llamarles la atención, tu no dices nada y eso me roba autoridad sobre los hijos, si sigues haciendo eso, yo ya no te voy a respaldar y verás cómo ellos no te obedecen, ¿has visto a esos jóvenes que casi insultan a su madre y el papá solo los observa?, bueno eso sucede porque ninguno de los dos padres se apoya. ¿Ahora me entiendes Larisa?
—¿Eso significa que si tú los regañas yo debo apoyarte y decirles que sí, que tú tienes razón?
—Exacto, si no me apoyas, yo no te podré apoyar.

—¿Eso significa que te autorizo a golpearlos si es necesario?
—Jamás los golpes son necesarios, prefiero hablar, pero sí, necesito todo tu apoyo, no seré su padre, pero puedo ayudarte, tienes que pensarlo bien, porque de otra manera no va a funcionar lo nuestro, te tendré que ver a solas sin tus hijos.
—Ok, lo entiendo, sabes que sí, apóyame, eres un hombre muy centrado y me encanta la forma en que tratas a los demás y sobre todo a mis hijos, no tengo problema en darte autoridad.
—Bien, entonces hagamos ese viaje de fin de semana y divirtámonos, ya veremos después lo de Grecia —él se acercó recostándose y la abrazó, colocó la pierna derecha entre sus muslos, y acarició su cabello revuelto— eres tan hermosa —sus labios se encontraron.
Un golpeteo en la puerta los sacó de su abrazo.
—Mamá, ven, mamá, Daniel estaba en el pasillo golpeando la puerta.
—Voy hijo, espera, ni hablar, seguiremos más tarde —dijo sonriendo y dándole un beso.
—Ve, anda —ella se levantó, su cuerpo desnudo le mostraba su belleza mientras caminaba hacia el baño, tardo unos segundos y salió al pasillo con la bata puesta— ¿qué pasa Dani, mi amor? —ella se agachó para darle un beso de buenos días.
—Hola mamita, oye Luigi y yo queremos ver si nos pueden llevar a la feria, es domingo,
¿podemos?
—Hola mamita, buenos días.
—Hola mi amor, buen día, ¿dormiste bien? —el niño con carita adormilada le respondió.
—Sí mamita, sí, pero es que queremos ir a la feria.
—Sí mamá, anda llévanos.
—Hola niños, buenos días, ¿cómo amanecieron?
Alberto estaba de pie detrás de Larisa.
—Alberto, queremos ir a la feria, ¿tú quieres ir?
—En serio, guau, me encanta la idea, anda Larisa llévanos —dijo esto a propósito para mostrarles que formaba parte del equipo.
—Sí, sí, —ambos niños comenzaron a bailar emocionados— eh, sí, —Larisa volteó a ver a Alberto y le sonrió.
—Bueno ya está, vamos a desayunar y nos vamos a la feria.
—Eh, sí, ves, te dije que Alberto sí querría, ambos hermanos se encaminaron a la cocina.
—Eres un facilote —dijo Larisa abrazándolo por la cintura.

—Será genial, ya verás nos vamos a divertir.
Los cuatro estaban desayunando en el antecomedor, las señoras del servicio los atendían.
—Perdone, señor Alberto, tengo una pregunta, el día de la cena y pedimos disculpas por haber escuchado todo, pero bueno…
—Qué bueno que pudieron escuchar, espero que les haya ayudado.
—Por supuesto que sí, y mucho, es que, sabe, tengo un hijo que, desde joven, se juntó con muchachos de una pandilla, vivimos en un barrio pobre y ahí hay mucha delincuencia, de hecho, después de las siete de la noche poca gente se atreve a salir a la calle, la policía a veces ni siquiera entra por miedo a las pandillas, un día agarraron a mi hijo y lo encarcelaron por robo a mano armada, cuando usted nos dijo…
—Tienes un hijo en la cárcel, preguntó Larisa alarmada.
—Si señora.
—¿Por qué no me lo dijiste?
—Tuve miedo de perder mi empleo, mi jefa anterior al saberlo me despidió, y yo no quería que eso volviera a pasar, ya tengo un año con usted y me siento muy a gusto, no se enoje conmigo, por favor —dijo ella con los ojos llenos de lágrimas.
—No señora Viki, no se preocupe, no la voy a despedir, solamente les pido que sean honestas conmigo, si hay algo que debo de saber díganmelo, para que podamos confiar mutuamente y quizás pueda ayudarlas, de acuerdo.
—Sí señora, así lo haremos.
—¿Qué duda tiene señora Viki?
—¿Usted cree que en verdad todo lo que yo he vivido con mi hijo fue un acuerdo?
—¿Bueno usted qué piensa?
—Yo pensaba que era voluntad de Dios, qué el así lo había decidido, pero ahora no lo sé con exactitud.
—Todo lo que nos ha pasado, señora Viki, es un acuerdo, porque de esa manera usted puede ayudar a
otra persona a vivir una experiencia, y puede también pagar algún karma.
—Pero, ¿qué karma cree usted que yo tengo?
—Ok, veamos.
—¿Qué edad tiene su hijo, señora Viki? —preguntó Daniel.
—Veinte años, mi hijo entro en la cárcel a los dieciocho.
—Ok, veamos señora Viki, yo daré algunas ideas y usted tendrá que

decidir si alguna le hace sentido. Usted le pidió a su hijo que debería de perder su libertad, porque usted en una vida pasada había provocado el encarcelamiento de un joven inocente, y ahora debería de sufrir que su hijo estuviera en la cárcel; o su hijo le pidió, ayúdame a sentirme abandonado, a sentir que no te importo, de esa manera me juntaré con amigos violentos y perderé mi libertad, porque en mis vidas pasadas, yo mande a la cárcel a unos amigos y me oculte, de esa manera pagaré mi karma; o quizás, él necesitaba estar en la cárcel para encontrar su espiritualidad y ayudar a otro amigo, y ayudarse mutuamente a salir de ese lugar pagando sus karmas espiritualmente, las opciones pueden ser muchas.

—Pero, ¿cómo saber cuál fue la verdad?

—Lo que realmente importa, es que usted entienda que todo fue un acuerdo entre su hijo, usted, y el papá de sus hijos, entender que no se han hecho daño, y que cada quien está viviendo la experiencia que planificó.

—Su papá se fue cuando él tenía trece años y es mi único hijo.

—Entonces es cierto —dijo Larisa— que él se sintió abandonado, usted trabaja todos los días y solo sale los domingos, ¿cómo se sentiría usted?

—Sí, también me sentiría abandonado.

—Eso lo planeo él, vivir esas experiencias fue su plan, y si eso es verdad, ¿usted le hizo daño? —cuestionó Alberto.

—No, si él lo planeó así, no, no le he hecho daño, como mis papás tampoco me hicieron daño, con todos los golpes e insultos de que fui víctima, pero ahora, ¿qué debo hacer?

—¿Ya hizo el ejercicio de la copa del amor personal?

—No, en realidad no sé nada de eso, lo escuché hablar de eso, pero no sé cómo se hace.

—Ok, entonces eso es lo primero, para poder avanzar primero necesitan hacer el ejercicio, más noche les explicaré cómo hacerlo, porque ahora nos vamos a ir a pasear —volteo a ver su reloj y dijo— niños, vamos a vestirnos para irnos a la feria. En la noche les explicaré cómo hacerlo, ¿de acuerdo? ¿Larisa tienes el libro de las relaciones de pareja?

—Sí, en mi buró.

—Por qué no se lo prestamos a la señora Viki para que lo lea, hoy descansa ¿o no?

—Fantástica idea, voy por el libro.

Larisa regresó rápidamente.
—Aquí tiene, señora Viki, léalo.
—Gracias señora, eso haré.

Karla se encontraba en su oficina, organizando unos documentos, un caballero de cuarenta y dos años, alto, de muy buena condición física, vistiendo un traje azul oscuro, su cabello estaba muy bien peinado, todo en él demostraba pulcritud y elegancia; le sonreía desde la puerta.
—Disculpe, busco el departamento de Psicología, me dijeron que estaba por aquí, pero creo que me perdí.
—Es aquí, pase por favor —Karla sintió cómo su cuerpo energético se acercaba a él para observarlo, pero casi de inmediato tomó consciencia y lo regresó, se sintió un poco turbada— buen día, soy la psicóloga Karla Vázquez, ¿en qué le puedo servir?
Sus sonrisas les hacían sentirse como si se conocieran, sus energías por momentos iban y venían acercándose y alejándose.
—Perdone Licenciada, no me presenté, soy el Ingeniero Óscar Ruiz Trejo —estiró su mano y al momento de estrecharlas, una energía recorrió sus brazos— siento como si ya la conociera, su rostro me parece muy familiar —afirmó sin soltarle la mano.
—Bueno, estoy segura de que no nos conocemos, soy muy buena fisonomista, no olvido un rostro, quizás en alguna vida pasada, pero dígame, ¿en qué le puedo servir?
—Requiero de sus servicios profesionales, aunque en realidad no es para mí, ciertamente estoy un poco loco, pero lo tengo controlado, ja, ja —rió.
—¿Seguro? —dijo ella entrecerrando los ojos, en tono de broma, para romper el hielo y permitirle que entrara en confianza— muchas personas creen que se tienen bajo buen control, pero en cuanto se abren y comienzan a hablar, pumm, salta el demonio guardado.
—Es verdad, le concedo la razón, la escucho hablar y creo que también requeriré de sus servicios de manera personal.
—Y bien, qué le tiene tan preocupado como para venir a buscar ayuda, espero, antes que nada, realmente ser la persona que le ayude a resolver su dilema —dijo esto sonriendo amablemente— pero hagamos una cosa, le parece si nos sentamos en esos sillones —había dos sillones colocados uno frente al otro, con una mesita lateral a lado de cada uno.

—Claro, adelante, ella tomó su libreta y tomaron asiento, cruzó sus hermosas piernas, dejando ver sus bellas pantorrillas, la falda le cubría hasta por debajo de las rodillas.

Él se sentó sin cruzar las piernas, sus zapatos pulcramente limpios le llamaron la atención, era un hombre muy cuidadoso de su apariencia.

—En realidad doctora, su servicio lo requiero para mi hija, ella está muy alterada últimamente y no encuentro la forma de comunicarme con ella, tengo miedo de que cometa alguna tontería, así que le sugerí que buscáramos ayuda, y ella por fin aceptó, así que aquí estamos.

De alguna manera, Karla se sentía muy atraída por él, sentía la energía Kundalini subir por sus piernas y se ruborizó un poco, respiró y sacudió su cabeza tratando de sacar su mente de esos pensamientos.

—¿Está bien, se siente bien?

—Sí, perdone, es solo que me dio un pequeño dolor de cabeza, dijo tratando de justificarse.

—Como le decía, mi hija tiene dieciséis años, es hija única, y su mamá y yo estamos divorciados, desde hace cinco años, ella vive con su mamá, pero discuten mucho, yo la veo los fines de semana, pero de un tiempo para acá está muy enojada y no sé cómo acercarme a ella, trato de abrazarla y se niega, solo se enoja y se encierra en su recámara sin querer hablar con nadie, así que bueno…

—Usted, señor Ruíz, ¿a qué se dedica?

—Tengo algunos negocios, soy dueño de un despacho de abogados y otro de contabilidad, entre otros negocios, cómo se imaginará, casi no estoy en casa, y los fines de semana tengo muchos compromisos con clientes o amigos, trato de que mi hija se integre a estas actividades cuando es posible, pero últimamente ya no quiere ir, solo se enoja y hace berrinche, como niña chiquita, necesito que me ayude.

—Bien señor Ruíz.

—Doctora, podríamos hablarnos de tú, dígame solo Óscar, me siento más cómodo.

—No lo creo, señor Ruiz, prefiero mantener esa formalidad, si no le molesta. Ella se sentía atraída por él y quería mantener la distancia.

—¿Yo puedo llamarla Karla?

—Sí, si se siente más cómodo.

—Excelente Karla, dijo cruzando su pierna derecha sobre la izquierda y sujetando ambos descansa brazos, poniéndose en una posición cómoda.

—Antes de seguir adelante, me gusta hacer un ejercicio con mis

posibles clientes, a ver si podemos trabajar juntos o no, ¿le parece si lo hacemos?
Sí, claro.
—Usted cree en la reencarnación y los karmas.
—Sí, por supuesto creo en eso.
—Bueno —dijo poniéndose de pie— por favor señor Ruiz, permítame sus manos, él se levantó, ella tomó sus manos y al sentirlas una energía los recorrió, ambos se atraían mucho sexualmente, señor Óscar Ruiz Trejo, si en esta vida o en alguna vida pasada, de alguna forma yo Karla Vásquez Rodríguez, te humillé, si te ofendí, o te dañé de alguna manera o forma, te pido perdón, los siento mucho, por favor perdóname.
—Karla —declaró él sin pensar y acariciando sus manos— si en esta vida o alguna otra yo te humille, te ofendí o te dañe de alguna forma, te pido perdón, lo siento, no era mi intensión —la llama violeta les rodeaba incendiando sus cuerpos físicos y energéticos, transmutando sus karmas almacenados en sus registros Akashicos, algo se les estaba quitando de encima.
—Ok —dijo sintiendo su cuerpo más ligero— esto fue increíble, pero entonces tu y yo ya nos conocíamos de alguna vida pasada, sentiste eso.
—Así es Óscar —ella misma se sorprendió al decir su nombre, pestañeo varias veces, sintiéndose un poco turbada.
—Guau, qué bonito, Karla, te puedo abrazar.
—Sí, claro —ella correspondió al abrazo sin dudarlo y sus ojos se nublaron, no sabía bien por qué, pero lo estaba sintiendo, su cálido pecho la abrazaba y se sentía protegida. El por fin la separó.
—Perdóname, Óscar, debo parecer una…
—No, de ninguna manera, creo que esto no es casualidad, que nos hayamos encontrado, no es casualidad, es que es cierto, nosotros ya nos conocíamos, por eso al verte me encantaste, al ver tus ojos y tu sonrisa, sabía que te conocía de alguna parte.
—Bueno, si te soy honesta, yo también, sentí que te conocía, pero ahora, bueno… —ambos se sentaron en sus respectivos sillones sin cruzar las piernas.
—Karla, no me quiero anticipar, pero te puedo invitar a comer, ya es hora de la comida, querrías acompañarme.
—No creo Óscar, no puedo salir con ninguno de mis pacientes.
—Entonces no seré tu paciente, solo mi hija, ¿a ella sí la puedes tratar si sales conmigo?
—Es que no he dicho que voy a salir contigo.

—Lo sé, pero saldremos, ya verás, solo quiero saber ¿si tú puedes ayudar a mi hija?, creo que serías la persona indicada.

—Sí, me gustaría ayudar a tu hija.

—Excelente, dame la cita para ella por favor, de preferencia en la tarde como a las siete, ¿qué día tienes tiempo? —ella se levantó, fue a su escritorio y buscó su celular, lo revisó y dijo— el próximo miércoles a las siete de la noche, ¿está bien?

—Magnífico, aquí estaremos, y ahora dime, ¿te gustaría ir a comer conmigo?, no seré más tu paciente, solo seremos amigos.

—Bueno —checó su agenda y dijo— está bien, tengo tiempo, mi próxima cita es hasta las siete y media.

—Magnífico, vámonos,

—Me esperarías afuera, debo guardar mis cosas.

—Claro, te espero en la recepción, tómate el tiempo que necesites.

Él salió del despacho, cerró la puerta y ella comenzó a guardar sus cosas.

—Guau —dijo para sí misma— sentí como si él hubiera sido mi esposo o alguien a quien amé mucho, eso estuvo muy mágico, ¿pero será posible? —recordaba las palabras de Alberto— "Si transmutas una relación y sigues sintiendo un deseo sexual, quiere decir que ese encuentro sería bueno para tí."

Ella salió del despacho, él se puso de pie al verla.

—Estoy lista, nos vamos.

El Porsche azul convertible, estaba en el estacionamiento.

—Pasa, dijo abriéndole la puerta, ella se sentó e introdujo las piernas, el vestido entallado con tonalidades amarillas y cafés, le llegaba una palma por debajo de las rodillas, permitiéndole ver apenas sus hermosas piernas, el cuello en V del vestido le permitía ver sus hermosos senos, él se sentía sumamente atraído. Pasó por el frente del vehículo y sacó su teléfono, tardó un minuto y colgó, abrió la puerta acomodándose en su asiento.

—Qué auto más hermoso.

—Qué bueno que te guste, está a tus órdenes, he realizado una reservación en un restaurante muy agradable, ya lo verás, no me gusta llegar y que nos tengan esperando, no me parece correcto, menos cuando voy acompañado de una dama tan hermosa.

—Hombre precavido vale por dos, gracias por eso, así que eso haces cada vez que vas a comer con alguna mujer guapa.

—Sí, por supuesto, solo voy a comer o por negocios o por placer, y si

ese placer es con una mujer hermosa, pues es mejor, no crees.
—Óscar, o eres muy cínico o eres demasiado honesto,
perdona, perdóname, no era mi intención, pensarás que soy muy confianzuda, discúlpame por favor.
—No te preocupes Karla, en verdad que me encanta tu confianza, me siento como si me reencontrara con alguien a quien amé mucho, sabes, y que me trates así es lo mejor. En cuanto a tu pregunta, sí, soy muy honesto, digo la verdad, siempre que no lastime a nadie.
Llegaron hasta el restaurante, en el estacionamiento había una pérgola con terminaciones estilo japonés antiguo y la entrada principal era un círculo en madera negra, como si entrases a un túnel, definitivamente un restaurante japonés.
—¿Qué bello lugar, vienes muy seguido?
Acercó el auto a la puerta principal, los jóvenes del valet parking les abrieron las puertas y descendieron, él se acercó a Karla poniendo su mano en su espalda para dirigirla hacia la entrada. La hostes les guío hasta su mesa, él jaló la silla de ella y la ayudo a acomodarse, después se sentó en la silla contigua.
—Es uno de mis restaurantes favoritos, su comida es deliciosa, su decoración estilo japonés antiguo me gusta mucho, a veces, he pensado que yo viví en el Japón antiguo, que fui samurái o algo así, me gusta mucho todo lo relativo con este país en esa época de la historia, así como la época de la Francia antigua, quizás tuve alguna vida también en esa época.
—¿Entonces sí crees en la reencarnación?
—Claro que sí, he leído algunos libros, me interesa mucho el tema del más allá, y lo que hay después de morir, ¿Y tú, crees que hay vida después de morir?
—Definitivamente sí, pero platícame de tí Óscar, cuéntame tu historia.
—Bien, primero que nada, debes saber, como ya te dije, me gusta ser honesto, eso no significa que siempre diga la verdad, tu entiendes, las personas no están preparadas para recibir la verdad, muchas veces esta les ofende y se sienten lastimadas.
—A ver explícame un poco más eso.
—Sí a mí no me gusta tu vestido, y te lo digo, puedo herir tus sentimientos, si supieras recibir la verdad de otros, eso no te lastimaría, solo dirías: "Está bien que no te guste, la verdad es que a mí me encantó."
—Ok, ya entiendo, y tienes razón, muchas veces no estamos listos o

dispuestos a recibir la verdad, aun cuando esa verdad solo sea la verdad del otro, un amigo dice que no existe la verdad absoluta, sino que cada persona tiene su verdad de acuerdo a lo que cree.

—Totalmente de acuerdo con tu amigo, no existe la verdad absoluta, y bueno, actualmente estoy soltero, me divorcié hace cinco años, tengo solo una hija a quien ya conocerás, su mamá y yo no tenemos una buena relación, fue una ruptura muy dolorosa y con mucho enojo.

—Y sigues enojado todavía.

—En realidad yo no, ella es la que está enojada, yo tuve una amante y se enteró, así qué bueno, ya sabes cómo terminan esas historias.

—Sí, las conozco de cerca, pero todo eso tiene una buena razón, ¿quieres que te lo platique?

—Por favor, me encantaría.

—Bien, nuestro cuerpo físico, tiene un cuerpo energético…

—Señor Márquez, necesito que sea totalmente franco conmigo, cuénteme la verdad, porque si me miente, no podré defenderlo, necesito que me cuente todo, es usted culpable o inocente.

—Señor Carlos, es que…yo…soy… culpable —dijo frotando ambas manos nerviosamente— yo me robé ese dinero y culpé a mi compañero, pero no quiero ir a la cárcel, me entiende, usted solo dígame cuánto me va a costar, por el dinero no se preocupe, tengo mucho dinero en una cuenta en Suiza, y puedo disponer de él, así que dígame, ¿cuánto me va a costar? —el socio de Carlos se le acercó.

—Ven, hablemos en privado —ambos salieron de la sala de juntas.

—Carlos, cobrémosle un millón de dólares, él tiene lo suficiente, y podemos lograrlo.

—Déjame pensar un poco —en su mente sonaban los karmas y las deudas: "Si no te detienes de hacer aquello que planeaste, continuaras atado al karma." — No Rubén, no puedo hacerlo.

—Pero ¿cómo qué no?, dijo agarrándose la cabeza, ¿de qué hablas?, cuántos de estos casos nos han llegado y los hemos defendido por mucho menos dinero, esta es nuestra oportunidad de ganar muchísimo en un solo juicio, podemos liberarlo, ya sabes, pagando favores, haremos que se pierdan los archivos o retrasaremos el juicio por años.

—Sé todo lo que podemos hacer, y por supuesto que con dinero todo es mucho más fácil, pero no estoy dispuesto a seguir atado a mis

karmas.
—Entiendo eso Carlos, me lo platicaste y me parece muy interesante, pero sería un millón de dólares, eso no llega todos los meses, yo no estoy dispuesto a perder la oportunidad.
—Te entiendo Rubén, pero entonces hagamos algo, déjame platicar con el cliente, y explicarle mis razones, si él quiere salir libre, después de que hablemos, tú lo defenderás, yo no quiero formar parte de eso, ¿de acuerdo?
—¿Pero entonces, no aceptarás nada del dinero que nos pague?, ¿estás seguro de eso?
—Totalmente, no recibiré ni un dólar de ese juicio, quedaré totalmente fuera de eso.
—Ok, entonces platicarás con él y veremos que resulta. Ambos volvieron a entrar en la sala de juntas.
—Bien señor Márquez, mi socio y yo hemos llegado a un acuerdo, solamente necesito platicarle algo, antes de aceptar su caso.
—¿Señor Márquez —interrumpió Rubén— usted estaría dispuesto a pagarnos un millón de dólares si lo sacamos libre?
—Por supuesto que sí, no tengo ningún problema, solo asegúrenme que saldré libre y limpio de todo esto.
—Listo, hermano, es todo tuyo.
—Señor Márquez, esto que le voy a platicar puede sonarle muy extraño, pero es indispensable para saber si lo vamos a defender o no, puede juzgarme como loco, pero es fundamental, está de acuerdo en escuchar con una mente abierta.
—Sí, ¿de qué se trata?
—Bien —Carlos se puso del lado opuesto a la ventana un poco lejos de su cliente y le dijo— ¿Puede ver mi energía alrededor de mi cabeza y quizás alrededor de todo mi cuerpo?
—Sí, me parece que puedo verla, es como una bruma blanquecina, —Carlos inhaló subiendo su energía personal por todos sus chakras— ahora se ve más claro, sí, por supuesto que puedo verla.
—Excelente, eso que vio fue mi aura, todos tenemos un cuerpo físico y un cuerpo energético, cuando estamos vivos el cuerpo energético está pegado al cuerpo físico y es por eso que nuestro cuerpo está caliente, ¿alguna vez ha tocado un cadáver?
—Sí, cuando mis padres murieron en ese accidente, tuve que ir a identificar sus cuerpos, estos estaban muy fríos, es una sensación muy especial.

—Mis condolencias, lamento su pérdida, pero siguiendo con esto, los cadáveres están fríos, porque en el momento de la muerte el cuerpo energético se suelta del cuerpo físico y continúa vivo, en la Ciudad de la Luz, es allá en donde están sus padres, verdaderamente, ellos siguen vivos.

—Bueno, eso he escuchado, pero no soy una persona religiosa, así que no creo mucho en eso, para mí en el momento de la muerte todo se acaba y ya no hay nada más, por eso hay que vivir en el presente y disfrutarlo al máximo, soy consciente de que algún día tendré que morir.

—Buena filosofía, pero permítame continuar, cuando el cuerpo energético se desprende del cuerpo físico, solamente se lleva sus karmas o deudas, y sus Dharmas, seguro ha escuchado de eso.

—Sí, se lo que es eso, ¿pero de qué va todo esto?, vaya al grano abogado.

—Verá señor Márquez, cuando una persona muere lo único que se lleva con él son sus karmas, en esta vida todo lo que hacemos es para liberarnos de nuestros karmas, no es casualidad de que usted esté aquí, esto lo planeamos nosotros tres antes de tomar el cuerpo que tenemos, para ayudarnos mutuamente a vivir la experiencia que estamos viviendo, pero si usted decide defenderse en lugar de declararse culpable, se mantendrá atado a su karma, y volverá en la siguiente vida a vivir otro caso igual.

—¿Me está diciendo que debo declararme culpable en lugar de defenderme y salir libre?, me está pidiendo que viva los próximos, ¿cuántos, diez, quince años en prisión?

—Señor Márquez, sé que esto suena un poco descabellado, pero es mejor liberarse de los karmas, que vivir atado a la rueda de la reencarnación, ¿cuánto dinero se llevó su padre cuando murió?, lo digo con todo el respeto que le tengo, ¿cuánto dinero se va a llevar usted, el día que deje su cuerpo?, ¿cuánto de todos los millones que posee se va a poder llevar?

—Bueno…, no, es que…no, nada, no me voy a llevar nada.

—¿Exacto, y sabe cuántas vidas lleva repitiendo lo mismo? El otro día veía una serie de televisión, trataba de un científico, el hombre estaba tratando de salir de un automóvil volcado, logro finalmente salir a salvo por la ventanilla trasera, dentro del auto estaba un joven que venía en el asiento del conductor, su cinturón de seguridad estaba atorado y no podía salir, le gritaba, ¡sácame!, ¡ayúdame!, ¡por favor, no me dejes sácame!, el hombre regresó al auto y en lugar de ayudar al joven, entró por la ventana, por donde él había salido y sacó su portafolios, después se alejó y el automóvil se incendió, se escuchaban los aullidos de dolor del joven, y todos los curiosos en las calles, lo estaban grabando todo con sus celulares, después de eso, perdió su empleo, su esposa lo abandonó, sus hijos no le hablaban, todos lo repudiaron, ¿cómo era posible que hubiera preferido sacar su portafolio que ayudar a un joven atrapado?, el hombre debido a todo ese rechazo se convirtió en un asesino, murió más adelante, y llegó al infierno. Él estaba de nuevo, atrapado dentro del automóvil volcado, pudo salir del vehículo por la ventanilla, y el joven en el asiento delantero le pedía que lo sacara, que no lo dejara morir, él regresaba y sacaba su portafolio, se alejaba, y veía venir a toda la gente con sus celulares diciéndole: Maldito, ¿por qué no lo ayudaste?, desgraciado, no, no, les gritaba, no entienden, aquí traigo mis investigaciones, un segundo después, él estaba nuevamente adentro del automóvil volcado y trataba de salir por la ventana, después de lograrlo, regresaba por su portafolio y al alejarse, la gente venía a él diciéndole, maldito, desgraciado, ¿por qué no lo ayudaste?, la escena se repetía una y otra, una y otra, una y otra vez veía a la gente diciéndole maldito, egoísta, ¿por qué no lo ayudaste?, cientos y miles de veces se veía siendo señalado y repudiado por la gente, y volviendo al vehículo volcado, se puede imaginar al hombre diciendo, no ya no, es que no entienden yo…, y otra vez, y una vez más, ¿se lo puede imaginar?, su culpa, señor Márquez, lo mantenía en su infierno autocreado. —Carlos guardó silencio, su cliente tenía la mirada perdida, las palabras de Carlos habían tenido efecto, Rubén también estaba muy pensativo— Cada evento en nuestras vidas, señor Márquez, es una oportunidad para dejar de hacer lo incorrecto, para poder liberarnos, si seguimos actuando haciendo lo que no está bien, nos mantenemos atados al karma, y aun cuando usted no crea en el infierno, su culpa, lo llevará ahí.

—Pero no, yo no creo en el infierno.

—Está bien, pero todos creemos en nuestras culpas, y esas culpas las guardamos dentro de nosotros, porque sabemos que lo que hicimos no era correcto.

—Pero entonces, ¿qué debo hacer, debo declararme culpable?

—Lo primero que debe hacer es un ejercicio muy especial. —Carlos le explicó cómo llenar su copa del amor personal, cuando hubo terminado le dijo— Señor Márquez, le propongo algo, vaya a su casa y haga el ejercicio, hable con usted mismo, y después de hacerlo, hablaremos y

tomaremos decisiones, ¿está de acuerdo?
—Sí —dijo muy pensativo— sí, haré eso y después platicaremos —se levantaron y se despidieron.
—Si tiene alguna duda, cuando esté frente al espejo, llámeme, será un placer guiarlo.
No será necesario, entendí claramente todo lo que hay que hacer, pero eso de los niños interiores, solo así, ¿debo pedirles que salgan?
—Sí, pídaselos y espere, a ver que resulta.
El señor Márquez se retiró. Carlos y Rubén estaban a solas, seguían sentados en la sala de juntas.
—Guau hermano, eso del infierno, es que guau, eso estuvo muy fuerte, hasta a mí me pusiste a pensar.
—Ya te había dicho que tienes que hacer el ejercicio, si no, no te vas a liberar, ¿no me notas muy cambiado?
—Por supuesto que sí, y mucho, me encanta tu trato ahora, las secretarias también lo han notado, las vibras aquí ahora son diferentes.
—Bueno hermano, hazlo, no sigas atado a tus karmas, el infierno es real, y aun cuando no creas en el, existe, además, no tienes que hacer esto por miedo al infierno, no es ese el camino, tienes que hacerlo para liberarte de los dolores de tu infancia y para que te ames a ti mismo y a tus niños interiores. Sabes que, vamos a hacer algo, ¿están todos en la oficina?
—Sí, todos están aquí,
—Llámalos, quiero hablar con todos ellos —Rubén se puso de pie, abrió la puerta, salió al pasillo y gritó.
—Jóvenes, señores, señoritas, junta urgente para todos, vamos, vengan por favor, dejen todo, esto es importante.
La sala comenzó a llenarse, todos estaban sentados en una silla.
—Amigos, quiero tomar un poco de su tiempo para explicarles algo.
—¿De qué se trata jefe?
—¿Saben lo que es un karma?
—Yo sí —afirmó su secretaria.
—No, yo no —contestó uno de los abogados.
—Ok, un karma se crea cuando haces un daño a alguien, cuando robas, mientes, engañas, matas, o haces algo malo a alguien, y un dharma, es cuando ayudas o haces algo bueno por alguien, los karmas son deudas que se deben pagar… —Carlos continuó explicando, una vez que todos entendieron dijo— El otro día vi una serie de televisión, y una abogada entraba al infierno: Ella, estaba sentada en la barra de la cocina de su

casa, desayunando con sus dos hijos y su esposo, entonces llegaba uno de sus clientes, uno muy especial que era culpable, pero que ella lo había liberado de la cárcel, mintiendo y usando su inteligencia para liberarlo.

—Bueno, Carlos, eso es lo que hacemos —opinó uno de los abogados— usamos nuestro conocimiento para hacer que una mentira se vuelva verdad.

—Exacto, eso es lo que hacemos, resulta que esta abogada estaba desayunando con sus hijos cuando llegaba este cliente y le decía: Gracias Christie, sacaba su pistola y les disparaba a sus dos hijos en la cabeza, mientras ella gritaba, ¡No, no, a mis hijos no!, después le disparaba a su esposo en el pecho y por último a ella, cuando ella iba cayendo al suelo, volvía, en una fracción de segundo después, a estar de pie en la barra con sus hijos y su esposo, desayunando muy alegremente, cuando llegaba otro cliente diferente con un arma en la mano y le decía, gracias Christie, después les disparaba a los tres, para finalmente dispararle a ella, cuando ella estaba cayendo al piso, en una fracción de segundo estaba otra vez de pie, y la escena se repite una y otra, una y otra, una y otra, cientos de veces, miles de veces, el dolor de ver morir a sus hijos con la cabeza estallándoles por el balazo, y después a su esposo, se repetía miles de veces, eso era el infierno.

—Ay no —dijo su secretaria— no, jefe, ¿por qué nos cuenta esto?, eso es muy…

—¿Difícil?

—Jefe, es que nosotros nos dedicamos a sacar de la cárcel a muchos culpables, entonces, ¿qué tenemos que hacer, cómo nos liberamos de los karmas?

—A partir de ahora solo defenderemos a los que sean inocentes, de esa manera no nos llenaremos de karmas.

—Pero Carlos —opinó Rubén— los que más pagan son los culpables.

—Cierto Rubén, pero yo prefiero ser pobre que vivir lleno de riquezas y lleno de karmas, créeme, el infierno no vale todo el oro del mundo, prefiero mi paz mental y espiritual.

—¿Guau jefe, entonces solo defenderemos a los inocentes?

—Así es, a menos que alguno de ustedes quiera defender a un culpable y mentir para sacarlo de la cárcel, podrá hacerlo, pero yo no participaré de eso.

—¿Pero el despacho nos respaldará?

—Me temo que no se todavía que hacer, así que después les daré mi

respuesta.
—¿Jefe, cómo me libero de mis karmas?
Carlos les explico cómo hacer el ejercicio de la copa del amor personal a detalle, cuando hubo terminado continuo.
—Si no sacas todos esos dolores de dentro de tu copa, no serás feliz, nada de lo que hagas te hará feliz, ¿cuánta gente conoces que es muy rica en dinero y, sin embargo, son infelices?
—Eso es verdad, conozco a muchos clientes con mucho dinero y son tan infelices.
—Son infelices, porque al final sus copas siguen llenas de dolor y vacías de su amor propio; por cierto, les tengo un regalo, esperen aquí —salió de la sala de juntas, todos se quedaron hablando de esto, regresó unos pocos minutos después.
—Bien —colocó una pila de libros sobre la mesa— les tengo un regalo, léanlo, ahí explica cómo hacer el ejercicio de la copa del amor personal.
Su secretaria leyó en voz alta.
—"Las Relaciones de Pareja y el Sexo, construye tu relación desde el amor verdadero, una forma diferente de amar, para que el amor perdure para toda la vida", de Ariel Oliver Comparán.
—Oiga jefe, esto suena muy interesante.
—Lo está, estúdienlo, no solo lo lean, vale cada palabra que está ahí escrita, y piensen lo del infierno ok, tienen alguna duda.
—Jefe, tenemos un caso abierto en el que ya estamos trabajando y en definitiva él es culpable, está en libertad bajo fianza.
—Lo sé, citémoslo y platiquemos con él, veamos que resulta.
—Oye Carlos, pero y si ellos no aceptan declararse culpables, ¿qué hacemos?, ya nos han dado los anticipos, no podremos devolverlos.
—No se preocupen, ya lo resolveremos, estoy seguro de que el universo quiere que no nos sigamos llenando de karmas, así que todo se resolverá a favor del bien.
—Jefe, tenemos tres casos en donde nuestros clientes son inocentes y están demandando a la contraparte, qué debemos hacer.
—Citémoslos a todos por separado y hablemos con ellos.
—¿Oye Carlos, te vas a convertir en consejero espiritual o algo así?, ¿es en serio?
—No existen las casualidades hermano, creo que este fue mi acuerdo de vida, ayudar a cuantos pueda para enseñarles cómo liberarse de sus karmas.
Una de las secretarias le preguntó.

—Licenciado, mi hermana tiene un problema, ayer se les presentó un abogado en su casa, resulta que está a punto de perder la casa, ¿qué me recomienda?

—¿Es injusta la pérdida de su casa?

—Su esposo es un apostador, y resulta que empeñó las escritura y no le había dicho nada, ahora han venido a exigir el pago de la deuda, él perdió todo el dinero, les van a quitar su casa a menos que paguen, pero no tienen el dinero.

—Ok, Patricia, en definitiva ellos tienen un karma con esa cuestión, en esta vida la manera en que acordamos pagar un karma, es que nos hagan aquello que nosotros hicimos, o sea que en alguna vida pasada su hermana le quitó la casa a alguien, ella seguramente le prestó dinero a alguien y como no le pagó, le quitó su propiedad; ahora ella pidió háganme lo mismo que yo hice para sentir lo que ellos sintieron, de esa manera, si reconozco el daño que hice me liberaré del karma, si me muero enojada y con todos esos resentimientos, entonces me mantendré atada al karma.

—Pero entonces, ella, ¿qué debe hacer?, ¿debería de defenderse legalmente o qué?

—Debería primero, de hacer el ejercicio de la copa del amor personal, antes de tomar cualquier decisión deberíamos todos de hacer ese ejercicio, después, una vez que nuestra copa esté llena de nuestro amor personal, podemos decidir qué hacer, defenderse o no, y dejar que la vida se haga cargo; si llega a perder la casa es porque así debe ser, y eso, si ella no tiene enojo o rencor, ni con el esposo, ni con el acreedor, entonces estará pagando su karma; si no pierde la casa, será porque no tiene que ser así y entonces la conservará, de alguna manera limpiar su karma la liberará de la pérdida.

—Oye Carlos —cuestionó Rubén— si a partir de ahora, esto va a ser así, nos vamos a quedar sin trabajo, nadie va a necesitar que un abogado los defienda. Si lo que deben hacer es pagar un karma dejando que los demanden sin defenderse, y aceptar el resultado, ¿en dónde entramos nosotros?

—Lo he estado pensando los últimos días, y saben qué, pienso que, si todos entendiéramos la importancia de pagar nuestros karmas, para poder liberarnos de este planeta, y ganar el regreso a nuestro mundo de origen.

—¿Cómo dice jefe, a ver otra vez, por favor?

—El karma, es una deuda que nos mantiene atados a la reencarnación en este planeta, todas esas deudas acumuladas durante muchas vidas pasadas, no nos dejan liberarnos. Liberarnos significa poder volver a casa. Todos nosotros, venimos de mundos superiores, pertenecientes a la quinta dimensión, o a alguna mucho más arriba, y entramos a este planeta, para aprender acerca del amor, en todas sus formas, durante nuestras vidas hemos dañado, mentido —levantó las cejas y miró a cada uno directamente a la cara— violado, ofendido, odiado, y muchos etcéteras, esos hechos nos atan al planeta, y no nos dejan volver a casa, así que si no resuelves y pagas esas deudas, no te liberarás de este mundo, y, por lo tanto, no vas a volver a casa. Yo, personalmente he decidido trabajar para liberarme de mis karmas, y si eso significa dejar de ser abogado, estoy dispuesto a hacerlo.

—Pero socio, ¿eso es en serio, dejarías todo por lo que hemos trabajado, por una fantasía espiritual?

—No es una fantasía espiritual, ¿puedes ver mi energía alrededor de mi cuerpo?

—Sí jefe —dijo uno de los abogados, y todos afirmaron con la cabeza— esa energía es real, existe, y abandonará este cuerpo cuando se muera, a través de esa energía yo seguiré vivo, y volveré a tomar otro cuerpo, hasta que me haya liberado por completo de mis karmas, solo entonces volveré a casa. Tienes que entender Rubén, que no te llevarás de esta vida, ni un céntimo de dólar, ninguna joya, o automóvil, no te llevarás nada de toda la riqueza que logres acumular, lo único que permanece unido a ti son tus karmas o tus Dharmas, así que debes decidir, ¿quieres seguir aferrado a la riqueza y al dinero?, ¿o quieres aprovechar esta vida, para liberarte?, escoge.

—Ay jefe, es que esto que nos dice es cierto —dijo una de las abogadas— mi padre fue un hombre que hizo mucho dinero, y no se llevó nada, así como tampoco fue feliz, a pesar de toda la riqueza.

—Lean el libro que les estamos regalando, entenderán mejor todo esto.

—Jefe, ¿en verdad está dispuesto a dejar su carrera y todo lo que ha construido?

—Totalmente, esta vida, es la mejor oportunidad que tengo para liberarme de mis karmas, podría pensar que en la siguiente lo haré, pero como me dijo mi amigo Alberto: “Al entrar en el planeta perdemos la memoria, y nos olvidamos de todo lo que hemos vivido en las vidas pasadas, así que tenemos que volver a comenzar a tratar de liberarnos.” Prefiero hacerlo en esta en que ya soy consciente, y trabajar espiritual, mental y emocionalmente para liberarme, no quiero hacerlo en la

siguiente, quiero hacerlo en esta.
—¿Entonces para pagar un karma, debo dejar de defenderme y aceptarlo todo en paz?
—Exacto, dejar de defendernos y aceptar cualquier cosa como el pago de un karma.
—Sí alguien viene a ti con un arma en la mano y le dispara a tu hijo, ¿solamente lo aceptas y no te defiendes?, ¿es en serio?
—Sí, Rubén, en el momento no digo que no te aterres o que no sientas enojo, pero si entiendes el karma, sabrás que tu hiciste eso con alguien más, tu mataste al hijo de alguien más en una vida pasada, entiendes que tu pediste, háganme esto para pagar mi karma. Mi amigo Alberto dice que nadie está muerto en realidad, que todos los que han dejado su cuerpo están vivos en La Ciudad de la Luz.
—Yo vi una película referente a eso —dijo una de las secretarias.
—Sí, esa película se llama Nuestro Hogar, de Xico Xavier, véanla, está muy interesante. Y entonces, si estamos entendiendo, mi hijo, al que le dispararon, en realidad no estará muerto, solo abandonará su cuerpo, pero seguirá vivo, y si yo acepto el hecho de su asesinato como el pago de uno de mis karmas, entonces me libero, es como si mi hijo me regalara la oportunidad de volver a vivir la pérdida de un ser muy amado, para volver a sentir, la rabia y el enojo, y si me quedo con esos sentimientos, entonces…
—Permaneces atado al karma —intervino la secretaria— ya entendí, guau, entonces todo es como una obra de teatro, ¿cierto jefe, todo es solo una obra de teatro?
—Exacto Paty, así es, lo entendiste a la perfección. ¿Captas la idea Rubén?
—Sí, sí, —contestó su socio— al explicarlo todo, claro que sí, puedo entenderlo. Solamente estamos viviendo una actuación, en donde los actores nos ayudamos a vivir ciertas experiencias con el fin de pagar un karma, si no perdonamos, o dejamos de hacer las cosas malas, entonces no nos liberamos, y el objetivo, es liberarnos del planeta para volver a casa. Guau, esto sí que es interesante.
—Bueno, amigos, volvamos al trabajo, piensen en todo esto. Por favor, lean en libro, y hagan el ejercicio de la copa del amor personal, así podrán entender más y mejor.

—Guau, Karla, todo esto que me platicas es increíble, pero en definitiva lo siento completamente cierto, cuándo te vi, sentí que te conocía, y en definitiva creo que es verdad, tu y yo tenemos algo muy hermoso de vidas pasadas, debo confesarte algo, cuando me tomaste de las manos, sentí una energía muy hermosa, casi sexual, pero en cuanto comenzaste a…

—A transmutar nuestros karmas.

—Sí, eso, en cuanto comenzaste a transmutar nuestros karmas, y después yo, te dije eso, sentí que algo se me quitaba de encima y mi deseo sexual por ti, bueno, no que no me gustes, por que vaya qué sí, me encantas, pero en ese momento mi deseo sexual se esfumó, me siento muy contento contigo, pero no es un deseo sexual, me entiendes.

—Te entiendo perfectamente, que nos hayamos encontrado fue nuestro acuerdo, para ayudarnos a liberarnos, y no es casualidad que lo hayamos hecho días después de que yo supiera todo esto, si nos hubiéramos encontrado hace tres semanas, tu y yo estaríamos teniendo sexo, eso es seguro.

—Ja, ja, ja, increíble, no crees, —ambos guardaron silencio— salud, preciosa por este hermoso reencuentro —ambos chocaron sus copas.

—Oye Karla, a ver, pensando un poco en esto, ya transmutamos nuestros karmas o deudas que pudiéramos tener juntos, eso significa que estamos libres de deudas pasadas, ¿cierto?

—Sí, así es.

—Tú me gustas mucho, ¿yo te gusto?

Ella guardó silencio y se llevó la copa a los labios, mientras lo veía a los ojos, dio un trago muy lentamente.

—¿No dices nada?

—Sí, Óscar, sí me gustas.

—¿Sería malo si te sigo buscando y nos conocemos un poco más?, ¿quién sabe?, a lo mejor resulta algo bueno entre nosotros, después de todo sabemos que lo que tuvimos en el pasado fue bueno y con todo este conocimiento, pues, no lo sé, qué tal que resulta algo fantástico.

—Bueno —pensó un poco, recordando el libro de las argollas matrimoniales— sabes recientemente leí un libro que me encantó, si en realidad quieres que nos volvamos a ver para, a lo mejor formar algo juntos, tienes que leer este libro y tienes que hacer el ejercicio de la copa del amor personal, ya te expliqué eso.

—Sí, ok, no tengo problemas, me gusta leer, ¿cómo dices que se llama?, —sacó su teléfono celular, busco el título— aquí está, ¿es este?

—Sí, ese es, léelo y estúdialo, haz el ejercicio, me voy a dar cuenta si en

verdad lo hiciste.
—¿Cómo vas a saber que lo hice?, ¿me vas a espiar? —entrecerró los ojos y sonrió.
—Soy hechicera, así que me voy a dar cuenta —indicó sonriendo ampliamente.

XII Transformando una vida

Karla abrió la puerta de su oficina, y una joven de dieciséis años entro, vestía unos jeans negros de talla bastante más grande, una playera negra con el estampado de una banda de rock al frente, unas botas negras de plataforma alta, las uñas barnizadas en negro, su cabello era negro con rallos rubios, traía un piercing en los labios, y otro más en la nariz, su estilo personal era totalmente darketo.
—Hola, tú debes ser Kimberly.
—Hola, sí, dijo sin ganas.
—Siéntate por favor, Karla le señaló los sillones y se acomodó en uno. Bienvenida Kimberly, qué nombre tan bonito, ¿por qué lo elegiste?
—No fui yo, fue mi mamá, a ella le encantaba.
—Ok, pero no fue tu mamá, fuiste tú, pero bueno, después te explico un poco más.
—Está bien, se sentó en el sillón con las piernas juntas y sujetándose de los antebrazos.
—Platícame Kim, te puedo decir así, yo soy la doctora Karla, mis amigas me dicen Karla.
—Sí, Kim me dicen también mis amigos.
—Platícame, ¿cómo has estado, eres feliz?
Ella, guardó silencio y un momento después dijo.
—No, no lo soy, sabe, he pensado en suicidarme, ya no quiero estar aquí.
—¿Por qué?, ¿qué, en concreto no te gusta de tu vida?
—Nada me gusta, todo apesta, mi casa, mi recamará, mi relación con mi mamá, la escuela, todo apesta, y ya no quiero estar —un estado de furia le hacía abrir los ojos mientras hablaba, y después uno de decepción la deprimía sintiéndose derrotada.
—Ok, pero ayúdame a entenderte un poco más, sé que eres hija única, eso cómo te hace sentir.
—Sola, me siento sola, mi mamá casi no está en casa, he crecido con las

criadas y ellas… —guardó silencio, Karla presentía lo que venía y se acercó a ella sin tocarla.

—Dime lo que sea Kim, no te avergüences, solo confía en mí, nada de lo que digas lo sabrán tus papás a menos que tú me autorices a decirles, pero si no quieres, nada de lo que hablemos tu y yo, se sabrá, ¿de acuerdo?

—Está bien.

—¿Confiarás en mí? —Karla la miraba con dulzura, enviándole pensamientos: Te quiero, Kim; No temas, todo estará bien; Puedes confiar en mí.

—Sí, fue su respuesta, la verdad es que necesito hablar, ya no quiero guardarme nada.

—¿Excelente, yo seré tu confidente de acuerdo?, así que platícame, ¿qué ocurrió con las asistentes domésticas en tu casa?

—Hace años, cuando yo era una niña, una de ellas que era muy mayor, ella tendría como veinte años, yo solo tendría cinco. Ella me ayudaba a bañarme y me tocaba todo, y eso me gustaba, pero un día me dijo que no debería de contárselo a mis papás porque entonces ella los mataría y eso me asustó mucho —el llanto comenzó a fluir, tomó un pañuelo desechable de la cajita en la mesita lateral y se limpió la nariz y los ojos— a partir de ese día yo ya no quería que me bañara, pero no podía alejarla, ella era más grande y no le podía decir a mi mamá, solo le decía que ya no quería que ella estuviera, que me caía gorda, pero mi mamá no me hacía caso y tuve que acostumbrarme, después, con los años, me gustaron las mujeres. Mi papá nunca estaba en casa, siempre llegaba muy noche, después ellos se divorciaron y yo me fui a vivir con mi mamá, mi papá se quedó con la casa, lo dejé de ver muchos años, cuando cumplí catorce, lo busque y pudimos restablecer una relación, pero de un tiempo para acá no quiero estar con él, me quedo en su casa, pero…

—¿Él te ha tocado sexualmente?

—No, él no, pero tiene un amigo que llega a la casa cuando mi papá no está, y él siempre me acosa, me amenazó con que si le decía a mi papá él lo negaría, y que eso provocaría que mi papá perdiera muchos negocios que le dejan mucho dinero, así que por eso ya no quiero estar en su casa, pero mi mamá ahora está viviendo con un señor mayor, se enamoró, y él se fue a vivir a nuestra casa, él también me ha estado acosando, es muy afectuoso y me cae muy bien, me abraza y es cariñoso, pero siento cuando sus abrazos llevan otra intención, así que ya no quiero que me esté abrazando, y por eso ya tampoco quiero estar en casa de mi madre, ya no tengo donde pueda estar en paz, mi único refugio es mi cuarto, me encierro con llave y pongo mi música en un volumen alto, me quedo dormida y despierto ya noche, mi mamá me puso por debajo de la puerta un tubo de esponja especial para que el ruido de mi recámara no se escuche. Me siento sola, mis amigas, me dicen que me salga de ahí y que nos vayamos juntas a otra ciudad, que vivamos solas, olvidándonos de nuestras familias.

—¿Y qué piensas de esa idea?

—Me gusta, pero me asusta.

—Desafortunadamente Kim, la mayoría de las jovencitas que se van de casa, terminan en la prostitución, siendo abusadas por proxenetas, hombres mayores que las golpean y usan para que ellos ganen mucho dinero, las inducen a las drogas y terminan vendiendo su cuerpo por unas monedas, para poder comprar drogas. ¿Tú quieres vivir una experiencia así?, ¿crees necesitar vivir una experiencia así?

—No, por supuesto que no, pero no se qué hacer, —Bueno, lo primero es entender lo siguiente, ésta Kim, no es tu primera vida, ¿has escuchado de la reencarnación?

—Sí, he visto algunos videos.

—Ok, déjame mostrarte algo, sacó del librero una carpeta de argollas que en el lomo se leía: "REENCARNACIÓN", la colocó en las piernas de la joven, y comenzó a mostrarle fotografías de algunos niños y adultos que decían haber renacido, platicó sus historias brevemente, y cómo fue que resultaron verdaderas.

—¿Pero entonces es cierto, todos hemos vivido vidas pasadas?

—Así es, eso es real, todos hemos vivido, no una, sino cientos de vidas, algunos llevan hasta quinientas vidas en este planeta.

—Quinientas, vidas, eso es muchísimo.

—Así es, pero la razón por la cual volvemos a renacer, son nuestros Karmas, ¿sabes lo qué es?

—Una de mis amigas en la escuela dice que es cuando haces algo malo a alguien, que entonces se crea un karma.

—Exacto, eso es, cuando dañamos a alguien, cuando lo humillamos, cuando abusamos sexual o emocionalmente de alguien, cuando robamos, mentimos, nos drogamos o vendemos drogas, etcétera; cualquier cosa que dañe a alguien más nos crea un karma, o sea, una deuda que deberemos de pagar con esa persona o con alguna otra, en esta vida o en la siguiente.

—A ver si la entiendo, ¿si yo abuse sexualmente de alguien, me creo un karma con esa persona, y deberé pagar ese karma?
—Así es, debemos pagar esos karmas, y la manera de pagarlos es que alguien nos haga lo mismo que nosotros le hicimos a esa persona.
—No doctora, entonces, ¿que la señora aquella abusara de mí, cuando tenía seis años, fue porque yo le hice lo mismo a otra niña en una vida pasada?
Karla guardó silencio, solo asintió con la cabeza.
—Para poder cambiar algo en nuestra vida Kim, lo primero que tienes que hacer es verlo, repito, tienes que ver eso que tienes que cambiar, si no lo ves, no lo vas a cambiar. ¿Me entendiste? Si me entendiste, repite lo que te dije
—Sí, creo que sí, qué para poder cambiar algo primero tengo que verlo, si no lo puedo ver, no lo puedo cambiar, eso tiene sentido.
—Exacto, así que ahora veamos eso que nos pasó.
—Ok, ok, entiendo, es que… —dijo turbada, sumida en sus pensamientos— ¿todo lo que me hicieron, fue porque yo se lo hice a alguien más, y esa es la manera de pagar mis karmas?, ¿eso es lo que acaba de decir?
—Sí, así es como funciona la vida Kim, pero no basta con que alguien te lo haga a tí, para que el karma sea pagado, tienes que dar gracias,
—¿Tengo que darles las gracias a los que han abusado de mí?, ¿es eso?
—Sí, tienes qué agradecer a esa persona por haberte hecho lo que te hizo, pero ese perdón, debes hacerlo desde el fondo de tu corazón, ¿me expliqué?
—Sí, lo entiendo
—Bien, ahora piensa un poco en esto, todo lo malo que te pasa es por un karma, para que pagues una deuda. Si eso es verdad, todas las personas que te han ayudado a vivir esa experiencia, ¿te han dañado o te han ayudado?
—Me han… ¿ayudado?
—Piénsalo bien, y dime una respuesta con toda certeza.
Los ojos se le llenaron de lágrimas y dijo
—Me han ayudado, es que, sí, me han ayudado.
—Y si ellos te han ayudado, ¿qué sentimiento deberías de tener por ellas o ellos, deberías odiarlos, deberías de estar enojada, deberías de guardarles rencor?, ¿qué sentimiento deberías de tener por esas personas?
Kim, no paraba de llorar.

—¿Por qué no puedo dejar de llorar?, no lo entiendo.
—Por que estás reconociendo que todos ellos no te hicieron daño, por eso lloras, pero no me has contestado la pregunta, ¿qué sentimiento debes tener por esas personas?
—Debo de agradecerles —le temblaban los labios— eso es, debo agradecerles.
—Bien dicho Kimberly, bien dicho, tienes que perdonar y dar gracias, gracias por todo lo que te han hecho. Ahora, tengo una tarea para ti, hay un ejercicio que se llama la copa del amor personal, estás lista…

Carlos y Rubén, estaban sentados en la sala de juntas, y el señor Márquez, entraba por la puerta, su rostro se veía muy rejuvenecido, parecía diez años más joven, su piel tenía un brillo especial, sonreía muy alegremente.
—Señor Márquez, bienvenido.
—Mi querido licenciado, qué… —él se acercó a Carlos y lo abrazó— gracias, gracias, no sabe lo agradecido que estoy, ese ejercicio es mágico, he llorado muchísimo, no sabe cuánto, míreme, apenas me acuerdo y vuelvo a llorar, pero no de tristeza, sino de alegría, ¿me entiende?
—Por supuesto que lo entiendo, y es verdad, es un ejercicio lleno de magia, me alegra que lo haya hecho.
—Jamás había llorado de la manera en que lo hice, saqué tantas y tantas cosas, cosas qué me habían convertido en un hombre muy duro, siempre pensando en el dinero y las cosas materiales, después me amé, y de qué manera…, es que… —sus ojos delataban el amor que se había entregado— jamás nadie me amo como yo lo hice conmigo mismo, jamás, y ahora… es que me siento tan feliz, que…
Carlos esperó un poco a que se tranquilizará y después, cuando creyó era el momento correcto, dijo:
—Señor Márquez, la razón por la que se nos presentan en nuestra vida las "cosas malas" es porque tenemos un karma relacionado con esas cosas, nosotros le hemos hecho a alguien el mismo daño que los demás nos hacen. Esa es la manera de pagar un karma. Esta no es la primera vez que usted, en alguna vida, ha cometido un fraude, y no es la primera vez que se libra de la cárcel, ya lo ha hecho antes, por eso es que repite vivir la misma experiencia.
—¿Me está diciendo que no es la primera vez que cometo este tipo de actos, y que, en esta ocasión, se me presenta para pagar un karma?

—Sí, exacto, y si se niega a vivir el karma como un pago, seguirá atado a esa deuda y volverá a vivir esa experiencia, para que me entienda, déjeme explicarle los acuerdos, —Carlos comenzó a hablar, le explicó los acuerdos, habló acerca de la Ciudad de la Luz, los karmas y los Dharmas.
—Pero, ¿entonces esto que estoy viviendo es un acuerdo, entre las otras personas involucradas y yo, y entre nosotros tres, para poder pagar nuestros karmas?
—Sí, si yo acepto defenderlo para sacarlo de la cárcel,
siendo usted culpable, entonces me quedo atado a mi karma, pero si me niego y le agradezco la oportunidad, entonces me libero del karma.
—Y del infierno.
—Así es, yo me libero, pero si usted no reconoce lo que hizo y no acepta el pago que la ley le imponga, entonces permanecerá atado al karma.
—Y al infierno —repitió con la mirada perdida en la superficie del escritorio— ¿entonces, usted me sugiere qué me declare culpable y acepte cualquier pena que la ley me imponga, cómo pago del karma y eso me liberará del infierno?
—Así es.
—Y qué hay del dinero, ¿tendré que regresarlo?
—El dinero es parte de la trampa de la vida, es lo que nos lleva a cometer todo tipo de actos para obtenerlo, usted no debería de atarse al dinero, libérese del amor al dinero, al menos del dinero mal habido.
—Pero no es tan sencillo, mi familia, mis hijos que van a decir de mí.
—Todos ellos ya se habían puesto de acuerdo con usted para vivir esa experiencia.
—¿En la Ciudad de la Luz?
—Así es, de manera que usted no les está haciendo daño, les está permitiendo vivir su experiencia, y ellos, en lugar de despreciarlo a usted, deberían de agradecerle por ayudarles a vivir esto.
—Me siento tan feliz, que sabe qué Licenciado, sí, me voy a declarar culpable y aceptaré la sentencia que se me imponga, prefiero pagar mis karmas y liberarme, que seguir el camino del infierno. El infierno no vale todo el dinero del mundo.
Rubén estaba en silencio escuchándolo, él se resistía a hacer el ejercicio, pensaba que él no lo necesitaba.
—Lo felicito sinceramente, señor Márquez, quiere que lo representemos o prefiere ir con otros abogados. —Rubén volteaba

asombrado a ver a Carlos.
—No, por supuesto que quiero que ustedes me representen, prepare los documentos y los firmaré, estoy dispuesto a vivir lo que sea que tenga que vivir, con tal de no llegar a ese lugar.
—La mejor manera de evitar ese lugar es amando la vida, continué llenándose de su amor propio, de su amor personal, y entregue ese amor a todos los que conozca, y haga que su dinero bendiga a las personas que están a su rededor, no es temiendo al infierno, sino amando la vida, y al bien, como verdaderamente nos liberamos.
—Lo entiendo perfectamente, muchas gracias licenciado.
—Espere un segundo, —Carlos se puso de pie y salió al pasillo.
—¿Señor Márquez, en serio ese ejercicio es tan poderoso?
—¿No me diga licenciado, qué usted no lo ha hecho?
—No, en realidad no, mi socio me dice que es necesario, pero yo no creo en muchas de las cosas que él dice.
—Pues comete un error licenciado, un error muy grande, míreme, a poco no me veo más joven.
—Sí definitivamente sí, se ve usted muy bien.
—Esto que ve licenciado, cree usted que lo hubiera logrado yendo al spa, o poniéndome cremas, no, claro que no, esto es muy profundo, yo saqué tanto dolor, un dolor que no tenía idea de que estaba dentro de mí, y ahora me estoy amando de una manera que guau. —Carlos regresaba, con un libro entre las manos.
—Señor Márquez, reciba este regalo de parte de nosotros dos, espero le ayude a ser más feliz y a vivir una vida diferente, disfrútelo, estúdielo más bien.
—"Las relaciones de Pareja y el Sexo, Construye tu relación desde el amor verdadero…", ok suena muy interesante.
—Lo es, estoy seguro de que le va a encantar. ¿Tiene alguna duda?, nosotros elaboraremos la documentación y la presentaremos, ya le avisaremos lo que nos dijo el juez y le daremos la fecha para que se presente. ¿Tiene miedo, señor Márquez?
—No, miedo no, es solo que pienso en la prisión, definitivamente no es un lugar al que quisiera ir.
—Un amigo nos enseñó, que para que las cosas fueran más fáciles de entender, nos viéramos a nosotros mismos, como lo que verdaderamente somos, somos Dios, la mente creadora, viviendo dentro de un vehículo, nuestro cuerpo físico es el vehículo y la mente creadora es el chofer, cuando el vehículo ya no sea necesario morirá,

pero él chofer seguirá viviendo en la Ciudad de la Luz.

—O en el infierno —dijo moviendo negativamente la cabeza— licenciado, esa es una forma de vernos sumamente interesante, ¿o se que en realidad somos Dios, la mente creadora?

—¿Viviendo dentro de este vehículo?, —intervino Rubén mientras s tocaba el rostro.

—Así es, mi amigo nos hizo entender que la vida en este planeta es e realidad un gran teatro, y que cada uno de nosotros fuimos lo escritores de lo que nos ocurriría en esta vida.

—¿Para eso usamos los acuerdos?

—Exacto, así es, para eso sirven los acuerdos, para ayudarnos a vivir l que planeamos.

—Gracias Licenciado, muchas gracias, hoy me voy a reunir con mi hijos, no me han visto, ya verán la sorpresa que les tengo.

—Qué le vaya bien señor Márquez, disfrute su nueva vida. Los tres s pusieron de pie, él le dio un abrazo afectuoso a cada uno.

—Licenciado Rubén —le dijo tomándolo por los hombros y mirándol a los ojos— no puede no hacer este ejercicio si quiere ser feliz; m retiro, con su permiso. —Salió de la sala de juntas.

—Vaya socio, sigues sin creer que necesitas hacer esto, no cabe duda hay maderas que no agarran el barniz, ja, ja, te dejo, tengo cosas qu hacer, por cierto, ¿ya comenzaste a leer el libro?

—No, todavía no.

—Lo supuse, te dejo.

—Buenos días señora Maciel, por favor siéntese, señor Maciel bienvenido. Los clientes habían sido citados para ayudarles a resolve los conflictos legales.

—Y bien licenciado ¿por qué nos citó?, ¿qué es tan importante?

—Señora Maciel, quiero hablar con ustedes de algo que he descubiert y que es sumamente importante. Carlos comenzó a explicar lo de lo cuerpos energéticos, les habló del Karma y las deudas, de l reencarnación, y ellos entendieron.

—Yo he leído libros al respecto Licenciado, así que lo que me cuent no es nuevo para nosotros, de hecho, lo pensé mucho antes de veni con ustedes a interponer la demanda, pero es que me indigna tanto l que me han hecho, que no puedo dejar pasarlo por alto.

—Entiendo su enojo, yo estaría igual que usted, pero si lo piensa co

detenimiento quizás en una vida anterior usted les hizo lo mismo a ellos o a alguien más, por eso usted planeo que le hicieran lo mismo.
—Es verdad, si lo veo desde el punto de vista del karma, es verdad, yo hice eso en vidas pasadas. Pero entonces, usted me recomienda que me desista de la demanda.
—Dependerá de ustedes, ¿quieren permanecer atados al karma y al dinero o las cosas materiales, o quieren liberar a sus almas de las deudas?, porque recuerden, cuando dejemos estos cuerpos no nos llevaremos ni un centavo de los millones que podamos tener, pero si nos llevaremos nuestros karmas, mismos que nos atarán a la rueda de la reencarnación para volver a vivir la misma experiencia una y otra vez, hasta que podamos liberarnos. —Los esposos volteaban a verse.
—No vale la pena amor, —dijo él— aunque pensemos que se lo merecen y que podemos ganar, creo que, si permanecemos en el enojo, en realidad estaremos perdiendo, así que yo digo que nos desistamos, no vale la pena.
—Tienes razón, sabe que licenciado, hágalo, desistámonos.
—Excelente decisión, pero hay algo que tienen que hacer, deben transmutar su deuda, les recomiendo que repitan con migo pero desde su corazón: Yo, digan su nombre completo, te pido perdón hermano, si te robé te humille, te falté de alguna manera en esta o en vidas pasadas, te pido perdón, de verdad lo siento, perdóname —ambos repitieron las palabras cerrando los ojos, ella colocó sus manos en el pecho, mientras la llama violeta los incendiaba transmutando sus registros Akashicos y liberándolos, la sensación de que algo se les quitaba de encima fue real. En cuanto terminaron, abrieron los ojos, voltearon a verse y se abrazaron.
—Guau licenciado, que sensación tan especial, me siento como si me hubieran quitado diez kilos de encima, algo especial ha ocurrido.
—Eso es real, sus karmas les han sido quitados y esa sensación de ligereza es por lo mismo. Por el aspecto legal, presentaremos el desistimiento ante el juez, ya les avisaremos.
—Licenciado, esto es muy especial, pero me temo que si usted hace esto con todos sus clientes se va a quedar sin trabajo, ¿no lo cree?
—Por supuesto que lo sé, pero ahora entiendo que si escogí esta carrera fue para liberarme de mis karmas, y uno de ellos es no ser honesto, ustedes me entienden, debo defender a culpables o inocentes y eso significa mentir. Así que ahora, elijo liberarme de mis karmas y si eso significa dejar de ejercer la abogacía eso estará bien para mí, prefiero mi

paz espiritual, después de todo esta vida es solo una actuación, un papel perfectamente ejecutado, cuando yo deje mi cuerpo quiero asegurarme de no volver a reencarnar y de volver a mi casa de origen.
—¿Y cuál es esa licenciado?
—Todos venimos de mundos superiores, de mundos de quinta, séptima o dimensiones superiores, entramos en este planeta y olvidamos quiénes somos y a qué venimos, después nos atamos al karma y a las deudas y eso nos obliga a reencarnar una y otra vez.
—Vaya esa es una visión muy interesante, creo que la voy a tomar muy en cuenta a partir de ahora para liberarme de este mundo y poder volver a casa.
—Ese, señor Maciel, es el verdadero sentido de la vida, volver a casa después de haber aprendido muchas lecciones acerca del amor.
—Gracias licenciado, no sabe la paz que siento —dijo ella— creo que esto ha valido la pena, lo demás no es importante.
—Entonces licenciado, hágase cargo y avísenos del resultado.
—Así lo haremos señora Maciel, señor, fue un placer saludarlos.
—Licenciados muchas gracias, licenciado Rubén, un placer verlo, aunque ahora estuvo usted muy callado.
Todo está bien señora Maciel, señor, nos haremos cargo.

Kimberly estaba sentada frente al espejo, su delgado cuerpo desnudo, no le gustaba, se veía con desagrado, intentó verse a los ojos, pero no podía, solo intentarlo le provocaban ganas de llorar, volvió a intentarlo, se miró directamente al iris y solo pudo hacerlo un par de segundos, se sentía avergonzada, nunca supuso que sería tan difícil, la voz de la doctora, retumbaba en su mente: "Tienes que verte a los ojos, por más difícil que te parezca tienes que hacerlo, tus ojos son la puerta al interior de tu alma, así que tienes que lograrlo." Volvió a intentarlo, y pudo verse, aunque sus ojos comenzaban a liberar sus lágrimas. Cuando pudo hablar se dijo:
—Kimberly, —el llanto no la dejaba continuar, tuvo que respirar fuertemente— ahora te veo, y quiero que sepas, que cuando era una bebé me sentí sola, ¿por qué mamá?, ¿por qué me dejaste sola?, yo era una bebé, era muy pequeña y tú no me querías, nunca te importé, ¿por qué? —continuó hablándose, hablo de cada dolor guardado en el interior de su copa, lloró cada recuerdo, cada abandono, cada abuso, muchos momentos que tenían que ver con el sexo, lloró todo lo que

guardaba, reconoció que se vestía de negro porque estaba enojada con su padre y que eso era una forma de castigarlo, él siempre la rechazaba por su forma de presentarse ante sus amistades.

Después de llorar largamente, y sacar todos sus dolores ocultos, volvió a mirarse a los ojos, pero sin sentir vergüenza, y comenzó a acariciarse. La doctora le había dicho: Después de llorar, tienes que verte a los ojos y acariciar tu cuerpo para amarlo, hablándote y diciendo cosas hermosas sobre ti. Ella comenzó a hacerlo.

—Kim, te amo preciosa —las lágrimas no paraban— perdóname, perdóname por haberte abandonado, porque no te amaba, estaba muy enojada, y te culpaba de todo lo que me había pasado, por favor hermosa, perdóname, te amo Kim, te amo mucho —ella acariciaba su rostro y sus cabellos— perdóname, yo ya no te voy a abandonar, ya no, todos ellos nos ayudaron a vivir nuestras deudas, gracias, gracias a todos por ayudarnos —continuó pasando sus caricias por todo su cuerpo, y entregándose amor, este la estaba llenando y se sentía feliz con cada caricia, llegó hasta su vulva y puso ambas manos sobre ella —perdóname preciosa, perdóname, no quería que te lastimaran, perdóname, ahora te voy a amar, te voy a cuidar, perdóname, te amo hermosa, te amo, —continuó entregándose caricias y llenando su copa de su amor personal con cada una de ellas, no dejo nada de su cuerpo sin amar, no quería dejar de hacerlo, cada uña y cada pie fueron amados…

La doctora Karla, estaba sentada en su escritorio, una joven hermosa, sin piercing en su rostro, perfectamente vestida, con unos jeans azules ajustados y una blusa blanca de botones, con unos tenis blancos muy limpios, le sonreía de pie en el marco de la puerta.

—Hola doctora.

—Guau, hermosa, pasa —Karla no pudo evitarlo, se puso de pie y fue a abrazarla.

—Doctora, —dijo llorando recargada en el pecho de ella— gracias, gracias.

—Pasa Kim, pasa, siéntate, qué hermosa te ves, cuéntame, ¿cómo te fue?, ¿cómo te sientes? —ambas se acomodaron en los sillones.

—Esto fue increíble, hice lo que me dijo, me senté frente al espejo desnuda, en un principio no podía verme, pero después, es que… lloré tanto, —sus ojos volvían a soltar algunas lágrimas, recordándole sus dolores—, no sabía que tendría tantas cosas guardadas, —Karla le pasaba la caja de pañuelos desechables.

—Habla Kim, cuéntamelo todo, no te quedes con nada.

—Es que, en realidad, ya no siento tanto dolor, ayer hablé conmigo, y les agradecí a todos lo qué me hicieron algo, me sentí feliz de poder hacerlo. Al agradecer, sentí una paz hermosa, sí, eso fue, una paz hermosa. Después, empecé a amarme y eso fue, guau, —pasaba sus manos por sus brazos acariciándose— eso fue increíble, jamás nadie me había amado de esta manera, ahora me siento tan feliz —quería volver a llorar, pero se resistió, inhalo y suspiró— es que, cada vez que me tocaba mi piel se me enchinaba, usted me entiende, al llegar a mi vagina, le pedí perdón, por todo, solo le pedí perdón, es que había abusado tanto de ella, que…

—Dilo, no te avergüences.

—Ella fue abusada porque yo le hice eso a alguien más.

—Sí, pero eso que le hiciste a alguien más, fue porque ella te lo pidió, fue su acuerdo, no hay culpa, ¿lo entiendes?

—Sí, y es que eso me hace sentir muy libre.

—De eso se trata todo esto preciosa, de que te liberes a ti misma de todo lo que te hicieron y de lo que hiciste. ¿Cómo te sientes ahora?

—Feliz, doctora, me siento feliz, ¿cómo me ve?

—Hermosa, te ves hermosa y liberada, ahora puedo ver a la verdadera Kimberly, la otra era solo una máscara, una máscara que te pusiste porque estabas muy enojada.

—Sí, sí, eso es, estaba muy enojada y me vestía así para alejar a los hombres y para que mi papá se alejara también, a él le daba mucha rabia cuando me veía vestida de esa manera.

—Te entiendo, y qué más.

—Después de tanto llorar y de amarme, volví a verme en el espejo, me veía tan bonita, mi piel era diferente —ella pasaba sus manos por su rostro— me veía tan hermosa, no lo podía creer, después de mucho tiempo, me vestí, me puse un short y mi playera para dormir, eran cerca de las once de la noche, cuando escuche la puerta principal, mi papá estaba entrando, salí al pasillo y corrí hasta la entrada, él volteó a verme, espantado, porque lo asusté.

—Kimberly, ¿qué pasa, ocurre algo?, me dijo.

—No podía decirle nada, solo corrí hasta él y lo abracé, lloré mucho, gracias papá, le dije, gracias, él me acariciaba mis cabellos.

—¿Por qué me das las gracias preciosa?, ¿qué pasó?
—Gracias papá, porque ahora entiendo que tu no me has hecho daño, que todo fue nuestro acuerdo y que solo hiciste lo que yo te pedí, perdóname por estar enojada contigo, no lo sabía, no sabía que yo te lo había pedido, —él la abrazó con fuerza y mucho amor.
—Perdóname, hija, —las lágrimas hicieron su aparición, hacía mucho tiempo que ella no le permitía abrazarla— perdóname Kim, te amo mucho, perdóname, si te humille, si te lastime, si te ofendí de alguna manera, perdóname mi amor, no era mi intención. —Ambos lloraban abrazados entregándose su amor, la llama violeta los rodeaba transmutando sus karmas y deudas, liberándolos.
Karla, respiraba profundamente para no llorar, y sonreía,
—Kim, ahora hay otra tarea que tienes que hacer, déjame explicarte. Todos desde que nacemos, comenzamos a vivir las experiencias que nosotros mismos planeamos, de esa manera vivimos el abandono de mamá o papá, el abuso sexual de alguien, el robo, los abusos de todo tipo, así como también vivimos cosas de mucho amor, como el cariño de papá cuando llegaba a casa después de un largo día de trabajo y te abrazaba, o con mamá cuando te llevaba al parque y eras muy feliz, te sentías amada, o con tus abuelos y después, conforme vamos creciendo comenzamos a vivir diferentes experiencias, unas muy dolorosas y otras muy alegres, de esa manera transcurre nuestra vida, hasta que llegamos al momento actual, pero todas esas experiencias se quedan guardadas en nuestro interior, ya te diste cuenta, al verte a los ojos al espejo, ¿cierto?
—Y sí, no pensé que tuviera tantísimas cosas guardadas.
—Eso es normal, muchas de las cosas dolorosas que nos ocurren, las enviamos al inconsciente y ahí se quedan hasta que las volvemos a ver, las entendemos, las perdonamos, las liberamos y nos, liberamos. Eso fue lo que hiciste frente al espejo, entraste a tu inconsciente y este se abrió mostrándote todo lo que habías guardado.
—Sí, eso fue hermoso.
—Verdad que sí, pero lo que hay que entender es que cada etapa de nuestras vidas tiene cosas dulces y amargas, "buenas" y "malas", y adentro de ti hay una o varias Kimberly´s, esas pequeñas fueron las que vivieron todos esos dolores y abusos, así como las cosas buenas que han formado tu vida. Ahora, estando en casa, vas a volver a sentarte frente al espejo y mirándote a los ojos vas a hablar con esas pequeñas —los ojos de la joven no dejaban de llorar— vas a decirles cosas

hermosas, reconocerás lo valiente que fue cada una de ellas, lo inteligentes, lo cariñosas, etc., alaba cualquier cualidad que tenga cada una de ellas, y después les vas a pedir que salgan de dentro de ti y vas a esperar, ya me platicaras cómo te fue.
—Ok. Entiendo, tengo que pedirles que salgan de dentro de mí. ¿Debo desnudarme?
—No, no es necesario, dime Kim, sientes que hay algo que no has hablado.
—No, en realidad, no, me siento muy ligera, y muy feliz.
—Qué bueno preciosa, ahora, frente al espejo, necesitas volver a amarte, todos los días un poco más, cada vez que te veas en el reflejo de un vidrio o en un espejo, vas a decirte cosas hermosas, veras solo lo bueno de ti, y lo valiosa que eres, tu Kim, eres el amor más hermoso que existe en el universo, repite eso.
—Yo Kimberly, soy el amor más hermoso que existe en el universo.
—Otra vez, ahora con más amor y emoción, siente la emoción de cada palabra.
—Yo —Kim cerró los ojos y puso sus manos en el pecho— soy el amor más hermoso que existe en el ¡Universo! —gritó abriendo los brazos a todo lo largo.
Karla sonreí sintiéndola.
—Bien dicho preciosa —le aplaudió emocionada— ahora, tienes que dártelo a ti misma para después darlo a tus papás y a todos tus amigos, ¿me entiendes? solamente si te amas a ti misma puedes amar de verdad a alguien más.
—Gracias doctora, —ambas se pusieron de pie y se abrazaron— muchas gracias.
—Karla liberaba una lágrima de alegría no solo por haber sanado el alma de Kimberly, sino porque había descubierto una herramienta muy poderosa que usaría a partir de ese momento con cada paciente, el cambio había sido sensacional, solo poder verla vestida de esa manera, siendo verdaderamente ella misma, una adolescente de dieciséis años, amándose, vistiendo como una joven hermosa, hacía que todos sus años como profesional hubieran valido la pena.

—Hola hermosa, ¿cómo estás?
—Hola mi amor, todo bien, he tenido muchas cosas que hacer.
—Preciosa, tengo que salir de viaje, se me presentó un imprevisto.

—Ok, Alberto, ¿tardarás mucho?
—No mi reina, regresaré en unos días, no sé cuántos exactamente, seguiremos en contacto, ok. Oye Larisa, salúdame a tu papá, a Valgarma, y a tus hijos.
—Claro mi amor, lo haré, ¿vas a pasar a despedirte?
—No mi reina, discúlpame, ya tengo todo en el auto y la salida a la carretera queda cerca de mi casa, por el tráfico perdería mucho tiempo en ir hasta tu casa, así que te pido me disculpes, te mando muchos besos, ponlos uno en tu frente otros dos uno para cada mejilla y diez más para que los pongas en donde más te guste.
—Mmm mi amor, me estás excitando, no me digas esas cosas, ja, ja, ja.
—Te dejo mi reina, nos llamamos al rato. —ambos colgaron sus teléfonos.
Alberto abordó su automóvil convertible, arrancó el vehículo, el sol brillaba en el horizonte, y se encaminó hacia la carretera, el tráfico estaba un poco cargado, puso música clásica y se relajó, llevaba más de una hora manejando, no llevaba mucha prisa así que no excedía los ciento veinte kilómetros por hora, quiso tomar su celular, pero este se le resbaló de la mano y cayó debajo de su asiento, se agachó rápidamente para tomarlo de nuevo, y por un instante perdió de vista la carretera, cuando levanto la mirada del suelo, frente a él estaba un camión estacionado, no pudo frenar y se estrelló de lleno en la parte trasera del mismo. Alberto apareció caminando, a un costado de la carretera, mientras su automóvil estaba incrustado en la parte trasera del camión, su cuerpo sentado en el asiento del chofer, estaba cubierto de sangre.
—Hola hijo. —la carretera desapareció y a su lado estaban sus padres.
—Mamá, papá, pero, ¿cómo es posible, qué…?
—Hola hijo, te estábamos esperando.
—Pero… no entiendo, ¿qué pasó?, ambos padres se hicieron a un lado, y Carmen caminó hacia él.
—Hola mi amor, ya te esperábamos.

Fin

Palabras al lector

Querido lector, espero que esta novela haya tocado tu alma, y haya despertado el deseo de cambiar tu vida. Aun cuando los personajes son ficticios, reflejan la realidad de la vida que muchos hemos vivido, así que te invito a que hagas el ejercicio de la copa del amor personal, frente al espejo, que te ames a ti mismo, para después, sacar a flote al amor más hermoso que existe en el universo, y del cual eres el dueño, para que este amor bendiga tu vida y la vida de quienes tengan la suerte de conocerte. Posteriormente, saca de tu interior a tus niños(a) internos, ámalos, reconócelos, agradéceles, porque gracias a ellos tu eres hoy en día, este ser tan hermoso, así que hazlos felices con tu amor.

Tu eres muy especial, no permitas que la muerte te encuentre sin haber despertado a ese amor tan único y hermoso. Quizás la razón para entrar a vivir en este planeta fue bendecir al mundo y a quienes viven en él, así que permítenos conocer tu amor único y especial.

Una vez que hayas sacado a la luz a este amor tan exclusivo, entrégalo a todo lo que hagas y a todos con quienes entres en contacto, juntos tu y yo, podemos llevar a este planeta a su dimensión superior, a su quinta dimensión. ¿cuento contigo?

Recibe mis bendiciones, con cariño.

Ariel Oliver Comparán

Acerca del autor

Ariel Oliver Comparán

Nació en la ciudad de Chihuahua, Chihuahua, el 18 de junio de 1964. Hijo tercero de siete hermanos, Su papá fue su gran maestro y su mamá su profesora en el amor.

Es graduado de la carrera de Ing. Fruticultor, de la Universidad Autónoma de Chihuahua. Actualmente reside en la ciudad de Puerto Vallarta, Jalisco, México.

Su pasión por la escritura de libros la heredó de su padre, Rogelio Oliver Hernández, quien también fuera un autor reconocido en el campo de la Orientación Vocacional.

Actualmente ha escrito siete libros:

"La Transformación del Universo, el fin de la oscuridad y la dominación." Libros 1, 2 y 3.

"Las relaciones de pareja y el Sexo, construye tu relación desde el amor verdadero. Una forma diferente de amar, para que el amor dure para siempre."

"Las Creencias, Cómo cambiarlas para Transformar mi vida."

"Despertando su potencial, guía para ser mejores padres y criar hijos ¡Felices y Poderosos!"

"Elegí ser gordito, El sobrepeso y la obesidad, cómo resolverla. Una visión espiritual y una solución real,"

Enlaces de contacto con el autor

Web

www.arielolivercomparan.com

Facebook

Ariel Oliver C.

Instagram

Ariel Oliver C.

@arieloliverc.mx

Canal de YouTube

Ariel Oliver C.

Email

arieloliverc@gmail.com

Ariel Oliver Comparán

Puerto Vallarta, Jalisco, México
Octubre 2024

Made in the USA
Columbia, SC
31 January 2025